新乡县当代文学作品选

范子平 主编

动人故事 鲜活人物 优雅诗行
广为流传的鄘南大地文学精品
折射时代变迁和社会进步的光辉
《诗经·鄘风》文脉的延续和传承

郑州大学出版社

图书在版编目(CIP)数据

新乡县当代文学作品选／范子平主编. — 郑州：郑州大学出版社，
2023.2

ISBN 978-7-5645-9109-0

Ⅰ.①新… Ⅱ.①范… Ⅲ.①中国文学 – 当代文学 – 作品综合集
Ⅳ.①I217.1

中国版本图书馆 CIP 数据核字(2022)第 178201 号

新乡县当代文学作品选
XINXIANG XIAN DANGDAI WENXUE ZUOPIN XUAN

策划编辑	郜　毅	封面设计	王　微
责任编辑	郜　毅	版式设计	苏永生
责任校对	吴　静	责任监制	李瑞卿

出版发行	郑州大学出版社	地　　址	郑州市大学路40号(450052)
出 版 人	孙保营	网　　址	http://www.zzup.cn
经　　销	全国新华书店	发行电话	0371-66966070
印　　刷	河南瑞之光印刷股份有限公司		
开　　本	710 mm×1 010 mm　1 / 16	彩　　页	8
印　　张	31.75	字　　数	457 千字
版　　次	2023 年 2 月第 1 版	印　　次	2023 年 2 月第 1 次印刷

书　　号	ISBN 978-7-5645-9109-0	定　　价	128.00 元

新乡县文旅局原局长夏宏伟

新乡县文旅局局长杨乾

新乡县文旅局副局长谢静

新乡县文旅局领导班子开会研究工作

新乡县文旅局组织下乡采风
（左起：冯德仁、邹海霞、刘万勤、范子平、夏宏伟、刘吉同、苗桂芹、谢静、朱敬之、朱素芬）

2004年5月22日，参加新乡市作协会议的新乡县作家
（左起：苗桂芹、杜菁雯、陈利娜、刘吉同、范子平、郑浩成、王清让、魏定毅）

2005年12月30日新乡市第五次文代会召开，图为参会新乡县代表
（前排左起：吴刚、吴玉海、戴来、常振中、吕书声、刘吉同、范子平、陈荣宇，
后排左起：许维、王永峰、王凤年、刘森堂、任景松、宋士军、乔玉斌）

黄河清　　甘思孟　　刘万勤　　牛新印　　甘小二　　田双伶

郝炳勋　　郭鹏程　　李　青　　马海平　　冯彩屏　　马　琳

朱佳佳

陈荣宇

陈来峰

黄　文

付素花

魏定毅

杨琳芳

张成凤

刘传勋

郭华翔

马瑞平

梁　云

范子平（左二）、郑俊甫（左一）、陈来峰（右一）参加第九届金麻雀奖颁奖仪式，与新乡市作协主席、本届金麻雀奖获得者赵文辉合影。

新乡县总工会、县作协组织歌颂劳模座谈会

新乡县作协范子平（左五）、刘吉同（左七）、王清让（左八）、邹海霞（右一）与新乡市作协文友一起上山采风。

2006年4月27日，黑龙江著名作家于德北（右一）、刘忠学，四川作家刘靖安，江西作家雪弟、何休，内蒙古作家姚玉萱，河北作家闫岩，山东作家聂兰锋等一行12人来到新乡县作协座谈交流。

2021年12月11日，河南省杂文学会常务会长兼秘书长岳建国等杂文名家到访，与新乡县作家座谈交流。
（前排左起：范子平、岳建国、刘吉同；后排左起：郑俊甫、李辉、牛新印、周士君、雷长风、邹海霞、古建军、王清让）

新乡县作协与辉县市作协联谊座谈会

新乡县作家（左起）曹殿伟、邹海霞、马琳、郭华翔、古建军与辉县市作家（右前）交流

新乡县作协与辉县市作协的作家们于太行山下合影

2019年11月30日，范子平在郑州金麻雀作家班讲课

2012年9月5日，范子平为新乡市女作家笔会讲课

2018年11月18日，范子平讲课：中国改革开放40年的小说

2015年冬，河南省作协、新乡市作协联合举办范子平小小说研讨会，中国作协创研部评论家肖惊鸿、河南省作协副主席杨晓敏和来自8个省的小小说名家40余人参加了会议。

河南省作协副主席杨晓敏主持范子平小小说研讨会，新乡市委宣传部副部长王景书出席会议并讲话。

部分《新乡县文艺》与《新韵》

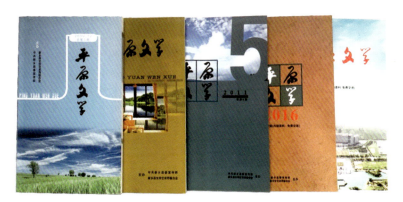

部分《平原文学》

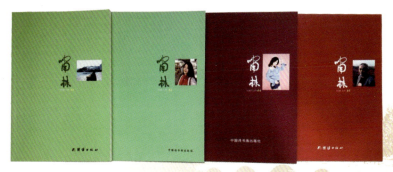

王清让策划与主编的文学杂志《啸林》

部分发表有新乡县作家诗文的杂志

第三届全国鲁迅杂文大奖赛，来稿3万篇，发表3090篇，从中评出13篇获奖作品，其中有新乡县作家2篇。

刘万勤1979年12月出版的儿童
中篇小说单行本《翠叶红花》

中国经济网读书频道推介：
范子平《机关这些事》

浙江省新华书店网站推出
范子平《欧文的试验》

郑俊甫出版的小小说集：
《给人生一个惊艳的假设》

刘吉同在"牧野作家丛书"
出版的杂文集《大漠孤言》

合河石桥，一座横跨卫河的古桥，现为河南省文物保护单位。合河位于新乡市西12公里，因丹河、百泉河、石门河、黄水河等在村北汇流入卫河而得名。明嘉靖元年(1522年)村北卫河上游修三孔石桥一座。万历元年(1573年)又把原石桥下移210米重修，保存至今。湍急的河流如今已化为平静的水洼，岸边弹洞累累的黝黑寨墙已变成参差错落的农家小院。（冯德仁摄影）

（左一）西明寺造像碑位于河南省新乡市西南14公里的新乡县翟坡小宋佛村西北，该造像建于北魏时期。

（中间）位于新乡县境内的周代古鄘国故城。

（右一）鲁思钦妻浮屠，位于河南省新乡县，始建于唐代，2006年11月14日，鲁思钦妻浮屠入选第一批河南省文物保护单位。

序

行吟鄘南　放歌时代

　　新乡县北依太行，南望黄河，土地肥沃，人杰地灵，古迹众多，人文历史厚重，是中华民族最早的发祥地之一。大召营龙山文化遗址、西周鄘国都城、古阳堤、汉朝获嘉县故城和冯石城，以及唐塔和宋元明清各代的古建筑，都记录着中华民族先祖奋斗的足迹。横穿县域的卫河，曾作为隋唐大运河的重要组成部分，沟通海河、黄河、淮河、长江与钱塘江，连接北京、洛阳与杭州，是古代漕运的重要环节。联合国教科文组织于2014年将中国大运河列入《世界遗产名录》。完工于明代隆庆六年的合河古桥，已经成为运河的坐标，在这里矗立了四百多年。文学在这片土地上开出的花，从《诗经》伊始就已飘香。《鄘风》《卫风》记载了这片土地及其周边的风土人情，既有劳作和生活的歌吟，也有爱情的呼唤。勤劳勇敢的先人，就在这片土地上辛勤劳作，诗意歌吟。吟咏这些诗句，一幅古新乡的生活画卷徐徐展开。

　　新中国成立后，特别是改革开放以来，新乡县经济建设和社会事业都取得了飞跃的发展，涌现了一批在全国都堪称先进的英雄人物，同时也出现了一批知名作家和诗人。据统计，我县经常性在公开报刊上发表作品的有五十多人，小说、散文、诗歌、报告文学、戏剧、儿童文学等各种体裁的作品异彩纷呈。他们在时代进步的实践中汲取创作灵感，踏准时代前进的鼓点，回应时代风云的激荡，领会时代精神的本质，融入作家个人独特的生命体验，深入生活，大胆探索，"铁肩担道义，妙手著文章"，创作出了一批广受赞誉的文学精品，不仅为各种报纸杂志刊登，还被各种重要选刊选载，被全国许多省市各种高考模拟试卷、中招统一试卷和中学生练习册选用，并入选多种权威选本，获得了省内外多种重要奖项，产生了广泛的影响。

"文章合为时而著，歌诗合为事而作。"文学是一个时代的记录仪和风向标。优秀的文学作品，以其真善美，具有强烈的引领导向作用。本书中收录的这些文学作品，既散发着新乡县地域的乡土气息，又融汇着国家和民族的文学潮流；既渗透着历史的积淀，又洋溢着时代的理想；既秉承着传统文化的特长，又流淌着现实生活的血液，为人民群众提供了精神食粮，为新乡县大地增添了夺目的光彩。这次将新乡县作家的优秀作品结集出版，梳理总结和展示了新乡县广大作家的创作成果，这是新乡县文学发展史乃至新乡县文化史上一次具有里程碑意义的文化工程，是一件非常有意义的事情。

　　习近平总书记指出："文化是民族的精神命脉，文艺是时代的号角。新时代新征程是当代中国文艺的历史方位。"当前，新乡县的经济、社会发展正处在一个关键时期，而文化事业是新乡县社会主义现代化建设中不可或缺的一项重要工程。作为新乡县人民的一员，我本人很希望文化部门把出版此书作为繁荣新乡县文化事业的一个新起点，加大文化创新的力度，多方支持和引导帮助文学艺术创作，进一步增强我县社会文化发展的凝聚力和综合实力。同时我也很希望新乡县广大的作家和艺术家，在《新乡县当代文学作品选》总结过去创作成就的基础上，满怀热情进入新征程，像习近平总书记所说的那样"不断掌握新知识、熟悉新领域、开拓新视野"，拜群众为师，向生活学习，自觉投身于改革开放和现代化建设的伟大实践，进一步弘扬廊南文化，在人民的历史创造中进行艺术的创造，在人民的进步中造就艺术的进步，反映群众最深刻的心灵呼唤，反映时代最迫切的发展要求，以充沛的激情、生动的笔触、优美的旋律、澎湃的想象力和感人的形象，不断创作出思想性、艺术性和观赏性相统一，群众喜闻乐见的优秀文学艺术作品，反映廊南大地的新变化，反映廊南人民的新风貌，反映新乡县改革开放和社会主义建设的新成就，迎来新乡县文学艺术繁花似锦的灿烂明天。

中共新乡县委书记　祝显成

2022 年 9 月

目 录

小说卷

3

散文随笔卷

5

诗歌卷

小说卷

卫 河

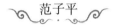

范子平

    我的童年,打记事起,大半是在卫河畔的合河村度过的。一提起合河,都知道那座明代修建的石拱桥。古桥在村子的北口,古桥下就是生机勃勃的卫河水。中间的某一大孔下河水最深,远看好像一块巨大的碧玉,带着几道略显泛黑的皱褶,静静地俯伏在那里;走近了看,又觉得是扯不完的绿缎子,源源不绝地从桥洞口拽出来,平滑地向东倾泻过去。桥的东边河道豁然开朗,开阔的河滩长满丛丛荆棘和灌木杂草,到秋季枝叶斑驳红绿黄相间,十分好看。从河滩向河流走去,先是一汪浅水湾,再就是稍微露出水面的沙岛,再往里就是湍急的河流了。

    卫河是我们小孩子的圣地,我们经常是一放学就到河滩去,在灌木丛里采野花,摘树叶,抽毛芽,逮蚂蚱,掏螃蟹……总之有干不完的"活计",说不尽的乐趣。我们的队伍里,除了低年级的小学生,还有没上学的孩子,这里边就数我们胡同里的邻居麦香最懂事。麦香蜡黄的瘦脸,毛茸茸的黄头发,穿着打补丁的粗布方格衣服,和我年纪一般大,但她是一个盲女。刚开始我很纳闷,没有眼睛咋走路呢?我学着闭上眼睛,但一种恐惧感马上就开始折磨自己,走不了五步就再不敢迈步了。可麦香敢,她耳朵和鼻子特别灵,敢在胡同里井边洗菜打水,会在家里做饭洗衣,在河滩的草窠子里来来往往竟也跑得开，有时也能抓住在草叶露水珠上爬来爬去的蚂蚱，总伴着开心的笑声："是笨头笨脑的青扁担！"我说："你真中！"麦香却恨恨地说："俺不认字！"我暗笑想，你没眼睛咋会认得字呢！我就炫耀地讲了老师上课的故事，讲我们学的功课，她仰起脸听，一动不动。我只说一遍，她就会大声背诵："秋风起了，天气凉了，一群大雁往南飞，一会儿排成个'一'字，一会儿排成个'人'字。"我看见草窠子上有几朵刚绽开的小花，揪下两朵给麦香插到发梢上，说："插上花，你可好看！"没想到，麦香黄瘦的脸上顿时一片绯红，说："真的？真的？"就挺挺胸摆摆头，一副表演的样子。中午，她头戴小花心满意足地领着弟妹回家。

听说麦香生下来不瞎，是刚一岁时患眼病耽搁的，没多久她娘也患病死了，她爹就说她克母，从小就不待见。后来有了继母，又有了小妹妹小弟弟，更外待她，老是让干这干那领弟妹，忙嗒嗒的，可吃饭得先紧着弟妹。没想到我的两朵小花带给她厄运，到家就挨了打——继母说头戴白花就是咒她死，捋下小花摔地上踩个粉碎，还拿起擀面杖把麦香的腿都打肿了，有一段时间麦香就没出门。我也因此挨了母亲的吵骂，心里着实内疚了好几天。

慢慢就淡忘了，毕竟是9岁的孩子家，再说转眼明亮的夏天到了，到浅水湾游泳又成了我们棒打不散的课外作业，成天一放学就三五成群到河边来。浅水湾里水是清澈透底的，离岸不远的地方隔二卯三还长着孤立的小草，那绿茸茸的小草把狭长的叶片伸出水面，却又舍不得似的向水面亲吻下去，和倒影相连画成一个椭圆的环。水草附近总有豆芽大的小鱼，银灰色的，成群结队向着一个方向，很潇洒地游动；倏尔一动，又一起转身朝着另外一个方向游，像是有口令似的。这里水不过一米多深，正好是我们的乐园，大家扑扑通通跳进去，狗刨腿，钻没影，打水仗，正玩得痛快，听见谁喊我，搭眼一瞧，岸上站着麦香。

我有些扫兴地出来，说："你也想下水呀？"麦香说："你再给我采两朵花，给我插发梢上。"我害怕地说："那不挨打呀？"麦香说："花儿只有白色的

004

吗?"我胆战心惊地采了两朵小红花,麦香接过来嗅了嗅,自己认真地编进发辫里。她要我给她再讲讲卫河上来来往往的帆船。我挠了挠湿漉漉的头,说:"你看,船当中立着大帆布篷,风吹着帆带着船跑得飞快,把河水犁出一条大沟拖在船后,白生生的浪花冲向沟两边像撒珍珠一样,再后边就是晃荡的绿色波纹了。"麦香说:"上船都是在码头?"我很奇怪,说:"那当然是,这儿再往东不就是码头?那边岸上一排老柳树拖一溜密匝匝的树荫,再毒的日头也凉快着呢!从岸上沿着搁板就上到船上,我还上过呢。"

麦香好一晌才说想趁哪天黄昏儿,偷偷跑到船上藏起来,跟船往海边去;还说她偷偷捡瓜子卖,攒了三毛六分钱,给弟妹留下六分,三毛带上,还得带点红薯干路上吃。我问她去海边干啥。她笑了,说要去找娘,找她的亲娘。死人也能找?我一下子愣了。麦香说她亲娘没死,是受不了爹打,往海边跑了,说她老做梦梦到娘,说到海边挨村问,不信找不到娘,找到娘就会给她治眼,治好眼就能上学了。

麦香说得兴奋,两颊红红的,飞满了朝霞一般,还从口袋里掏出一小把她采的紫蛋蛋果让我吃,那黄豆大的紫蛋蛋果酸酸的甜甜的,但那一会儿我吃得很沉重。

没过多久我家就搬走了,一走再没回过合河村。但好多年都是,一静下来,碧绿的卫河水就仿佛滔滔涌来,波涛中总站着童年的麦香,麦香还穿着那件打补丁的粗布衣裳。麦香到底去没去找亲娘呢?一直到现在我也不知道。

选自《百花园》2008 年 4 期

摆书摊的老人

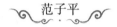

范子平

　　德化街摆地摊的多，熙熙攘攘人群绊腿。我不得不下车推着走，刚推几步，一眼瞟见一个老人也在摆摊，摊位上却是摆放的书，还有好几摞旧杂志。老人一转脸，我认出是市一中的退休教师李正。他可是全省的名师，还上过电视台，当过人大代表呢。

　　我上前打了招呼。李老师转身道，周林老师呀，你怎么来这里，买菜？我说，你可别在周林后加老师二字。我教书时，您没少辅导，就是您的学生。他说，那时你教书的悟性挺高呀，在青年教师中很拔尖，我给市教研室推荐过你，可惜你又不教学了，要不然——他的话戛然而止。

　　我顿时无语。是呀，我调来市直机关十几年，成天也是忙忙碌碌，才弄了个"副科级科员"，可说是一事无成。我找话道，你怎么不让孩子跟着你？李老师苦笑着说，我自己出版的书，想送他们一套，儿子闺女和孙子都赶紧摆手说不要不要，能让来跟我干这个？

　　好一会儿了，李老师的书摊位无人问津。虽也不时有人过来，但都是利用他书摊前的空位跟相邻的杂货摊主交流。这个杂货摊倒是顾客盈门，主要卖手机包、手机护屏、手机链之类的东西。

　　我随手翻翻摊上的书刊，说这些杂志还有您的批注啊。李老师说，咱就是教教学，读读书，看着书有想法了就随手记点，别的也不会。我说我记得您家里几个书柜满满的。李老师说："是呀，孩儿们也笑我不会置产业。这辈子就是爱逛书店订杂志，攒下不少，原想捐给学校，毕竟在那里几十年——约好时间到时候不见人影，催促好几次，咱自己都觉没意思了，估计不会要了。后来联系区里图书馆，才捐出一大部分。还剩下些杂志啊，还有些史学书。也是，人都忙着抠手机，有几个想翻看咱这古董？"

终于有两个穿蓝色校服的少年过来了，一高一低。高个子把自行车支好，到这里弯下腰翻着杂志看目录。低个子一脚点地说，走吧，练习册还做不完呢。

高个子说，你先走，我再看看。低个子学生就骑车走了。高个子又细细地翻阅一阵，最后拿起一本《大众史学》，估重似的在手里掂量几下，问，老爷爷，多少钱一本？

李老师说，原书定价都是十块，旧书，三块钱。

学生说，那好，这里边讨论洋务运动有四篇，我最喜欢不同意见互相辩驳的文章。

李老师说，好啊，我注意你拿那本《史学月刊》也看了好一会儿，上边也有你相中的文章吗？

学生不好意思地挠挠头说，是的，我相中的多了，好几本杂志，可我没带多钱。

李老师说，这样，你先把这本《大众史学》的钱给我。

学生先摸出两块硬币，手又在衣兜里掏呀掏，捏出一张一块钱的纸币，皱巴巴的，一起合放在手心里递给李老师。

李老师把钱认真装进自己衣袋里说，那本《史学月刊》你也拿走，还有，你再挑选一下，看看有你喜欢的文章，你就把杂志带走——这些都不再要钱了。

学生开始有点吃惊，后来欢喜地说，真的？那咋好意思？

李老师说，没有啥，我就喜欢爱读书爱思考的学生。学生又挑选了五六本，递给李老师看。李老师接过来，一本本认真审视一遍，然后掏出一条小毛巾将书擦拭一遍，连侧面也细细擦拭了，又将杂志里几张折了角的页码板正过来，恐怕反弹，使劲按了两按，然后才用一张牛皮纸认真包装好，递给学生。

学生一迭声地谢谢爷爷，跨上自行车飞也似的跑了。

我开玩笑说，你这书刊大降价，一本连一块都不到啊。李老师说，咱有退休金，不图这几个钱，但得要个钱。你不要个钱，会有人抱走去卖废纸，那还不如我自己喊收破烂的到家去呢。肯出这几块钱，他就舍不得糟蹋它，能下功夫来翻看。

我知道许多人都是换新房才处理旧器具，就问，您老这是要搬新家？要不，这么急着处理干啥？

他长叹一声道，我这个年纪还搬什么新家！就是搬新家也舍不得处理书刊啊！别看这些书刊，有的都陈旧发黄了，有的带着尘埃，可都是我手指头拨捏过多少遍的，说到底是心肝宝贝啊！一辈子了就是落些这，就像贴心的老伙伴一样，真离开它们，心里就像缺一块似的。

我奇怪了，看着他说，那你……

他轻轻地拍一下自己的胸脯，压低声音说，我这里不行了……

我说，你是患病了？他说，是呀，一查出来就是肺癌晚期。这病吃麦不吃秋的……

我这才注意到他脸色发灰，还透着红点，赶忙说，不要盲目信那个体检，再复查一下。

他说，去省城大医院了，我同学在那里当主任，确诊了，不会有错的。

他说，老伴走那一年我就想了，早晚有这一回，人生一世草木一秋。儿子闺女家过得都还中，也没啥可留恋的，就是忧心自己这些书刊，带不走，得给它们一个着落。

我默默地站那里许久,才跟他握手告别说,李老师,您保重。

他又笑了,说今天到底还有个学生来,这一趟没白来!

选自《小小说选刊》2021 年 2 期

女儿的班主任

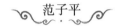

范子平

女儿换了班主任，回来就对我说，哎呀，俺班来了新班主任，教语文，可有意思了……

我打断话问她，这次考试成绩出来了没？你排第几？

女儿不接我的话，仍是一脸兴奋，说俺班主任李老师可有意思呢！

我正色道，你已高二，明年就高三，自己得订个计划，这学期各门功课分数进展多少……

女儿没等我说完，已进了自己的房间。

慢慢我还是发现了女儿的变化，比方说爱说话了，幽默了，活泼了，走路爱蹦跳了，对好多事感兴趣了……这应该没啥，青春期的女孩子嘛。但我更关心的是，成绩有没有提高呢？

星期一下午按惯例是班会课，女儿放学回家，带着一脸的笑，说，班会课，班主任没讲几句，连五句都没有，更没占住让做作业读课文。——就是唱唱民歌，也唱流行歌曲，还有表演小品。女儿说，你不知道，李老师老歌新歌都会唱，唱得好极了！顶上刘欢，顶上周杰伦……还表演小品呢！李老师把领口一翻，表演街头流氓遇到便衣警察，可笑得很，全班炸开了锅！

我担心地说，得准备后年的高考，可不能光寻开心啊！

女儿不屑,一边往里间走,一边说,爸你不懂了吧？你真的不懂……

语文课也传来新消息。那天讲曹禺《雷雨》,李老师说,这节课你们都预习熟了,不用絮叨,我给你们唱唱电视连续剧《雷雨》的主题歌和插曲吧！女儿说,哎呀,李老师唱得好极了！全班同学不依不饶,拍手起哄要求再来一遍。后来,李老师表演电视剧《雷雨》的情节,他又当周朴园又当鲁侍萍又当鲁大海,当谁像谁,要李老师演电视剧,肯定明星！他还要我们演出呢……

女儿说,作文课也轻松了——李老师说,课下咱各人自己练笔,课堂上咱轻松轻松！分组表演,演青春剧《课堂内外》,先自己报名,谁演金娜娜？谁演李毛毛？谁演那个不会扫地的王倩倩？我演那个忧心忡忡的徐老师……一堂课热闹得吵破天！女儿说,你看我满身的汗,现在都没落！

这样下去会成？我决定去找班主任谈谈,甚至想找校长反映情况。我到了一中,女儿的班正上英语课,朗朗的读书声整齐而洪亮,看不出啥问题。我到语文教研组打听,说李老师在学校后院杨树林。我经过操场沿小路到后院,渐渐听到悠扬的歌声,歌词倒是和我们有关:"我们是学生家长,心情像茅草一样,随风摇摆,不问成绩闷得慌……"关键是声音太好听,好听得我不想挪步,我忘乎所以地欣赏起来,一直到下课的钟声响,我看表已是12点,只好转身出校门,一边想,这就是女儿的班主任吗？这首歌真是好听……

这天晚上学校召开家长会,教导主任给我们发了表格,让给每一个任课老师打钩评价。我一看,每一个老师后边都有六个选项:1.非常满意;2.满意;3.比较满意;4.一般、马马虎虎;5.不满意;6.极不满意,要求马上撤换。首先是对班主任的评价。我犹豫了,平心而论,女儿是那样喜欢他们的班主任,再说女儿活泼了愉快了,对学习感兴趣了,应该有班主任的功劳,但这是正路吗？我左顾右盼,别的家长也都抓耳挠腮。我犹豫好半响,终于在班主任后边的表格上,在"4.一般"后边打了个钩。忽然,我的肩膀被谁重重一推,一个宽脸的中年女人恶狠狠对我说,还"一般"哩！再和稀泥就把孩子害死了！这也是学生家长,她的心情我应该理解,怕孩子成绩吃亏呗！我看好几个家长们都和她一样鼓着眼气呼呼的样子，只好把"4.一般"后边的钩重新抹掉，在那个"6.极不满意，要求马上撤换"下边打了个钩。我立即起身，好像办啥亏心事一样低着头走出教室，可是手臂被谁拉住了，一看是女儿。女儿一脸严肃问，爸你咋评价我们李老师？我躲避着女儿的目光，支支吾吾说，随大流呗……女儿好像不出所料的神情，问，自从李老师接任班主任，这几个月时间，我身体咋样？我只好据实回答，我看你睡觉好多了，吃饭也香甜了。女儿说，你说我精神咋样？我说，我看你现在话多了，爱哼爱唱了……女儿说，我现在学习兴趣大多了！李老师不主张排队，说对学生是无益的压力，可学校非搞统考排队。俺班总成绩从年级第九名升到第四名！全班人学得多轻松多高效！我上次成绩全年级296名，这一次198名！你说李老师是好还是赖？

交谈着我已经被女儿重新拉进教室。女儿把那张评价表又找回来，说，爸你改改，抹了，在这一点打钩！——女儿的手指坚定不移点着"1.非常满意"那一栏。我不由又左顾右盼，好多家长的身边都来了孩子，叽叽喳喳议论着，包括那个宽脸女人，也在儿子的"指导"下，正不大情愿地更改评价呢，我该怎么办呢？

选自《小小说选刊》2010 年 17 期

搬家轶事

范子平

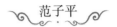

我由石坪乡党委书记调任深山区的野虎沟乡党委书记，家眷随迁，这就得搬家。我从乡里过来，正要找车找人，老婆说："一大早小林就来了，说他人车都准备好啦。"

小林是石坪村的青年农民，在石坪村及附近几个村子颇有些影响力，他手下有好几个运输公司，其中一个是专门的搬家服务公司。我说："咱那点家当，用不了几个人。"

老婆说："这儿的习俗你又不是不知道，搬家是热闹事，花点钱应该的，你没见娄书记搬家？"

娄书记是我上一任的石坪乡党委书记，他调走时也是小林领人来给他搬家。娄书记说要十来个人，小林领去了五六十个人。娄书记在康佳大酒店定了三百元一桌的酒席，可小林他们到席上吵嚷着换酒加菜，一桌下来五六百，统共花了娄书记七八千。娄书记是个细致人，购置的家具很讲究。可小林他们人多手乱，折断了意大利真皮沙发的腿，碰歪了新式大容量冰箱的门，撞破了52寸液晶彩电的屏幕。娄书记气得脸色发青，可还得散着好烟说好话。他知道这伙人不好惹，动不动上访告状，还会去省市县纪检委反映情况，叫你吃不了兜着走。

我说："可能是他们对老娄有些气吧。"

老婆问："小林他们来了酒宴怎么定？"

我说："一桌二百五十元吧。"

老婆提醒我："娄书记可是三百元还不行哩。"

我说："咱家没那么多钱。再说，老娄走是高升副县长，咱是调往深山区，跟他比个啥？"

几个困难村还有一些问题需要收尾，上午我到那里转了一圈，回来见我家的东西正在往拖拉机上装。那些个破旧的书桌书柜，还有用了十多年的旧沙发，边沿和拐角处都用旧海绵旧棉絮包裹着，人们小心翼翼地往上抬。我既感动又好笑，说："不要费那个事，这些个旧东西，不值啥钱，碰住也没关系。"

好几个人嚷嚷着说："比真皮沙发值钱得多！"

我说："你们开玩笑了。"

吃中午饭的时候，康佳大酒店里座无虚席，看样子比娄书记走时人还多。但人们坐定许久，不见上酒上菜。原是安排好的呀！我蓦然想起，康佳大酒店的杜老板跟小林是铁哥儿们，莫非是小林他们在开我的玩笑？我急得脑门冒汗，连喊王秘书："咋还不上酒上菜？"

小林在那边双手撑着桌子站起来。果然是他。

小林摆着很神圣的样子高喊："上饭啦！"

康佳大酒店的服务员们一个接一个旋风般钻出来，端着盘子挨桌子挨人分发，一人一个枣花杠子馍，一人一碗小葱拌豆腐！

小林说："送啥样人，吃啥样饭。窦书记来时半车旧家具，走时半车旧家具；咱石坪是林区，可窦书记没从咱石坪拉走过一根木椽，也没得过咱石坪一分钱，这样清清白白的官，咱老百姓敬服！咱今天就吃小葱拌豆腐！"酒店里响起一片掌声。

小林又说："窦书记在咱乡三年，村村通了路，户户有了水，家家余了粮，他不爱酒宴,咱要以茶代酒,敬他一杯!"

　　一杯杯清茶举过来,我顿时泪如泉涌,这时才感觉到,我为石坪乡的父老乡亲出力太小太小!

选自《小小说选刊》2011 年 21 期

与当官擦肩

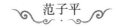

范子平

我可能天生就不是当官的料,但我确实有一次很好的当官机会。

我是乡里中学的语文教师。乡党委开展奔小康活动,首先要开大会造声势,就需要满街的标语。乡党委办公室就向学校要一个写大字可以的,我就借调到这儿来帮助工作。没想到,乡党委事情多,会议、活动一个接一个,我白天写标语,晚上写材料,一晃一年多就过去了。于是就有了这次当官的机遇。

我的机遇在这年的九月底。那天有一个大领导到我们县视察,视察的重点是我们乡的农村文化建设。首先听乡党委林书记汇报(我昨夜赶写的材料),看样子大领导对汇报的情况还比较满意。接着是到两个农村文化市场实地考察。大领导走到院子里,就问大标语是谁写的字。地、县领导的眼睛就看林书记,林书记就指指我说:"这是我们乡办公室李小群写的,让首长见笑了。"大领导又审视了一下说:"这魏体还真是有些功夫。"接着就让我上他的旅行轿车。在车上他问我对乡村文化建设的看法,我说那都是领导的事。大领导就说你不妨说说你的看法,说你真实的看法。我就东一句西一句地说了几条。没想到,瞎猫撞上了死老鼠,大领导听了很是赞赏,把我的话归纳了一下说:"噢,要建设文化乡村,从每一个农村的具体情况出发,按大文化规律办事……你讲得很好嘛!"

这次汇报很成功,地区和县里满意,我们林书记高兴,让给我们办公室每人发一篓苹果,这几天没来上班的也跟着沾光,我则另外加一条红塔山烟。

这件事本来到这里就结束了。但此事刚过不到两天,在县组织部当干事的同学一脸神秘地跑到我家,说天上掉馅饼,我当官的机遇来了。原来,大领导临离开这个地区时,谆谆告诫要培养懂农村文化建设的接班人,特别提到我说是"懂文化、有思路,可以先放到副乡长位子上培养培养,将来说不定可以有所作为"。

我外表不显露,可心里挺激动的。当上副乡长,在我们下边人看来比登天还难,可对上边人来说就是小菜一碟,比方说对县上领导就不算多大个事,更别说大领导发话了。这次来乡里帮助工作没有白来,才一年多就弄个副乡长,把那些在这儿苦熬多少年没轮上"进步"的人羡慕死了。再说我当上副乡长以后还有将来的"有所作为"!同学在我这儿喝酒到夜里十二点多才离开,同学走后我还是激情不退,用被子蒙着头吆喝了好几首流行歌曲才睡着。

但是我望眼欲穿的红头文件迟迟不见下来。我只好又去向我的同学打听。原来这里边还有一个难办的问题:大领导对地区领导讲到我时记错了我的姓,他说的是"季小群懂文化、有思路……"。我们乡办公室还恰巧有一个叫季小群的,因为家里盖房已请了一个月的假了,大领导视察时他没在,来上班时领了一篓苹果就很高兴了,按说他不应该有什么非分之想,但他平时是跟着管文教卫生的副乡长写材料的,很早以前还当过乡文化站站长,说他懂文化、有思路似乎也沾点边儿。或许林书记在汇报时偶尔也提到过他?要不然怎么会把"李小群"误说成"季小群"呢。

季小群本来也属无钱无势的"苦熬族",但前一时刚定下了他的婚事,女朋友的父亲是县营最大企业造纸总厂的常务副厂长,这就使季小群有了一些来头。季小群本来也是一个老实人，但是大领导的指示一传开，他的野心就像汽油遇到了火星，一下子熊熊燃烧起来。他连夜整理了有关自己懂文化、有思路的材料，和岳丈一起，开着小车夜夜出来活动。听说县领导原想将这件事拖拖再说，但那一天地区领导想找大领导汇报我们地区的一个大项目，恐怕大领导见了他问培养接班人的事，就催问县领导。县领导就说了这件为难的事，不知该是季小群还是李小群。地区领导就恼火了，他提高声调说了一句，"要认认真真原原本本按照领导指示办事"，就挂断了电话。

结果很快出来了：季小群被提拔为主管文教卫生工作的副乡长。也有人为我鸣不平，劝我到上级跑，甚至让我想法儿去找大领导。但是我笑着摇头，不是我多么清高，而是我知道这前景太渺茫太吃力。说实话，这段时间我也尽力跑了，我的组织部干事同学很帮忙，为此他还受到部长善意的批评。但一切终究还是没有什么用，事情自有它发展的规律，不以人的意志为转移。我心灰意冷申请还回学校教书，林书记很快就批准了我的申请。教书挺自由的。再说季小群也挺哥儿们的，专门去看了我，还带去了一条红塔山，说："以后在教育上有什么事要办，找老弟我！"

选自《小小说选刊》2012 年 15 期

鹅老师粒粒

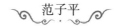

范子平

那时我十二岁，正上小学五年级。我们北山寨公社的小学是有分工的。我村只有四、五年级，两个年级一个班，叫复式班，全班学生共九个人。全校唯一的教师是下放我村劳动的鹅老师粒粒。

鹅老师姓里，名字叫力。听我爹说，里力的爹新中国成立前跑往外国，里力的娘在运动一开始时就自杀了，里力在市林业局当技术员时又犯了政治错误才下放到我村的。一家子里外透着黑，本不该叫他教学的，但我们村一直留不住一个老师，他来时我们又是三个月没有老师上课了，不得已才让他在大队治安员监管下教书。

里力老师个子高脖子长，还爱伸着长脖子左右探望，我们就叫他鹅老师。我们觉得里力这个名字挺怪的，再加上四年级的课文里有"小麦粒粒还仓"一句，我们一下课就嘴里念叨鹅老师粒粒。里老师知道了，不仅不恼，忧郁的脸上反而露出了笑容，还故意学着大鹅的样子蹒跚行走，并伸着长脖子四处寻食的样子，逗得我们开心大笑。从此我们就公开叫鹅老师粒粒，他也声叫声应，还在黑板上写了鹅、里、力、粒四个字，说谁写错了就拧谁耳朵。从此这个绰号传出来，连村里的大人也跟着叫他鹅老师粒粒。

鹅老师粒粒是大学毕业生，做事办法也多。比如说学校唯一的也是全村唯一的那台修了又修的旧闹钟,鹅老师粒粒来以前就找不到了。鹅老师粒粒就找了一个玻璃瓶装满水,再找一根细橡皮管往外抽水,一瓶水滴完就是一节课,三节课正好是一响。

这天上午课堂上还没抽完第一瓶水,忽然听外边响起了纷沓的脚步声和喧嚣声,鹅老师就停住讲课,到教室门外看了看,回来脸色很严肃,说山林着火了。

我们正想问问该咋办,教室门哐当一声被踢开,马大全跑了进来。马大全是大队革委会副主任,又是大队治安员,鹅老师粒粒第一天上课就是他押送来的。

马大全横着脸吆喝:"里力,咋不赶紧带学生救火?"

鹅老师粒粒木然道:"知道了。"

马大全又凶巴巴地训道:"让学生赶紧点,外村学生早冲上去了!还在这儿'肉',这可是集体财产!这可是阶级立场问题!"说完这一句,起身跑了。

鹅老师粒粒愣怔了一下,去了办公室又回来,手里拿着一封信,皱着眉头说:"同学们,山火大啊,浓烟滚滚。我有一封信,跟山火有直接关系,万分重要,处理好才能去救火,你们谁能把它送到教育局?"

没有人吭声。教育局在县城里,离这儿三十多里,不是怕道儿远,而是大家都要去救火。

过了一小会儿,侯小花站起来,说她愿意去送信,顺便给她的娘取药。

鹅老师粒粒仔细看了看药方,面露惊慌地问:"你娘心口疼,有点儿上不来气?"

侯小花说是,说娘让她等明天过星期去县城取药。鹅老师粒粒就急切地喊:"万万不能啊!我懂医,我一看药方就知道是心脏病,一天也耽搁不得的。同学们,侯小花的母亲是贫下中农,救命要紧啊!县医院药不全,我的同学在十八里沟中药站当站长,这上边的药一样也不会缺,你得赶快往那儿赶。"

　　大家都一愣,十八里沟跟县城方向相反,离这儿也有三十里,送信没法"顺便"了。

　　鹅老师粒粒却想起另外一个问题,说距离这么远,侯小花一个女孩子去哪能放心。他给他的同学写了条子,派王大青和李河套送侯小花去,还要他们一分钟也不要停留。

　　他们三个刚出门,鹅老师粒粒就喊:"王大双,送信这个重要任务就交给你了。"大双嘟嘟嘴,心里可能也不想去,但大双学习好,学习好的人总是听老师的。

　　大双刚要出门,鹅老师又喊住他说:"这封信实在太重要了,还得有人保护,要不然遇到阶级敌人该咋办?"

　　大双说:"可你们救火⋯⋯⋯"

　　鹅老师粒粒说:"这可是鸡毛信,万万丢失不得的⋯⋯这样吧,王菊花,你和王大双厮跟着一起,你心细,负责小心提醒。两个人还不行,得有人一路保护。这样,王石头,你跟他们去。"他们三个向来就对劲儿,果然高高兴兴地跑去了。

　　教室里只剩下三个人,那就是四年级的李小喜、李小孬和我。李小孬把窗户上的塑料纸捅了一个小洞,正往外瞧。鹅老师粒粒突然大喝一声:"偷看啥?"李小孬把头一拧:"看山火!"

　　鹅老师粒粒恼火道:"好好的窗户你弄一个洞,简直就是破坏!"

　　李小孬说:"你才是破坏救火!"李小喜也打抱不平说:"鹅老师粒粒,今天你弄的事儿可是不对劲儿!"

　　鹅老师粒粒反常地大发雷霆:"搞破坏还不认识错误,能指望你们救火?你们在家给我写检查!"说完不由分说,把我拉出来,把他们反锁在教室里,也不管他们如何在教室里哭骂喊闹。

　　我完全被眼前发生的事搞迷了,鹅老师粒粒平常不是这样的,再说他也不敢这样呀。我说不出原因，但我本能地感到他这样做不对。想着心事我几乎掉进校园里的枯井里。这井有五尺多深，人掉里面，没有人拉拽出不来，我们常在课余时间跳到里面搞"防空演习"，土井沿儿已经磨得光溜溜的。

我说："就剩下咱俩人，快走吧，北山那边天都红了。"

鹅老师粒粒也抬头看了一眼，脸阴得厉害，盯住我说："都去救火，村里没有人了，要防止阶级敌人来学校捣乱，你在这里保卫学校。"

我终于恼了："你操的啥心？是不是想叫大火烧完山林？"

鹅老师粒粒瞪圆了眼睛："啥？啥？混乱时候你敢不护校？"他猛然出手，一下子把我推进枯井里，摔得我半天爬不起来。

这场山火烧了一天一夜才扑灭，但却成了我们北山寨公社最惨痛的历史事件。由于山风带着火回旋，许多救火的人被裹卷在大火里，其中救火的老师学生居多：野虎屯小学烧死四名学生，三名教师；坡头小学烧死七名学生，两名教师；北山寨小学烧死十二名学生……公社的统计表上，只有我们小学没有死伤教师和学生。虽然勇敢的鹅老师粒粒在救火时被烧成了焦炭，但他只是临时代课的，连村办教师都不算。烧死的师生都被公社追认为烈士，鹅老师粒粒被争议来争议去最终没算上。可是，我们知道了侯小花娘的病并不紧急，知道了鹅老师粒粒那封信只是一张白纸，也就深深知道了他那颗心。我们把他埋在北山最高的向阳坡，埋他的那一天，我们全班九名学生，还有九名学生的全部家长，都哭着跪在他的坟前。

选自《微型小说选刊》2002 年 2 期

谁怕谁

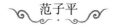

范子平

老王手中的铅笔邦邦地敲着会议桌,说,我提议,咱马上动手,封了丁圪荟这个黑煤窑,跟电管局联系,联手拆掉他们的电路,我们矿产局有这个权力!

老岳说,按说,丁圪荟煤窑早该封了,开采证,没有,安全证,没有,啥都没有,那老板丁大户,他就敢硬着来。

老李嘟嘟噜噜,真是,真是,这人也太不知好歹了,赚的钱也金满箱银满箱了,就是不购置一点安全设备,早晚得弄出大事故。

老刘慢声细语地说,哎呀,哎呀,要说这人是个头顶上长疮、脚底板流脓的货,坏透了。一年就缴十几万块钱的税,还拖着赖着,他一年少说赚上千万。就是给矿工发那点安全帽什么的,还舍不得。乱采,乱挖,早晚得出大事故。

老王说,要我说,咱们事不宜迟,今天下文,今天动手。

老岳说,只是,只是,这家伙到处上供,买通了不少人。

老李说,咱还得小心,打不着毒蛇,别又让毒蛇咬了脚。

老刘说,上几届班子,都没动他,咱也少捅这马蜂窝算了。

老王心里骂:狗肉上不得席面!但脸上还是笑微微的,因为这是矿产局的班子会,大的行动要的是班子决议,班子么,一人一票,得大家同意。他问:丁圪砉村,有个宋大赖和侯老根打赌的事,你们听说过没有?

大家都摇头。

老王就说,那是前几年的事情了。丁圪砉村北地,漫坡那里有一大片荒坟。村里有个光棍叫宋大赖,他在北地看树,村里一年给他三四千块钱,业余的,按说也不少。但是有一段时间北地的杨树柳树总是丢失,不是锯了就是刨了,村里说宋大赖,宋大赖说北地荒老坟闹鬼,夜里他也不敢去。村干部当然半信半疑,在场听的侯老根弟兄俩都说不信。宋大赖说谁敢在北地荒老坟睡一夜,他就真服气他,自己保证以后不再丢树。侯老根外号侯泼皮,有名的好打辩,就第一个上荒老坟去睡了。那地方要说真有点恐怖,离村还有五六里地,附近没一点人烟。一大片荒坟,几棵老柏树,上边还住有猫头鹰,偏那一天是阴天,天上一颗星星也看不到,黑黢黢的。侯泼皮虽说也号称侯大胆,但心里也不住打小鼓,两腿直打战。拔拉了一捧乱草垫到屁股下,闭上眼睛熬时辰。到了后半夜,只听猫头鹰"咕咕"乱叫,搭眼一看,身旁的地上长出半截黑影,还正在一点点往外冒,把他吓得喊了声"我的妈呀"就昏迷过去了。不知道多大会儿才苏醒过来,连滚带爬往家跑,一路狂呼真有鬼了,真见鬼了。第二天上午宋大赖扬扬得意,这时就惹恼了一个人,那就是侯老根的兄弟侯小栓,说:今天晚上,我再去睡一夜。一听这话大家全呆了。这侯小栓虽说是侯老根兄弟,可是兄弟俩性情大相径庭,就好像不是一个爹娘生出来的。这侯小栓腼腆,温柔,高中毕业在家劳动,种香菇大棚,从不惹是生非,外号"大闺女"。他怎么敢上荒老坟?可是小栓说到做到,还真的到荒老坟去了。他去的时候捎去了一张凉席,还有臭臭蛋儿放在席边——怕有蚂蚁虫咬,准备大睡一场。天还是那样黑,他还真睡着了。到后半夜,听到窸窸窣窣的声音,他就一骨碌爬起来,一看,还是哥哥侯老根头天晚上见的那景,一个黑影正往外冒,侯小栓稳住脚步,一拳砸过去。那黑影"哎呀呀"大叫起来,侯小栓又拿起预先准备的木棒横着抡过去,那黑影可就惨叫着开了口:"小栓兄弟,别打,我算服了你了!"原来是宋大赖!

老王说,你们说,为啥侯小栓就敢到后地荒老坟去,一下子破了宋大赖的把戏?

大家都不吭。老岳吭吭哧哧地说,侯小栓真是好样的!

老王说,关键是侯小栓心中没有鬼!

老王说,咱矿产局新一届领导班子,要树这个正气,也是一句话,只要咱心中没鬼!同意马上封丁圪崂煤窑的举手。

于是,一条条手臂举了起来。

选自《小小说选刊》2006 年 4 期

田有才先生

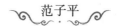

范子平

　　田有才是山阳县塔村人,白净面皮,薄嘴唇,右眼下并排长两个黄豆大的肉瘤,村里人背后提起他都戏谑地称"田二疙瘩",有时简称"田二",几乎忘了他本名。

　　田二靠布匹服装生意为生,常年来往省城县城,在村里虽不是数一数二的富户,但午饭里鸡蛋面条油盐酱醋俱全,小日子过得很是瓷实。

　　日本兵打着膏药旗过来了。不知听谁说田二常跑江湖,就找他来当"维持会长",田二哭丧着脸连连摆手拒绝,嘴里嘟囔出许多理由。日本兵把刺刀唰地往前一挺,刺穿了田二的棉袄袖,胳膊上划出一道口子,咕嘟嘟冒血。田二当下顺裤子流尿,瘫软在地上,上下牙直打战,从此就成了塔村的田会长。

　　田二给日本人做事,见日本人低头哈腰,日本人说啥他都"是是是",一抬头必是谄媚的笑容,两个黄豆大的疙瘩来回滚动。日本人夸他大大的良民。他立即唱歌似的喊:为皇军办事理应尽心!

　　日本人让田二牵头"征集"军粮,收了 20 万斤小麦。正好国军 27 师驰援台儿庄路过山阳县,田二抓住时机找国军报告,将一库粮食全让国军拉走,然后去日本人那里报警,说军粮被国军劫走,日本人扇他两个嘴巴。他连连哈腰说保证补起来,连夜东奔西跑给日本人收小麦,虽说没收上多少,但态度虔诚,千难万险才应付过去。八路军独立团卫生队黄队长是田二的外甥,暗中找他买药。田二到县城联系王家药铺王掌柜,按外甥开出的品种买到一批,趁给日本人送军粮,偷偷带出城交给八路军。

这天鬼子突然包围塔村,挨家挨户搜查八路军负伤军官,一时全村鸡飞狗跳,当下没搜出来,但抓走小学教师贾立。贾立当夜死在刑讯室。贾立的弟弟贾淮是抗日锄奸队副队长,为给哥哥报仇雪恨,只身去刺杀日本宪兵队长清水,但刚入县城就被鬼子抓获。他实在受不了酷刑逼供,交代出县城的王家药铺。日本人立即包围王家药铺搜捕。王掌柜从后院跳墙逃跑时被乱枪打死,药铺伙计大贵负伤被抓。他也受不住酷刑,交代出了田二疙瘩。

田二刚被抓进去时大喊冤枉,但一夜的皮鞭抽打加上老虎凳辣椒水,他头脸都脱了形,天明后就一点一点往外说,从王掌柜说到贾立、贾淮。日本人又给他一鞭,追问负伤的八路营长藏匿地点。田二开始撑着不说,但日本人拿着烧红的烙铁往他胸口只那么一按,他就大喊起来:我招,我全招! 他说就藏在后山小杂冈上。后山方圆百里人迹罕至,树密林深沟壑纵横大小杂冈几十个,不是当地猎人,都弄不准方向的。

日本人就让田二带路。田二踏着野草丛树跌跌撞撞往前走,后边紧跟着一队日本兵。七拐八折到了一块高地,望去果然有个隐蔽的木棚。田二耷拉着头说就是这里。日本人迅速两边包围,让田二喊话。

田二暗哑着喉咙大声喊:袁营长,皇军来了,投降吧,太君说投降有赏! 不听回音,只有风呼啸着滚过山林。日本兵冲进去,棚子里有锅盆碗筷,还有换下来的纱布绷带,上面还有发黑的血迹,一摸干草上的被子里似还有余温,日本人立即在四周搜查,又往前追击,但最终没有追到。

贾淮两个月后死在自己家里,被刀割走了头颅。大贵死在一个酒摊儿,被一枪打穿胸膛。腊月一个月黑风高的夜晚,锄奸队上了田二家的四合院房顶,乒乒乓乓一阵枪响。但后来听说田二头天晚上领全家偷偷逃往汉口,走时没带任何财物。锄奸队谋划追杀他，到汉口颇费周折才打听到田二已经病死，他的家人下落不明。

1949 年春，四野一支部队南下路过山阳，一辆吉普车上跳下袁师长，向率队支前的山阳县长打听田有才先生的下落。

县长说，你说的就是田二疙瘩，老日在时，有过这么个维持会长，已经死了。他原先为我们做过事，后被捕叛变，向日本人供出我八路军伤员隐藏地点。

袁师长说，没有没有！那伤员就是我！我负伤后经黄队长联系，田先生安排我后山鹅冈隐蔽疗伤，跟我约好，每天黎明时，只要在鹅冈见不到他或他派的送饭人，就是出事了，要赶紧转移，路线是沿着小溪蹚水先到虎头冈，那儿有条山洞通山外，隐蔽得很。这条路是他事先精细安排的，他要叛变，我是逃不脱的。

县长恍然大悟说，原来是这样！他让人打听田有才家的后人打听不到，田有才的遗骨也找不到，就让人修了个空坟，刻了墓碑，上书："田有才先生之墓"。

选自《小小说选刊》2018 年 9 期

金爱你莫要坐大巴

范子平

娘家舅舅摔伤骨折了，金爱听说了很上心，恨不得一下子跑过去看望。舅家在赵村，和娘家李村相邻，都在这个县级市的辖区内，去一次很方便，金爱就想坐大巴。

金爱老公叫郭为民，是这个县的"老一"。金爱想用车不用给老公说，一个电话打过去，机关事务局保证会以最快速度开过来。但金爱咋说呢，一是平民意识强，从心底里不爱搞特殊化，二是逆反心理强，用小车越方便越想坐大巴新鲜一下。但她还真是没多少坐大巴的机会。偶尔跟老公一起出行，自然要坐老公专车，不坐也不合情理。单独出行则很少，毕竟家里大事小事老公打个招呼就办了，哪用得着她奔波？那次她忽发奇想，想坐12路大巴到当年自己上学的初中看看，谁知在公交车站牌前碰到化工集团丁总。丁总眼睛那么尖，在正跑着的车里一眼就认出她，赶紧停车跳下来，使出浑身解数劝她坐他的奔驰去，金爱实在拗不过，再说老公在那个位子上坐着，自己也要注意平衡，于是只好很不情愿地坐奔驰去。还有一次，她们几个当年的同班女同学，相约往附近山区的一个风景区聚会，满打满算四五十公里，县城往那里的大巴一天几十趟，她打定主意坐大巴，但拐弯处遇到了交通局的刘局长。刘局长一眼瞥见"第一夫人"背着行李包，立即急刹车跳下来,死缠活缠地非把丰田让给她,并随即掏手机另调车过来服务他自己。看刘局长可怜巴巴的样子,好像金爱不坐他的车他就会有大灾大难似的,金爱只好又一次违心地屈服。

金爱暗下决心,这次一定坐大巴。要说这次坐大巴还有政治意义呢。这几天上级正在这个县考察班子,除了日常考核,还要推荐一位德才兼备的县领导升任"副市级",因为市里快要调班子了,这次推荐特重要。这两天老公除了日常工作,还要接待台湾的投资考察团,再加上考核推荐的事,日夜忙碌,晚了就睡办公室。金爱想,关键时刻,没准儿自己坐大巴走亲戚,会成为老公廉政建设的又一个闪光点,为他的"副市级"增加票数呢!当然这次得力避干扰,趁早饭时街上人少,金爱拎了礼品就走,万幸没碰见熟人。她步行到一个站点,登上了一辆大巴。车上就有迟迟疑疑的目光扫她的脸,金爱回看觉得其中一个面熟,就主动打招呼,一搭话才知是小学时的同班同学,几十年没见面了,这个小菊四十好几了还得来县城打工,人呀真是没法说。

坐大巴其实挺方便,赵村村口下车,拐两个弯儿就是舅舅家,但刚拐过村口,就见一辆摩托车呜呜叫着迎面过来,金爱认得正是表弟老胖。她打招呼说,老胖,你爸腿伤好些没?老胖一听喊才转过头,大吃一惊地说,我姐夫——金爱嗔道,光记得你姐夫,我不是来看你爸吗。老胖就拐过车头,把金爱的东西放车上,推着往家里送。路上碰到辆捷达车迎面过来,到他们跟前刹住车,一张年轻的脸从车窗口伸出来道,老胖,来贵客了?老胖闷着头说,我表姐来了。对方立即显出吃惊模样:郭书记家是你表姐?咋来的呀?老胖低头走路。金爱不无骄傲地说,坐大巴来的呗!到家门口,老胖把东西拎屋里,说姐你跟老爸说话,我跟别人约好了,得走。金爱赶忙过去问舅舅的伤势,谁知道舅舅也是先问咋来的。金爱不由得叹气道,管我坐啥车来干啥!你的腿受伤才是大事。谁知舅舅就有些急,反驳说我这条老腿算啥?就是折断也不会要老命,你坐啥车来才真是要紧,你坐辆好车来一趟,乡里村里至少一年都不敢低看咱家！你也坐大巴来，不是跟咱乡下人趟齐了？

谁知事情远比舅舅说的要严重——两天后推荐"副市级"，老公差了几十票！以至于落到县长后边去了，以前从没出过这种情况呀。老公暗让亲信了解。了解来了解去，源头竟然出自金爱！原来有些人见堂堂"第一夫人"坐大巴走亲戚，就想当然认为"老一"出事了，反正这年头出事的"老一"也不少，于是一传十、十传百，竟然闹得满城风雨，这次投票就直接受到了影响。从来对夫人说话和风细雨的老公也动了脾气：你看做事不讲政治行不行？带来多大危害！后悔莫及的金爱也委屈：我心说搞廉政就是讲政治，谁知……从今再不坐大巴！

选自《小说选刊》2013 年 2 期

上大学去

范子平

　　我们从没有做过上大学的梦，不说我们还小，正上着小学，就是大，就是上高中，我想我们也不会梦想上大学，因为我们村从来就没有出过一个大学生。村里孩子一般都上小学，可是这小学上得也不安稳，谁的家里要用劳力，马上就叫他们的孩子辍学，所以，我们一个班在一年级时有十三个人，到了六年级，就剩下我们五个了，都姓王，都是本家自己人，还是王连喜当班长。没有我们不敢办的事，都说我们"捣蛋得欺天"，就连班主任也气病了，回城一看病，再也没回头。过了好几个星期，学校就换了同村同族的王敬民来教我们。王敬民三十来岁，高高的个子。别看他比我们大十几岁，却是我们的晚辈。论辈分我是叔叔，王连喜他们四个就是爷爷了。王敬民上课讲得很有意思，总而言之就是故事开路先吸引住你，再往下讲课。这个我们真的很欢迎。可是他叫做作业我们就不高兴了，因为我们已经两年没有做过作业了。他给我们几个人都打了不及格分，又在课堂上批评，我们可就恼火了。王连喜就喊：过来，过来，我是爷爷我叫你。王敬民无可奈何，因为我们村就一个族，村里老人对辈分还是挺重视的。我们几个就越发调皮，齐喊：现在是四个爷爷一个叔叔集体处罚，王敬民马上过来！王敬民只好过来，按照我们的要求把腰弯下。我们伸出食指和拇指弯成一个圆，依次每人在他头上弹了一桃。王敬民夸张地哎哟着,说:"你们这些捣蛋虫!"他没说下去,我们毕竟是长辈,他没有办法。

第二天来上课,王敬民突然问:"你们想不想上大学去?"上大学去?是不是那天我们弹桃时下手太重,把他弹成了神经病?我们会有上大学的命?再说我们才上小学六年级,跟上大学不是离十万八千里?我们就笑嘻嘻地说:"想是想,就是太空想。"王敬民一下子摆出了晚辈人的随便来,大喊道:"走,咱上大学去。"他不由分说地拉着我们上了一辆客货两用车,朝城里飞一般地开去。看着两边的树木飞快地朝后跑去,我们可得意了,甭管上大学不上大学,光这趟旅游就比掏鸟窝挖田鼠洞捉水蛇有意思多了。

没想到王敬民真的领我们去了大学。这所大学还是全省很有名的一所大学,只是没有在市里,在距离市区有十多公里的地方。首先那个大门就气派得叫人吃惊。门岗在屋里并不出来,汽车来了电动栅栏门会缩起来让路。王敬民经过一番交涉,领我们走进了大门(王敬民交涉时,我们才知道他的高中同学在这里当副校长)。嗨,还真是从没有见过这样好的地方!绿莹莹的草地上伸着长颈灯;路边一丛一簇的鲜花沁人心脾;石板铺就的甬道上青年人三三两两拿着书本散步;高大的楼房上美丽的玻璃幕墙像是神话宫殿一样;教室里,大学生们看着大屏幕电脑听老师讲课;图书馆里,好家伙,一格格一柜柜的书本快把我们的眼睛看花了;坐电梯上上下下,头脑有些晕乎像坐飞机一样;实验室里,瓶瓶罐罐还有不知名的仪器高高低低,酒精灯吐着蓝色火苗;还有广阔的体育场,篮球足球排球在飞上飞下……大学真大呀,大学真美呀,我们的心震撼了,小脸严肃起来,一种莫名其妙的激动,在血管里膨胀。

王敬民说,咋样?

王连喜说,这个,这个,真是比天堂还好吧。

我说,在这个地方让我过一天也是一辈子的造化。

王敬民说,要说,这里边出来的大学生,机关、学校、工厂、解放军都抢着要,为啥? 人家有本事。像咱开后门人家也不要。比方咱村的支书,又是送礼又是说好话,儿子才安排到县电缆厂,现在还下了岗。这个大学的毕业生,挺起胸膛做人,到处有人抢。自己饭碗铁不说,还光荣,给国家做大贡献! 你像咱村借用县农场的自动收割机,就是这里发明的。那算是小发明,大小发明这里一年几百项! 你们想在家窝窝囊囊过一辈子,还是想上大学,做大事,给国家做贡献,自己过上城里人的好日子?

我们一时忘了自己的长辈身份,一起回答:想上大学!

王敬民说,那就好,上大学就得好好学,认真听讲课,往心里听,认真做作业,往心里学! 得靠你自己用心! 得靠你自己吃苦!

当我们朗朗的读书声响彻在小村上空时,去地里劳动的好多老少都拐这里看热闹,说,王敬民真有本事,咋把这几个捣蛋泥猴制服了?

一晃六七年过去了,我们这一班的五个同学,真的都考上了大学。每年过年回家的时候,我们都去看望王敬民老师。我们规规矩矩,恭恭敬敬。王敬民老师开玩笑说,别这样,你们还是长辈呢。我们全都不好意思地笑了。但这话只能王老师说,要是别人说,那就是揭我们的疮疤,我们就该跟他急了。

选自《小说选刊》2018 年 11 期

作者简介:

范子平,中国作协会员,河南省小小说学会副会长,新乡市作协顾问,新乡市小小说学会会长,新乡县作家协会主席。发表小小说三百篇,多篇被《小说选刊》《小小说选刊》《读者》等转载,作为阅读题选入高中语文教科书和各省市统考语文试卷,获六届中国小小说金麻雀奖。出版有《欧文的试验》等多本小小说集子。长篇小说《机关这些事》出版后被新华网、中国青年、新浪、搜狐、凤凰等网站转载评论。

桂花桥

田双伶

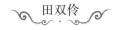

还未进八月,木樨镇就被桂花的香气沁透了。

风一过,桂花桥两岸的桂花扑簌簌地落,镇上的人会端了筐箩筐子,去采桂花,做桂花酒。

木樨镇几乎家家户户都做桂花酒,不过是用晾干的桂花拌了白糖,在坛子里发酵三天,然后加入高粱酒或米酒,密封避光保存,三个月后就成了。

可桥东桂花街的黄阿婆和别人不同,她做的是桂花稠酒。先要用清水泡糯米,撇去浮沫。接下来蒸米,上笼,烧大火,等米熟了,离火,把米摊在案上晾凉,撒曲面拌匀,装到缸里,用白布盖上,再加上草垫捂着。三天后,将缸口横置两个木棍,铜丝箩架到上面,箩中倒一些酒醅,用生水淋几次,再撒上晾干的桂花,加热烧开……酒澄清后,黏稠、绵甜、醇香,散发着浓郁的桂花香气。

这样的桂花稠酒活血益气,醒神补虚,是黄阿婆娘家的家传佳酿。镇上好多人家就请她到家里做稠酒。因她不情愿做,请她做酒总是要费些口舌,和她嘻嘻哈哈地扯东说西,最后颤巍巍地堆起笑,终于把做酒的心意说出来了。她把目光移向别处,抻抻衣衫,拢拢额前鬓角的发,合了眼帘摇摇头说,啊呀呀,可真是麻烦。口里恨恨的,脸上也是不耐烦的样子,最终还是搁不住人家歉意讨好的笑,拢拢头发,起身往门外走,嘴里叨叨着:阿弥陀佛,我这不喝酒的人,偏要给你们去做酒吃,真是造孽。明年不给你们做了!

到了中秋,木樨镇家家户户围在一起吃月饼赏月,喝陈年的桂花稠酒,就会有人想起黄阿婆。花好月圆夜,她孤零零的一个人。就是广寒宫里的嫦娥,身边还有个捧酒的人呢。不过,若不是年轻时的那件事,她也不会落个身影孤单。

黄阿婆年轻时,从五里之外的村子嫁到木樨镇。那年回娘家,中午吃多了母亲做的桂花稠酒,傍晚时分微醺着赶路回家。偏偏那天路上遭了雨,内热加风寒,走到桂花桥上,人就昏沉沉的了。

至今黄阿婆也说不清自己那天是不是过了桥,也说不清那天发生的事。她只记得被一个女人的尖声号叫惊醒,醒来发现自己光了上身,满身酒气。旁边,医生朱一尧又是拽那女人又是捂她嘴巴,却不济事。

原本待在屋里避雨的人们都跑出来看。朱家诊所门外,被麻脸女人拖着搡着的黄阿婆,浑身绵软,脸庞泛着红晕,光着上身抱着双臂,躺在石板路上打哆嗦。麻脸女人手里扬着一件衣裳,对着她又跳又骂。朱一尧在一旁急得挖撞着手说不出话来。

无论朱一尧如何对人解释,无论镇上的人如何劝,黄阿婆的婆婆还是嫌她坏了名声,也没告诉她在外经商的男人,就把她赶出了门。

她索性从桥西搬到桥东的桂花街,租了一间门面,与朱一尧的诊所隔桥相望,开了家糖果铺子。

后来,木樨镇的人闲了就会说起这事,有人说是她昏倒在朱家门前的,有人说是她借着酒意引诱朱一尧的……可这事,外人怎能说得清呢?再说还有物证在人家手里呢。

闲的时候,黄阿婆就坐在门前帮邻家做针线。有时,会愣愣地对着桂花桥发呆。桂花桥一拱如月,一米多宽,没有扶栏,青条石铺就,年代久了被磨得光滑。也许因南方天气的多雨,桂花桥总是潮潮的。即便晴天,阳光也没那么强，从远处望，沿河两岸一色墨瓦盖顶的房檐上氤氲着淡淡的雾气，好像照相馆里打的柔光。这些年，即便生病，那窄窄的桂花桥，她也没再踏上一步。

朱一尧的老婆天天坐在门前，望见桥对面的糖果铺子，只要看见有人进了门，就朝那边啐一口，咬着牙狠狠地骂上一句，勾引人的骚货。

只有朱一尧偶然遇见黄阿婆，脸上讪讪然。

可是，麻脸女人起先利利索索的一个人，自从天天搬到门口坐，就得了怪病，浑身瘫软无力，泥巴一样。朱一尧调了好多方子，也治不好。有一天，桥东老孙家送来一壶桂花酒，她耐不住酒的香，就尝了一口，竟然喝干了。喝完后，觉得精气神一下子就上来了，第二天也不靠椅子坐，倚着门框和人打招呼。

过了两天，又觉得失神无力。她让朱一尧去老孙家讨些桂花酒喝，朱一尧叹了口气说，那酒，是黄阿婆做的。

麻脸女人的脸就沉了下去。她依然瘫坐在门前，望着黄阿婆家的铺子，再仰脸瞅门前桂树上稠密的叶子，眼瞧着桂花簌簌地落下来，被风吹散到河里……

趁着秋后几天的好日头，麻脸女人让朱一尧采了自家天井里的桂花晾干，端了满满一筐箩过了桥。

我这样的人，做不出什么好酒的。再说，人吃多了酒，谁知道会惹出什么是非来？您请回吧。黄阿婆倚着门，一只脚踩着门槛，目光落在桥上，冷冷地对麻脸女人说。

隔壁老孙看见，慌忙关门回了屋。

麻脸女人端了筐箩，一步一软地回到桥对面去，桂花碎碎地，撒了一路。

那年黄阿婆做的桂花稠酒，比往年都多，给东家送一坛，西家送一罐。而朱一尧，就东一家西一家地借酒。麻脸女人的精气神比以往好了许多，手脚也有了力气，在家里帮着朱一尧晒药材。再也没有坐在门前，对着糖果铺子咂口水。

黄阿婆给隔壁老孙家送了一坛子桂花稠酒,让他给朱一尧,说,再怎么说,人家救过我的命。

霜降后,寒意明显重了,树上的桂花也落尽了。夜晚,黄阿婆坐在屋里愣愣地出神,忽然听到一阵喧闹声,她忙打开门往外看。桥边人影攒动,像是有人落了水。

隔壁老孙头从那边回来,见了她,口里唉唉地叹气:朱先生家的,大抵是吃多了酒,落到水里,寒气热气激着,人已经不行了……唉,怎么不知道天寒了,那桥就会滑呀。朱先生说,她说好久不出门了,趁着有月亮出去走走;还说天凉,又带了件衣裳……

次日,镇上的人说,麻脸女人被捞起来时,手里还紧紧攥着一件衣裳。

木樨镇的人都摇头叹气,知道天凉,那衣裳为什么不穿身上? 她这一辈子,怎就跟件衣裳过不去呢?

夜晚,黄阿婆站在窗前,看见桂花桥上泛着清冷的白,不知道是霜,还是月光。

忽然,听见门外有脚步声。隔窗往外看,一个人影朝院里扔进一包东西,转身走了。

黄阿婆的泪,就流下来了。她沉沉地坐到凳子上,想给自己斟一杯酒喝。有多少年没尝桂花稠酒,她已记不清了。

选自《2012 中国小小说年度佳作》,贵州人民出版社 2013 年版

翰墨街

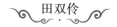

田双伶

黑槐成荫的翰墨街上，宜兰轩和翰墨斋相邻，除了两家店主人一个擅操琴一个喜弄墨，与别家无甚区别。

郿南古城有宋时遗风，人们多喜临池研墨，平时来翰墨街逛的人从未断过。也常有邻近县市的人来这里买纸墨选字画做装裱，再去近处茶城品茶买茶，而后到鼓楼夜市吃美食，如宋人一番消夜。

来翰墨斋的人，一进门都会眼晕。满壁悬的字画，行草隶篆山水花鸟，看落款，都是临摹之作。门口的茶桌上摆满杯杯盏盏，谁来了，店主老陶就赶紧绿茶普洱的沏上，甚至遇到性情相投的，免不了铺纸研墨切磋一番。

有人把一幅幅卷轴细细看过，说，您这，都不是真迹呀。

他嘘叹一声说，这可都是好字。

来者指着其中一幅问，这幅价钱多少？

他顺势望一眼，脸上满是虔诚之色，哦，这幅，您好眼力，这是临弘一法师的手书呢。

不是真墨，价钱就该低些。

他就呵呵一笑，您看，弘一法师的气韵可都在呢。

最后搞定价钱，不过三两百元。他恭敬地将书轴取下，放进特制的木盒里,说,这大家的字可都是写给百姓看的。若藏在书斋里,标价又高,谁个舍得买,谁个去赏呢?您说是不是?

来店里逛的人从翰墨斋出来,拐进宜兰轩,一进门先觉得自己俗了几分。迎门的条案上放置的全是兰花:墨兰、蕙兰、四季兰。案上有素琴,几上放金经,小小斗室,雅意非常。听闻店主朱先生所结交的多是书画名家,在古城也算知名。

他店里悬的字画,一看钤印落款皆是名家。他给人讲,我这里可都是名门正派。你看这幅山水画,大气磅礴、庄严肃穆、丰润富贵。这位名家起先不给,我多次上门求,他才放到小店。可谓我的镇店之宝。

若买者讨价,他就面露不屑,您出那价钱,还是赏赏看看罢。

可是古城一位作山水画的老先生携了几幅画去做委托,他斜看一眼,鼻孔里哼出冷气,说,这山水画题材狭隘、技法单一、章法凌乱。这样的皴法,稍显破败之色。您这润格还不太好定,还是当修心养性之作吧。

一番话说得人悻悻而去。

可是那日,他店里的一幅墨兰小方就卖了三万块。这在翰墨街上已是高价了。

可偏偏那人的亲戚是同在翰墨街经营的纸墨店老板,于是就找回到宜兰轩。翰墨街从南到北都是做书画的,谁个不懂行呢?

您这可欺不得人啊。这不就是您自己画的兰花嘛,怎么混同名家的价钱出售呢?那人说。

朱先生面不改色,正颜道,我画的兰不输于名家啊。再说我画兰也有三十多年了,难道名家画的是兰,我画的是韭菜不成?画兰,讲究的是禅意,您看这兰,叶形悠然,雅致非常,哪里不值得三万块?若说名家,那润格更高,哪是三万块就能求得的?寻常人家,挂幅兰花,让陋室添几分雅意就行了!

气得那人要砸店。

一时就嘈嘈杂杂围聚了好多人。

这时老陶过来，说，既然肯花高价买《墨兰图》，看来是真心喜欢。这样吧，我店里有幅隶书，写的是东晋诗人陶渊明的《饮酒·幽兰生前庭》，赠您，算是给这幅《墨兰图》做伴礼吧，您就别再为难朱先生了。

旁边有人就笑出了声，就您店里那些临摹的画作，赠人不显得失礼吗？

老陶赧然一乐，从屋里捧出一幅卷轴，打开看，当时惊得人大赞：一行行字体线条凝练，气势通达，高秀清峻，既有《曹全碑》的丰腴，又有《礼器碑》的峻拔，还可见《封龙山颂》的宽博。落款是松龄。

你从哪儿得来松龄先生的墨宝？那人惊疑地问。

老陶说，您没看见，我店里那张"留墨台"吗？松龄先生来店里喝茶，随手写的。

他的字您也舍得送人？

老陶说，有什么不舍得。若他的字价高得吓人，或是只闷在屋里独赏，还会有几人看他的字喜欢他的字呢，那样写得再好也没多大意思。

朱先生听了赶紧跑过来，看看字，又看看老陶，又看看店内的"留墨台"说，故弄玄虚。这松龄先生我早有耳闻，是郦南籍的一位隶书名家。怎么可以跑到这儿留字给你？倒是天天见你在那儿练笔。不过……你以前送过我几幅兴起得意之作，我看着和这幅字形似得很呢。哦，我想起来了，好像你落款只署名不钤印，倒是有腰章闲印，我还以为是雅趣，你，不会是……

不料，老陶竟然点头说是，松龄乃鄙人拙号。他说，平日喜欢研墨习字，不承想名气在外，市价虚高，让朋友们破费了。我也心存愧疚，因而不再让字悬于市面上叫卖。经营这个字画店虽是个小营生，却让我结识了许多喜书法的好朋友，平日将他们所托的字画平价出手，他们也很乐意，书画本来就是让人赏的嘛，若价高了岂不是孤高了自己？各位若喜欢，欢迎以后常来这里切磋技艺，留墨台上的笔墨纸砚，随意用。

天色将晚。那人取了字连连道谢，众人散去。

朱先生朝翰墨斋不屑地呸了一口，恨恨地说，不就会写个"字"嘛。他咬着牙把"字"说得很重。

翰墨街上,晚风缓缓吹来。

选自《天池》2019 年 1 期

薄荷的邀请

田双伶

时令过了谷雨,她家门前的小园子,仍是空空的、黄黄的一片,好像一个心情不好的妇人,板着一张蜡黄的素脸。

她的心情就很不好。怎么可能好呢? 从那场婚姻中流落出来,她就病了,整日昏沉沉的,头痛、恶心、烦躁、失眠,黑苦的中药汤汁喝了一碗碗,也没减轻多少。

而邻家和她一样大的园子,此时已喧腾一片了。春韭已割了好几茬儿,垄间的油菜日渐稠密,薄荷的嫩芽从惊蛰到现在夜以继日地往外拱,一芽芽一丛丛地四处蔓延。她每次都心悸地看上一眼,等它越过边界的时候,就毫不犹豫地将它拔掉。

她端着一杯红茶站在园子里,晒着上午十点钟的太阳,看胖胖的邻家女人蹲在地里割韭菜,看她腰间露出一道让人心惊的赘肉。她想,可惜了这么好的园子。怎么能种这些俗气的蔬菜呢? 应该栽上蔷薇或是紫藤,让它们顺着窗栏往上攀,藤蔓垂下一簇簇小花,坐在花香里读书喝茶,多好。可是,去年入冬搬到这里,她还不知道该怎么栽种花木,园里自然是空空的。

邻家女人吃力地站起身,看见她,隔着低矮的栅栏递过一把韭菜,说,前天下了场雨,就蹿这么高了,你也尝尝鲜。

她的笑容掩起了不屑，说，谢了，我不习惯那味道。

邻家女人笑呵呵地说，我家那口子呀，特爱吃韭菜馅饺子，每次包饺子他都能吃好多。

她听了，无力地垂下眼皮摇摇头说，我头痛。转身要回屋。

女人看她摇头闭眼痛苦的样子，说，你等等。说完弯腰掐了几片薄荷叶，在指间揉碎，朝她伸过手说，来。

她怯怯地将头低垂着伸过去，听话地让女人把那一团青绿涂在太阳穴上。瞬间，一丝清凉从太阳穴沁入鬓角，将她从混沌中缓缓唤醒。

真是奇了，她向邻家女人道谢。女人乐呵呵地指着地上的薄荷说，管用你就随便掐，掐了还会发的。

天依然晴好。隔着栅栏，她细细看邻家的园子，西墙角扯的晾衣绳上，五彩斑斓地挂满了衣物：孩子的小衣裳，男人皱巴巴的长裤，女人的花上衣、褪了色的床单被罩，一看就是含棉量不高爱起球的化纤织物。邻家女人身上穿件松松垮垮的睡衣，端着红色塑料盆给菜浇水。屋里传出孩子的哭闹声，女人一边吆喝男人去哄孩子，一边叨叨着菜叶上怎么长了虫子。

她与邻家只隔着一道木栅栏，却仿佛隔了世间的一层烟火。这样的俗日子，在她眼前，生动着，美好着。

邻家女人指着地上那丛青绿的薄荷，唤她，过来摘呀。

她一次次走进邻家的园子。三片两片薄荷叶，就那么一掐一揉一抹，一丝清凉，竟然让她的头痛一天天好起来。

每到中午时分，隔壁的厨房里便传出有节奏的叮当声，继而是爆油锅的刺啦声，葱花的香气飘过来。她贪婪地嗅着那香气，觉得自己像个窥视的小鬼，在吸纳人间的烟火。

屋里只她一人，静得很。她越来越怕这种静了。静，如一个无声无形的鬼，悄然藏在身旁，一丝丝吸纳她的元气。她将冰冷的咖啡壶、面包机、料理机，都收到柜子里，又去超市买了花围裙，在菜场买了韭菜、鲜肉和面粉，备全了调料,她想包回饺子,做个勤快妇人。往日冷清的厨房热闹起来。她笨拙地调馅、和面、擀皮儿,不一会儿,鼻尖上手臂上全是面粉,照镜子一看,自己都笑得不行。饺子煮熟了,她盛出一个尝,一下子烫了舌头嘴唇,泪都出来了。抹泪的那一瞬间她怆然失神:从前的婚姻,独独缺了这烟火气呀。自己做给那人吃的,什么鲜花沙拉、海鲜料理,对脾胃都没有亲和力;即使那人爱吃的饺子、汤圆,煮的也是速冻食品,难怪那人苦笑着说,吃得胃寒,都成了速冻人了。婚姻就是这样冷下来的。原来想把恋爱时的浪漫情调带到婚姻里,如同把黄山的云雾装入坛子里一样不现实。

她将饺子煮好,小心地盛进保温盒,拎着出门,坐上公交车转过大半个城市。她要去送给那个人吃。

当她把饭盒端给那人,掀开盖子,她看到了一双黑眸闪出的惊喜,顷刻化为湿润。

她的日子开始活色生香。每天清晨,她步履轻盈地拎着篮子去菜场,回来后篮子里装满了新鲜的青菜、鱼和豆腐。饭食做好装好,而后,拎着保温盒,坐上公交车绕过一条条街道,送到那人面前。洗手做羹汤,原来也是如此的幸福。她明白了以往朋友说她的那句话:再精美的瓷器,能有粗瓷大碗端在手里实在吗?

立夏过了五六天,那人和她一起回到家里。她牵着他的手去看邻家的园子,欢欣地指给他看,却惊奇地发现:邻家的薄荷,竟然不管不顾地,已经在她家的园子里恣意丛生,串了一大片。以前她曾经想,等它越过边界的时候,就毫不犹豫地将它拔除,可是,这绿叶舒展的薄荷,谁能拒绝得了它呢?

她说,我们采些做薄荷茶,邀请我们的邻居来品尝吧。

那人说,好啊。

初夏的空气中,清凉的薄荷香气从她的园子里弥漫开来。

福翩翩

田双伶

夜渐深,窗外的烟花凌空次第绽放仍未停歇。书房里,弥漫着浓浓的墨香。他放下笔,凝神看着眼前墨迹未干的字,"莫听穿林打叶声。何妨吟啸且徐行",静默许久,才端起杯子饮了口茶。那茶已经很凉了,许是茶叶放得多,许是泡得久了,浓酽发苦。

书桌旁堆了一摞摞的宣纸,那是人们请他写字送的,都是好宣纸。他有约定,润笔费分文不收,求字者只需送他一刀宣纸即可。求字的人都是他的亲朋好友陪同来的,无论篆隶行草,还是诗词歌赋,写什么都行,他也不好推辞。而他最喜欢写的还是楷书,从小他就在祖父的训教下,一笔一画,端端正正,虚拳直腕,指齐掌空,澄神静虑,秉笔思生……在山里教书时,夜晚一灯如豆,他在一张张废报纸上挥毫泼墨,度过了漫长的清苦岁月。渐渐地,他的学养与书法,他的远见和胆识,让他离开了那所学校,直到教育系统的主管领导岗位。

忽而一朵烟花如流星一般划过窗前,让他蓦然一惊,原来今天腊月二十三,是小年。每到春节他就抑制不住如幼童一样的满怀期待和欣喜。他忽然想写一副春联。这些年他看到的春联都是印刷的,有保险公司送的、物业送的,连在超市买瓶酱油醋都送春联。那些春联内容也大同小异,没新鲜感,没时代感,更重要的是,他感觉那印刷出来的字,没有用墨汁写出的字有血有肉有生机。

于是他在一摞摞的宣纸里翻,翻半天也没找到一张红纸。这可将就不得。写春联一定要用红纸,用好墨。这习惯是他从祖父那里延承的。上过私塾的祖父写字选纸和用墨讲究得很。写春联一定要用红宣纸,大红、正丹红、万年红都行,喜兴。调墨时,祖父若是在喝茶就往墨里滴几滴茶,喝酒时就滴几滴酒,还神秘地告诉他,若添些鱼胆汁,字迹干了也泛着光亮呢。祖父写出来的字和他的人一样透着儒雅气,每过了小年,十里八乡的人都来求。他仍清晰地回想起那些场景,幼年的他跑前跑后,扶桌牵纸,祖父将袖微俯执笔挥毫,拖笔之际,一副墨香芬芳的春联就成了,围者喝彩连连,待墨迹稍干,便取了红联愉悦而去。

翌日清晨,他穿好棉服,出门去书画店买红纸。街上到处都是节日的气氛,路旁有几人正在往行道树上挂红灯笼。路过单位门前,他心里也没什么感觉,如往常散步一样。两个月前,他提前"被退休"了——因为一个事件,一年前他将某企业给他的一笔"意思"作为企业捐助转到家乡山区的一所学校。当那所学校刚刚打地基施工时,他却遭到了举报,最终给了他一个党内严重警告。算算年龄也到了,他并没有失落,反而轻松了许多,每天可以有大把的时间,去逛逛花鸟市场古玩城,去写他的字了。这次他买的红纸,足够写上几百条对联。市区没地方摆摊,他决定回老家小镇的集上去写春联。

写春联是个吉祥事,儿子听他一说满心支持,就开车载着他和他的笔墨纸砚回小镇去。路上,天空飘起了小雪花,手机滴滴作响,蹦出来的是一条条的祝福短信。沿途村庄的节日气氛比城市更浓。到了集上,儿子托同学给他找了片空地,找来一张桌子安置好就回城了。集上来来往往购置年货的人们都喜气洋洋的,他旁边有位卖春联的人在吆喝:"买春联了,买春联了,买上一副迎春接福、岁岁平安了啊!"他走近细看,这副是"盛世千家乐,新春百家兴",那副是"福旺财旺运气旺,家兴人兴事业兴",还有"迎新春事事如意,接鸿福步步高升"……红彤彤一片,透着新鲜劲儿,透着喜庆劲儿。雪花调皮地在人群中飞舞,人们站在摊前挑春联,手里托着红红的春联,仿佛迎来了明年的好兆头。

他开始裁纸倒墨、摆砚润笔,准备起笔写春联。这时过来一位老人问,写不写"福"字?

他连忙说,写啊,福字好啊,要多少写多少!

那人说,大的要六张,小的十来张。家里物件多,门窗、车上、树上,都要贴福字。

他把方才的春联纸裁成一张张小方纸,又裁了几张大方,指头肚儿都被染红了。运腕书写间,一个个散发着墨香的"福"字,如一只只小鸟一样,欢快地跳跃到红纸上。

他将大的小的福字一张一张摆好,待字迹干透了,递给老人,说,过年了,这些福字是送您的,愿您家里福气满满啊。

老人高兴地连连回道,好,好,送福得福,你也好福气啊。

他哈哈大笑,对,送福得福。

一张张福字,引来好多人,孩子们也被大人领过来看,他们指着字对孩子说,这是毛笔写出来的字!瞧,多好看,多喜庆!

来请福字的人越来越多,口里念叨着,送福得福,送福得福。大福,小福,一个隶书福,一个篆字福,写一个心宽体胖的颜体福,再写一个龙飞凤舞的草体福,他写得越来越起兴,从未有过的酣畅淋漓……小镇学校的老校长来赶集碰巧看到了他,拉着他凉冰冰的左手摇着,激动得都哽咽了,说,你多写一些,我去给学校的每个教室门上都贴一张……他也心头一热,想起了这么多年来考察调研过的贫困学校,失学的儿童,落后的教育状况……想起了经他的手一笔笔细细审批拨出的款项,那些款项都送到了该去的地方,每一笔他都对得起肩负的责任,对得起自己的良心。他仔细地写福字,想起当年祖父的训教,"一笔一画,端端正正",他愿写出的每一个福字都能给那些孩子带来好福气。

他婉言谢绝老校长拉他去饭店的邀请,挥手道别后已是正午,旁边羊汤的香味儿飘过来,他才觉得饿了。幼年时和祖父来集市上,他最盼望的就是喝一碗热乎乎的羊汤,配一个烧饼,那简直是人间至味。趁着这时辰人少,他坐在羊汤摊前歇口气,喝着热乎乎的羊汤,吃着烧饼,心里那个踏实,那个自在。

吃完饭,漫天的小雪花仍随风飘着,赶集的人却越来越多了,他心里暖暖的,提笔运腕写得更起劲了。福字越写越多,他写好一张就放在地上晾,也顾不上找东西压,一阵阵风吹来,吹起地面薄纱般的雪,将那一张张大红的福字也吹得飘了起来。远远望去,如一只只红色的蝴蝶,在天地间,翩翩飞舞。

选自《天池》2019 年 12 期

科罗拉多的月光

田双伶

有月亮的晚上，秦素素会到我的住处来。

我租住在市郊一个顶层的小复式里。楼上有天窗的小屋，是我的茶室。两把藤椅，一张木茶台，几盆绿萝。夜晚，我常常端着茶杯，眺望远处路上的车流灯河，看夜晚的星空，看上弦月何时隐，下弦月何时升，看近处楼房里的灯火，和月亮一样，明起来，暗下去。

她每次来，都会喝与上次不同的茶。而我喝的，只有彩云红。我说，素素你就没有爱喝的一种茶吗？就像你不知道到底喜欢哪种男人一样。

她拂开遮住额头的长发，挂在耳后，说，谁说没有。

她说的是陆子文，一位浪漫不羁的版画家。在一次画展上，我见过他。我讨厌他那一头乱而蓬松的鬈发，还有飘忽的眼神。我想他内心一定和他画的内容一样，抽象而迷茫。可是，素素发疯一样爱上了他。她说，你不知道，他的每幅画里，都会有月亮，有新月有满月，有朦胧月有皎洁月，有水中月有云隐月……你不知道，他的眼神和他画里的月亮一样，多么神秘，多么让人迷醉。

是的，迷醉。她迷醉了。朋友们对她忘我的迷醉，从鼻子里冒出一丝冷气来。当她迷醉到离不开他的时候，陆子文却说他要去遥远的科罗拉多。

留给素素的,是一首叫《科罗拉多的月光》的歌和天上遥不可及的月亮。

秦素素轻轻地唱起来:"你曾经说秋后嫁给我,我一直念念不忘。每当月光照到科罗拉多,你是否依然在等待盼望……"唱完了,她说,陆子文临走的时候,唱这首歌给我听。他说有月亮的晚上,会在月下想念我,想我时就会唱起这首歌。我爱上他了。可是我也知道,爱是去路,没有归途。

秦素素不来的时候,或是下弦月时,我会独自一人,泡上一杯彩云红,看着杯底红色的茶雾一丝丝一缕缕一团团地飘散开来。我喜欢看月亮,朦胧的光晕里,看月亮在云雾里时隐时现。有一个人曾经陪着我,一起看山中的月,湖边的月,松下的月……可是,月亮依然在,那个人去了哪儿?

送我彩云红的那个男子,喜欢和我一起坐在月光下,品茶。那个人曾对我说,等有月亮的晚上,我陪你喝彩云红,好不好?可那天以后,就再也没有见到他。

每个有月亮的晚上,我都会靠窗而坐,对着不远处的那扇窗发呆。隐约看见窗里亮起的灯光,在我脑海里幻化出一个画面:女主人把一盘盘袅绕着香气的饭菜端上餐桌,等着男人回家。那个俊朗的男人回到家,看到这一切,一定会心生暖意,忘记月下等待和他一起喝茶的人。

而素素,她每天喝酒,抽烟,喝很浓很苦的咖啡,我无奈地看着她美丽的容颜一天天地憔悴。谁也无法猜到光鲜璀璨的青春中,隐藏着怎样的划痕。

我说,素素,你不要这样,陆子文还要接你一起去科罗拉多呢。

她轻叹一声,去了科罗拉多,看的不还是这一个月亮?我看到她的面容上有盈盈的光迷离闪烁,是两行清冷的泪。忽而,她弹掉烟灰,目光定定地望着我,说,我要走了,你会不会想我?

我说,我才不想你呢。你在美丽的科罗拉多,身边有陆子文陪你看月亮,我想你做什么?

她垂下头,长发遮住了脸。瘦弱的她,如一只水边倦栖的苍鹭。忽然她用双手捂住了脸庞,哽咽道,没有一个人想我,我会孤单的。

我把烧开的水续进茶杯,递给她。温热的茶杯捧在手里,一股暖意泅遍全身。玻璃窗外,夜空旷远无边。若是她走了,去了美丽的科罗拉多,这个城市只剩下我孤零零地坐在楼台上看月亮。也许,只有这月亮能知我心意,陪伴我。月下,我可以望月、问月,可以举杯邀明月,与月且舞且歌……

她起身去拿烟盒,看到了红方筒的彩云红,抓起来要扔,说,你不要再喝这种茶了。我从她手里夺过茶筒,死死抱住,说,我就爱喝。

苍凉的月下,我们相对而坐,如两尊破败的神像。

我说,素素,我们藏在自己织的茧里,出不来了。我们都不再说话,仰脸望月,让清寒的月光在脸上染上一层如霜的薄凉。

秦素素走后,月亮也走了。它躲进了云层,也许是云遮笼了它。就像一个害羞的女子,轻轻地依偎进爱人的怀里。

对面楼里的灯光也一处处黯下去。我面前剩下一地寂寂的烟灰和杯里渐渐凉去的残茶。我倒尽残茶,昏然睡去。

那天,我在附近的一条小街上闲走,蓦地看到一个人。我追上他。我瞪大了眼睛——陆子文!

是陆子文。他漠然地望着我,目光很远,让我恍惚着,仿佛远到了天边。

你不是在科罗拉多吗?你什么时候回来的?我说,你知道吗?每个有月亮的晚上,素素都在等你,思念你。她有胃病有胆囊炎,可还是一次次地醉了酒,她一天天地瘦下去,瘦下去了呀……

陆子文迷茫地看着我,说,我没有去科罗拉多,我一直在这里。我没有让她等。她是何苦呢?

秦素素,她知道吗?

她当然知道。陆子文定定地说,她一直都知道。

那一瞬间,我听到心里轰然坍塌的声音。

素素,天下女子最悲哀的事情,是苦等一个人,他却不知;即使知道,却是漠然。素素,为何不转身?一转身,就是陌路;一转身,就音尘永绝。我们已经辜负了春花秋月,还能再辜负下去吗?

向晚时分,又大又圆的月亮悬在空旷的夜空。明月照高楼,流光正徘徊。对面的灯光又亮起来。我想,该搬家了。

我冲了一杯绿茶,偎进藤椅,等秦素素来。

我想和她说,我们曾经错过了多少美好的清晨,不要再看月亮了,好不好?明天,我们一起去阳光下走一走,好不好?

选自《2011 年中国年度小小说》,漓江出版社 2011 年版

我能否将你比作一个夏日

田双伶

"叮"的一声,烤箱里的灯缓缓暗下来,杏仁和着黄油的香气已诱得我守候多时了。

妈妈把装好的一盘杏仁酥递给我,说,给雪姨送去。

雪姨住我家对门。我用脚尖轻踢门板响过三两声后,她打开门看到我,忙俯身接过我手中的盘子,低头轻嗅,呵,好香。

她拉我进屋,把盘子放到圆几上,又端出精美的果盘,里面是我爱吃的太妃糖和大杏仁。她让我挑喜欢的吃,而后舀了一勺咖啡送到我嘴里,笑着说,你还小,尝一口就好了。咖啡好苦,一点都不好喝。她看我的目光一直停留在墙角的钢琴上,就把我拉到钢琴前,边弹边一句一句教我唱歌:Edelweiss, Edelweiss, Every morning you greet me……

可是美丽如仙的雪姨,家属院的人都不爱理她。虽说我们所住的是一所高校的家属区,但她似乎是个特别的存在。她是很多人口中那个"不吃饭的人",每天喝咖啡,吃牛角面包,唱英文歌,四季都穿高跟鞋,长裙,波浪长发,看英文版的书。邻居们拎着蔬菜水果在院子里遇到了,会聚到一起说菜谱聊家常,没有人和她交流。教师们经常在大门口的餐馆聚餐,也从未有人喊过她。我曾听到楼上的陆阿姨用浓重四川口音的普通话鄙夷地说,人家是吃西餐的人,吃不惯粗茶淡饭的。

也许与她的父亲黎教授有关。黎教授性情耿直不阿,在学术界颇有名望,因为在一次大会上怒斥学校里某些人的学术作假和教学管理问题,一下子得罪了许多人。那年黎教授病重,身为他的独生女儿,雪姨从英国回来照顾他。几个月过去,黎教授病情不见好转,她只好中断了在国外的学习,留校在图书馆外文部工作。

一年半后,黎教授病故。听妈妈说,雪姨已没有一个在世的亲人,以后还是会出国离开这里的。

雪姨并没有离开。她除了工作时间,其他时间就是回家整理黎教授遗留下来的书稿,几乎不与人来往。黎教授的书一本本出版,让原本在学术上嫉恨他的人更加心存不满。偏偏雪姨与黎教授一样的性情孤傲,因为是博士肄业,她又不屑于为了职称写论文,每天就是查阅资料,写笔记,独来独往,对一切都冷冷的。即便那天她被后勤处通知搬离家属楼到教工公寓时,脸上也平静得没有任何表情。

雪姨不再是我们的对门邻居。爸妈都有课的时候,仍是把我放在她那儿。

林立的书架间,雪姨在整理书,我跟在她身后,她只有偶尔在整书的间隙扭过头看到我时,嘴角弯弯地翘起来,在我看来,已是甜美的笑意了。

来外文部的人不是很多,来去也默然无声,找书,借书,还书。大多时候,雪姨坐在工作台前看书,我就趴在她身旁画画或玩。窗外,有鸟鸣啁啾,微风轻拂的树梢,光从窗户外射进来,在她的身上笼了一层淡淡的光晕,她的长发,她瘦瘦的肩膀,她低头的样子,美极了。可是,当她抬起头时,目光是冷冷的,从不和人对视。

那天下班后,她拉我跑进空旷的大礼堂,孤独地站在台上,仿佛面对满场观众,仰起头,一字一句似乎在向天空诘问:

名字代表什么?

我们所称的玫瑰，

换个名字还是一样芳香。

…………

窗外的一束阳光穿透下来，映在她长长的卷发上。

雪姨，你是主角吗？我问她。

孩子，记住，我们都是自己的主角。

而后，她领我去教工公寓。走在筒子楼长而漆黑的走廊里，我瞪大眼睛忽左忽右看一扇扇紧闭的门。等走进她的房间，她端出糖果让我吃，而后端了一杯咖啡坐在窗前，独自啜饮。她的长发垂下来，遮住脸颊，我看不到她的神情，只觉得眼前的身影苍老疲惫。

妈妈来接我的时候，告诉雪姨，听人事处的人说她没有职称，这次或许会被调到后勤部门，要想想办法。她听了，说，我知道的，换到哪里都一样。

雪姨仍是面无表情地整理一摞摞的书。那天，从一摞还来的书里，我看到露出的一个牛皮信封，抽出来，打开一看，上面是一行行看不懂的英文。我铺展开就用彩铅在背面画蝴蝶和大树。正画着，雪姨看到了，她摘下手套，拿起来细细地看，渐渐眉目舒缓，双眸里泛起光泽。

她望了望书桌前看书的人们，又望了望窗外，俯下身轻声问我，你喜欢阿姨吗？

我点点头。

那你喜欢阿姨什么呢？

你的长头发，你看书的样子，你教我唱英文歌，还有你的咖啡……

雪姨抿唇而笑。

午后，在夏日的蝉鸣声中，她轻声读了起来：Shall I compare thee to a Summers day ……

原来英文诗如此动听，我迷恋极了。

回家我告诉爸妈。妈妈说，那会不会是一封情书？继而又摇了摇头。

雪姨的黑眸闪亮,脸上的笑容明显多了起来,与来外文部的人有了些许言语。有一次,外语系的学生们请她去辅导英文戏剧的排练,我在大礼堂看到舞台上的雪姨,她在用流利的英文激情诉说,神采飞扬,恣意盎然,和以往的她判若两人。

新学期开学,我上了小学。听说雪姨被调到新建的分校图书馆,在很远的郊外。

那天是个阴天,雪姨骑着一辆红色坤车来到我家,她兴奋地告诉我妈妈,她重新申请到英国一所大学读博士。妈妈开心又忙乱地给她做杏仁酥,又拉起她的手坐在窗前说话。她下楼后,我跑到阳台上喊她。她停下来,一只脚点地,冲我招招手,而后摁响一串清脆的车铃声,撒满碎花朵的连衣裙随风飘曳,渐渐远去……

两天后,搬家公司的车将一箱箱物品搬到我家。雪姨的钢琴、书籍、精致的茶具餐具,都留给了我们。

此后再也没有她的消息。

时隔多年,我在一所大学任教,每次去图书馆,都会下意识地在外文部的门口停留一会儿。我脑海里会闪现出她低头看书的样子。我的雪姨,我的女神,您知道吗? 因为您,我喜欢上了英文,您教我唱的英文歌,是多么美丽动听啊。

暑期在家,我翻寻书架上雪姨留给我们的原版英文书籍。忽然,一张折叠的信纸从书页中滑落下来。我拾起来看,纸页已经发黄,背面是我幼时画的大树和蝴蝶,正面的开首写道:致黎雪。

这是一封未署名的信,我仔细看那一行行流利的斜体英文,原来是莎士比亚十四行:

Shall I compare thee to a Summers day ?

Thou art more lovely and more temperate

Rough winds do shake the darling buds of Maie,

And summers lease hath all too short a date：

…… ……

在夏日的蝉鸣声中，我轻声读了起来。

选自《天池》2019 年 7 期

石头记

田双伶

　　他还记得那时她俏皮的样子，用手指拈着一粒玻璃珠，举到他眼前，幽幽地说，看，这是什么？

　　猫眼。他配合着一字一顿说，而后笑了。

　　那一幕最终成了定格。他们的故事如一折老套的戏，两个门户不当对的人相爱，在男方父母的威逼下，戛然而止。

　　那是一个秋天的夜晚，她欣欣然赴约而来，他借一杯清茶的距离，把她远远地隔开。茶由温到凉，他拿出一件玉佛手，拉过她的手放在掌心，嗫嚅着说，你看，天然的山流水料，留个念想吧。

　　玉佛手在灯下泛着莹润的光泽，她紧紧抿着唇，还是接过了它。他看到那张苍白的脸和清亮决绝的眸子，泪都没有一滴。

　　那一瞬间，他心里疼了一下。

　　后来遇到的女孩子，再没有她那样温善、纯美和灵秀，却一个个比她灵透，耍着娇嗔要东要西，双眸里掩饰不住对他家世的倾慕。他从小和父亲赏玉相玉，心思清明。他想寻的，是净纯如玉的女子。父母不允，是他婉拒一段又一段恋情的盾牌。再说，临末送玉，补偿也好，赠礼也罢，文雅还不失礼。

也听说过她的点滴,在古城的采玉斋谋了清闲薄酬的事情做,与人辨玉学琴,临帖作画。他很欣慰,一个心性纯净的女子,应该与那风雅器物为伴。后来,又听说她嫁了一个爱慕她的男子。渐渐地,音讯杳杳。

他索性凉了心,听从父母之命,与父亲一位老友的女儿成了婚,过着俗日子。他生性是个散淡的人,偶尔兴起去山里采玉,平素就与三五好友喝茶对弈,焚香听琴,浓酒酽茶地过着古雅的日子。时而他会恍惚看到前世的自己——一个穿绸衫托鸟笼浪荡于街头的纨绔子弟。

那天,朋友急急地来找他,说是在青云香馆看中一块玉,请他去相。他迟疑着,朋友说,天凉了,香馆里有样式考究的泥炉,可以去那里起炭煮茶。

他早就听闻青云香馆,古城的风雅闲人常去那里雅集,待走进去才惭愧于自己的孤陋。香馆原是一处旧宅,被店主整修得雅致非常,几上摆放的香品玉器,案上的插花瓷瓶和茶具,壁上的禅意画,处处皆见主人的品位。临窗的茶案前,一位素净娴雅的女子在凝神燃香。朋友耳语,她,就是香馆主人。当她抬起脸时,他心里一下子如崩溃的雪山。两人都怔住。

刹那间,恍如隔世。

她淡然一笑。

朋友说,世事都讲究个缘,那天无意间看中了竹垫上的玉佛手,也是有缘,今天请了位识玉的朋友来估个价请回家。

她说,这玉佛手是当年有人送我留个念想的,按说是情意之物,不是卖品。你若觉得和它有缘,那就让它随缘,给您添个雅意吧。说完,手心里托着那玉佛手,送到他眼前,问,您是识玉的人,给它估个价吧?

他一时恍惚无语,眼前浮现出她当年的俏皮模样,举起玻璃珠在他眼前晃,幽幽地说,看,这是什么?

他接过来,摩挲着佛手上的斑纹,感觉似曾相识。朋友切切地望着他。

他手足无措,口舌生涩,清了清嗓子说,若是个情意之物,还是留着吧。

茶就喝得有些无味了。

末了,他说,雅物成了买卖就俗了。不如这样吧,若主人应允,玉佛手让我带走赏玩几天。平日还放在香馆里,闲了可以来赏。

她释然,看得出并无诚意出手。朋友憾然;而他,怅然。

次日,将近中午他才起床,撩把清水濯了一下脸,神色黯然地愣了一会儿,去找朋友下棋。棋才走了几步,他啜口茶压低了声说,那玉佛手买不得,不过是一般的玉料琢成的,况且还有瑕斑。

朋友刚被吃了个卒,脸上不悦,哼了一声说,你常说"君子无人不佩玉,显贵无人不藏玉",我好不容易看中一件有缘的宝贝,你却挡着拦着……

他闷不作声,拈起车炮不管不顾地横冲直撞,敲得棋盘啪啪响。他实在无法说出,那是多年前他从一堆废料里随手拿出的凡常石头,只不过形似佛手,并非玉质。

傍晚时分,他与朋友多喝了几杯花雕,趁着微醺绕过一条条狭窄街巷,寻到了香馆,借着醉意说起过往的事:当年我眼拙,那块山流水……

她莞尔一笑,说,记得你曾告诉过我一句行话,玉不骗人。其实那佛手,不是山流水,是上好的翡翠。当年你没看出来罢了。佛手上有一片黑癣,可翡翠上的黑为绿引,如今绿随黑长,翠意已出,这几年我一直随身带着,算是养玉,确实成了温润的好玉。

他无力地垂下头,说,我不算是一个识玉的人。

她说,玉石本来就不分那么清的,就看人怎么去赏了。

月色皎洁,风里散着一缕缕桂花的冷香。她在一旁煮茶,眼神宁静,月光一样落在面前氤氲着茶香的杯盏上。送她玉佛手的那晚,也是这样的秋夜。如果不是年少懵懂,此时她该是他温善可亲的妻吧?

月下的他,苍凉地坐着。

味　道

田双伶

　　她家住在一条深深的巷子里，从巷口走到家门口，她要经过一层层味道，临街阿二家的炸臭豆腐味儿，转角进巷子第一家陈伯家菜摊上青菜的水汽和轻微的腐烂气，对门李老爹鱼铺鱼虾的腥气，隔壁周婆婆家里的醪糟味儿……闻到淡淡的檀香气时，她就走到自家门口了。奶奶奉佛，堂前的案桌上常年燃着香。

　　她一概拒绝食用不喜欢的味道，苦瓜、辣酱、咖喱……奶奶说，傻孩子，生而为人，不就是来世间体味百般滋味的吗？

　　那年夏天的一次雨后，她和几个小伙伴去池塘边捉泥鳅，忽然脚下一滑跌入水深处，一股泥腥味儿灌入她的口鼻……是一种浓烈的酸涩刺激她的舌尖味蕾，让她清醒过来的。母亲正抱着她哭，她的右手紧紧攥着不知谁塞到手心里的一只青番茄。

　　奶奶净手焚香，摆上鲜花供品，跪在佛前叩拜，感谢神灵护佑她的娇孙女。从那以后，她好像灵通起来，鼻腔、唇舌，甚至她的耳朵、眼睛、天灵处，都能将味道穿连起来，在她身体里打开一条通道。小镇每天充斥的各种味道，在她的皮肤、鼻息、发端交杂着，有些令她厌恶，有些使她愉悦。那些不可以用嘴去品尝，用鼻嗅，可又确实能感知到的味道，在她口里被转换成别人听不懂的语言,比如"这个味道像老虎""那个味道是云彩",惹得旁人摇头哂笑。

她一天天长大了,一些味道在她的记忆中不仅没有失去,还在不断地被注入新的。她最喜欢小镇的秋天,桂花开了,到处都是浓郁的香气,这气味让她欣喜。或者是大雪天,皑皑一片,万籁俱静,她觉得脏腑里被雪的清气洗净洗透了,对味道的感受更通透了。

可是小镇下雪的日子极少,桂花开的日子也不多。每到冬日,彻骨的寒气和凛冽的风将小镇上所有的味道驱散而尽。味道的缺失让她不安。有一天,她决定离开小镇。

她去了南方的一个海岛城市,庞杂的味道也随之扑面而来,海水的咸腥、树木花草的清香、食物的美妙异香,都让她新奇而迷恋。这个城市有很多新鲜水果,莲雾、山竹、龙眼……她曾听说过一种叫榴莲的水果臭不可闻,就好奇地去街边的水果店里买了一只。当她费力剖开布满尖刺的坚硬果壳,那扑鼻而来不设防的味道,竟然好闻得无可比拟。每天做完工,她都会提着一兜水果回到租住的小屋。她尤其喜欢在案板上切枇果,果汁淌在案板上,滞留在手指间,她贪婪地闻手指上残留的果香,这味道让她愉悦平静。夜晚,她常常会摊开手掌,仔细地嗅每个指尖的气味,它们记录着白日里所触摸的一切,让她回味都做了些什么。

水果与各种花的香气慰藉着她,让她喜欢上了这个城市。

一个男子裹挟着许多味道走进她的生活,酒的清冽,烟草的香,甚至从车里带来的似有若无的淡淡汽油味儿。那个男子每次离开她的小屋,空气里残留的味道都令她迷恋。她想起年少时偷偷喜欢的一个男生,打完篮球从她身旁走过的那种青春气息。那时大街小巷流传过一首叫《味道》的歌:想念你的笑\想念你的外套\想念你白色袜子和你身上的味道\我想念你的吻和手指淡淡烟草味道\记忆中曾被爱的味道……她心里想笑,爱的味道哪里能说得出呢?

忽然一日，她从他的身上嗅到了一种危险的气息。在陌生的城市，一个不知底细的男子，令她不安。这么多年味道赋予她独特的辨识力，使她敏感地觉察到，那些味道是恶意的，不仅让她紧张恐惧，似乎还含着侵犯的意味。她宛如巫女，开始精心调配特异的味道来保护自己。只要他来到身边，她就变幻出各种怪异的味道萦绕左右，浓烈的劣质香水味儿，饭菜煳锅如金属融化后的烟熏味儿，打扫房间的灰尘味儿，清洗衣物刺鼻的消毒水味儿，甚至她壮起胆在厨房杀鸡宰鱼的血腥气……这些味道都在强烈地抵御驱逐并攻击着人的味觉系统。

男子从起初的烦躁不安到最终的歇斯底里，终于不辞而别。

她笑了，为自己那小小阴谋得逞后的一丝丝得意。

她又去了另一个城市，想让一些新的味道覆盖之前的一切。持久的香水味道，忽然让她发现对味道的感觉迟钝了。于是，她找来许多浓烈气味的东西来刺激神经，薄荷、紫苏、葱、蒜、麻椒，一一放到鼻尖用力嗅，放到嘴里反复嚼，都不济事。她只好去医院寻求诊治，那位专家斟酌半天给她开了一剂药方。

药物加重刺激得她恶心反胃，终于有一天，她的味觉彻底失灵了。

她觉得痛苦，更多的是生活的不便。味道，仿佛一道无声的屏障将她与眼前的事物远远地隔离开了。

她的世界无声无色无味。

春天里，她认识了隔壁一位高个子清瘦的男孩。男孩爱笑，笑容很阳光。男孩说她像一只过冬的刺猬，总把自己窝在屋里，执意让她出来走走看看。

她被男孩拉着手走出门，远远看到街边灌木丛中盛开着一片片洁白的花。当她走近，陡然感到一股气味儿刺激得她强烈反胃继而呕吐。她奇怪，花香怎么会如此难闻？对她来说简直是一种恶意。可是这种叫石楠的花满城皆是，在城市的绿化带里，它们安然欢欣地开着。

可是，自从那天呕吐后，她发现对味道的感觉似乎在悄然恢复。一丝丝，一点点，虽然细微，她却清晰地感受到了，被雨濯洗得碧绿的松柏散发出清润的香，百合玫瑰的花香，烤鱼的孜然香，排骨海带汤的香，电饭煲里溢出的米香……她贪婪地吮嗅着，觉得这些才是心中渴望的幸福味道。

此时，身旁清瘦的阳光男孩微笑地看着她，她仰起脸与那双闪亮的黑眸对望，那一瞬间，觉得所有的美好味道都朝她迎面扑来。

整个世界都是香的。

是味道拯救了她。

不，也许是别的呢？

她把眼前摇曳着的一枝紫丁香扶到鼻翼旁，轻轻地嗅着，心里想。

两棵白菜

田双伶

　　立冬刚过,听闻雁子这次要开车送父母回豫北老家,秋夕说,回来时给我捎两棵老家的白菜吧。

　　来南方这么多年了,还惦记老家的大白菜,这么热爱家乡啊。雁子说。

　　秋夕笑了笑。

　　雁子参加完表弟的婚礼,告别父母回广州。车上了高速,忽而想起秋夕让她捎白菜的事,她看到前面有一个出口就下了路。沿着乡村道路缓行,见路边一辆三轮车前放了一堆白菜在卖,她就过去买了两棵放进车里。

　　当秋夕伸出胳膊抱住迢遥而来的大白菜时,开心极了。她说,现在我就给你做咱家乡的浑汤大白菜。

　　青瓷汤盘盛着炖好的白菜端上餐桌。秋夕说,咱老家的白菜,甜脆,无丝,炖出来汁浓汤鲜,曾经是贡菜呢。说完喝了一口,细细咂摸味道,忽然摇了摇头,说:这不是咱老家的白菜。

　　雁子说,没出省界买的,怎么不算? 大白菜能有多大区别?

　　秋夕叹了一口气,说,咱老家那个县,北纬35度,地势平坦,土质是华北平原特有的蒙金土,通透性好,保水保肥,那块土地上长的大白菜,矮桩叠抱,结球紧实,软叶多,因为富含微量元素,做出来应该是浑汤的。可这个,不是。

雁子揶揄她说，你想想都几年没回老家了，真是惦记就自己回去买。末了悄声问，是不是还在为那件事生气？

秋夕摇头说不是。

那年她还是家乡报社的一名记者。一天她值班，接听新闻热线得到一个线索，有人举报发现郊县一家化工厂隐蔽的排污口，并说了具体位置。当时本地的环保问题形势严峻，受到省厅领导的批评，还被省城媒体曝了光。市领导几次开会强调要严抓排污问题。这可不是小事。为了不走漏消息，她只身一人坐了城乡公交去暗访。

因为是在本地长大的，她对地理位置比较熟悉，很快找到排污源头，在暗处拍了照片就离开了。在路边等车的时候，忽然她看到不远处的菜地里，有两个人在收大白菜。她想还是采访一下当地老百姓，了解一下化工厂排污水对土地造成了什么样的后果。她刚简单问了几句，没想到那位大娘泪水就流个不停，哭诉着，你看看，种了几十年的大白菜，现在就长成这样了，还叫人怎么吃呢？这地是没法种了。

旁边的大爷说，政府来这里多少次了，说是要把化工厂关停，这家后台硬，有关系，来人检查了就关几天，人走了接着开工。人家消息灵通着呢。

她听了心里一阵酸楚，抱起一棵大白菜仔细看，菜帮子不是以往的玉白色，而是泛着浅黄，根部也发黄似乎被臭水泡了一样，手指上黏黏的。自己也是在这片土地上长大的，一入冬，最喜欢吃的就是大白菜，帮脆叶软，凉拌爽口，炖汤鲜浓。从小就听人讲有关大白菜的传说故事，上学时老师也说过，这儿的土地是蒙金土质，氮磷钾充足，水清地肥，种的白菜曾经被当作贡菜运往汴京城。可如今这一地受了严重污染的菜，史无前例啊。她好言安慰了大娘，并塞给她两百元，说是买白菜的钱。而后抱着两棵白菜走出菜地。

回到报社，她把两棵白菜放到办公桌上，面对它们写出了那篇报道。

第二天的日报上，出现半个版面关于排污问题的报道，压题配了被污染的菜地和收菜的大爷大娘抱着白菜流泪的照片。

可是接下来的事情让她措手不及。报社领导接到化工厂人员的举报，说一名叫吴秋夕的记者昨天收了他们五千元的封口费，说好不曝光的，今天却发现稿子发出来了。他们强烈要求处分这名记者。

面对社长的质问，秋夕蒙了。待镇定下来，她对社长说，我以人格发誓，从业至今从来没有收任何人的一分钱。昨天是去暗访。不信可以去看，我桌上还摆着从菜农那儿买的两棵白菜。

那天，领导班子开会决定，事情未查清前，让她上缴记者证，暂停工作。

秋夕回到办公桌前，对着桌上两棵大白菜，愣愣地看了半天，喃喃地问，大白菜啊大白菜，你能为我做个证吗？

白菜静默着。

她趴在桌上，一直到深夜，然后收拾好物品，离开。

到广州近两个月了，秋夕忽然接到报社领导的电话，让她回去上班，并说那件事情查明了，是一位来报社送稿的人偶然听到热线电话，在秋夕暗访时去化工厂进行要挟索贿，日前已经结案。

她忍住了泪，平静地说，谢谢。

雁子问她，都是几年前的事情了，你心里还那么在意。不过，若不是那件事使你下决心来广州，你也不会成为知名媒体人啊。

秋夕苦笑着，摇了摇头。

过了几天，秋夕接到老家同学张福民打来的电话。他在电话里热情邀请秋夕参加家乡政府主办的"白菜节"，为家乡做个宣传。他去年当上了主管农业的副县长，想把有悠久历史的白菜种植地打造成享誉全国的"白菜之乡"。

秋夕听后一口应允，好！我一定回去！

"白菜节"喧闹喜庆，大红台布铺的展台上，一棵棵圆乎乎青绿喜人的白菜被摆出来展示评比。台上台下的人们围聚在一起,开心地说笑着。

秋夕立在一旁望着丰收喜悦的场景,心生感叹,忽而看到两位报社原同事一人抱着一棵白菜笑吟吟地朝她走来,把白菜送到她怀里,说是报社老领导听说秋夕回来,特意交代送她的。

秋夕抱着两棵白菜,左左右右仔细看,这白菜玉白玉白的,饱盈盈,瓷艮艮,白胖娃娃似的。她看着,笑着,泪都流下来了,怎么都看不够。

选自《天池》2019 年 2 期

开满鲜花的月亮

田双伶

关上电脑，收拾完办公桌上的杂物，她的眼皮已经抬不起来了。随着三三两两的人走向电梯，电梯里的人几乎都阖目不语，已近午夜时分，谁能不困呢。到了一楼，陆续走出写字楼，鱼一样游进深深的夜色里。

午夜的街灯迷蒙中似有几分醉意。她站在公交站牌前，一次次屏住呼吸抵挡住迎面而来热燥的汽车尾气。

Y201 路公交车来了。她抬脚上去。刚坐上，车子晃晃悠悠地向前慢行，她就歪在车窗上，瞬间昏昏沉沉了。

车停住了，应该是到了终点站。看看车上只剩她一个人，忙跌跌撞撞地下了车，没走几步，陡然被眼前的情景迷住了：一条小街道，灯光迷离，街上的人闲散地走，烧烤的香味儿飘过来。平日里此时只会看到一两处生意清冷的夜宵摊，今天怎么热闹起来了？她迟疑着走过去。

街道两旁是大小店铺，她好奇地一家家看过去。有人抱着吉他坐在门口轻声弹唱；做手工的小店里，几个年轻女子在缝布娃娃，临窗的木案前一个人在用牛皮缝制小钱包；书店里，有人站在书架前安静看书；咖啡店里，有人在煮咖啡……

前面一家小店的匾额几乎被花朵覆盖住了，她走到近前仔细看，才看到

"月亮花店"四个字。花店外的木篱笆上,开满了蔷薇一样的花,花朵纷繁稠密,将篱笆覆成一道花篱,又往高处攀,一直攀缘到屋顶,攀上深蓝色的夜空,再往上望,竟然看到月亮上面也开满了鲜花,每一个花朵都被月光镶上一道微黄的晕边。

她痴迷地看着,惊喜得几乎想飞起来!

店主是一位和她年龄相仿的姑娘,说,每天抬头看着开满鲜花的月亮,所有的烦恼都消散无踪了。又说,进来,和我们一起学插花吧。

店里两位女子在花案前插花。闲聊几句才知道,她们也在写字楼工作,每天累得人都木了,经常来这里插花喝茶聊聊天,心情好很多。插好几束花后,她们把散落的花瓣拾到竹筐里晾着。店主姑娘端出了花香馥郁的玫瑰茶,几人坐在店门前,一边喝茶,一边望月亮。忽然一个姑娘说,月圆了,明天就是中秋了。

哦,中秋。天天上班加班,不知有汉无论魏晋,若不是看到商家为促销应时打出的灯箱广告,哪里会想起春夏秋冬的时令来?

"昨夜西池凉露满,桂花吹断月中香。"还记得幼年时在乡下老家,到了中秋,她和父母家人一起洗水果,摆月饼,在家赏月吃过月饼后,小嫚、珮珮几个小姐妹来喊上她出门去走月亮。她们走在明晃晃的月亮地儿,口里吟唱着歌谣:

中秋木樨插鬓香,
姊妹结伴走月亮;
夜凉未嫌罗衫薄,
路远只恨绣裙长。
…………

有多少年没有走月亮她已记不清了,如今的她成了一位正装在身,淡妆遮面,脚踩高跟鞋的职场丽人,哪里有罗衫与绣裙? 想到这里,她心头一阵失落。她讲起了家乡的走月亮,说,要不,明天我们一起去走月亮吧?

几人连连点头说好。店主姑娘说,太好了,一起走月亮。我们把所有的玫瑰都拿出来摘成玫瑰花瓣,咱们给月亮撒花瓣,走一路撒一路……

她从花店出来,又逛了几家。在一家茶食店里,遇到了她多年未吃过的桂花米酒羹。整日中午吃工作餐,即便去外面的餐厅,吃的也是流水线做出来的标准餐食,味同嚼蜡。这个夜晚,遇见太多的美好! 她感觉这里才是她的人间,而平日两点一线的住处和写字楼倒是晨昏颠倒的世界。

做梦一般恍惚,她忘了是怎么回去的,也忘了早晨怎么去的公司,反正这几年似乎都是这样过的:住在一环又一环之外的远郊,每天都是天未亮就匆匆出门,做完一天的工作,回来时星光漫天,从未抬头看过天上是圆月还是残月,恍惚得分不清晨昏。

这一天上班,她整个人都展盈盈的,皱缩的心疏朗许多。她知道,是那个开满鲜花的月亮,在她心底洒满了浅浅的喜悦。在茶水间,同事们交流着各种芜杂信息,哪儿的餐厅有了新菜品,哪家商场专柜衣服打折,又玩了一个新游戏……她就说起了那条悠闲的小街夜市,在那里看到了开满鲜花的月亮。

说得每个人都双眸莹亮,一个同事问,Y201 终点站,那儿不是拆迁过的城中村吗?

她摇摇头,笑说,等以后你们去就知道了。

太阳刚刚偏西,她就匆匆将桌面收拾好,眼睛的余光看到总监正死死地盯着她这边。她忽地扔掉了手中厚厚的资料,喝了口咖啡,将杯子重重地墩在桌子上。今天若是这个变态总监再让她加班,她就把咖啡泼他一身。

她匆匆下楼,到便利店买了一盒月饼,香蕉、葡萄和新上市的青枣。拎着沉甸甸的袋子,她也不觉得重,步子轻盈无比。

Y201 公车到夜里十点才来,白班 201 路晃晃悠悠地开过来了,她走上去,车上的人不多,她又迷迷糊糊得像是进入了梦乡。

车到了终点站,她满怀喜悦地拎着袋子下车,准备往小街走,却一下子呆住了——面前,一片废墟。

她闭上眼使劲儿摇摇头,竭力摇掉这不真实的情景,而后睁大眼睛仔细看。是的,一片废墟,废墟上荒草丛生,草叶在微风中摇曳。

那个开满鲜花的月亮,明明亲眼看到过的;喝过的玫瑰花茶,明明余香犹在的;那个喧闹的街市,一定有的,可它在哪儿呢?

抬头望天,一轮圆月挂在天上,今晚,她们约好了要去走月亮啊。

于是,她轻轻地唱起来:

中秋共把斗香烧,

姐妹邻家举手邀;

联袂同游明白巷,

踏歌还度彩云桥。

…………

选自《天池》2019 年 1 期

作者简介:

田双伶,河南省新乡县人,副编审。中国民主促进会会员,中国散文学会会员,河南省作家协会会员。中学时期开始发表诗歌、散文等作品,现多以散文和短篇创作为主,文风温婉古雅,简静暖心。著有《爱情鸦片》《薄荷的邀请》等。

我的同学叫曾参

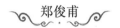

郑俊甫

开学第一天，夫子问我，愿意跟谁坐在一起？我想也没想，说曾参吧。其时，我刚刚拜夫子为师，他的许多高徒，我都并不认识，这其中也包括曾参。可我听过曾参的故事，关于那个杀人的故事，嘿嘿，想必你也听说过吧。

好玩，我当时就是这么想的。一个有故事的人，一定是好玩的。我跟曾参住得不远，隔着四条街的距离，每天上学，我都跑到他家的街口等他，然后跟在他后边，像个尾巴。三人行，必有我师，两人也一样，近朱者赤，我就不信成不了夫子的第七十三个高足。

走仁义路，过德馨街，然后穿一条羊肠似的小巷，就是学堂了。可曾参第一天就给我出了道难题，他不走小巷，非要绕道书画街。那可是要远走好几里的路呀，没车，全靠磨鞋底，何必呢？劝他，怎么说都不行，铁了心。问他理由，也是死活不说。起初，我猜他是为了锻炼身体，毕竟天天坐在学堂，腹中诗书倒是越来越多，身子骨也跟着越来越羸弱。

日子久了，才知道自己错了。有次，曾参病着，走路歪歪斜斜，弱不禁风的样子。到了小巷，依然还是绕行，倔得跟牛没什么两样。我撑破脑壳也想不明白，索性不想了。好在曾参乐于助人，跟着他学了不少东西，多跑那么点儿路，值了。

有天，我们正在温书，曾参忽然很哥儿们地跟我说："我要离婚了。"我吓了一跳。嫂夫人我见过，典型的贤妻良母，又懂得烧一手好菜笼络男人的胃，这样的女人，为什么呀？

曾参抿着嘴唇，第一次呆愣得像个孩子。半晌，才幽幽地吐出一句："该死的女人，居然给我娘吃不熟的饭菜。""不会吧？"瞅着曾参那样子，我就知道他没说实话。不会是……我不敢想了。每个男人都有坏毛病，这个我知道，但总不能因为有了坏毛病，就编上一个莫须有的理由去休妻吧？

但我终于没能劝住曾参，他还是离了。

后来，我才知道，嫂夫人确实是做了一顿夹生饭。不过原因是她生了病，拉肚子，没办法才匆忙间起了锅，没想到就把好好的一个家起得鸡飞蛋打。事情搞清楚了，我劝曾参复婚，把嫂夫人接过来好好过日子。记得谁说过，日子比树上的叶子还稠呢，犯什么小性子呀？

依旧劝不动。我急了，冲他嚷："我知道你是夫子眼里的孝子，那么多双眼睛盯着你。可是，说到底，你娘不就是个继母吗，至于你付出这么大的代价？"

听了我的话，曾参忽然瞪了眼，抬手甩了我一巴掌。这家伙也会打人，而且打得这么凶，这倒是我不曾料到的。

日子按部就班，一天叠着一天。回到单身生活的曾参，再也没有以前埋头用功的样子了，一放学，他就拼了命地往家奔。我知道，他是赶回去给娘做饭，还有他的宝贝儿子，一个人又当爹又当娘，不好过。

曾参的生活开始潦草起来，不修边幅，胡子拉碴。以前他不是这样的，刚认识他时，多小资的一个人呐，动不动就对着清风明月之乎者也。现在，哎，快赶上一个管家婆了。

心力交瘁的曾参很快老起来，我指的是心理年龄。他大概心里早就后悔了吧？只是碍着一顶"孝"的帽子，生生把自己压成了五行山下的孙猴子。

曾参抱病那天，我去看他。他蜷在一张席子上，手里握着《孝经》，正在训斥他的几个弟子。听了半天,我才弄明白,他是因为自己没有做过官,觉得级别太低,不配享用身下那么好的席子,强烈要求换掉。

"都什么时候了,还惦记这些繁文缛节?"我嗔怪他。

见到我,曾参咧着嘴,笑了笑,样子像哭。抱病以后,他就只对我这么笑过。他是怀念我跟屁虫似的撵在他身后的那三年岁月了吧?

曾参费力地招招手,示意我过去。然后把嘴凑在我耳边,口齿不清地吐着悄悄话:"小师弟,我好像还有一个问题没有回答你呢。就是……我宁可绕道也不愿过那条巷子,你知道为什么吗?"

我疑惑地看他。他嘿嘿地笑,依旧哭一样,似在卖弄。

"因为……那条巷子名叫'胜母巷'……"说完,他的脸一歪,就那么去了。好像他病着不肯走的这些日子,就是为了等着告诉我一个我早已知道的答案。

"'胜母巷',叫什么不好,狗日的,怎么单单就取了这么一个名字?"我叫了一声,悲从中来。

选自《小小说选刊》2016 年 24 期

是谁害了颜渊

郑俊甫

我一直对颜渊的死耿耿于怀。

好像是 N 年前的这个时候,颜渊还难得地绽着一张挂满褶子的笑脸,跟我说,他要出国了。我由衷地为他高兴。倒不是因为他十年寒窗灌进肚里的墨水终于有了涂抹的地方,而是他的处境,哪怕是在国外混上个芝麻绿豆大的职位,也该有所改变了吧!

颜渊活得太苦了,我一直这么认为。记得刚在学堂撞到他时,差点把他当成了叫花子。破旧的衣衫,枯槁的脸,还有在飘雪的冬天也会露出脚趾的草鞋,使他很夸张地成为一帮富家子弟的笑料。起先我还以为他是在作秀,林子大了,什么鸟儿没有?于是便很好事地扮演了一回跟踪者,摸到了他的家。颜渊的家在东关的贫民窟,一个乞丐都不肯光顾的地方。我进去的时候,颜渊正喝着一碗野菜汤,那架势像是转世的饿死鬼,狼吞虎咽,斯文扫地。一碗汤下了肚,似乎还没饱,他又拎了一只黑乎乎的木瓢,跑到井边舀水喝。那可是腊月的生水呀,怪不得颜渊在课堂上常常闹肚子。

见到我时,颜渊吓了一跳。他当时的表情,一想起来就让我的心隐隐地疼。惊讶、尴尬、羞怯,还有无措,在他那张苍白的脸上复杂地互动着,继而涨得通红。其时,我才明白,颜渊平时一副知足常乐的样子,都是做给别人看的,他一直过着的,其实是一种戴着面具的生活,面具后面的那张脸,以及脸上的表情,没有人能辨得清。

现在好了,颜渊也终于要出国了,或者说终于要摆脱一种戴着面具的生活了。当时我问他,打算去哪个国家?他说卫国。我吃了一惊,印象里他这样的高才生是该去一个大国的。颜渊不经意地笑笑:"夫子不是说过,大丈夫要施展身手,就得到一个混乱的国家,整天歌舞升平的,还要我们这些人去治理什么?"

也是。

那段日子,颜渊总是一副喜形于色又心事重重的样子,他大概是有点舍不得学堂了吧?出国毕竟不是郊游,一走三五年的也说不定。为了送他,我动手做了件礼物,一件家乡的石头串成的珠子,很朴拙。本想多花点钱,买些实用的东西,又怕伤了他。贫穷让颜渊的心变得格外敏感。

就等着为他饯行了,我们这帮哥们儿。不想却等来了一场变故。颜渊再出现在我面前时,像是丢了魂魄。一见面,他就没头没脑地问了一句:"师弟,夫子让我吃斋,你说,我家里穷得揭不开锅,几个月甚至都闻不到荤腥,这难道不是天天都在吃斋吗?"我听得云里雾里:"你马上就要出国了,还管夫子说什么呢?"颜渊摇摇头,叹了口气,长长的一声,像是失望到了骨子里:"夫子说,我现在还年轻,心气浮躁,难以治理国家,去了只会乱上加乱。"

可这跟吃斋有什么关系呢?我不解。

几天后,我在一间空荡荡的学堂里见到了颜渊,他端坐在一张席子上,嘴唇翕动着,也不知在叨咕什么。问他,半天,才轻轻地回了一句:"夫子说的吃斋,指的原是心斋。心静了,眼自然明。"

可是,心静了,还有激情去治理一个国家吗?我想问问颜渊。这个呆头鹅,入定的老僧似的,再也不理我了。我忿不过,去质问夫子:"颜渊连饭也吃不饱,你还忍心让他打坐?"夫子乜了我一眼,轻飘飘地。我瞅见他的案头摆着刚撰就的文字:"君君,臣臣,父父,子子。"一日为师,终身为父,我猜夫子会端出父亲的架势臭骂我一顿。没有。夫子的脸色倒是和缓了下来，随手从案上拿起一个东西，递到我手里。

那是一道嘉奖令，齐王颁布的，上面还有他大红的印戳。原来，齐王跟夫子扯闲篇，探问夫子的弟子中哪个最好？夫子把七十二个高徒在心里 PK 了一遍，最后举荐了颜渊。夫子说："家里只有一锅菜汤，一瓢冷水，住在要饭窝似的地方，颜渊还整天那么乐呵呵的，换谁能做到啊？"

"可是，"我小声嘟囔着，"发一张荣誉证书顶什么用啊？又不能填饱肚子。我看，颜渊现在紧缺的不是这个，而是粮食和蔬菜。"夫子不说话，直盯着我，脸色渐渐严肃，食指在一把宽大的戒尺上不停地叩打。我开始心虚，真怕他气昏了头，像对待宰予那样，也给我扣上一顶"朽木不可雕也"的帽子，让我毕不了业。于是只好放弃规劝，狼狈而出。

颜渊一下成了名人，连夫子这样见过世面的人，都觉得相跟着变成了"星星"。但我总有些隐隐地担心，担心颜渊会出事。出什么事呢？一时也掰扯不清。

几个月后，我的担心应验了。颜渊在学堂的一次早读课上倒下了，他是饿倒的，年仅 41 岁。葬礼上，夫子对着颜渊，哭得一塌糊涂，死儿子的时候都没见他那么难过。

我知道，夫子是真的伤心了。毕竟，他唯一可以作为仁义代言人的弟子，真的去了。

他不哭谁哭？

选自《杂文选刊》2008 年 10 月上

多吃了一颗桑葚

郑俊甫

丹是我最好的朋友。虽然他是楚国人，我是吴国人，可这并不影响我们整天嘻嘻哈哈地打闹在一起。我们两家所在的两个小城——吴国的卑梁和楚国的钟离，就像两个毗邻的村庄，这边一声鸡啼，那边立时就能响起狗叫。那条象征国境线的小河，清清的，浅浅的，不必挽裤脚，我们就能轻而易举地蹚过去。

我和丹的童年时代，就是在那条小河边度过的。那时候我们都还没进学堂，忙着种地的大人也顾不上管我们，我和丹吃罢饭，便相约到小河边摸鱼，要不就是捏上一堆泥巴兵，玩兵来将挡水来土囤的游戏。

丹说，他长大了要当一名将军。我说我也是。丹还说，他还要下令让工匠们把卑梁和钟离连在一起，这样两家就能随便串门子了。我哈哈笑着说我也是。

可是，我和丹的梦想刚刚迈过那个秋天的门槛儿，事就来了。

起因跟一棵桑树有关。桑树就长在小河边，粗大的树干，浓密的树冠。平时，我和丹玩累了，就枕着胳膊，躺在树荫下歇凉，或者听鸟声啁啾。更大的乐趣还是数树上的桑葚，一颗一颗，一直数到它们变红变紫。紫红的桑葚让我们的童年爬满了馋虫，爬满了大大小小的欲望。不过，这样的时候不会很长,因为桑葚的香味会勾来很多孩子,让桑树上很快变成一片绿叶。

那天,我和丹又来到桑树下,准备碰碰运气。是丹上的树,丹的身子瘦瘦的,小小的,爬起树来像只猴子。我则守在树下,防着别的孩子来抢我们的果实。丹在树上忙活了半天,然后摇着酸痛的胳膊滑下来,龇牙咧嘴地问我捡到了多少。我数了数,十一颗。丹掰着指头算了半天,说,你五颗,我六颗。

凭什么? 我叫起来。

是我爬的树嘛。丹一边辩解,一边抓起地上的桑葚往口袋里塞。

你爬的树怎么啦? 不是我守着,别人早抢光了。我抓着丹的手,试图阻止他。

丹没有停下来的意思,依然往口袋里塞着。我有些生气,凭着块头大一些,随手搡了丹一把。丹一个趔趄,坐倒在地,地上刚好有块石头,丹一下子捂住屁股,呜里哇啦地号叫起来。

丹的哭声很快招来了他在地里劳作的父亲。丹的父亲虽然和丹一样瘦小,样子却很凶,他一上来,不由分说便扯住了我的耳朵,向上使劲儿拎着,几乎就要把那只耳朵扯离我的脑袋。我也开始号叫,声音比丹还要凄惨。

过了一会儿,总算有人来救我了。是邻家的三叔,他也是听见叫声才从地里跑过来的。三叔和丹的父亲吵了几句,话不投机,很快便扭打在一起。我和丹在一边插不上手,只好扯起嗓子,拼命喊两边的大人。

大人们跑着过来了,黑压压的两群。他们手里拎着锄头、铁锹,还有放羊的鞭子,叮叮当当混在一起,场面一下子热闹起来。我和丹躲在一边,茫然地当着看客。丹似乎很喜欢这样的场面,我瞅见他用衣袖揩掉脸上的鼻涕,掏出桑葚,津津有味地啃起来,那样子勾得我直淌口水。

混战是在一声惊叫中停下来的。不知是谁喊了一声,不好,打死人啦!亢奋的人群立时静下来,并且很快围成了一圈。我挤过去,看见邻家的三叔蜷在地上,头上汩汩地冒着血水。几个大人慌忙抬起三叔,踉踉跄跄往城里跑。

三叔终于没能抢救过来，大夫不停地摇着头说，太可怕了，血都快流干了。从大夫那儿出来，父亲招呼了一帮人，哭喊着去找卑梁的守将。晚饭的时候父亲回来了，脸上有了一丝喜色。父亲说，守将同意发兵了。紧接着，父亲又咬着牙狠狠地骂了一句，狗日的，我要让他们血债血还！我不知道父亲是在骂谁，丹还是那群大人？父亲只是叮嘱我，这几天不许出门，外面乱得很。

外面果然乱得很，因为没几天，我就看见父亲惊慌失措地躲在家里，再也不敢出门。他说，卑梁城里到处都是楚军，见人就杀，街上的尸体都快堆成山了。母亲纳闷，不是我们去打钟离吗？是呀，父亲说，可是狗日的，刚打了两天，楚王就不愿意了，竟然派兵占了卑梁。

那些天，我缩在家里度日如年。我已经很久没有见过丹了，没有和他一起摸过鱼爬过桑树了，一个人形单影只的，真没意思。一个月后，父亲终于探听到了让人激动的消息，吴王一怒之下，发精兵三万，不但收复了卑梁，还一举攻下了楚国的钟离和居巢。

这下可好了，父亲在饭桌上把碗敲得叮当响，连钟离也成我们的了，看他们还能不？

那我是不是可以去小河边玩了？我问父亲。

当然啦，父亲眉飞色舞，不光是小河边，连钟离也可以去呢。

听了父亲的话，我胡乱扒了几口饭，便迫不及待地往小河边奔。丹已经在那儿了，看来他也得到了消息。丹一个人呆呆地站在那棵桑树边，出神。桑树的树冠不见了，只剩下一根光秃秃的树干，上面黑乎乎的，像是母亲刚从灶膛里抽出来的烧火棍。怎么回事儿？我惊讶地问。还不都怪他们？丹撇了撇嘴。

见到我，丹的眼里有了光亮，他攥住我的手，说想死你啦！我说我也是。我们在光秃秃的桑树下坐下来，互相讲着这些天城里发生的事。讲着讲着，丹忽然冒出一句，那些大人真不好玩儿！

我点头,说咱们玩儿咱们的,不管他。于是,我和丹俯下身子,捏了一堆泥巴兵,游戏开始。

选自《青年文摘(彩版)》2009 年 2 期

千镒金

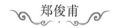

郑俊甫

我把短剑横在颈上时，第一个跳起来的是母亲。母亲疯了似的扑过来，抱住我的胳膊，尖叫声几乎掀翻屋顶。

其实我也没想自刎，但父亲做得实在太过了。二弟因为杀人，被囚禁在楚国的大牢，杀人虽是死罪，但楚国也有规定，家有千金的子弟，不会被处死在闹市。父亲想救二弟，东挪西借，凑够了千镒金，交由他的小儿子——我的三弟送往楚国。

我就是想让父亲明白，我是长子，这个家里未来的顶梁柱。他不能把我当成一块泥巴，想怎么捏就怎么捏。不能。

吵闹声终于惊动了父亲，父亲到底见过世面，他盯着我手里的短剑，没有像母亲那样惊慌失措，而是慢条斯理地说："不至于吧，送点儿东西而已。"

"怎么不至于？我是长子，遇到这样的大事，您宁肯交给三弟，也不交给我，不是表明我这个长子太无能了吗？"羞愤间，我竟然忘了夫子教导的"君君、臣臣、父父、子子"。

父亲摇了摇头，居然哧哧笑了起来："不让你去自然有不让你去的道理。"

你看看，还是把我当成了一块泥巴。我流着泪，一字一句对父亲说："不让我去,毋宁死!"手一动,几滴血落上衣裳,洇出一片红艳艳的梅花。

母亲的尖叫声又起,带着哭腔:"你就让他去吧。老二生死未卜,老大再没了,我也不活了。"

父亲低了头,默不作声,似乎这是个很困难的问题。当年越国霸业初成,作为辅国重臣,本该领封受赏,风光无两的父亲,决绝地登上一叶扁舟,隐姓埋名,成一介布衣,也没见他这么为难过。

我把心一横,决定给他点颜色看看。父亲却忽然松了口:"有些事,该面对的还是要面对。好吧,这副担子就交由你挑。"

父亲修了一封书信,连同打封好的千镒金,一并交我,直把我送到陶邑的边界。临别,父亲又嘱咐了一句:"书信和千镒金一起送到庄生住所。他是我的老友,一切听从他的吩咐,万不可与他争论。"

我点点头,有些不耐烦地回道:"您都交代三遍了,放心,儿谨记就是。"

马车渐行渐远,官道上扬起滚滚烟尘。

庄生的家在楚国都城外,四围杂草丛生,人迹罕至。我跟车夫费了几道周折,才在那片荒凉地界寻到庄生的茅屋。屋子很小,蓬草覆门,兔从狗窦入,雉从梁上飞。

父亲怎么会有这么个老友呢?我迟疑半晌,推开了柴门。

庄生很热情,像是早就知道我要来了。他抓着我的手,问着父亲的短长。我把父亲的书信递上去,又指了指装在箱子里的千镒金。

读完书信,庄生沉吟片刻,说:"事情险恶,你须快些离开,千万不要停留。即使你弟弟被放出来,也不要问为什么。"

为什么?我真想现在就问一声,想想还是忍住了。

离开庄生家,车夫小心翼翼地问:"这个人,乞丐似的,真能帮咱救了二公子?"车夫跟了父亲半生,老实憨厚,忠心耿耿。我明白他的意思,他是怕庄生吞了千镒金,逃之夭夭。

我也怕。但父亲来时再三嘱咐,我不能悖逆了他。我对车夫说:"父亲跟庄生一别经年，大概不知道庄生现在的境况。好在我有准备，咱们在楚国住下来，再想办法。"

来的时候，我瞒着父亲，私带了数百镒金，为的就是万全之策。我不能让父亲觉着长子是个唯唯诺诺的庸人。我托人求到了楚国的大夫。大夫盯着数百镒金，喜笑颜开："你就安心住在府内，静候佳音。"

佳音很快就来了。三日后，大夫兴冲冲地跑过来，告诉我："成了成了，楚国明日大赦天下，你二弟有救了。"

我将信将疑："国家没有大事，君王也不曾改朝换代，怎么会忽然大赦呢？"

大夫说："听说有人在大王面前进言，要仁德治国，大赦天下，收拢人心。"

收拢人心是他们的事，我只要我的二弟。这么想着，心生欢喜。欢喜过后，又有些惆怅。既然楚国大赦天下，送给庄生的千镒金，岂不是白白扔掉了？千镒金，像我们这样的鼎食人家，也要东挪西借才行。

我动了点小心思，赶着马车，又回到了庄生家。庄生很惊讶："你还没有走吗？"

我轻轻一揖，道："本来是要走的，忽然听到了一个消息，楚国要大赦天下。既是大赦，二弟自然会被释放，所以来向先生辞行。"

庄生愣了一下，我看见他的脸上变换着颜色。还好，他没有生气，指着屋门说："你的东西都在屋里，自己取吧。"

我又回到了楚国大夫那里，等着二弟释放。第二天，没有消息。第三天，终于大赦。但我等来的，却是二弟的尸体。

大夫说："都是那个庄生，说我王大赦不是为了苍生，而是为了陶朱公的儿子。"

"庄生？"我失声叫道，"一个乡野村夫，怎么会影响到楚王？"

"乡野村夫？"这回轮到大夫失声了，"他可是我王最信赖的人。多次辞官,归隐田园。他的话,我王言听计从。"

明白了。

我拉着二弟的尸体,颓然踏上归程。一进家门,就听到了哭声。二弟的死讯早已经传到了陶邑。

父亲不哭,父亲端坐着,面色平静。他示意我坐下,盯着我,半晌,幽幽地说:"知道当初为什么不让你去吗？你三弟,含着金汤匙出生,从小不知钱财从何而来,挥金如土,毫不吝惜。而你不同,你跟随着我,历经艰难,半丝半缕,恒念物力维艰。遇事总是精打细算,舍不得钱财。所以才会害了你的弟弟呀。"

父亲的喉咙里流出一丝叹息,若有若无。他大概不想让我听到吧。但我还是听到了,如雷贯耳。

选自《小小说选刊》2021 年 11 期

两件裘

郑俊甫

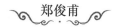

事情有点儿乱，从哪儿开始呢？就从两件裘皮大衣说起吧。

不瞒你说，虽然人前贵为侯爵，可我的蔡国，不过屎壳郎大的地方。夹在晋、楚、吴三个虎视眈眈的庞然大物之间，就像一只蝼蚁，人家一抬脚，立马就成齑粉。

十年了，被人山呼蔡侯之后，我没有睡过一个安稳觉。换了你，你能吗？算了，不说了，臣子们又来劝了："我侯，是时候找棵大树了。背靠大树好乘凉！"

那就找吧。睡不着觉的滋味，不好受。

我选择了楚国。觐见楚王，总得有件拿得出手的礼物。我想到了每天只是摸摸看看，却一直舍不得穿的两件裘皮大衣。大衣用纯正的貂皮做成，皮毛水滑，色泽银亮，雍容华贵，绝世无双。臣子们见我犹豫的样子，着急起来："我侯，舍不得孩子套不着狼啊！"

那就送吧。两件华美贵重的裘皮衣，一件献给楚王，一件自己穿着。日日招摇过市，吸睛无数。那日，遇到楚国令尹子常，子常把我上下打量了半天，居然流下了涎水，晃着脑袋说："蔡侯真是风华绝代呀。"

如是者三。这家伙，怕是看上我的裘衣了吧？瞧瞧子常，瘦长的身材，微驼的脊背,鸵鸟似的,脑子大概秀逗了。一个令尹而已,难道还能翻出水花? 随他。我每次都淡淡地笑笑,并不在意。

一天,一群兵士突然围了我的馆驿,为首的传话说:"蔡侯来访别有用心,是想拿裘皮大衣麻痹我王,窃取情报吧。"

真拿我当间谍了。问题是没人听我解释。就这样,我被楚国整整扣押了三年。要不是一个头脑灵醒的臣子探到了消息,告诉我是一件裘皮大衣惹的祸,这辈子,我就算马革裹尸还了。

都说小人不可得罪,我怎么就记不住呢? 趁着夜色,我悄悄来到子常府上,把那件贵重的"不祥之物"交到了子常手中。接下来的事情简单得出乎意料,子常向楚王进谏,说经过长期观察,蔡侯这个人还是挺忠诚的,就把他放回国吧。

国是回了,可我咽不下这口气呀。好歹,咱也是一国之主,哑巴亏不能白吃。于是,我去了晋国,请求晋国共同攻打楚国。为了弄个投名状,我还发起倾国之兵,帮助晋国灭了楚国的友邦沈国,砍掉了楚国的一条臂膀。然而并没有什么卵用,晋国早已不是文公重耳时的晋国了,六卿祸国,一盘散沙,捏都捏不到一块。

楚王很生气,要对蔡国开战。见势不妙,我又收拾了些礼物,匆匆赶往吴国。听说,吴国大将伍子胥要找楚国报杀父之仇,正好借了这个机会。为表诚意,我把儿子送到吴国为质,联合吴国打败了楚军,一口气攻到了楚国的老巢郢都。

如果不是秦国从中搅和,搞得吴国撤军,这口恶气也算出顺溜了。可是,如果有用吗? 楚国缓过了气儿,开始休养生息,厉兵秣马。十二年后,卷土重来。我能怎么办呢? 除了抱着吴国这条大腿,我还能怎么办呢?

没想到,吴王一反常态,像是突然被抽去了伍子胥复仇时的一腔鸡血。他装模作样地叹了口气,摇摇头说:"太远了,你们的都城离吴国真的太远了。这么多兵马,跋山涉水,劳师远征,搞得将士们人困马乏,怨声载道呀。"

你听听,这是人话吗?可我还得低声下气,问吴王该当如何。

吴王眯着眼,沉吟半天:"不如,你们把国都迁到南方。这样比邻而居,有个危难,援军抬脚就到,甚是便利。"

身边的侍臣直冲我眨眼。我知道他的意思,援军抬脚就到,可是作为敌人,不也是卧榻之侧,恶虎酣眠吗?

但我没有选择。暴风雨来了,船就得找个避风的港湾,不然,谁都别想见到明天的太阳。

那就应了吧。回来的路上,侍臣小心翼翼地提醒我:"大臣们能答应吗?车马细软还能转移,那些精美的宅邸、肥沃的领地、繁华的商铺、靡乐的生活,让他们一下子放弃,颠簸到荒草萋萋的南蛮之地,他们不会闹翻天吧?"

会,那简直是一定的。但是,命更重要,我的侯位更重要。"先瞒着他们吧。"我闭着眼,心里一声叹息。

吴国终于出兵。危难刚刚解除,吴军便帮着我们把都城迁到了州来。兵荒马乱的日子稳定了下来,鸡也不飞了,狗也不跳了,国家又像个国家的样子了。我决定朝见吴王,聊表谢意。

我太大意了,居然忘了后院还有一堆随时都会爆燃的火苗。那帮臣子们,口口声声高呼"我侯"的臣子们,以为我又要低眉顺眼,舔着吴国再次迁都,居然密谋一计,派出了刺客。

好了,故事该收场了。乱哄哄你方唱罢我登场,下一个该登场的,是我的儿子朔。四十四年后,蔡为楚所灭。

回过头,一帮写史的人,扒开旧账,又开始从那两件华美的裘皮大衣说起。

悔煞我也。

去赵国的邯郸

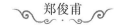

郑俊甫

我一直很后悔那次去邯郸。

这之前，我一直在父亲的军中当差，整天跟一帮靠脑子吃饭的同事为父亲出出谋、划划策。不谦虚地说，我的军事理论还行吧，因为每次父亲征战回来，都会冲我竖拇指，说，你小子主意不错，又胜了。虽然多数时候，都是些国界上的磕磕绊绊、小打小闹，但次数多了，功劳累计，我的职位还是很快升到了高参。

闲下来，父亲喜欢跟我们一起围坐帐中，磨磨嘴皮，逗逗乐子，话题当然跟战局有关。说起打仗，我弓不能射百步，力不能举百斤，可咱读过的书多，从古至今的军事著作堆起来，五辆车都未必能拉完。小范围的争论，大场面的辩驳，也从没在人前掉过链子。

许是树大招风吧，渐渐地，流言就来了，先是嘲笑我是"官二代"，借着父亲的职位谋点稻粱，再是讥讽我"死读书、读死书"，书呆子一个。起初我很生气，抢胳膊挽袖子像个愤青似的想去理论，父亲笑着止住了我。父亲说，流言止于智者，亮出你的本事，自然也就没人再大舌头了。

也是。

很快，机会就来了。公元前280年，父亲攻打齐国的麦丘，久攻不下，赵王很生气，下了死诏，只给父亲一个月的时间。从没见父亲那么愁过，虽然战场上父亲总是置生死于度外，可这是攻城，麦丘城高墙厚，硬着来，父亲一世英名可能毁于一旦。紧急军事会议上，平日里夸夸其谈的同事们都没了主张，父亲把目光投向了我。我笑了，说，碰到这样久攻不下的残局，用兵其实已经意义不大，兵书上说"攻城为下，攻心为上"，不如优待那些俘获的齐军，锦衣玉食，宝马雕车，然后再放回去，让他们做一回活广告，四面齐歌，乱了对方的军心，城自然不攻自破。

行吗？父亲跟同僚们的目光里充满了狐疑。

把"吗"去掉，不试怎么知道？我胸有成竹。

一周后，传来消息，放回去的齐军杀了守将，降了。

我一下子声名鹊起，成了赵国街头巷尾谈论的对象。一夜之间红遍全国，让我多少有点不适应，父亲见了，语重心长，说，一次成功不算什么，难免授人以"瞎猫碰上死耗子"的嫌疑，要想成为名将，就得踩着敌人的尸骨不停走下去。

于是又有了阏与之战。公元前270年，秦国借道韩国进攻阏与，赵王派父亲前去救援。父亲问计于我，我想了想，说，秦军既然是借道，韩国一定会犯嘀咕，怕秦军顺手牵羊，灭了韩国。不妨利用韩军的心理，派人散布谣言，打一场离间战。

一个月后，计谋见效，韩军果然出兵夹击，跟父亲一起大败秦军，还杀死了秦国名将胡阳。

这也许就是后来秦军兵犯长平，国家生死存亡之际，赵王召我去邯郸的原因吧。其时，父亲已经故去，在长平与秦军对峙的，是老将廉颇。秦军叫嚣说，廉颇根本不在他们眼里，他们唯一畏惧的，是我。

赵王说，虎父无犬子，秦军没有看错。

我摇了摇头，说，他们搞得是反间计。

赵王皱了皱眉，很不高兴，疾风知劲草，板荡识忠臣，国难当头，爱卿难道怕死不成?

死我倒不怕,我想说的是,跟随父亲征战这么多年,虽然成了名人,但却从未单独领过兵,把一场关乎国家存亡的战争作为我的"处子秀",未免太冒险了些。不如仍让廉将军将兵,我当参谋。

遗憾的是,赵王已经听不进我的话了,他说,廉颇老了,饭也吃不进去,整天拉肚子,怎么打仗?他又说,爱卿只管说,需要带多少兵吧。

无奈,我掰着指头算了算,说,四十万吧。

四十万,差不多就是倾国之兵。后来的战事你都知道了吧?现在想想,肠子都要悔青了,那么多风华正茂的男儿,生生被我领进了一个巨大的墓坑,再也没能回来。

后人嘲笑得很刻薄,动不动就搬出"纸上谈兵"的糗事,他们哪里知道,遮蔽在赵王阴影下的我,也是身不由己呀。

罪过。

选自《微型小说选刊》2020 年 12 期

是谁杀了伯仁

郑俊甫

　　人这辈子真是邪性，怕什么来什么。那天，一位好友喝醉了酒，伏在我耳边悄声说："你兄王敦，脑后生着反骨。"我心一颤，手中的杯子差点落地。好友擅长卜卦，大小事经了他的嘴，无不应验。

　　我一直想找王敦聊聊。这个堂兄啊，一刻也不让老王家省心，整天磨刀霍霍，忙着操演他的军马。我修了一封家书，言辞恳切，希望他能收敛收敛，尤其是在皇帝面前。信还没有送到，王敦就闹腾起来，以"清君侧"的名义，浩浩荡荡，兵临江东。

　　在京的王氏几百号人，一时间惶惶不可终日。大家无头苍蝇似的手忙脚乱，满城乱飞，最后都飞进了我的府门。没办法，谁让王敦是我堂兄呢？还是撒尿和泥一起玩大的。大家都想听听我的意见，是卷起细软溜之大吉，还是束手就擒坐以待毙。当然都不能。皇帝于我有恩，于我们王氏有恩，出了这档子祸及九族的事情，我心有愧呀。于是，我带着一众族人，齐齐跪到宫门外，负荆请罪。

　　辰时，日上三竿。宫门外来来往往的人，见了我们，掩面而逃，好像我们身上生着瘟疫。以前这帮人不是这样，以前他们为了迈进我的府门，无不使尽钻营之能事。

此一时彼一时,我老老实实垂着脑袋,等着皇帝心生怜意,能够给我一个表明心迹的机会,却始终等不到。皇帝像是忘了,宫门外还跪着乌泱泱一群人,个个如同油煎。

午时,身边"蹬蹬蹬"有了杂乱的脚步。斜睨一眼,是伯仁!我的好友周伯仁!心中顿然照进阳光。

我与伯仁自幼相识,情同手足。这么说吧,但凡我有一口肉吃,绝不会让他喝汤。当然,作为大晋的才子,官居尚书仆射,伯仁也不需要我的眷顾。

如果说,我对伯仁有什么看法,就是他太孤傲了。一次,与伯仁闲谈,我拍着他的肚子,戏谑道,鼓鼓囊囊的,里面装的都是些什么?伯仁一笑,轻飘飘答道,里面空空洞洞,不过像你这样的人,足可容纳数百个。又一次,皇帝大宴群臣,酒酣歌热,兴之所至,皇帝说今日名臣共聚一堂,纵使尧舜之时也不过如此吧!伯仁站起来反驳,如今的世道怎么能跟尧舜盛世相比呢?皇帝大怒,下诏将伯仁下狱。数日后,愤怒平息,才将他放出。大家前去探望,为他压惊,伯仁却轻描淡写地说,就知道我死不了,没犯死罪嘛。

你瞧瞧,这像什么话嘛。但是不管怎样,这么多年的情谊还是在的。况且,当年伯仁赴任荆州刺史,遇到了流寇,幸得王敦出手相救,才幸免于难。说起来,王氏于他,也算有再造之恩。如今,王家落到这步田地,他动动嘴皮,为我们求几句情,不为过吧?

我唤了一声伯仁。伯仁扭头扫了我一眼,视若无物,置若罔闻。我以为他没听见,提高嗓音又唤了一声:"伯仁,我王家几百口的性命就都靠你啦!"伯仁这次头都没回,昂首进宫。这家伙,为了避嫌,六亲不认。我心中愤然。

大概申时,不,也许已经是酉时。我揩汗的时候,斜日的余晖已经隐入宫墙。伯仁终于出来了,歪歪扭扭,五迷三道。这个酒鬼,平时贪贪杯也就罢了,这个时候,我一家老小命悬一线,他还有心思饮酒!心里虽恨,身子依然匍匐向前,扯住了他的衣袖,像是扯住了最后一根稻草。我得知道,皇帝到底打算怎样处置王家。

伯仁冲我翻了翻白眼,居然对身边的人说:"我们一定要杀了王敦那帮混蛋,到时候好挣个天大的功名!"然后扬长而去。我的心一下子凉透。

事情的发展像是一场戏。数日后,王敦大败朝廷大军,占领建康。入京后,王敦置瑟瑟发抖的皇帝于不顾,却开始笼络人才,意图重整朝纲。他跑过来问我:"伯仁声望极高,应当位列三司吧?"

我看了王敦一眼,即便是作为一个胜利者,我依然觉得他是一员叛将,是王氏宗祠的一块污点。但现在说的是伯仁,伯仁呀,我的脑子里满是他走过我身边时目中无人的样子。我选择了沉默。

王敦不甘心,追着问道:"就算不入三司,也得作个仆射吧?"我依然沉默。

王敦的眼里露出了凶光:"如果不能用,就只能杀了他。"

我装没听见,抬头看天。仿佛天上写着伯仁的宿命。

伯仁最终被捕,押至城南门外处死。据说,临刑前,伯仁面色不变,举止自若。伯仁死后,家被查抄,作为大晋高官,家里仅有五瓮酒、数石米、几篓旧絮,而已。

我说过,事情的发展像是一场戏。我和王氏一族,因为在王敦之乱中坚定立场,维护帝室,不但绝了这位堂兄的勃勃野心,还激起了民众的高昂斗志。王敦之乱很快平息,我又回到了熟悉的位置。我开始着手整理宫中奏折,厚厚的一摞里,意外地发现了伯仁的奏章——竟然是历数我的功绩和耿耿忠心,言辞恳切,殷勤备至。落款的时间,正是我跪在宫门外的那天深夜。这才醒悟,在宫里和皇帝喝得醉醺醺的伯仁,醒酒后的第一件事,就是给皇帝上表,替我这个所谓的好友鸣冤叫屈。

那天,回到家,闭门谢客。我把几个儿子唤到跟前,一字一句忏悔:"吾虽不杀伯仁,伯仁因我而死。幽冥之中,负此良友呀!"

语罢,顿足捶胸,大放悲声。

选自《百花园》2020 年 6 期

美人赠我蒙汗药

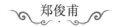

郑俊甫

    去卫城的路不长,我却走了很长时间。确切地说,是胯下的青皮走了很长时间。尽管我给青皮的四蹄包了稻草,但覆盖着冰雪的路面还是让青皮小心翼翼,始终不敢有所放纵。

    雪是三天前来的,纷纷扬扬下了一夜,城里很多上了年纪的人都说,还从来没见过这么大的雪呢。有雪相佐,正好照顾了我的酒坊生意。可是,来自卫城的消息又让我皱起了眉头,知情人说,卫城东关村倒了不少房子,还死了人。

    东关村是我幼时住过的地方,旧是旧了些,但民风淳朴,人心向善。无父无母的我就是吃着百家饭,一步一步走到了今天。几乎没有多少犹豫,我就下了决心,要去卫城赈灾。这些年,靠着经营"彭记酒坊",虽说没有成为彭城首富,倒也挣了些钱。受人点水恩,总该回报些什么吧。青皮背上驮着的,就是我连夜凑起的两千两纹银。

    赶到卫城的时候,天已经暗了,肚子里有点空,青皮跟我一样,有气无力地吐着哈气。可我顾不上吃饭,来的路上已经琢磨好了,把银子分给大家不如干脆在东关村支上十几口大锅,放粥。

    于是打算先去买锅。

雪灾后的卫城像一个颓废的老妇人，空气中充斥着无精打采的氛围，就连儿时极喜欢的那条繁华的石板街，也泛着一股慵懒的气息。偶有来来往往的人，也都是拄着竹杖讨饭的百姓。一路走过去，全被这样的人簇拥着，包裹着，让人心酸得落泪。好不容易把几家卖杂货的店铺转完了，我想要的那种大锅，根本就没有。杂货铺的老板说："这么大的锅，进了货卖给谁呀？"也是。

天已经晚得看不清路了，街上渐次响起的打烊声提醒我，如果再不找家客栈填填肚子，只怕就要挨饿了。青皮有一声没一声地打着呼噜，整整奔波了一天，这家伙连发脾气的力气也没有了。

我扯着青皮开始留意街边的招牌。女人就是这时候闯进我的视线的，她慵懒地斜靠在一家不起眼的店门边，先是把我上下打量了几眼，然后一改散漫的姿态，有些夸张地摇着腰肢，朝我迎过来。"大哥，"她那嗲声嗲气的样子让我疑心自己误入了青楼，"是要住店吧大哥？上我这儿来吧，特色客店，包您满意。"

我停住脚，就着店门口微弱的灯光，也把她上下打量了几眼。一袭斜襟蓝底红花儿的长裙，松松地挽着云鬓，样子顶多三十出头，却有着一种久经世面的练达。而且，也得承认，她算是一个很标致的美人。

见我有些迟疑，女人娇笑着扯过青皮的辔头，一只手指了指店面的招牌："大哥，您一定没来过卫城吧？'美人汤'的饭菜可是卫城的招牌哦。"

我不经意地一笑，卫城是我长大的地方，即便是后来离开了，也常常因为这样那样的事，一年要来上几次。"美人汤"，我还是第一次听说，该是一家新店了。不过，不争气的肚子和女人夸张的热情还是牵住了我的脚步，先住下来再说吧。

女人把我领进一间宽敞的客房，一边招呼伙计打来热水，一边巧笑倩兮地说："大哥，您稍等，我去给您上菜。"

片刻的工夫，门口就飘来了袅袅的菜香，胃里像是爬进了馋虫，欲望瞬

098

间便被钓起。我迫不及待地坐下来，拎起了筷子，没等动手，女人又端来一壶酒："刚烫好的，喝点儿暖暖身子吧。"女人拿出一只酒杯，满上，又拿出一只，也满上。酒香一飘进鼻孔，我就知道是上好的酒了。只是，"我不喝酒的。"我抬起眼皮对女人说。我没有骗她，经营酒坊这些年，卖出的美酒无数，我却滴酒不沾。

女人娇嗔一声："跑路的男人不喝酒，谁信呐。"不由分说，端起两杯酒，一杯塞进我手里，一杯一饮而尽。然后冲我亮了亮杯底："怎么样大哥，干了吧？"

酒色在女人的脸上泛起两朵灿烂的桃花，越发勾勒出一股掌上飞燕的妖媚神态。见我没有动静，女人接着倒了第二杯，一仰脖，又亮了亮杯底，动作干净利落。我一时有点无措，不知道这个妖媚的女人到底想做什么。女人撇撇嘴，忽然凑近我的耳朵："大哥，别看您瞅着挺像个男人，其实都是装给外人看的，连酒也不敢碰，那还叫男人吗？"

我横了女人一眼，端起酒杯也一饮而尽。明知道她是在将我的军，可也不能让一个女人小瞧了不是？女人仰起脸，娇笑成一团，一只手搭在我的肩上，很暧昧地揉了揉："大哥，慢慢吃哦。"一阵香风便飘出了屋子。

那晚我只喝了一杯酒，奇怪的是，后来的事情我却一无所知，只知道自己醒来后，头痛欲裂。更要命的，是女人和店里的伙计都不见了，一起不见的还有青皮和那两千两纹银。慌忙去向官府报案，开设黑店，巧取豪夺，也太张狂了吧？没想到，衙役听了没两句，便不耐烦地摆着手说："'美人汤'？从来没听说过！"

我一下子蒙了。

回到彭城，整整躺了一天，才从女人的那杯酒里醒过神儿来。钱丢了，灾还得救。思虑再三，我决定再去筹一笔银子。三天后，两千两纹银筹齐了，于是动身上路。这次，为防万一，我带了两个伙计，全都是滴酒不沾又有些身手的。

卫城还是那座卫城，卫城又全不是几天前的卫城了。街道上的人摩肩接踵，个个脸上洋溢着兴奋，仿佛几天前上天降下的不是一场雪灾，而是甘露。越是接近受灾最严重的东关村越是热闹，街上横着两排队伍，一字长蛇，一直蜿蜒到石板街的尽头。

我疑惑地挤过去，问一个排队的老汉："你们都在干什么呀？"老汉抬起挂满褶子的脸，乐呵呵地说："你还不知道啊？有个善人在这里放粥呢，好几口大锅，都已经放了两天啦！"

许是怕我没听明白，老汉身边的小伙子插话说："是'美人汤'的女老板，听说花了两千两银子。很漂亮的一个女人呢，嘿嘿。"

"女人呢？"我忙问。

"早走了，锅一支上，就没见过她的影子，连个名也没留，真是善人哪。"小伙子一脸的意犹未尽。

我一顿脚，豁然开朗。"美人汤"里费尽心机的"劫富"，竟然也是为了"济贫"。这个女人，莫非知道我买不到放粥的锅吗？我摇了摇头，哑然失笑。

选自《传奇·传记文学选刊》2018 年 11 期

春风沉醉的晚上

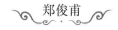

郑俊甫

1587 年,春。

一天傍晚,正要下班的内阁大学士申时行接到了太监传来的圣谕,让他加会儿班,到皇极殿谈点政事。

申时行一时悲喜交加。算一算,上次见到万历皇帝,已经是半个月前的事了。半个月来,万历皇帝像个任性的孩子,把自己关在大殿里,歇了早朝,不问政事。满朝大臣都快疯了,奏章一道接着一道,最后全都转到了申时行手里。没办法,谁让他是首辅呢?

申时行清楚地知道万历皇帝的心结。皇后无子,25 岁的万历皇帝疯狂地迷上了妃子郑氏,一心想要立郑氏的孩子为太子。看似一件简简单单的事情,前面却横着满朝大臣如山的奏章,没有一个人接受万历皇帝的任性。皇位继承顺序向来"立嫡、立长、立贤",皇后无子,可还有皇长子呢。虽说是万历皇帝一时兴起与宫女的结晶,但他身上流淌的也是皇家的血,怎么可以视若空气?

申时行也是不同意的。申时行的性格不同于他的前任张居正,张居正身上有着激进、强硬、独裁的一面。申时行正好相反,他稳重、谨慎、谦和,甚至被一些人诟病为和事佬、不作为。说就说吧,申时行心里有自己的算盘,风雨飘摇的大明王朝,再也经不起任何折腾了。

对于大臣们的诘难,万历皇帝没有动用帝王的权威一意孤行,而是像个孩子似的赌起了气,再也不理朝政了。

这一次,万历皇帝能够亲召,申时行觉得进言的机会来了。

万历皇帝坐在太极殿里,他没有像朝堂上那样正襟危坐,而是很随意地偎在龙椅里。见到申时行,没有客套,当头一句:"朕今天看到辽东巡抚的奏章,说他注意到一个建州酋长正在开拓疆土,吞并附近的部落。他觉察到养虎将要贻患,就派兵征剿,却师出不利。为什么不让兵部派能征善战的将领御敌?"

这件事申时行是知道的。当时之所以师出不利,是因为领兵的将军想以安抚为主,根本不想大动干戈地剿杀。这样的主张朝中很多大臣都是默许的,包括他申时行。国家这么大,随便哪个地方都有一两个捣乱分子,成不了什么气候。一有风吹草动,就兴师动众,经济还怎么发展? 老百姓还怎么生活?

但是,面对万历皇帝的诘问,他并没有急着亮明自己的观点,而是中规中矩地回答:"朝廷能打仗的武将,都在边疆,臣正在想办法招募武将。"

"为什么非要武将? 杜预、诸葛亮都是文臣,仗打得不是挺好的?"万历皇帝不依不饶。

"像杜预、诸葛亮这样文臣打仗的例子,毕竟是个例。不过皇上的话臣会转告兵部。"申时行答。

"前段时间不是选了一位武将吗?"万历皇帝又问。

"是选了一位,不过年纪太大了。"

"赵国的廉颇年纪也大,不是照样带兵吗?"

"皇上英明,打仗在谋不在勇,臣记下了。"面对万历皇帝的咄咄逼问,申时行偷偷抹了把汗。

许是觉得自己过于严苛了,万历皇帝看了申时行一眼,随手拿起一本奏章,漫不经心地转移了话题:"最近御史很敬业呀,居然参到朕的头上。说朕好酒,男人谁不喝酒呢? 不误事就行了么。又说朕好色,不就是说朕喜欢郑氏? 她又不是妲己。最可笑的是还说朕受贿,天下都是朕的,朕还会贪谁那点儿小财?"

申时行忙回道:"无知小臣,道听途说,皇上不必在意。"

万历皇帝沉着脸说:"他怕是要以此沽名钓誉吧?"

申时行连连点头:"他既然想要沽名,皇上如果处罚,反倒成全了他,不理他就是。"

万历皇帝不语,似在想着心事。

申时行见缝插针,忙奏请道:"皇上,臣工们已经多日未见天颜,不但臣一肚子话想跟皇上讲,大家也都是。皇上还是开了早朝吧。"

万历皇帝皱了皱眉,捶了捶腰,叹了口气说:"朕何尝不想上朝,只是这身体不争气,动不动腰酸背痛,实在是有心无力呀。"

没等申时行接话,万历皇帝又杀了回马枪:"听说那个辽东巡抚还想再次派兵征剿,却被朝中的御史参劾,说是故意虚张声势,劳民伤财。先生以为呢?"

经历了一番折腾的申时行思绪很快上了轨道,和事佬的本性又蠢动起来:"皇上,臣知道作乱的酋长。四年前李成梁将军攻破古勒寨,杀了他的祖父和父亲,他不过趁着机会想报复一下。就他那点人马,充其量就是一股贼寇,蹦跶几天,随便给他个什么职位安抚一下,也就完事了,哪用得着派兵剿杀呢? 至于参劾的巡抚,本也没什么罪过,如果追究起来,反倒容易引起内外官员的不睦。皇上不如趁此机会,两边奖罚相抵,不予追究,也让做臣子的知道皇恩浩荡。"

万历皇帝抚着额头,沉默不语。申时行见机,又开始进言:"臣倒是觉得,立储君的事,才是眼下当务之急。"

沉思中的万历皇帝听了这话,忽地从龙椅上站起身,像是对申时行又像是自言自语道:"朕这两天浑身乏力,太医寻了一个方子,刚才煎了一服药,这会儿也该喝了。"

万历皇帝离开后,申时行也开始踏着夜色往回走,边走边想,虽然没有劝动皇上,但今天的谈话,总算是没出大的纰漏。心情一时就在春风里荡漾起来。

这时候的申时行做梦也不会想到,四年后,他拒绝剿杀的那位酋长创建了八旗,二十年后,又创建了后金,起兵反明。他的名字叫努尔哈赤。若干年后,他的庙号则为清太祖。

选自《微型小说选刊》2018 年 7 期

名 旦

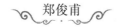

郑俊甫

　　腊月二十三，一大早，春生戏班的大师兄庆来就敲开了师弟小春子的门。庆来是来跟小春子商量"封箱戏"的事的。

　　作为一家老戏班，春生戏班有着自己的讲究和规矩。辞旧迎新，为了讨个好彩头，小年之后，到腊月二十六七以前，戏班会演出最后一场戏，叫"封箱戏"，为过去的一年画上句号，而后"封箱"以待新年。这一年里最后一场的封箱戏，要唱点绝的，一般是唱"反串"戏。所谓"反串"，就是原来唱什么行当的，在这出戏里不唱自己的本行，反倒去唱平时绝不敢碰的行当。唱花旦的，插上雉鸡翎铿铿锵锵来段武生；唱小生的，却偏偏勾成个红脸的关公或是白脸的曹操。看上去像是混搭，可这绝不是混闹搅场。行当串演，演出也是一板一眼有规有矩，玩意儿一点不能差。

　　不过，小春子照例是拒绝。就像他十多年来一直拒绝的那样。

　　小春子是春生戏班的头牌。打四岁起，他就被父亲送到戏班，跟着师父学戏了。师父好像一眼就看到了小春子骨子里的戏苗，进了班子没几天，就郑重宣布，小春子唱花旦，男扮女装的那种。不但唱花旦，连生活也要是花旦的生活。不可以跟师兄弟们混吃混住在一起，不可以用男声讲话，举手投足，一颦一笑，都要是戏里的女娇娥。

可别以为师父只是说说就算的。碰了师父的规矩，任你多亲多近，也不拘你年龄大小，那是要打板子的。拇指厚的枣木板子，噼噼啪啪拍在屁股上，没个十天半月，下不了床。

有一次午饭，趁着师父不在跟前，大师兄庆来就带着两个师弟钻进小春子的房间，逗着小春子："吃个饭也跟个小娘们儿似的，连个声儿也没有。就不会大碗喝酒大块吃肉大快朵颐呀？"大师兄敲锣，两个师弟敲边鼓，一会儿的工夫就把小春子逗哭了。这事传到了师父耳里，庆来和两个师弟在床上整整叫唤了二十天。又一次，小春子在一边看师兄们唱《夜奔》，一时技痒，锵锵锵摆了林冲的造型，高亢的嗓子唱了一句："俺的身轻不惮这路途遥，我心忙，哎呀！又恐怕人惊觉。也吓、吓得俺魄散魂销，红尘中误了俺五陵年少。"一边的师兄们还没来得及叫好，师父的棍棒就下来了，可怜的"八十万禁军教头"，一棒就被打翻在地，鲜血直流。师父手戳着小春子的眉头说："我不是不让你唱别的，你要记得，想出人头地，术业就要专攻！孙猴子为甚就学了七十二变？还不是人前人后嘚瑟闹的？"

打那时起，小春子就再没有唱过别的。师兄们和外人眼里，小春子就是花旦，就是个女娇娥，再也不敢提他的男儿身。

小春子很快就出道了。出道的第一场戏是《贵妃醉酒》。"皓月当空，恰便似嫦娥离月宫，奴似嫦娥离月宫。好一似嫦娥下九重，清清冷落在广寒宫……"

也真是奇了，小春子一亮嗓，观众的眼前就再没小春子了。只有贵妃。那唱腔搅动的空气里，全是百媚千娇，柔顺凝脂。不但唱腔，连水袖也甩得迎风花开，仿佛那不是柔软无骨的丝绸，而是"回眸一笑百媚生"的意，是"玉楼宴罢醉和春"的魂。

小春子红了。红了的小春子唱《贵妃醉酒》，唱《霸王别姬》……但男儿身的他，独不唱生角，连说话也不粗声。以至于在外面，传得有神神道道，有闲言碎语。

106

这一回，大师兄庆来敲开了师弟小春子的门，任小春子如何拒绝，也不让步。庆来说："十多年了，有师父在，你一直忍辱负重。可师父都去了快一年了，再没人拦着你，你也该回了你的男儿身。"

不独大师兄庆来，师娘也劝："这些年，你师父把你一直当个女孩儿养着。他也许是想捧红你，但他太自私了些。年底唱了这出'反串'，你也该自自由由重见天日了。"

小春子终于点头。

"封箱戏"里，小春子手执錾金虎头枪，一身英武的扮相，成了《挑滑车》里万夫不当的高宠。"又不是铁浮屠，哪怕它蓬莱山倒。挨挨挤挤任金兵乱扰，管叫他插翅难逃，管叫他插翅难逃！"

唱到末一句，本该气壮肝胆，男儿英豪。小春子却忽然破了嗓，把个英雄高宠唱成了千娇百媚的女娥。观众席上兴致满满的一众看客，一下子就炸了锅。有人嚷了一声："这是欺负我们只会听女声呢！"一时间，无数双方才还在吃瓜搛菜的手，纷乱地扬起来，戏台上瞬间沦陷。可怜的小春子，丢了錾金虎头枪，双手抱头，瑟缩成一团。

多亏几个师兄弟，拼命护着，才把丢盔弃甲的小春子救离是非之地。

小春子的房间里，大师兄庆来揽着他的肩，柔声宽慰："我知道不是你的错。这些年，师父他……委屈你了。今后，你想唱什么就唱什么，没人敢拦你！"

小春子怔怔地盯着大师兄，半晌，忽然扑进他的怀里，痛哭失声。边哭边叫："我没有男扮女装。我是女儿身！我本就是女儿身哪！"

选自《微型小说选刊》2020 年 4 期

作者简介：

郑俊甫，豫北小城人，2004 年开始业余创作，作品散见于《山西文学》《芒种》《短篇小说》《当代人》《天池》《百花园》等 100 多家报刊。多篇作品被转载并入选多种选本。出版小说集《给人生一个惊艳的假设》。

乡下偶拾二题

黄河清

六　婶

六婶14岁那年就嫁了人。丈夫是队伍上的伙夫,做得一手好菜。结婚那天,丈夫曾许下心愿:日后,定要让六婶吃遍天下的山珍海味、美酒佳肴。当时,丈夫家是吃不起好菜的。婚后三天,丈夫就走了,留给她一个70多岁的婆婆。后来,婆婆死了。她给丈夫打信,不见回音。她就把婆婆葬了。六婶为婆婆守孝三年,仍然不见丈夫回音,这才嫁给了六叔。她为六叔生了二男二女。几十年后,二男二女分别成了家,也分别有了儿女。六婶就与六叔一起耕作一片小菜园,日子过得倒也安然,倒也悠闲。

只是,前夫许下的那个愿,再也没有还了。

己巳年腊月二十,一后生西装革履前来造访六婶,说是六婶的前夫从台湾回来了。前夫与她新婚别后,第二年就到了台湾。后来,前夫不在队伍上干了,自己开了家小餐馆,惨淡经营了几十年。允许探亲了,他就回来了。后生还说:"你前夫说腊月二十六是你们结婚四十一年的纪念日。四十一年了,他想见见你。"说着说着,六婶哇的一声大哭,就昏了过去。

六婶醒来后,把全家人都召集到一起,说了这件事。儿女们自然是一致通过,只是六叔蹴在墙角一声不吭。六婶抹把泪,说:"你要不许我见他,我就不见他。"六叔说:"我,又没说不许。"

于是,六婶就去见前夫。

与前夫见面的地点是县城宾馆,日期当然是腊月二十六。关于见面的细节无人知晓,只是六婶自那天回来后,就染上了一种奇怪的病。发病时手舞足蹈、胡言乱语,着了魔一般。六婶就变成另一个六婶了。

于是就有传闻,说是六婶与前夫一顿饭就吃了两千多元,够买两只优等的南阳黄牛呢;又有人说那人给了六婶十万美钞,一大堆金银首饰,够六婶花上几辈子的;更有人说,如果六婶和六叔离婚,就可以跟那人到台湾去过富得流油的好日子了;还有人说,那天六婶带前夫前去给婆婆扫墓,六婶的婆婆魂儿附到了六婶的身上,六婶以前夫母亲的口气狠狠地训斥了前夫一顿。众说纷纭,无法考证。只是,六婶的病却是真真切切的。

有病就需求医。六叔就带六婶去了一家诊所。六婶对医生说:"总觉得有个人在我的身上乱窜,一会儿腿上,一会儿腰上,窜到哪里哪里就疼,疼起来钻心透骨,都说是中了邪。"医生问明缘由,沉思片刻,说:"我这里有一根辟邪棍。你拿去,窜到哪里,就往哪里打。"照此法治,果然见效,但不出三天,病情又依然如故。

就又去找医生。医生说:"躺下。扎针!"六婶就躺下。医生扎针。扎着扎着,突然"扑"的一声冒出一股白烟。吓得六婶"呼"地坐起,大惊失色。医生却缓缓说道:"走了,那人走了。"再看六婶,形容立时与正常人一般,稍息片刻,恭敬地与医生告别。

我与医生是朋友,问及辟邪棍和白烟一事,医生笑答:"辟邪棍是用一根筷子缠上纱布做成的;白烟则是从炮仗上取下的一蔟火药,扎针时,趁她不注意,点燃了。去去心病而已。"

不久,六婶的前夫回台湾了。那些传闻是没有人敢当着六婶的面进行考证的。六婶的病好后,依然和六叔一同耕作那片小菜园,只是,从此之后,六婶的眼神里多了一丝忧郁，多了一丝黯淡。日子过得便再也不能安然，再也不能悠闲了。

狗　剩

以前陈财主家一进三座院：一座为仆人长工居住；一座为少爷小姐居住；一座则分别住着陈财主的四个太太。陈财主死于1946年，据说是死在了四太太的屋里。后来"土改"，四太太的房子分给了狗剩的爹。狗剩爹死于1960年。于是这房就归了狗剩。狗剩那一年才十岁，先前的事他是听老辈人说的。

狗剩根红苗正，十八岁当上了民兵排长，十九岁当上了民兵连长，二十岁就当上了民兵营长。前些年，村上有工分补贴，加上每年征兵时，狗剩是可以收些礼的，所以，狗剩是从来不做农活的，扛支猎枪打兔，抛个雷管炸鱼，日子过得也算是有滋有味。

后来呢，狗剩不干营长了，与村人一样，分得了几亩地，靠劳动吃饭。只是狗剩对种地实在是不感兴趣，所以那地也长不出许多的粮食来，让狗剩饿不死，也撑不着；又所以狗剩年近四十依然是光棍一条。眼见得村人都盖起了新房，原先分得陈财主家的村民都先后搬走。狗剩仍住在四太太的屋里。除四太太的屋之外，陈财主的家已是一片断井颓垣，举目荒凉了。

偏偏这一年雨水又特别勤，从白露一直下到秋分，还没有住雨的兆头。狗剩的房子便经不起雨水的浸泡，岌岌可危。也算是狗剩命大，那天晚上他起来小解，撒得正畅快时忽听得咯吱吱声响，便顾不得撒完，"嗖"的一声钻进了床底，少倾，东隔墙便悠悠然倒地。

不承想，东隔墙的倒塌给狗剩倒出了两罐银圆两罐金条。狗剩自然是喜出望外，决定连夜拆房。狗剩拆房是绝对不允许村人近前的。三日后，房子拆完。可惜，除了那两罐银圆、两罐金条之外，再也没有其他值钱的物件。

后来，狗剩去了趟广州。回来后，正赶上村上承包果园。狗剩二话没

110

说,包下了。那标投得自然是没有人敢超得过的。对狗剩的暴发,村上人着实迷惑了一阵。

又后来,狗剩盖了栋非常豪华的楼房,盖了楼房之后就娶了媳妇,只是没有过多久就离了。离了再娶,娶了再离。不到两年,狗剩就娶了四个老婆。眼下跟狗剩过的是一个"南蛮子",长得十分妖艳,村里人都暗地里叫她"四姨太"。经常有身着奇装异服的年轻人进出于狗剩的家,门口隔三岔五便会停一辆"出租",给狗剩的那座小楼平添几分威严,几分神秘。村人不解,但终究只是不解。

狗剩死在了陈财主的墓穴里。那天晚上人们忽然听到一声沉沉的闷响,接着就传来"四姨太"那宰猪般的号叫声。村上人闻声赶到,只见墓穴里的狗剩已成一堆肉渣了。一长者问"四姨太","四姨太"答:"我不让他掘的啦,那墓穴是用石头砌的啦。他就是不听嘛,找到个雷管,没有炸好,就把他给炸死的啦。"再问"为何炸墓?"。"四姨太"才把那四罐东西的来历说出来了。没想到,竟把人们说得瞠目结舌,一声接一声地直呼惊讶。惊讶之后就有几个汉子饿虎般地扑向墓穴,片刻就挖了个底朝天。

只是,陈财主的墓穴里除了几根白骨之外,剩余的就是碎石和湿土了。

于是人们纷纷作摇头状,又纷纷呼出一口深深的叹息。

选自《羊城晚报》1991 年 4 月 22 日

作者简介:

黄河清,1956 年生,退休前为新乡县文化局剧目创作组编剧,河南省作家协会会员,曾任新乡市作家协会副主席、新乡市作家协会顾问,现任新乡县作家协会副主席。1981 年开始发表作品,先后出版《南方寻梦》《林氏大迁徙》等多本纪实文学和影视作品。现居上海。

种麦时节

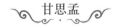

甘思孟

　　别的队都开耧搂麦了,第四队的家伙还不齐全。队长翟鸿科急得连觉都睡不安稳。唉,几场雨可把人害苦了,保管室淋得四脚落地,两张耧砸成了碎片片。到南村五里井崔木匠那里定制的一张耧,他许下八月十五掂月饼去取。掂月饼倒没啥,误了种麦可是大事。昨天晚上,队里几个老汉商量了半夜,都是叫往团支部书记小胖身上使劲。他们说:"鸿科,你可要抓紧点小胖,只要他多给新媳妇做点工作,保准崔木匠能提前把耧给咱做好。"鸿科又是一夜没睡好,天刚亮便披衣下床找小胖去了。

　　原来小胖刚过门的媳妇文英,就是五里井崔木匠的女儿。鸿科来到小胖家大门口,见门虚掩着,他便轻轻推开走进院里。这时,小胖和文英的新房里灯还亮着。鸿科奇怪地想:天快大明了,为啥屋里的灯还没吹灭?鸿科正要喊小胖出来,猛听到小两口叽叽咕咕,越说越热闹,他不由得往窗下挪了挪脚步。这时只听文英说:"嗨!我还当种麦的啥东西都齐备了呢,原来连耧还没有。这么要紧的事你为啥不早说呢?这样吧,我马上动身回娘家去,说不定爹已经把耧做好了。"小胖说:"你说得怪轻巧,爹说八月十五掂月饼去才把耧做成。"文英说:"信不信由你,这会儿我算明白过来了。咱俩登记那天,爹和我说,'你要晚两天结婚,嫁妆也做成啦'。我说我啥嫁妆也不

112

要。他就说，'你不要人家可要。眼前带不走，迟几天我给送去'。我也没想他要送啥，就对他嚷着说，'你送去我也不要'。这会看来，他不是要送别啥，一准是要送耧来。"

鸿科在外面听得清楚，心中一高兴，嘴是不由喊出了声："文英啊，你说这可是真的？"屋里的两个青年一愣，立即嘻嘻哈哈笑了起来。文英接着说："是鸿科叔呀，快进屋里来吧。我说的一点不假。在我来的前两天，俺爹一天到晚钻在木作坊里。嘻，他说的八月十五掂月饼去，那一定是玩笑话，爹这几年过得高兴，跟谁都爱说几句玩笑话。"她说着开了屋门，和小胖一块走了出来。

在东屋睡觉的小胖娘被吵醒了，她笑着骂道："鸿科呀，你这个老东西，大清早就来吵嚷啥？"

鸿科笑着回答说："文英才过门两天都为队里没耧种麦着急哩，你这当婆子的倒睡得安安稳稳，小心媳妇批评你。"

文英赶紧过去和婆婆商量说："娘，我到五里井去，看俺爹把咱队的耧做啥样了。要是做好了，就和俺爹一块把耧弄回来。要是没做好，也催他快点做。"他们正说得热闹，只听一个人在大门口说："不用去催，我把耧用架子车拉来了！"文英一听就知道是爹来了，高兴得一边向大门跑，一边笑着说："哎呀爹，这么早你可咋把耧送来了？"崔木匠笑着说："我怕我的好闺女去催嫁妆呀！"他这一句话，说得大家都笑了起来。

选自《河南农民报》1963 年 10 月 16 日

邻　居

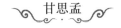

甘思孟

一大早，西隔墙邻居林发嫂来寻鸡："小二妈，见俺那只大红公鸡了吗？"

"大红公鸡不见啦？"我走出厨房，帮她满院里巡视。

"昨晚没上窝，我想，它可能是恋群，住到别家了。"她一面说，一面"咕咕"地唤着，又向东邻走去。

按说，一只公鸡，值不得我在这儿啰唆。不过，我实在为林发嫂可惜。那只公鸡多喜人呀！浑身像披一领大红袍，每天和邻家的母鸡厮跟一起，寻到食儿也不贪嘴，叨一叨，"咕咕"地叫几声，丢给身旁的母鸡吃。林发嫂常夸它："这公鸡呀，懂人事儿！"

可是，当晚仍不见红公鸡的影儿。

是黄鼠狼叼走啦？没听到鸡"吱嘤"啊。是哪个馋嘴货杀吃啦？……我的二儿子正在电灯下看连环画，我问他可曾看到谁家有大堆鸡毛。

"没有呀。"孩子怯生生地望了我一眼。

"是谁给偷卖啦？"

孩子没吭。

"这，会丢到哪里去呢？"

"我知道?！"小二变了哭腔，眼里噙着泪水。

我立刻警觉起来,瞧定他,盘问,哄劝。我那天爷,果真是我家小二和东邻一个孩子办的好事!昨天下午,他俩将红公鸡指给小贩捕去了。

我不顾黑天摸地,当即拿去卖得的两块三角钱,往林发嫂家去。

"发嫂,是我那没出息的孩子……"我难过得鼻梁筋一酸,流出眼泪来。

林发嫂明白了事情的经过,把我推出屋门:"邻居百舍的,鸡猫狗的小事,值当往心里搁?孩子小,不懂事,要花钱……"

"他想买连环画!"我气得浑身打战战。

"买连环画?"林发嫂愣怔住了,过了片刻,又说,"好吧,这钱,我收下。"

第三天一早,林发嫂的孩子顺平从大门外跑进来,喊着:"小二!小二!"他像轻盈的小燕一样跳进屋当门,一扭脖子摘下书包,从里面掏出一大摞子崭新的连环画,其中一本封面上印着雷锋的头像。顺平喜眉笑眼地拉着小二:"咱在班里设个小图书摊,好吗?"

我的眼睛湿润了,仿佛看到了我那好邻居的一颗赤诚的心……

选自《河南农民报》1981 年 4 月 8 日

背街的买卖

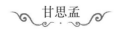

甘思孟

爷儿俩进了外贸局的铁栅门，几经打听，算是找到了收购兔毛的地址。老汉支起车问："这里收兔毛吗？"

"不收兔毛收啥？"办公桌后躺在藤椅里吞云吐雾的年轻人抬了抬眼皮，扔过来一句。老汉忙把包单放下，让验级、给价。

那年轻人伸手插进包单深处，抓出一把，撕了撕："三级。"

就三级呗，没法的事儿。"多少钱一斤？"

"二十。"

"开春不是六十块一斤吗？"

"去年还卖到八十呢。"

说不清的理。而最终，理都掌握在有主动权的一方。老汉泄了气，却也填了一肚子气，蹲在门口吸了袋烟，"呸"一声，喊起孙子："走，不卖啦！"

爷儿俩穿过闹市，拐进一条冷清的背街。

"喂，这是一包袱啥呀？"

老汉扭回头，见一个瘦猴脸快步赶上来。

"是兔毛？"瘦猴脸问，"怎么不到外贸局去卖？"

"不卖啦！回头套被子呢！"老汉话中有气。

"套被子?"瘦猴脸讪笑,"啧,是比絮棉软和,可也老不划算。外贸上给多少钱一斤?"

"给他娘的二十!"

"二十?嗯,也就是这样。这东西,越来越不值钱。听说快不出口了。喂,我说,真心卖不真心卖?"

老汉直问道:"咋,你想要?"

"我?"瘦猴脸皮笑肉不笑,"我不要,是一个朋友托我代买几斤,自己纺线打身毛衣。他情愿出二十五块一斤。"

"打毛衣?二十五?"老汉皱起眉心,思索了片刻,"好吧,就卖给你。"

就近过了秤,收了钱,爷爷拉起孙子走了。瘦猴脸用布单包了兔毛,拔腿往回走,在大街踅了两个圈子,一折身,钻进外贸局。

那年轻人从藤椅里弹出来,慌忙接下包袱,低声问:"是那老头的吗?"

瘦猴脸点点头:"那老东西真憨,我几句话,可哄得他滴溜溜转。伙计!今儿个咱做成了这宗生意,一斤赚二十块吧,嘻嘻……"

"嘻嘻,不止二十呢!这一单毛,二级,牌价五十还多!"

"够咱俩喝一壶啦!"

这时,门外突然窜进来个孩子,两人都认得,正是刚刚见过面的跟着老汉卖兔毛的小孩。他那印着"少林武术"的鲜红背心裹着的小肚一鼓一鼓地:"爷爷看你不正道,就派我来跟踪。看吧,我这就去告你俩!"说罢,他飞步跑出门去。

这一鬼一判,都吓呆了。

选自《新乡晚报》1986 年 8 月 5 日

作者简介：

甘思孟，毕业于郑州大学中文系。1956 年任教于新乡市封丘县一中，1968 年调至新乡县七里营中学，为全国中学语文启发式教学的开创者之一；曾拒郑州师专、新乡师专等教职邀请，扎根中学教育战线。为人不拘小节，不修边幅，有竹林之风，亦为著名书法家，又多次获市县象棋大赛冠军；长期笔耕不辍，曾用笔名孔孟、甘思梦、一文等。

柱子的桃花运

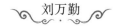

刘万勤

柱子年近五十,佝偻着腰,还光棍一条。那天他对五叔说,昨晚我做个梦,一个老头河边边走边给我说:桃花运,桃花运。叔,你是文化人,啥是桃花运?五叔觉得有趣,就桃花运做了解释,之后取乐地加一句:那个老头,恐怕就是您叔我了。

又过些时候,五叔站门口,忽听"咱两个在学校"的唱段,唱得情真意切。随之扭转身去,只见一辆电三轮开过来,可就是不见人的模样。近了才认出是柱子,柱子车把上提溜个黑色唱戏机。

五叔常为柱子叹息。他十七八岁时,年轻气盛,跟人打赌扛檩条,为了一碗荷包蛋,硬是把腰扭出大毛病。家里缺钱,也没咋治,腰就开始弯,一弯不可收,一直弯到九十度。这一下可好,半截身子入土的人了,还没赶上桃花运。

叔,站着等婶子不是?他一副似笑非笑的怪相,加上下巴那几根胡须一抖一抖,甚是滑稽。

五叔嘿嘿一笑。

五叔没想到,他那次解释了桃花运,柱子就迷上了桃花运。他暗自琢磨,桃花运,就该是桃花带来的好运气。于是黄河滩里放羊经过桃园时,望着粉嘟嘟的桃花,一待就是半天,还折了一枝初放的桃花放在鼻子上闻个够。回家像安放神灵一样,娇滴滴地插在床头瓶子里,嘴里咕哝道:桃花桃花显显灵,柱子给你三鞠躬。

五叔说,你小子过的可是神仙日子呀,开着三轮唱大戏。柱子一努嘴,这就是一人吃饱全家不饥的优越性,没有紧箍咒,想腾云就腾云,想驾雾就驾雾。

五叔虽认为柱子是三等公民,但佩服他能干,脑瓜又灵动。他喂十几只奶羊,黄河滩里天天放,只只养得肥透透的。他懂羊经,小病不请人,接生自己接。一摸羊肚子,就知道怀着几只羔,隔皮能识货,而且每次断定下羔时间,误差不超半小时。

前时,五叔劝柱子申请低保,就凭残疾这一条。他连连摇头,叔,咱不骗国家,喂奶羊我没少弄钱。天天羊奶当水喝,三天两头割肉吃,知足了。说起羊奶,五爷想起村里三位百岁老人,都是他柱子天天免费送的。

这小子过得的确滋润。他还亲口说,过年一个人扛条大猪腿,另割十几斤牛羊肉。晌午猪腿上拉一块,锅里滋啦滋啦一炒,四个馒头一碗肉,吃得顺嘴流油。吃罢嘴对水龙头,咕咚咕咚一气喝个够,再得劲不过。五叔接过话说,就是夜里睡觉搂枕头。柱子的脸,即刻红成鸡屁股,叽咕道,哪壶不开提哪壶。

五叔到柱子家拿耙子,进屋一看,柱子正在里屋举起桃花祷告:桃花桃花显显灵,柱子给你三鞠躬。五叔扑哧笑了:心诚则灵啊!五叔想,小子想媳妇快想疯了,怪遭罪的。还听说他喜欢前街的二嫂,她五十多的人了,脸蛋还红扑扑的像三月桃花。他每次看见,俩眼都直勾勾地看。二嫂刀子嘴,那回说,看啥看?隔靴搔痒顶屁用!他小子没趣,几根小胡子抖半天。之后看见二嫂圆滚滚的屁股蛋一扭一扭的,就躲到墙角,直看到那屁股蛋没了踪影。

这天五叔家里走,又听见叮叮咣咣唱大戏的声音,知道是柱子车把上提溜个黑色唱戏机过来了。果然不假。这时五叔嘿地笑了,他想起前村一个媳妇年前死了丈夫,闺女也出了门,孤身一人过日子,想再迈个门槛。又听老伴说,她是姑家闺女的闺女,随即有心给大柱拉扯拉扯。这时五叔冲着大柱说,柱子,桃花运!大柱关掉唱戏机说,五叔,我梦里的那老头要真是你,就倒八辈子霉,尽拿老侄开涮。

柱子,我真不涮你,涮你叫叔放屁腿抽筋。你快给叔说说,啥标准?

大柱半天没说话。

你说话呀!

大柱看五叔样子有几成真,小胡子一抖,说,破箩头厮跟个破粪叉。

五叔很上心,真当一回事拉扯去了。他见到那女人,头一看给惊呆了,没想到长得这么好,这个好,跟墙上的画差不多,叫你嘴再巧也说不那么真切。反正比大柱喜欢的二嫂,强上几倍也不止。她还能说会道,精精灵灵手又巧,地里活不用说,裁裁剪剪不隔手。五叔不瞒不哄,把柱子的曲曲弯弯给说个一清二楚。她仔细听了,笑笑,说,只要会干活儿会过日子就行。

五叔像得胜回朝的将军,兴冲冲地回到家就去找柱子。柱子在家里正一门心思地瞅桃花,三鞠躬没有,不知道。五叔慌慌张张地喊道,柱子,桃花运,成了!成了!柱子心疑,坐下一说的确是真的,他下巴上的几根小胡须,抖得很兴奋,很激烈。

见面那天,五叔特意嘱咐柱子,可把你那猪蹄好好洗洗,眼窝的灰,使劲用肥皂打打。

爷儿俩骑车,沿黄河大堤走十里,就到了女方家。女家烟茶水果好招待。停有五分钟,五叔正想托词离开,让俩人倾心倾肺地好好谈谈,柱子却先说话了:是鲜花,就该插到花瓶里。话刚落音,站起就走出屋门。

五叔睁大两眼,给弄蒙了,一拍大腿:小子,你这唱的是哪一出?

鸡 毛

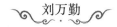

刘万勤

　　鸡毛从德望大哥家出来，觉得身上压下千斤重担，心口止不住地咚咚跳。

　　鸡毛已步入花甲之年。他身材单薄，个子矮小，走起路来活像一根鸡毛在飘。娘说他刚生下来时，一股风把鸡毛送进屋里，飘荡半天不落。爹说，这孩子就叫鸡毛吧。

　　鸡毛活了大半辈子，没有在人前堂堂正正说过话，说起话来也结结巴巴，用村人的活说，嘴笨得像棉裤腰。他在村人的眼里，就像一根鸡毛，谁也看他不着。他常常暗自怄气。

　　家族里的红白喜事，以往都是德望操办。可他最近患有腿关节病，行动不方便。往下按辈分和年龄就数着鸡毛了。眼看家族里要打发闺女，德望就把鸡毛喊到家里，说，这回你出面，事儿很简单，送客那天，在男方家里吃过饭后，和亲家接一下头，只问一句话：啥时候回门（回门就是女家去车把闺女接回来）。德望一遍遍地说看，像教刚入学的小学生。

　　鸡毛总算有了出头之日，这是他梦寐以求的，着实地扬眉吐气。他从德望大哥家出来，走路轻飘飘、心里一美一美的，犹如他四十三岁娶媳妇那样的滋味。可他又担心，到时候，这句话能顺溜溜地说出口吗？要是说错，可就丢大人了。他止住脚步,浑身战栗起来,越想越战栗,活像公鸡脖子上挨了一刀。回头退去这活儿?他立马摇摇头,要退了,人家才说咱草鸡毛哩。揽下了就扛过去,那年去黄河南推大粪来回四百里,耍尿泥了?这回不就是说句话嘛,说不定这回我鸡毛,就飞上天了。

回到家,他的嘴扑哧个不停。问题是,说出口时,不是顺顺溜溜的,总像有什么东西绊来绊去。他就大声练习:啥时候、回、回、门?说回门时,嘴跟舌头就不合作,他狠狠咬了一下舌头。一急,就唡唡地走出家门,到村东歪腰柳树下的大坑边,对着水和芦苇,一遍遍练习说"回门"。

吃饭时老伴来回寻他,寻到大坑边,他还在"回、门、回、门"说个不停,头也随之一摆一动。老伴心疼他,又知道他的本事,就劝他找德旺大哥退了这活儿。他俩眼立马瞪成铜铃大:你就、会门缝里看、人!

老伴端一簸箕大蒜头,放院里喊他来掰做蒜种。他边掰边练习"啥时候回门"。回门总是说得不顺口。他就反复练。在他啥时候回门说得很顺溜时,老伴过来问:你啥时候能掰完?他一挥胳膊,小孩子似的大笑:啥时候回门,我说得很顺溜了!

睡梦里,他大叫一声啥时候回门,把老伴吓得睁大眼睛:这东西,八成神经了,没有金刚钻,别揽那瓷器活儿。他又叫一声:我鸡毛,咋样?哈哈哈哈!老伴眨着眼。

喜事说到就到了。老伴给他拿出新衣新裤新鞋袜,一身新崭崭的。侄子们跟他开玩笑:今儿,鸡毛要当令箭了。他脸憋得通红,要骂娘个腿,半天没有骂出口。侄媳妇们也跟他开玩笑:毛叔,今儿可是要飞上天了。他没法还嘴,就赤红着脸。忽而一看,黑压压的人,想着要说的那句话,心一缩,浑身又瑟瑟起来。

送客到亲家客厅,鸡毛坐在墙旮旯里,身子缩着,活像根鸡毛落在那里。本家兄弟寻他不着,半天才寻到墙旮旯,一把把他拽到首席上位。

吃喝完毕放筷儿了,亲家文文静静走过来,一脸笑地拱手说:都吃好没有？看还有啥事要吩咐的。鸡毛没有反应，挨边坐的兄弟捣捣他，你站起来。鸡毛迟疑地站起来，却不作声。兄弟小声说，就说那一句，说那一句。

他满脸的肌肉在颤抖，一使劲，小鸡下蛋似的说，啥时候、吃、吃喜面？

顿时在座的都惊得瞪大眼睛。都知道南地错到北地了，可谁也不敢笑出声。亲家的脸一愣一愣的，半天才笑着说，吃喜面，到时候再说吧。兄弟赶紧纠正：啥时候回门？亲家止住笑说，咱老规矩吧，第三天，中不中？中。就这样定下了。

回去的车上，可炸了锅。哪有刚把闺女嫁过去，就问什么时候吃喜面的？尤其这话出自娘家人之口，就特失体面和大雅。年轻人说，毛叔这惊句能上吉尼斯纪录了。人多嘴杂，你一口他一嘴，齐向鸡毛狂轰滥炸。鸡毛此时招架不住，像只受伤的鸡，把头扎进裤裆里，浑身的哆嗦加大了频率。

回到家，他就滚到床上发起烧，汤水不进。老伴哭丧着脸说，这回你鸡毛可上天了吧？就不知道自己几斤几两？

鸡毛一个鱼打挺，翻身坐起，暴跳道，吵！吵！不信，我就不信！再回，看我还、还草鸡毛？他猛地拉开门，发疯似的一扭一晃，像一根鸡毛，直向德望大哥家飞去。

选自《微型小说选刊》2020 年 11 期

圪塔叔的钥匙

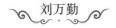

刘万勤

圪塔叔坐在他老二家门口的石墩上,眼睛似睁非睁,一头白花花的头发,像冬天的雪。

圪塔叔,睡着了? 我走近喊他一声。他猛吃一惊,眼睛睁大,向我打量,而后哇啦哇啦口齿不清地说,你钥匙是别在皮带上的,要是,用绳儿拴在扣门上,也一样不会丢。

我瞟瞟他身边的大铁门,紧闭着,一时想不出合适的话回应他,只是微微笑着。他口齿不清地又说,我问你,配钥匙的,啥钥匙都能配? 我不假思索地说,当然,人家干的这一行,都能。

他点点头,干枯的脸上似乎有了些许光彩。

几天后,我又打他门前过。大热天,他独个儿坐在石墩上,大汗淋漓的。老远,他两眼就直愣愣地盯着我。近了,他目光又移向我皮带上的钥匙,说,我问你,配个钥匙多少钱? 我想想说,早先一块,现在可能涨到两块了。我看看老二家的大铁门上的暗锁,又说,要是大铁门上的,费料,讲究多,紧大五块。

五块? 恁贵? 顿时,他的头像被一块砖压着,叽溜地耷拉下去。

后来,我听说,他一瘸一拐地找到村上,要加入环卫队。管事的干部说,你还顾不住自己,咋会扫地、拉垃圾?安心养老吧。他不死心,又去果园,说看门喂狗都行。园里的头头儿哈哈一笑说,别说看门喂狗了,你能照顾好自己就不错了。接连碰钉子,他悻悻地转身回去,气得见谁也不说话,坐在家门口总是把头扎进裤裆里。

我琢磨,他这样还要去打工,很可能手里想有个活便钱,人老了,能出手帮一把就帮他一把。

那天,我去蔬菜大棚,跟大卫说起这事。大卫说,他干活多少不说,要有个啥三长两短,我可吃罪不起。我说,找个他能干的活儿,工钱你看着定。大卫勉强同意了,那就叫他来择菜吧,不管啥菜,混堆称,三分钱一斤,够一块就发钱。

我兴冲冲地去给他送信儿。老二家的门依然紧闭着,圪塔叔依然坐在门口石墩上,头扎进裤裆里。圪塔叔,我大声唤他。他迷迷糊糊抬起头,两眼扫着,又紧盯住我裤腰带上的钥匙。我趴在他耳朵边一字一顿地说,我给你找好一个活儿。他一听,两眼突然睁大,随之溢出罕见的笑影。真的?啥活儿?我说去大卫那儿择菜。他居然大笑起来,仄棱着身子要站起跟我说话。我急忙扶住他。你,好人呀!我说,叔,你忘啦?我小时候在坑里洗澡,扎猛子不小心钻到树根下,要不是你老叔,我早就没命了,你才是最好的人。

圪塔叔干了几天就不干了。我就去见圪塔叔,看他是为啥。这回他跟以往大不同,虽是那铁门还紧闭着,他还坐在门口石墩上,头却抬得高高的,还往嘴里填着什么在吃。他看见我,仄棱起身站起来,一脸笑地从口袋里抓出一把花生,往我怀里塞。我把他的手挡回去。他两眼又盯住我腰间的钥匙,问,配个大门暗锁的,你敢保险不超过五块?我说,敢保险,先二年也就是三两块。接着他高兴地告诉我,他在蔬菜大棚挣了六块钱,狠狠心,到超市花了一块买花生,剩下五块配钥匙。

他从怀里喜滋滋地掏出一根细绳,是麻绳,长长的,掂起来上下打量着。我知道他这根细绳的用场。

隔了几天,我又有事路过圪塔叔门口时,看见他坐在石墩上,头又扎进裤裆里。我喊声圪塔叔,他半天才抬起头,眼珠显得很混浊,上眼皮一抖一抖像随时都会塌下来。我问他,你钥匙配好没有?他无力地摇摇头,嘴里仍是不清不楚地说,不得好死呀,老二他,老二他——

选自《精短小说》2019 年 4 期

诀　窍

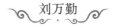

刘万勤

嘎咕嘎咕，大麦先熟。布谷鸟的口令一经发出，麦浪嬉戏着干热的南风，胶泥色转眼就金黄金黄。一年一度的虎口夺粮大战，即在眼前。人们既发怵又高兴，虽说能掉下几斤肉，可成车的麦子能进家，比喝蜜还甜哩。家家及早磨镰，及早给牲口加料，给车辆绳索收拾来收拾去，扎好一场大战的架势。

责任田刚分到户，谁都高兴。猛一下，不是缺这就是少那。比如拉麦的车，都是把平车的车杆加长一截儿，套上牲口凑和用。肥肥实实的牲口拉个小平车，就像身上带个铃铛。可是没办法。经常在家干活的，遇麦天心里还有点底，可对于像我这样的人，这样的户，就蒙蒙地不知深浅。我在县里中学教书，家里除了媳妇，便是老的老小的小；分地按人头，亩数又多，这活儿叫我不知咋招架。

我和媳妇分工，七亩地的麦子她管割，我管拉。她一个人割七亩地的麦子，活儿不轻；我管拉麦子这一头，使牲口可是大闺女坐轿头一回。牛虽高高大大，可它买来不久，捣不捣蛋心里还真没数。

开镰第一天，胡乱扒拉口饭，我把喂饱的牛装进平车里，套好，放上大权和绳索，牵着牛缰绳出发了。媳妇比布谷鸟起得还早，到地一看，她已割了好几个来回，一铺一铺的麦子躺在地上等着我拉。

麦地紧挨大路，车拐进地里，我就握起大杈装起麦来。大杈到我手里，像第一次握笔写字，横竖不听使唤。这还不算，一杈接一杈地装了半天，转眼车上的麦铺一趔，哗地掉了下来。我正在急头怪脑，媳妇直直腰说：唱文生的改唱武生，行头不对吧。你装一杈要拍拍按按，越瓷实越好。我抹抹汗，照媳妇说的正在一杈杈拍着按着，路上从自行车上跳下一个小伙，我一瞥，是我的学生韩小伟。

老师，拉麦呀。他跟我打招呼，接着他说去十里外的供销社买杆大杈去。我无心跟他多搭话，一是装车装不好正着急，再是他在我心中是学习最笨的一个，就没啥兴致。他数理化最差，只是在物理上扭来转去，不知从数学先下手。这里是有诀窍的，他不懂物理化学要上去，必须先学好数学，因为很多时候都牵扯计算。要求会背的文言文，我在讲解时他不听，却眯着眼在默背，像是笨鸟先飞。我心里起火，在理解基础上去背，才势如破竹，这主儿就不懂得这诀窍。一天他问我：学习要上去的诀窍是什么？我敷衍地说，全靠自己用心去摸索。

我边装车，边想这块地几车能拉完。眼一轮，最少得五车，满满一上午的活儿。铺好车底，就对装两边，尽量齐整整的。心想这回可不会返工了。我正在窃喜时，只见牛尾巴骨往上一抖一抖的。不懂这是啥信号，我刚转过身，惊人的一幕出现了：牛带起麦车，像兔子受惊一样上到路上，直朝村里狂奔，后面荡起升腾的狼烟。我顿时蒙了，眼看车上的麦子随着平车的颠簸，丢了一路。正在心疼，猛然想起路上人多车多，要撞上车伤着人，立马就有说不清的麻烦。

媳妇发现牛惊了，赶快停镰跟我一起收拾残局。牛从辕里挣脱出来，把平车丢在半路，炮向村里。心急、无奈，欲笑不得，欲哭不能。我和媳妇一路把成批的麦子抱起来，放在平车里，又把蹭断的套绳对接好，媳妇拉起平车把仅有的麦子送向场里，我回去找牲口。到家，那赖皮竟站在牛圈里。我恼怒不堪,可是连打它的力气也没有了,只是狠狠骂它几句,牵起它又走出门外。和媳妇见了面,一起把牛又套进平车里。

我牵着牛走向麦地,身心都是麻咧咧的。太阳升起老高,洒下的是火。汗水糊满了我的头脸和全身。

活儿攒着,一进麦地就要装车。媳妇割麦去了,我牵着牛缰绳不敢松手,生怕松了它再炮将起来。不敢松手怎么装车呢?在左右为难时,韩小伟自行车上绑杆大杈来到面前。他下车站住,朝我笑着。可能他看出我的窘态,就大步走到我面前,说,老师,这牛不老实吧?你顾得装麦,又怕牛跑,这里有个诀窍。诀窍?我睁大眼睛看他。他怕我弄不明白,从我手里接过牛缰绳亲自示范。只见他托紧缰绳,把牛头扯得歪向一边,再死死把缰绳系在车杆上。老师,就这么简单,你放心装车吧。我顿时如临春风,开心地笑了。

我望着韩小伟远去的背影,一种强烈的羞愧感霎时袭上心头:小伟啊,你叫我老师,你才是我最好的老师!在学校如若能打个颠倒,我是你的学生,你会耐心教我很多学习的诀窍,即使我是最笨的大笨蛋,也会变得聪明起来。

媳妇对我不放心,朝我喊话:装车,你一个中不中?

我一笑,答道:中,没问题!

选自《微型小说月报》2020 年 10 期

差一点儿

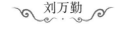

刘万勤

我讲这个《差一点儿》的故事,主角就是我王二旦。

半月前,学校举行期中考试。同学们的竞争意识挺强,都暗暗把劲儿提到头发梢上,互不相让。红榜张贴出来,我的数学成绩在班上名列前茅,可作文成绩却是倒数第一。有的同学坏水真多,对我挤眉弄眼地说:"王二旦,祝贺你,夺得双第一。"与其说是祝贺,倒不如说是讽刺,我的作文成绩明明是倒数第一嘛。这话对于争强好胜的我来说,心里的滋味就别提了,真比刀子剜心还难受。

不过,时隔不久,我就心花怒放,我为我的作文挽回了声誉,在班上露一鼻子的时机来到了。

说到这里,我应该感谢市晚报社那位不相识的编辑叔叔。是他,来信约俺的语文老师薛老师,给他推荐一篇优秀学生作文,在"蓓蕾"专栏发表。薛老师挺抖劲儿,说要借此东风,把全班同学的写作水平再提高一步;再说,优秀作文得以发表,也是全班同学、全校同学的光荣。他先是发动,接着叫全班同学一人拿出一篇得意之作。文章交齐后,薛老师认真审阅,选出十篇出壁报,然后由师生共同评选,优中选优。绝好的机会来到了,我王二旦岂能放过?可自己的本事——一嘴吃个鞋帮,心里有底儿。这该怎么办呢?我苦思冥想，忽然灵机一动，高人一筹地冒出一个绝招儿。这个绝招儿，不客气地说，能叫天地服，鬼神泣。霎时间，我高兴得又蹦又跳，心里像倒进一罐子蜜，甜得说有多中受（方言，即受用）就有多中受。结果要抓住后边那个"优"，谁要再讽刺我"双第一"，我就硬邦邦地有了词儿："假不假?!"

去年，我爸爸去上海出差，给我买来四五本《学生优秀作文选》，都放在床下纸箱里，全是新崭崭的。吃过晚饭，我哪有心思看电视，再好的武打也不看，匆匆忙忙从床下把所有的作文选全部翻腾出来，摊了一桌面。要说哪一本、哪一篇写得水平最高，我可不知道，因为我一篇也没有正正经经地读过。这时只恨自己心里没有底儿，两只手掂掂萝卜掂掂葱，弄得眼花缭乱，一会儿脸上的汗珠咪咪往下淌。忽然，一个题目跃入我的眼帘，是"雄伟壮丽的人民大会堂"。嘿，人民大会堂，太吸引人了，写人民大会堂的，一定写得很有趣，很引人入胜。我乐了，揉揉眼睛，便认认真真地扎下头，一字一句地读起来。果然不出所料，写得真够神的，叫人身居千里之外，却有身临其境之感，那建筑、那壁画、那灯盏，都有说不出的壮观。我如获至宝，从书包里掏出钢笔，喜滋滋地摊开了稿纸……

灿烂的阳光射进教室里，小鸟在窗外唱着动听悦耳的歌。我早饭后一踏进教室，一眼就发现壁报在教室后面布置出来了。上前仔细一看，乐得我摇头晃脑直弹舌儿——我交的那篇作文，不但选上了，而且排在第一篇，显然是薛老师的有意安排，说明它是优中之优了。这一下，我可真神气，即刻做了一个绝美的梦：晚报上一发表，就火箭上点炮——名声在外了，老远老远的人都知道我王二旦。大人们会说：王二旦这孩子，天才呀。学生们会说：王二旦也是人，人家的脑袋是咋长的！这一来，可叫那些讽刺我的家伙们气炸肺、气瞎眼吧！这时，我犹如一名居高临下的勇士，对着一个个"敌人"扫射……那个痛快淋漓劲儿，再好的形容词，也是难以形容的。

第二天的气候突变，晴转阴，且有风，叫人浑身凉飕飕的。我背书包来到教室还没坐稳，就有几双尖刀似的眼神刺向我，随之喊道："小偷，小偷!"

莫非这是对我的！同桌朝后面壁报上给我使了个眼色，我抬头一看，好不气恼，是哪个小混头在我的稿子上，竟用红笔写着"小偷"两个大字。我真想踮起脚来骂，骂他个狗血淋头。哼，从背上书包到现在，我偷过别人一分钱，一个铅笔头吗？真是欺人太甚！我憋足劲儿，正要展开猛烈反攻，朝外一看，薛老师迈着大步走来了。

薛老师走进教室，教室里静得像一湖平静的水。他走到我跟前，和蔼地叫我到他办公室去一下。这里会有什么名堂呢？我猜测的是，叫我把壁报上的那篇文章再抄一遍，好寄给晚报社的编辑叔叔登报。这自然是再好不过了，于是我快脚利腿地随他向办公室走去。到办公室里，他客气地让我坐在一个小椅子上，说："王二旦，你去过北京吗？"我感到突如其来，薛老师问我这个干什么？我茫然地摇摇头。这是真的，我的确没有去过。"你要没去过，这就怪了。人民大会堂的情况，你并不真正清楚，而《雄伟壮丽的人民大会堂》这篇文章，你是怎么具体形象地写出来的呢？"这一问，犹如刚才正在一马平川上任意畅快地驰骋，忽而眼前竖起一道高峻的悬崖绝壁，一时找不出去路，慌得我心里像有几只兔子在狂蹦乱跳。不过，有一点，我绝招儿的秘密，绝对是守口如瓶，绝对是不会让任何人知道的。薛老师见我无词对答，他一面拉开抽屉一面说："王二旦，咱班同学送给我一本《学生优秀作文选》，你看看。"我一看，跟我的那本作文选一模一样。天哪，全露馅了，彻底完了！瞬间，我的脸上像燃起一团火，不敢正视薛老师一眼，羞得真想找个地缝一头钻进去。

薛老师可能看出了我的狼狈相，他没有严厉批评我，慢慢地展开案边一张晚报，指着上面一篇文章叫我看。我揉揉湿拉拉的眼睛看去，只见题目是"警揭墨贼"四个大字。我眼睛瞟着一读，心更慌，脸更烧了，原来抄袭别人的文章，就是"墨贼"，就是品质恶劣的盗窃行为，跟"小偷"没有两样。妈呀，我弄巧成拙，原来这样严重。我禁不住哇的一声大哭起来，哭得心尖儿滋滋地发疼。

我差一点儿在报纸上露丑，差一点儿臭名远扬，好险呀！这时，我真心感谢揭发我的同学和及时帮助我的薛老师。经薛老师允许，我从壁报上揭下我抄袭的那篇作文，贴上了我蘸着泪水写的公开检查……

选自《金色少年》1992 年 9 期

扶　树

刘万勤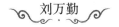

村里的黑蛋,是出名的黑,脸在太阳下能泛光,有人戏说,他是从非洲迁徙来的。他从小就离了爹娘,没人怜惜,也没人教养,荒着长。好歹没有和那些"哥儿"们混一起,没有打呀杀呀那些事儿。到如今,三十大几的人了,还没有对上象,一人吃饱全家不饥。心里不提气、慵懒,常常跟日子耍脾气,分的亩把地,叫它随便长;半分菜园子,也葱不葱、蒜不蒜的。有好心人说,这孩儿家里要有个女的,他会……

日子昏昏沉沉地过。还忘交代另一点,也是村里出了名的:长期以来,他沾身上一个惹人厌烦的毛病,就是顺手牵羊。他菜园子一转,这家不是少几棵葱,那家就是少几个茄子;桃树下一过有桃吃,梨树下一闪有梨吃。他顺牵的,大多与嘴有关。村里人最忌讳最讨厌这毛病,受到骚扰的人家,就心怀不满,可大多心里鼓噪,嘴上不肯敲明亮响。因为东西不多,值不得血天火地地弄事儿。也有忍不住发作的,他们就像身上放了一只虱子,虽说喝不了多少血,但叫身上一拱一拱地刺挠,憋不住就高一声低一声地发作起来。这时会招来几个人叽喳半天。这声音,传到他黑蛋耳朵眼里,开始还一扎一扎的,后来就没了反应,跟没听着一样。人们提及他,便摇头:人没脸,树没皮,百法难治。这毛病,不管他当不当一回事,可真坏过他的大事:一家亲戚给他提个媒，人家一打听，说他手不稳、遭人厌，就给吹了。

那天，他慵懒地背张铁锹大路上走，看到路边栽上不久的白叶杨树苗，叫昨夜一场大风扯得东倒西歪，有的还趴在了地上。他骂起大风，是大风把它们扯成这样。他心里一疼，就放下铁锹，手心里吐口唾沫，把树给一棵一棵扶正，一棵一棵培上土，歪下的树笔直地又站起来。他这人轻易不动脾气，一动起来，就风风火火地没有挡儿。太阳快下山时，村主任乡里开会回来骑个摩托从这里过，"吱"地刹住车。他去开会时，发现路边的树苗被风扯得不像样子，急头怪脑的。没想到，被人低看半截儿的黑蛋，却自发地在做这等好事！全村人这么多，就一个黑蛋看到树苗被吹趴了？现在确确实实就只是一个黑蛋在扶树苗啊！他激动，边喊"黑蛋"边向他走去。"你是全村唯一一个扶树苗的人，我要叫全村人都知道，都向你学习！"村主任像哥伦布，发现了黑蛋这个新大陆，由衷地高兴。

黑蛋两眼直直地望着村主任，他对村主任的话半信半疑。他觉得自己的存在跟村主任不搭界，不找自己的茬儿就是好的。一天他在玉米地头转悠，没来得及躲闪，看见村主任，村主任瞟瞟他，半天丢他一句："别叫那毛病粘身上，惹人嫌弃。"所以他知道，他在村主任心里是黑的。这时，村主任再说啥好听的，都灌不进他耳朵眼里。

晚饭后，他叉着腿站院里，听猫一声一声叫春。忽然喇叭响了，很亮、很清晰，分明是村主任的声音："人不可貌相，海水不可斗量。今天，我代表村委会表扬咱村一个人。他，就是黑蛋。别看他脸黑，今天下午办了一件很阳光的事。就是，大路两边的树苗，被昨夜的大风吹趴了，他一个人，一棵一棵给扶正，还一棵一棵培上土，一直干到天黑。这样心里有树苗，是心里有集体、有绿化、有环保的表现。他还不计报酬，精神十分可贵，全村村民都要向他学习……"嘿，人人嫌弃的黑蛋，这回却成了全村人的榜样！黑蛋一字一句听得清清朗朗，想下午村主任的话不是骗人。他从没有听过这样的表扬，猛一下，心像小鸟飞起来，飞在蓝天白云下，好一番清新和辽阔啊，一时还有摸不着东屋南山的感觉。

　　天刚麻麻亮,他就起了床,背铁锹出门沿大路走去。风吹趴下的树苗还没有扶完,他心不净、情不甘,要全部扶起来。心底埋藏的冲击力,这个时候竟有势不可挡之势。扶直,培土,他不停地干。

　　本村路过的人,不管是步行的还是骑车的,都扭头看黑蛋,跟黑蛋打招呼。似乎一夜之间,黑蛋变成另一个人。这待遇也是他黑蛋从未有过的。他兴奋,他寻思,他感悟,他面向旭日,眼睛分外明亮起来,眼前不觉幻化出一个个动人的画面:叔叔大娘们笑成花朵似的夸他;村主任打面前过,拍他一下肩膀,竖起大拇指;村羊场的羊羔丢了,急坏羊场的人,天黑了,他打着手电筒硬是从小树林边的渠沟里寻到,抱回后,大家都齐声夸他,村主任还特意赏他一支玉溪烟;亩把地,春种秋收,庄稼长得很体面,饱满的颗粒一车一车家里拉,吃不完,卖了一沓子钱;农闲,就出外打工,人们说,小黑孩儿过得真瓷实;正是桃花盛开的时候,提亲的二大娘来了,一进门就扯起嗓皮喊,这回呀,小黑孩儿可要寻个小白妮儿哩,不出一年,准生个白胖小儿……

　　他满眼阳光,浑身是力,扶树的劲头又猛添几分。

选自《速读》2018 年 7 月(下)

山丹丹

刘万勤

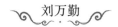

　　"山丹丹开花红艳艳",她以火焰般的热情,和一些不知名的花一起,绽放着一张张可爱的笑脸,用它那独特的美点缀着大山,点缀着春天。我从山脚下沿羊肠小道,步步上攀,汗淋淋地登上了山巅。今天我是有约而至,要在这里采访一位大学毕业的山村姑娘。

　　等了一会儿,我的手机震动起来,一眼就瞟见不远处正在打手机的姑娘。她,中等身材,敦敦实实的个头儿,特具山村姑娘的浑厚气质和夯实劲儿。她身着粉红衣衫,大步向我走来,山体似乎在通通作响。事先我已从县教育局了解到:她姓张,名春妮,家住隔着一架山的古仙峪,刚到深山中的古浪峪小学报到任教。相互确定了身份之后,姑娘不好意思地说:"对不起,让您久等了,我刚送走一个客人。"我顺着问她:"是哪里的客人?"她说:"是大学的同学,武汉市的,也是恋爱两年的男朋友。""噢,现在的恋爱情况怎么样了?"我问。

　　姑娘轻轻一笑,像在意又不在意地说:"现在,吹了。""吹了?""嗯。迟早有这一回,长痛不如短痛。"她的语气很坚定。

　　原来二人恋爱后,说好毕业都留在武汉市的。毕业后,没有正式工作,他们两个就在武汉市打工,等待好运降临。可姑娘回家过春节时,听说古浪峪小学面临停课的危机,是因为在那里任教的城市姑娘三天两头哭鼻子,一是嫌条件差生活不习惯,二是男朋友逼着快些离开深山,所以向局里要求几次要卷铺盖。这事春妮开始听说时,心里隐隐作痛,渐渐地像块山石压在她心里。这古浪峪小学本是春妮的母校,她曾在那里读过三年书。她想,大山是祖国的骄子,怎能冷却了大山的心? 从个人来说,人生价值的体现应该是在最需要的地方。是金子在哪里都可以发光,为何要跟其他大学生一起在城里争饭吃? 再说,在山窝里过日子,自己轻车熟路,更有资格更有条件不让山娃儿们的梦想落空。可这想法跟男朋友一说,他五官都错了位。在犹豫和坚定中,她折腾来折腾去,最终还是毅然决然地向县教育局走去。

而今,那古浪峪小学走了城里的姑娘,来了春妮姑娘。她既是校长又是教师,一人担着三个年级的课程。说苦也真苦,说累也真累,可她却感到很充实也很有滋味。因为她看到了山娃儿们的希望和未来,更看到了大山的希望和未来。为了学校的发展,她还孕育出一个大创意。这大创意是什么,她说暂时保密,等八字有了一撇的时候,会第一个告诉我……

这些,如果不是亲耳听春妮说,很难相信就是现实中的真实事。我的心被她强烈地震撼了,我见识了当今一个不同凡响的山村姑娘! 她,有对大山深情的挚爱,更有大山般博大的胸怀。

身边的山丹丹花,好红好艳,随风舞蹈着,开心而浪漫。我不禁说:"这花真美!"春妮凝视着山丹丹花,不想她诗兴大发,脱口而出了她的即兴之作:"在山坡织绸,在山巅绣绢。曾经历严冬磨砺,笑迎春光璀璨。山丹丹不到公园落户,因为这里更需要春天。

我不禁击掌赞道:"好,好! 春妮,你正是开放在山里的山丹丹啊!"

选自《大河报》2013 年 9 月 10 日

作者简介：

刘万勤，中学高级教师，河南省作家协会会员，新乡县作家协会副主席。对小说、散文、诗歌、童话、儿歌、曲艺、漫画等多种形式的文艺体裁进行过有益的探索，曾获新乡地区文学创作奖，2017 年组诗《红土地》获"中华情"全国散文诗歌大赛金奖，2018 年小小说《张大锤》获"讲好山东故事"优秀奖。出版中篇儿童小说《翠叶红花》。

记　性

王宏志

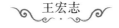

　　大学毕业后,我被分到"新星"制药厂的"CT"车间。后来,岳父到我们车间当了主任。

　　一天,岳父差人叫我去办公室见他。进得门来,却见岳父石塑般在那儿正襟危坐。

　　我不由心里纳罕,飞速检查一下自己近来的行为。未能查出什么可以供他指摘之处,这才挨着正在看报的车间副主任白明坐下,抬头望岳父,正欲问:"您叫我有事?"却见岳父拍案而起,高声叫道:"好你个稀奇!你以为你是个大学生你就了不起了是不是?你以为你爸爸当了个什么局长你就可以为所欲为了是不是?我告诉你,我今天领导你,你就得服从我,按我说的去做!你不做,你就给我靠边儿去……"我,有点丈二和尚摸不着头脑了。

　　"你说说,我让你组织人把水解工段一号罐撤下来,你为什么整整拖了三天还不动手?你说呀……"

　　我越发茫然,在前几天的车间办公会议上,为了平衡各工段设备的吞吐量,岳父确实安排了让把水解一号罐撤下来的工作。但也确实不是安排我,而是让车间副主任白明,尽快组织落实……

　　我有心提醒岳父,他搞错了。可惜,岳父还在叫着:"你不要解释,我听够了你那些没时间、有困难的借口！难道说你上班时间买菜看报纸就有时间了？我告诉你，我给你明天最后一天时间，你如果还完不成任务。我就指定别人接替你的职务！"

岳父的叫声停了，办公室静了下来。我也终于有了为自己冤屈分辩的机会，我想了想，正欲启齿，白明却抢先开了口："侯主任，这，这件事跟希技术员没有关系。你当时把这工作交给了我，让我干的。"

我扭头感激地看了一眼面红耳赤的白明。

"什么，白主任，交给你干的？噢——对了对了，嘿嘿！瞧我这记性！"

岳父抬起胳膊，用手抓了抓他那根根直立的头发，对我，也对白明说。

第二天，白明忙了一天，把罐撒了出来。当时我觉得自己受的那顿不白之冤，真真应该怪罪岳父的记性。可是后来我才觉得岳父这个人有点意思。

我当了技术科长后的一天，和春兰去了岳父家。屁股刚挨着沙发坐下，就从里屋传来了木器的撞击声。随后，岳父的吼声也接踵而至："大头，你给我过来。"

一阵脚步声响到里屋，大头是春兰的弟弟。大头写小说，大头的小说刚获了奖。

"你出息了是不是？你以为你有了点成绩，我就不敢说你了是不是？我跟你说大头，这床你要修，你就修好。不修你就拉倒。少给我打这持久战……"

岳父叫嚷至此，我的心一下提到了嗓子眼儿，脸也不由得一阵阵发烧。

前些天晚上，我去找大头还书，见大头正笨手笨脚地在修张旧床，就对大头说："让我来。"大头将斧子递给我，点点头就走了。他一走，我就刨腿凿眼干了起来。床正修着，春兰跑来说，我的同学从北京来找我。我一急，丢下家什就拔了腿……谁知修床之事，以后也再没想起来过，看看，让大头受屈了不是？我急忙站起来前去坦白……

"我告诉你大头，你别以为你长大了我就不敢打你骂你了！哼哼，你只

142

要干着拖泥带水擦屁股的事儿，你就是老了，我也照样骂你……"

"爸，这床是我修的，和大头无关。您要有火，就骂我好了。"

岳父看看我："怎么，是你修的？我怎么记得是大头修来着。嘿！瞧我这记性！"岳父说罢，抬手又抓起他那已经见白却仍直立的头发，对我也对大头说。

"哎"，岳父走后，大头低声对我说，"老头子那天回来，见屋子这一地，问我谁干的。我说是我姐夫，又赶紧说：'我这就收拾。'老头子却把手一挥说：'不许动。哼，走着瞧！'你说老头子这个人，嘿！"

"有点意思！"我说。

选自《牧野》1988 年 2 期

作者简介：

王宏志，曾任新乡县卫生局办公室主任，新乡县卫校校长等职。河南省作协会员，从 20 世纪 80 年代起，在各地报刊发表了大量散文和小说等。

送

邹海霞

她出门的时候没有打扮，脸都没洗。越不引人注意越好，她想。

街筒子有一二百号人吧，不算少。也只有在办红白事的时候，街里才热闹点。

孝子们紧跟着棺木，在前面走着，哭声稀少。紧随着的是略远点的亲戚，只着半身孝衣或者只戴一个孝帽。外围是围观的人，照例是老人孩子多点；个别成年人，是等着行礼或路祭的男亲，要不就是谁家好事的司机。

这人数不至于使她难堪，她怕有些嚼舌的街坊。

前边是第二个十字路口，有路祭。行礼的是死者兰枝的侄子。响器叫的是镇上最好的那家，首席唢呐春生功夫好，班子还有一个女黑头，一个阎派唱腔的女角，受人欢迎。她们不在——女黑头不适合在出殡队伍里，阎派女旦在棺木里。

现在吹的是《秦雪梅吊孝》，百听不厌，每回都听得想哭。

她没有像其他人那样围上去，她看路祭多了。从简单的"小九拜"到复杂的"花七十二拜"，从孩子到专业服务的女祭师，小揖大揖，单跪双跪，挑袖拂袖，没有太大变化，无非是绷不绷得住，周正不周正，腿抖不抖的问题。春生说她不懂，那是入戏不入戏的分别。

唢呐是含了情的。这个兔孙。响器班走在最前头,隔了抬棺的和几层人,她看不清春生的表情。

"你也来了?"有人靠近她,是二曼。她二曼不是进城做了保姆了吗? 听说在伺候一个退休老干部。

"我请假回来两天,正好把麦子种了。"二曼低声说着,嘴角撇了撇,想笑没笑出。二曼的头顶有白发了。

她没吭声。二曼也闭了嘴。她们随着人流向前走,再有一个路口就直通坟地了。

这次是群祭,三个年轻人,像是外甥、女婿的身份。

"吹得好听。我有点想掉泪哩!"二曼说。二曼在暗示什么吗? 她想说"你哭个毛",又忍住了,低声骂:"兔孙!"

二曼又朝她凑凑,扯了下她的胳膊:"你骂我哩? 骂吧! 我悔哩!"

"我骂吹响器的!"她狠狠地说。

"春生哥吹得好啊……俺家那人没来,不知给哪儿混哩,不是东西……你还恨她?"二曼就不能住嘴吗?

她不接腔。没有风,但天阴着,冷。她把一个纸钱踩在脚下,使劲拧了几下,伸手找纸巾擤了一把鼻涕。

"兰枝人不坏,无端横祸,可怜哩……"二曼又叨叨。

二曼就不恨她? 二曼男人就是个浪荡子,天生那号人。二曼习惯他吃东睡西。俺家春生跟他能一样吗?

她又寻唢呐声。正吹的是《哭周瑜》,还挺会找曲子哩! 她心一横,盯着二曼:"你说,当初你为啥拉我去堵门?"

二曼拉拉身上的毛呢大衣——衣服紧,大概是雇主家给的:"菊姐啊,你总算跟我说话了。我不是看他俩不正常嘛! 俺家男人不提了,天天不见影,春生哥再……我不想叫你跟我一样窝囊! 有一段,俺男人很靠谱,又是给钱又是买衣裳,还给我好脸色,夜里还碰我哩! 后来他说是兰枝提的条件哩!

他见兰枝哄他，就又找别人啦！我是找俺家死鬼时，发现春生哥对她好的，我正在气头上哩！再说，我不是向着你们的吗？我想俺家死鬼她瞧不上，许能答应春生，他俩常在一起，也有条件嘛！"

她想一脚踹开二曼，但脚沉得抬不动。人群向前移动了。有几个老弱病残停了下来，他们嫌远，不去坟地了。

是把他们堵在屋里了。门就没闩。春生蹲在厨房旮旯里修水管，T恤卷上去，露了半截脊背；兰枝正弯腰递扳手。要是二曼不喊那句话就好了，要是二曼的语气是开玩笑的就好了。二曼说："大伙来瞧稀罕，浪哩很啊！"

她羞得进也不是，退也不是。

春生跟她吵了一架："你还叫俺俩咋搭班儿？你不知道响器班日子不好过？不知道就她最受欢迎？"

她菊香是要脸的人，再也没理二曼。可她觉得，春生心里有兰枝。兔孙就是不承认。她还没跟他们撕破脸皮，就出了那事。响器班一次出殡演奏，一辆失控的皮卡迎头撞来，有个人躲闪不及，是兰枝。春生感冒请假，她顶春生的班，她会吹唢呐。

不知不觉就到了坟地。是河堤下的一小片盐碱地。那里埋着兰枝二十年前病死的丈夫，他们没有孩子。

她突然觉得心慌，站不住。

转身离开，再也听不到兰枝唱《秦雪梅吊孝》了，那腔调，那身段，她爱哩！

唢呐在卖力地响着。她流着泪狠狠地骂："兔孙，谁说不叫你送她了？"

选自《新乡日报》2021 年 5 月 15 日

麻　雀

邹海霞

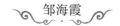

她果真变成了一只麻雀。

有那么一刻,她晕着。醒来发现自己在一张光滑的大台子上,滑得几乎要站不住。眼前是高高的木壁,壁上还有更高的台子。左右看去,有大大的桌子和桌子后的人。

那是雷小翔!还有杨紫荆、华大鹏!

她瞬间明白了。

之前她坐在讲桌前,陪学生上自习,学生做题,她也做题。她通常比学生提前做两三套题。她已经 46 岁了,已经无法一口气做完一整套数学卷。现在通常得歇好几次,才能做完两小时的题。比如今天,她才做完前面的选择和填空,意识就有点模糊,脑子跟不上,就想歇歇。她举着胳膊,伸了个懒腰。看看或奋笔疾书或凝神沉思的孩子们,目光又转向窗外。暮色四合,白蜡树上的麻雀叽喳着,呼亲唤朋,相约着回家睡觉去了。这些小家伙,每到清晨和傍晚,热闹得很。

还不如做一只麻雀!她突然又涌起这种念头。

吃了睡,睡了吃,在枝头闹闹,打个情骂个俏,多简单!

也就是一时的牢骚,每当她累的时候,看到学生做题做到神情恍惚的时候,她就会觉得人不如鸟,不如能翔能栖的鸟。如果让她选,她当然更愿意做大雁,或者燕子跟喜鹊,再不济是一只斑鸠也行,最差是麻雀——它实在有点吵,飞不远,长得也太普通了。

偏偏这次就应验了,就成了麻雀。

她是听自己嘴里发出的声音,判定自己是麻雀而不是其他鸟的。她还保留着作为人的记忆,这让她感到一丝欣慰。

回过神来,她要赶快尝试逃离,在学生没有发现之前——否则,他们会大惊失色的。她站稳了脚,轻轻摆头,瞅准门口的方向,下沉身子,用力张开翅膀。没她想象得那么艰难,却也并不潇洒轻松,她打了个趔趄,落在门框边。

倏忽之间,她觉得坐在门边的华大鹏在睡觉。要是早先,她一定在他桌边站定,轻轻拍打他的肩膀,提醒他继续看习题,也许会建议他出去洗把脸,又或者低声半开玩笑半激励他:杨紫荆上次模拟可是超过你不少了,小心你没资格做她大学同学啊!

可是现在,她只庆幸还没惊动他。她赶忙又鼓动翅膀。这次她越过了走廊,落在廊外的石楠树下。

夜色重了,好在还有廊灯,让她能看到一定的距离。她尝试飞上石楠,两米的高度,还没那么费劲,第二次尝试就可以了。她先前以为站在石楠上可以看到教室里的全貌,她太天真了。她忘了教室玻璃一半是贴着的,而通过另一半的视线也有限,再说,她根本看不清孩子们的动作表情——她现在是麻雀啊。

索性离开石楠,尝试往白蜡树上飞。先是最低的那棵,通过一侧的树枝再到中间最高的那一株。密密的树冠遮住了她,她可以好好地歇一下了。一个人咳着从树下走过,是教务处值班人员,他在查岗。她不禁叫了一声:我在呢!发出的声音是一串啾啾声。那人似乎抬了一下头,又往教室门口去了。

他一定认为我空岗旷课了。她悲哀地想。

学生会对他解释我刚才还在的,再说教案试卷都还在讲桌上呢! 她安慰自己。

胡思乱想一会儿,她竟然觉得自己睡着了一会儿。她被另一串啾啾声叫醒了。

"今天怎么样?"

嗯? 分明在附近的枝头,有声音,而且可以听懂意思!

"还好,还有一口气啊。"细细柔柔的调子,有些熟悉。

"坚持啊,还有五十天。"竟然是华大鹏的嗓音!

"嗯嗯,时间不够用,所以话也少了,你别介意啊。"这口气,就是杨紫荆,小丫头声音总是不大,做事却沉稳坚决,她做数学课代表,两年了。

"紫荆,乔老师又暗示我配不上你了,我知道她在刺激我,我会努力。"

"嗯,没事,我们都知道你能行,还有,我能看到你的好啊。"

"好的,紫荆,我会配得上你对我的信任。可恶的规定,连单独跟你走路都不行。"

"原谅他们吧,他们没有年轻过。"

"嗯,只知道春天花开鸟鸣,以为人可以超脱呢,哼!"

"不说了大鹏,我还有最后一题没做,要去解决它。"

"嗯,加油。"

枝头沉默。她深呼吸,才发觉自己紧紧抓住树枝,腿有些麻。政教科三令五申,男女生不得异性同行,不得同桌吃饭,她也觉得太过分了。

可是,这样心思单纯,学习能更专心。大家都这么说。

"你是新来的?"似乎在问她。

"说话,你开口我就知道你是哪个。"雷小翔的声音。

她不动声色,沉默着。

"哥们儿,累哑了?"

"等等,上次竹林里跟华大打架的是不是你? 可酷!"

华大是华大鹏的绰号。打架? 她对这个感兴趣,决定问问,她压低声音:"我跟华大打,你怎么不帮忙?"

"嗨,我就知是你,大名鼎鼎李天鹰……"雷小翔的声音暂停了。

树下有人经过,树叶子挡住了视线。她觉得身影像是年级孟主任。

"看到老孟了吧,急呢! 前天的模拟,听说一本率才百分之三十,离目标差十个点……那啥,天鹰,我那天确实不好意思,怎么说华大都是俺班的,再说恁班恁宿舍人都在,俺一出手,事不闹大了嘛! 万一出个好歹,回不去教室了。"

"理解,这里不能久待,也就是玩一会儿。"她竭力模仿李天鹰的声音,她也教那个班。天鹰成熟深沉,成绩体育都很好,实验班很多女孩喜欢,她和同事们自然也很关注他。

"我走了。乔老师一会儿该巡视提问了。"雷小翔消失了。

她从震惊中醒来:我人还在教室? 我还可以变回去?

她飞下枝头,这次一下就到了门口。紧接着,她跃上椅子。

是的,她正坐在讲桌前,手里拿着笔。

她的学生也都在,面前仍是习题卷子。

选自《金雀坊网刊》第 1765 期

礼 物

邹海霞

客厅桌上放着一瓶花,有粉有白,开得舒展。老人颤巍巍地从卧房挪过来,不禁打了一个喷嚏。

什么……花啊? 他问拖地的女人。

百合。女人说。

好好,香味……有点……浓。老人一边嘟囔一边到餐桌边坐下。女人放下拖把,顺手拿起两张照片。老人身子向后撤了撤。

女人有五十多岁吧,军绿色工体裤,白色卫衣,松松垮垮,但却透些洋气,眉眼也很顺看。这是老人当初愿意跟她来这里的原因。

先看一张合影,放在老人眼前:这是谁?

老人细细地看,眼神仍是暗淡,然后摆摆手。

这是我妈,这是我! 女人声音是温润的,也是坚定的。

再看一张单人照:这是你,张百泉,我爸爸。

她把照片放到老人手里,再次一一指给他看:这是我妈,这是我,这是你,你是我爸爸。

老人显出吃惊的模样,似乎刚刚知道自己有个这样的女儿:你,我,谁?

女人苦笑。她去打开电视,屏幕上显示两军作战的画面,一架飞机呼啸着掠过山头。然后她拿起拖把,继续打扫房间。

老人正茫然地看着照片。听到了什么,站了起来。哆哆嗦嗦地向电视走去,嘴里发出"哦、哦,打、打"的声音。女人赶忙去搀他,却被搡了一下:快、快,打、打……

女人有些害怕,医生说不能刺激过度,她关小了电视音频。老人顿时神情低落,停下脚步。他眼睛花了,看不太清画面。

女人扶了老人,在沙发上坐下。

你,谁? 老人问。

我是小荷,你女儿。

我,是谁? 老人问。

你是张百泉,我爸爸。

哦。老人仿佛弄明白一个知识,满意地笑了。

女人也笑了。这是几个月来每天重复的一幕,只是有时不等她问他,他就会像小学生一样显摆地回答:我是、小荷,你是、百泉,我是、女儿。让她哭笑不得。

他似乎是谁都不认得了。

老妈跟眼前的老爸,只过过很短暂的新婚生活。他被紧急征调到战场上时,还不知年轻的妻子怀着身孕。而当他从战场上回来时,妻子已染恶疾而逝,两岁的女儿,被族人送往孤儿院,而后被一个传教士带到大洋彼岸,这一去,就是五十五年。

而老人,这个给她生命的爸爸,在组织的关心下,又结了婚。世事无常,他老伴与儿子相继染病去世,他成了孤寡老人。

其间她回来看过,政府照料得不错,她也还放心。只是去年老干部局给她打电话,说起他的阿尔茨海默病状况,似是"出事了你别感到意外"的告知,她坐不住了,好在自己现在单身,孩子也成家单过,没什么阻力。

爸,为什么就不寻寻我? 她问。

哦哦。老人答。

爸,为什么那么快就成立新家?她问。

哦,家。老人答。

重复了无数遍。有了女儿的照顾,老人除了精神比较稳定之外,记忆仍然在快速流失。

她下了决心似的,去了储物间。那是她预备让人拉走的垃圾杂物。那里有个合影照。那是养老院负责人转交给她的。她回家后就扔进了杂物之中,她不想他看到。

现在,她把它找了出来。

这是谁?

秀竹! 老人叫了起来。

战歌! 老人再次叫了出来。

果然,他记得那两个。

她不语,眉头皱着。老人觉得不对劲,怯怯地咳了一声,但还是又嘟哝了:秀竹……战歌……

她身体有些发抖,跑进卧房,眼泪汹涌而出。亲生父亲带给她生命,却从没记得有这样一个女儿,从没有过那样一个妻子,为何自己要赶过来,日日为他嘘寒问暖、端茶倒水、奔前走后,还试图唤回他心底的记忆?

她哭了很久,似乎这些日子的油盐酱醋全化作泪水,对自己身世的困惑迷茫也全化作了泪水,淌洒在床头的圣经上。

再次坐起来,才发现自己竟也搂着一张照片,那是她和养父的照片,它原本夹在《圣经》里。她记得养父带她学中文的情形,她坐在他怀里,观察他长鼻子下的口型;他带她去找同样被收养的中国小孩杰瑞,他们见面就会在草地上奔跑,她还从杰瑞那里,学会了一句中国话。

谁家有人在弹钢琴,把她从恍惚中叫醒,她发觉到自己的失态。走出来,发现老人蜷缩在沙发上睡着了,怀里抱着那个镜框。

又是一个早晨。女儿小荷再次搀扶老人从床上坐起,哄着他拿开了怀里的镜框,为他揉搓被镜框硌出红印的胳膊。给老人擦脸擦手的时候,她说:爸爸,我要送你件礼物。

老人重复:爸爸,礼物。

嗯,爸爸,小荷要送你礼物。

老人像孩子一样笑着:嗯,礼物,爸爸。

小荷拖过来一个箱子,从里边拿出一个抱枕:老爸,送你的!

老人疑惑,但当看清抱枕上大大的图案时,咧着嘴笑了:哦哦,秀竹,战歌!

他把抱枕紧紧搂在怀里。突然他疑惑地问:你,是谁?

小荷搂搂老爸的肩膀:我、小荷,哦哦,我、战歌!

她噙着泪笑着。

选自《大观》2021 年 1 期

月光绳

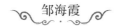
邹海霞

多好啊,月光捻成的绳子!

我可以攀着它捉云彩,云彩驮着我悠着悠着就到了上海。我在天空大声喊:刘佳兰! 王俊超! 全上海的人都仰头看,还低头帮我找这两个人。我每天都喊一次,他俩就成网红啦! 他俩纳闷,是谁在找我们哪? 呦,原来是我们的大乖乖! 他们喊:小美小心呦! 我们过年就回去啦,叫爷爷奶奶放心,你照顾好弟弟! 我说:哎,听到啦!

小景,你说他们成了网红,会不会涨工资?

我还可以坐在月亮上,把光都编成绳子,就像黑皮肤娃娃的辫子那么密! 看到有自个玩耍的小妹妹小弟弟,我就甩给他们一根,叫他们有个伴! 我还想留点辫子给爷爷奶奶,这样,爷爷夜里挖药和笋,就不会被绊倒了;奶奶做饭,也能看清盐和糖啦!

小景,你的爷爷奶奶要不要也来一根?

名叫小景的女孩,原本正生着气,低头不语。这时不禁说:王小美,想得美呦,云彩不把你颠下来! 我爷说,上海,在几千里外呦!

王小美擦擦脸上的汗,把手里的本子递过来:瞧,月亮绳,我写成作文啦!

小景边看边说:我才不想我妈呢! 她上次说,考不上镇中,毕业就回家! 刚才我爷我奶又唠叨……

王小美这才从自己的陶醉中醒来,发觉好朋友的脸有些红湿,辫子歪歪扭扭,晓得她和爷奶吵架了。她吐了吐舌头:你别多想,他们说说罢了,现在一般都让上到初中毕业呢! 她去拿来皮筋:来来,让本仙女给你扎个月亮绳,再扎个彩云绳,让景妈抓不住她乖乖!

小景抿嘴笑了:就服小美这张嘴。

她没说出口的是,她还羡慕小美的机灵,佩服她的好成绩。

人都说,机灵的人不刻苦。小美是例外,月亮见证了她的勤。小美写着作业,累了,便隔着塑料纸向外看。月亮是带了毛刺和褶子的大饺子和白盘子,有时又是长着歪辫子的半张脸。月亮的辫子,上边串着星星哩! 那星星要是金币,吭当吭当掉下,溜溜地晃在刘佳兰、王俊超面前,他们得多高兴!他们会说:哈,不打工了,回家,陪小美和小旺啊!

王小美想着,就朝月亮笑笑,好像那里有爸妈的笑脸。

这个春节,爷爷以为她睡着了,跟爸说悄悄话,说的和景妈一样,只培养弟弟呢! 王佳超,亲爱的老爸说:爹娘在家辛苦了,咱还是男娃女娃一起供吧,只要考得上,就一直供。还说家里房子盖起来了,三层,也可了;再打几年工,安了玻璃,买好家具,给你俩预备养老的钱,给美和旺预备上中学甚至上大学的钱,一步步,越来越好呢!

王小美躲在被窝里抹泪,又屏住呼吸,不敢出声。爷奶也不容易,虽说不太老,可一个有高血压和腰椎病,一个有冠心病,眼都花得厉害呢!

这样,王小美就不太常看月亮了,也不和小景去半山坡采野花了。她得让试卷上的对号多多的,错号少少的! 她还要跟爷去集市卖草药和笋,要帮奶喂鸡鸭,陪小旺写作业,她好忙呢!

有一天放学路上,小景开玩笑问她:嫦娥一个人在月亮上,算不算留守儿童? 玉兔呢,算不算留守小兔?

王小美说:嫦娥是仙女哩,不是儿童;再说,她是自己愿意从地上飞上去的! 玉兔呢,也是仙兔,他俩做伴呢!

小景说:对了,还有吴刚陪着呢!

两人笑了起来。要小学毕业了,村里小学抓得不紧,有人往学校带手机,迷得很;还有人开始谈恋爱呢!

小美说:你的吴刚在哪里?

小景红了脸,挠着小美手心说:在月亮上! 用你的月亮绳,把他捆过来!

后来,上了镇中重点班的小美,想起这段时光,就不自觉望望天空。月亮还在那里,扯出的线比蜘蛛网还细,比笋尖尖还白,就觉既甜美又惆怅。

小景没考上镇中,只能在村里读书。而她家人觉得:考不上镇中,就考不上县高;考不上县高,就考不上像样的大学;不像样的大学都贵得要命,还不好找工作,还上个啥。

小景勉强上到初二,因为考试有作弊嫌疑,让叫家长,就被她爷扭回了家。

辍了学的小景,有次周末跑到小美家:我妈让我嫁人,说男方家里还不错。

小美诧异,虽说当地也有人十七八就结婚,可她一时还没想过这事儿落到小景身上。

小美说:要不,你也出去打工?

小景说:试过一次,在电子厂,一天下来,眼花头晕;再说,年龄不到,人家不敢长用。

沉默一会儿,小景抠着手指,幽幽地说:我想上学。

小美说:那就求求妈,她不至于那么狠心吧。但她心里没底——景爸脑子不灵光,爷犟,村干部上门都做不通工作。

临走,小景说:你好好读书,别学我。

考上县高的小美,中秋节回了家。晚饭桌上,爷跟她说:小景走哩! 跳河了,她女婿不像话,没过门就打她,嫌她在手机里聊天。

小美怔住,抬眼看看天,月亮也在看她。

月亮那么圆,那么静,没有一点芒刺。

选自《山西文学》2021 年 1 期

夜雨淅沥

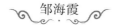

邹海霞

　　入春了,天还冷着,下了雨。又一次加班到深夜,还好有车,给人以庇护。雨里似乎还有雪粒,打在车窗玻璃上,随着雨刮器向两边飘落而去。路灯光从头顶或两侧透过雨帘泻过来,在她眼前编织着或光怪陆离或斑驳芜杂的画面。路,越发看不清了。她小心翼翼地行驶着。

　　向左转过弯,就是自己所住的小区了。

　　红灯。她刚停下,车就被顶了一下。

　　透过后视镜,她看到紧紧靠过来的一辆黑色SUV。她心头"腾"地起火,拉开车门,奔向后车。

　　这位竟还闭着车窗!

　　拍打后,车窗开了,是个女性,挽着发髻,看样子跟她年龄不相上下,三十八?

　　喂,美女,不会吧,这你都能撞上?是啊,当下,这条路,只有眼前这两辆车。

　　那人并不理她,摆着手势,慢慢走下车,示意自己正打着电话。

　　她气得要哆嗦:哦,你不能先跟我道个歉吗?

　　那人的声音也在哆嗦:等一下!

她这才注意到那人像是不知所措,正在求助。

等什么等,给个说法! 她急,话比雨沉。

两人僵持那么几分钟,一个身影从拐弯处跑过来,伞伸到那人的头顶:别急,别哭,我来了! 你去车里待着!

身影搀着那人进了后车,又返回身。

她说:你说咋赔吧?

男人说:您也别急,你这肯定急刹车了,要不我老婆不会撞上来。

她大怒:红灯,我刹车不该吗? 马路上天天跑那么多车,照你说,一有红灯,就要串串子啦!?

男人说:我说的是你之前想抢黄灯左转,但又犹豫了,急刹车;后边的人来不及反应。

她嘴唇哆嗦:她眼瞎? 自己看不到红绿灯? 非跟着我?

哪句话说重了? 男人似举手要打她。

她奔回自己车,雨跟着也斜穿进来。不知是因为恐惧还是觉得委屈,她哭得很凶,湿着的肩膀抖得厉害,停不下来。

两天后,她跟自己的好友青说起这事。

青听过后就问:想结婚了?

她沉默,突然后悔打这个电话。

青说:男人暖心的那么一点点时刻,恰巧被你遇到了,而你感受深刻,因为你是被虐者。

青会这么说,她本该料得到的。青是那么坚定的不婚主义者,她们曾经约定抱团养老的。只是,她还想听到青问:你呢,伤着了吗,最后咋处理了? 如果她再能加一句"你这两天怎么上班? 我让人给你送车",就完美了。

这些青都没说。

但是她还是克制住马上放下电话的冲动,对青说:哎呀,哪里就要变呢;对了,那天的事后来都没报保险,我接受人家提议,接了他500块;我人没事,车三五天就能修好了;你出差在外,注意安全。

青说:哦,不行的话,去我家开我的车吧,我妈在家。

她说不了,每天扫助力车,也不错。就挂了电话。

周末,夜是晴着的,月牙弯弯。她们一起 K 歌,也尝试去玩了把剧本杀,真是过瘾。

只是她的心里,还住着那天的夜雨。

她知道,以后很长时间,她得时不时接纳那凉凉的隐痛。

选自《金雀坊网刊》第 1806 期

步梯拐角处

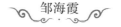

邹海霞

电梯里不行，那里有摄像头，人还多。医生休息处？好像不是单人间。

她后悔自己这么晚才想到这个问题。

妹妹说：真傻啊，明天就要手术了，也不动动脑筋。

她也知道自己有时候很傻，比如来动手术这件事，她一没有通知儿子；二没有跟在医院上班的堂妹打招呼；如果不是手术需要亲人签字，她连妹妹都不想告诉。

儿子在互联网公司，离家上千里地，很忙，三十岁了恋爱都顾不得谈。堂妹上着班，累，下班还要帮忙看小孙孙，上次还是在老家的白事上见的面，聊了几句。最重要的是，她知道自己的病情：退休前的几年，她每次体检都关注着肚子里的肌瘤，它们个头在渐大，危险却不大。医生说，就是切，也是个小手术。

这次接待她的医生姓何，很素雅的女人。说她素雅，原本只是猜测。疫情期间，何医生都戴着口罩。她只觉得那双眼睛是诚挚的，温情的。退出去时对方从桌边站起相送，她眼扫到白大褂下边淡青色碎花的裙边，一双白色短脸细袢的漆皮鞋，这形象就定格了。后来，她在住院部的介绍墙上看到何医生的半身照，果然是秀美文雅的脸庞。

妹妹说:再雅也要吃饭,你这次是运气,没把你安置在走廊;手术就不一样了,不能拿身体去赌人心。

她早年有一次高烧不退去住院,确实是被放在走廊,那时前夫在非洲出长差。来探望的单位领导有关系,打了招呼就转移到房间内。但她仍觉得那不是因为领导的面子,而是确实有了空床,巧合而已。这一次,不就是何大夫一看病情,需要住院,马上就安排了嘛!

妹妹说:你别傻,如果她知道堂妹是骨科主任,肯定安排得更好;这次你要抓住机会啊!

她知道妹妹在暗示什么。妹妹下岗后在街上摆摊,比她更懂世态人情。

想了好久,她决定不打扰堂妹。下午不输液,她去银行取了3000块钱。何大夫说过,整个住院期间所有花费不超过两万块。她在网上查的也是这个价钱。按照职工医疗保险标准,她自己最终会承担四分之一——钱是付得起的。

可是她不知道在哪里交给何大夫。让妹妹给她吗?妹妹只能在她输液时照顾一下,她还要摆摊;再说,手术后还需要妹妹能陪她度过最难受的第一天,不能现在就拖着她。

何医生又会怎样看她呢?一个庸俗不堪的女人?可是,如果妹妹说得对,何医生也要吃饭,也需要这种方式的补偿呢?

这样思虑着,竟不觉多坐了一层电梯。她从步梯下来,突然想到:就是这里!高层步梯,少有人走,光线也暗……她烧着脸,从办公室门前经过。

38床石梅!何医生叫她。

你的情况上午都跟你妹妹一一交代了,风险是有的,你不要有压力,腹腔镜手术技术已经很成熟,我们每天都做几台。晚7点左右,按规定喝泻药排便,直到大号成为清水。记住了吗?

她诺诺点头。

你还有事吗?何医生微笑着问——那秀美得要命的眼睛!

她听见自己低声说:我……您能不能出来说话……

何医生看了一眼旁边的医生和家属,随她出来。她们经过护士站,向前走下了几阶步梯……

不一会儿,她奔回房间,脸上的火很久才熄。

第二天一大早,实习医生和护士就来做准备工作。她问:何医生呢? 俩人都答:放心,到手术室,一准有她。

手术很顺利。

她被推回病房的时候,有了意识。

石女士,要不要看看你珍藏的宝贝?

嗯? 是儿子的声音!

你怎么来了? 她眼泪唰地流出。

我不来,谁敢动石老太太尊体啊? 儿子一边嬉皮笑脸地答着,一边拿出手机给她看切下的丑东西。

妹妹笑:好赖是台手术,没有何医生和你家帅哥的批准,我胆儿咋那么肥!

她知道,让儿子掐准这个日子回来,一定是何医生给妹妹的建议。

伤口恢复得很快。这几天,何医生依然带着实习医生来查房,温和周到。每每此时,她就得努力按压心中的窘迫,才能表现出平常的样子。

要出院了。她走时,何医生被派去出急诊,没在医院。儿子搀扶着她,跟护士站的美女们告别。

经过步梯门口时,她眼前现出那一幕。拐角处,她的手和嘴哆嗦着:何……大夫,我很笨……明天……拜托您……

光线确实暗,但她看到何医生眉头紧蹙,随之把她的手轻轻又坚决地送回口袋里……

好险啊。

她在心里笑着那仓皇奔回病房的身影,深吸一口气,加快了步伐。

作者简介:

邹海霞,笔名轩窗,新乡县一中教师,中华诗词学会会员,河南省小小说学会会员,新乡市作家协会理事,新乡市小小说学会理事、副秘书长,新乡县作家协会副主席兼秘书长。小说、散文、诗歌散见于《山西文学》《微型小说选刊》《大观》《躬耕》《中华诗词》《东方今报》等报刊。

弯月亮

陈来峰

中秋的午后,康叔跟花婶正在院里闲坐,邻家豆豆嘚嘚地跑来了。

豆豆顶着圆圆的"茶壶盖"脑袋,眼睛忽闪忽闪像灯盏,手里举着一个大月饼对着康叔叫:"爷爷吃月饼!"

康叔嘴都笑歪了,接过月饼,上面豆豆刚留下的月牙印记,好似一艘小船。

"豆豆真给爷爷吃啊?"康叔弯腰撅腚,张大口,一副饿死鬼的模样。

"吃,吃一小口。"豆豆脸有点儿慌,眼巴巴地死盯着康叔的大嘴。

花婶"扑哧"笑了,骂声:"死老头子,别吓着孩子。"

转身从屋里出来,花婶手里多了一个圆圆的月饼,一把塞进豆豆手里说:"豆豆,还是奶奶好吧!"

豆豆大声惊叫着:"奶奶好! 奶奶好!"

康叔和花婶的笑声飘满了整个院子。

笑着笑着,康叔怔在了那里,眼望着远方,嘴里喃喃道:"咱孙子也四岁了! 也这么高了吧!"

花婶点着头眼里潮潮的,应道:"是,比豆豆还大俩月零三天!"

康叔摸出旱烟袋,吐出一串串烟雾,哑着嘴说:"要是孙子在身边多好啊！多久没见了！"

花婶颤颤地答："孩子忙，媳妇又是那边的，两年没回来，正常。今年说不定会来。"

康叔没吱声，一团团烟雾将他深深地裹了起来。

康叔花婶的儿子在上海工作，大学毕业后留的城，后来娶了个当地的媳妇。结婚的第一年春节，儿子带媳妇喜滋滋来了。第二年春节，儿子说丈母娘想女儿了，就不回老家了。第三年，儿子回来了，说媳妇感冒了，怕吃风。第四年加班，第五年买不到票……

几年了，儿媳妇和孙子就露过一小脸儿，孙子啥模样，康叔只模糊地记得光溜溜的脑袋……

叮铃铃，电话声突然响起。

康叔扔掉烟袋抽身往屋里跑，花婶叫道："挨千刀的！慢点，别闪了老腰。"

花婶追进屋，康叔已灰溜溜地撂了电话，骂道："娘的！打错了！"

花婶心疼地望着发呆的康叔，说："你要实在想孙子了，给他打电话啊！"

康叔眼睛忽地亮了起来，起身，又慢慢地蜷起了身子。

"这个点儿，孙子在幼儿园吧！"

"那就晚上打！"花婶很支持。

康叔深情地瞟了花婶一眼，很暧昧。

晚饭后，康叔蹲在电话边，瞅着表，连饭后散步的活动也取消了。

花婶下令说："打吧！打吧！再不打你就疯了！"

"圣旨"一下，康叔立马站起身，照着电话本拨了过去。空气仿佛瞬间凝固起来，只听见"嘟嘟嘟"的声音在空中飘荡。

"喂！我是小涛。"

听到儿子的声音，康叔立马活泼起来，摇晃着脑袋浑身闪亮了，红着脖子叫："孩儿啊！孙子呢！让孙子跟我喷会儿，你妈想孙子了！"

花婶从屁股后面捅了下康叔,身子也凑了过去。

"喂!我是爷爷!爷爷!爷爷你不知道啊!咱以前见过!啥?听不懂?咋会听不懂呢?!……"

康叔声音一浪高过一浪,脸上的汗哗啦啦地往下淌。

花婶接过康叔递来的电话,里面传来了"嘟嘟嘟"的声音。

康叔脸僵在那里,缓缓沉了下去。

一会儿,儿子打来电话,说:"妈!孩子正学话,听不懂咱农村话,你们跟他说普通话就行了……"

花婶颤颤巍巍地放下电话,拎起袖只抹眼泪。

康叔忽然起身,拉起花婶就往外走,一步紧一步,不像散步倒像暴走。

转角一个闪亮的牌子跃然眼前:播音主持普通话培训班。

花婶心里明白了。

康叔探头对值班的老师问:"怎么收费的?"

老师微微一笑说:"你们给孙子孙女报名的吧!三个月一万六……"

回来的路上,月亮弯弯地挂在天上,地上洒了一层闪闪的银辉。

康叔却像霜打的茄子,一步三晃,全然没有来时的劲头了。花婶的泪水浇得满脸都是。

选自《梅川》2015 年 4 期

麦　王

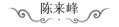

陈来峰

麦王被警车带走了。消息千真万确。麦王是在田边查看小麦长势时，被两个警察推上车带走的，手上还套着锃亮的手铐。有村民目睹。

消息一出，整个村子炸开了锅。

这都"六一"了，眼看过几天就该收麦了。在这节骨眼上，麦王被逮捕了，这不是开玩笑嘛！

村民的担心不是没有道理。

麦王原名乔文昌，是我们七里乡有名的麦子大王。赠送他这个雅号，不仅仅是因为他麦子种得好，更因为他爱惜麦子，珍惜麦子，自幼在麦田里光屁股长大的。老乔五岁时，父亲出了车祸，母亲改嫁他乡，一个本家叔叔收养了他。那个年代农村日子苦，吃饱肚子就是很奢侈的事，每当麦收时节，风吹麦浪，麦子飘香，乡亲们会欢腾地期待着吃顿饱饭。文昌更是会欢喜地挤出眼泪来。

那个丰收的景象，永远扎根在老乔的心底，像一个千年老树的根盘在那里，挪都挪不动。

记忆里，文昌是吃着百家饭长大的。叔叔的一条腿瘸，家境不好，文昌经常挨饿，东家婶西家爷的，没少帮衬他。

如今的老乔可是了不得，在七里乡，乃至河南省都是赫赫有名的人物。他呕心沥血打拼来的种子公司，将一粒粒麦子卖到了豫北豫南，甚至卖到了湖北河北。七里乡大大小小的种子公司不在少数，唯有老乔的最红火。不因别的，都是冲老乔这个人来的。都知道，老乔人正直，麦种也跟他的人一样站得直，靠得住，颗颗粒粒饱满圆润，晶莹剔透。

　　老乔选的麦子，是七里乡天然而又肥沃的土地里长出来的。即使是本村的村民乃至叔伯们的麦子，他也照章行事，干湿度要够，纯度要足，残次的麦子打死他也不收的。当然老乔给村民的价格也是其他村没法比的，他懂得报恩，晓得回报，乡亲们一个个都跟自己的父母亲一样，不！甚至比父母都照顾他，他知道用心去回报他们。但是，他做不来营私舞弊。

　　那年，老乔叔叔的麦子不够格，测量干湿度的时候，仪器叫声不断，老乔硬是给挡了回去。自此，村里没人再懒省事，也不敢。当然，老乔为了安抚叔叔，亲自拉车将麦子摊在路边晒，最后又以最高的价格收购。说起这事的时候，乡亲们频频竖起大拇指。

　　文昌牌麦种，也是最近几年才叫响的。起初那几年，老乔的公司也是举步维艰，尽管自己的种子质量不错，但是没有名气，想冲出家门，让人家出高价买，真是堪比登天。那年，周边几个朋友的种子公司都没少挣钱，大小车辆承载着满满的麦子进进出出。唯有老乔的公司门可罗雀。有人私下给老乔透消息，说学人家那几家，买来一些包装即可。名牌的毕竟是名牌……

　　话没说完，老乔一拳将桌子给砸了个坑，吼道：我乔文昌永远不会做坑人的事！

　　这段记忆后来也传为佳话，方圆村民无人不晓。至此，老乔的耿直也出了名。

　　如今，却有人告发老乔造假，用人家的商标，这不是扯淡嘛！

　　但是，工商局、公安局都要按章行事。公家人办事有公家人的程序，不能你说没事就没事。当村民一群群自愿去给老乔做证的时候，老乔不禁流下心酸的眼泪。

老乔拉住村主任的手,红着眼对大家说:"你们让我老乔,这,这辈子咋还你们的情啊!"

假包装找到了,在老乔的仓库后面。但,假的总归是假的,很快罪犯被拽了出来。原来是村里的二孬。二孬去年的村主任被撸了。说被撸了,也可以说被村民给轰下来了,也可以说被老乔给拽出来了。

去年麦黄时节,老乔照常晚饭后去田野里走走,他不时仰头看看天,又嗅着麦香,满心欢喜。每年的这个时候,都是乡亲们最惬意的时候。就在老乔往麦田里走的时候,月光下,他发现一片麦子倒下一大片,还听见呼哧呼哧的声响。老乔心说是不是野兔在糟蹋粮食,就怒吼着冲上去。谁知,月光下,两片白腚给露出来了,白花花的两个人急慌慌钻出来。是村主任和田寡妇。正在老乔不知所措时,闻声赶来的乡亲也都发现了丑事。于是,全村人都知道这件糗事……

后来,二孬就将这笔账记在了老乔的身上。

每每说起这事的时候,老乔满脸不快。他说:人在做,天在看! 你糟蹋粮食,我是万万不会答应的!

选自《天池》2015 年 11 期

开　荒

陈来峰

几个月不下地，花婶胳肢窝都憋得难受。她逛到村十字路口，迎面撞见闹闹娘风风火火地往孬蛋家赶。

一起去玩两把儿！闲着也是闲着！闹闹娘伸手扯花婶的衣襟。

花婶躲瘟疫似的躲开了，叫，俺可不会！脑子不够使唤哩。

躲开闹闹娘，又三三两两地走来几个汉子，也直奔孬蛋家而去。

柳叶不知从哪里杀出来，眼神和花婶一对，嘴一撇鄙夷地说，啧啧，看看咱村的人都成啥了！地都让政府征走盖高楼了，闲得慌啊！要是能有几分地伺候伺候该多好啊！我一定让它长得旺旺的，一根毛草都没有。

柳叶这么一说，花婶眼睛忽地一亮，说，哎！柳叶，我发现一片荒地，可肥了，咱要不去瞅瞅？我看种点儿菜不错。

两人志同道合，手挽手直奔村头而去。

一个废弃的旧厂房外边，一片黑乎乎的空地，在太阳下闪着光。柳叶弯腰抓一把土惊叫道，我的娘啊！这么肥的地，种点菜一定收一大堆。

花婶一巴掌拍在柳叶的腚上，走！回家取锄头去，说干就干！

不一会儿的工夫，花婶和柳叶折回来，撅屁股就干起来，汗水从身上密密地冒出，舒服极了。

柳叶耸耸肩,嗔怪道,有这么好的宝贝地,你咋不早说呢!干点活多舒服啊!

花婶委屈地说,村里人玩牌的玩牌,出去做工的做工,我自己来开荒总觉得闷得慌。这下子好了,咱俩做个伴。

说笑间,一片毛茸茸的地给整了出来,粉嘟嘟的,像初生的婴儿。

这时,工厂看门的老头走了过来,背着手说,你们这是做什么呢?有力气没处使了。

花婶笑脸相迎,说,大哥,我们种点菜,你给我们看着啊!收菜了给你一起吃!

老头笑出了一脸的核桃纹,咂着嘴说,好说好说!这是俺儿的厂,我天天都在。说着嘴一噘一噘的,好像已经吃上了鲜淋淋的菜似的。

花婶和柳叶天天来回忙活着,施肥浇水,哒哒哒地跑来跑去。闹闹娘看见了,惊叫道,你们俩弄啥哩!开荒去了?咋哩,种地还没有种烦吗?说着扭一扭那肥硕的屁股走了。

功夫不负有心人。那片地就是肥,菜叶绿油油的,小黄瓜水嫩水嫩,浑身挂着鲜刺;西红柿仰着圆溜溜的小脸,羞红着脸;豆角齐刷刷地垂下,似少女的长发……

花婶跟柳叶啧啧地称赞着,美得合不拢嘴。

村里不知啥时哗啦啦围上来一群人,都啧啧称奇。牛叔说,柳叶啊,你们也不吭声,有好事也不想着大家!

柳叶笑说,想吃就来薅!谁吃不是吃啊!那边还有空地呢!下季咱一起种点别的。

好多人闻听都跃跃欲试。

闹闹娘也在中间,眼馋地说,难怪啊花婶,不玩牌净干些私活啊!娘的!明儿我也不玩牌了,净输钱了!腰椎间盘也突突了。

众人笑翻,牛叔乐得直不起腰,咳嗽着说,娘啊!还突突呢,你腰椎间盘是拖拉机啊！

春去秋来，又该是播种的季节了。花婶和柳叶带领大伙在空地上审视，牛叔说，种麦子吧地太少，种点儿啥好呢？柳叶脑子快，说，种大棚蔬菜吧！冬天菜鲜，吃不完还可以卖钱！

大伙心里一亮，牛叔点头，又摇头说，可惜地块太小，施展不开拳脚。

花婶去厂里上厕所，一眼看见一大片空地，杂草丛生的。花婶心一紧，快步找到看门老头，笑眯眯说，大哥！这菜吃着可鲜？

老头乐了，说，鲜得很！还放心，绿色蔬菜啊！

花婶指着那片空地说，要不你跟你儿商量下，那片地咱种大棚，有你一份。

老头脸一沉，随即一挥手说，问啥问！我就当家，儿住监了！厂子倒闭，欠人不少钱呢！

花婶陪着抹了会儿泪，道别。

众人拾柴火焰高。大棚很快告成，冬天来了，蔬菜暖暖的在大棚里伸着腰，长势喜人。大伙吃不完的菜就拿去集市上卖掉，还有不少菜贩专门赶来买的，厂区整个冬天人来人往，热闹非凡。

第二年开春，厂房轰然倒塌，夷为平地，土地露出了头儿，大伙纷纷拎起锄头又开始挥汗如雨，霎时，一片片整齐的耕田呈现。工厂的牌子已经换掉，绿色环保有机蔬菜园的牌子闪闪发亮。

园长是老头的儿子，这是花婶他们推举的。

选自《天池》2014 年 12 期

晓晓家的战争

陈来峰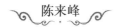

当晓晓接了闺密电话之后，再也沉不住气了。

闺密电话里说得很清楚，今早看见老公跟一个妖精似的女人来看车，而且是看那辆火红色的最新款。闺密算是机灵，一看这阵势忙躲起来，头皮都发麻了，而后才想起给晓晓电话。

晓晓的火气瞬间燃烧起来。

难怪啊，老公最近也太不寻常了，出门要在镜子前梳妆好久，比新媳妇还腻。西服一套一套还嫌少，偶尔陪自己逛商场，他眼睛贼溜溜直往男装那瞅，还伺机问这个颜色咋样，那个款式如何。

晓晓不得不怀疑了。上周老公借故生意忙，一连三天都没回家，回家倒头便睡，对自己理都懒得理。

现在这女妖精终于现身了。

晓晓泪如泉水般喷涌而出，打湿了衣襟。

上个月晓晓跟老公刚发生了一场战争。老公的缘由很牵强，不仅出口伤人，而且很粗暴地摔了一个杯子。晓晓当时难堪至极，要知道那是当着女友兰兰的面。事后，尽管老公多次道歉，甚至复习以前跪搓衣板的功课，晓晓还是耿耿于怀。

不就是不让跟兰兰好吗？兰兰不就是一个见不得光的小三吗？近墨者黑的道理自己懂，可是多年的交情哪能说断就断。可老公就为这和自己耍暴脾气。

去年夏天，晓晓因为给老公洗衣服，忘记掏口袋，一张条子被打成纸浆，引来老公一阵怒吼。晓晓当即就哭了，什么狗屁纸条，难道比自己老婆还重要吗？就那么黑着脸像训孙子似的。

眼看又一次大战就要爆发了，而且这次非同寻常，有可能滑向离婚的边缘，晓晓心里有很强烈的预感。

晓晓从家出来，打车飞奔律师事务所，找到了做律师的同学。同学很热情，也很神秘地拉她到一个角落，爆料了一个私密的消息。前天，晓晓的老公来过事务所，咨询了好久，虽然晓晓老公不认识他，但他们的婚礼律师同学参加了，新郎的模样可是记得一清二楚。赶巧律师同学忙着出去，话就没有挑明。

从事务所出来，晓晓心更凉了，看来人家早已下手。

晓晓心里莫名地痛了起来，好像突然被撕咬了一口，撕心裂肺地痛。

晓晓想去银行查老公的账目，走到半路又停下了，一个电话将她拉了回来，呆在了那里。

电话是闺密打来的，说老公已经提车，钱刷得很爽快……

后面的话晓晓根本没有听进去，头早已炸开，嗡嗡作响。

一步一个趔趄地往回走，进小区，上楼梯，开锁，进门，晓晓像着了魔。

突然，一个身影冲来抱住了自己的腰。

晓晓刚欲发怒，房间音乐声骤然响起：祝你生日快乐……

一串闪亮的钥匙飘进自己的手心。

晓晓愣了，泪水决堤而下。

原来妖精女人是个车险管理员，而老公去事务所是为了公司的一场官司。

大声把歌唱

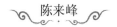

陈来峰

　　小朵收拾好书包,跳着出了校门,直奔汽车站。

　　小朵快乐得像一只小鸟,心不知不觉也飞了起来,嘴里不知何时哼起了不着调的歌。路边青翠的树木哗啦啦在风中伴奏,风撩起了她宽大的裙摆。

　　长垣的车一闪而过,小朵快步追上,拼命挤了上去。还好这是通往乡村的车,司机师傅很灵动地给开了绿灯。

　　小朵找个角落坐下来,戴上耳机,听着耳熟能详的歌曲,眼前可爱的奶奶正向自己招手,小朵露出了会心的微笑。

　　三个小时的路程在浑浑噩噩中过去。终于到站了,小朵揉着惺忪的眼睛跑下车,她径直走向对面一个烧饼铺,从口袋摸出仅有的皱巴巴的五元钱,买了五个烧饼,这是奶奶最爱吃的,小朵永远记得。

　　县城离家还有几里路,小朵徒步走去。奶奶,终于要见到你了!小朵心里想着,脚步如安上了风火轮般飞去。

　　小朵在市一中上初一,由于期末考试前夕,两周才休息一天,爸爸妈妈还看着小朵,不让回老家,这都一个月没见到奶奶了。这下好了,放暑假了,可以陪着奶奶度过美好的时光了。

　　眼前那个黄土岗闪现了,上面绿油油的一片。小朵快步冲了上去,小村庄像一幅水墨画,静静地"猫"在那里,等着小朵,村头那个小黑点儿好像奶奶,弯着身子,朝小朵招手。小朵不仅高声叫了起来,接着肆无忌惮地喊起来:我站在高冈上远处望,那一片绿波海茫茫,你站在高冈上向下望,是谁在对你声声唱……

好久没有这么大声地唱歌了,好久没有这么放松了,小朵唱着唱着,眼角溢满了泪水。

想想住在市里的楼房里,尽管有自己舒适的卧室,有妈妈给自己新买的电脑,还有好多好吃的,也有爸爸妈妈的关怀,但是小朵一点都高兴不起来。她除了学习,其他的好像都很苦闷,自己尽管时常戴着耳机听歌,有时候还会小声跟着哼哼,但从来没有这样大声地唱过,不是不敢,是不想。

那里好像不是自己的家,小朵感觉说不出的陌生,当然妈妈是亲的,爸爸也是亲的。但是一有空小朵就会想起奶奶,那弯腰驼背好像一个问号的奶奶。

小朵抹了泪水,冲下山冈,向村子跑去。村头熟悉的狗叫声,蝉鸣声,还有那泥土的芳香,都一窝蜂地包围了小朵,小朵有点应接不暇。

突然,小朵愣在那里,村头那个黑点越来越清晰,是奶奶! 不错,真是奶奶。

小朵飞似的冲过去,扑向奶奶的怀里,嘤嘤地哭了起来。奶奶心疼地抚摸着小朵的头发,也泪流满面。

祖孙俩相依着进了家门,小朵跑进屋卸下书包,小心翼翼拿出软乎乎的烧饼给奶奶。奶奶笑着露出稀松的几颗牙齿,从锅里盛出热乎乎的饺子,叫,乖,快来吃! 奶奶中午就给你准备好了。

突然,电话响起,打破了这里的温馨和宁静。

小朵! 说了不让你回去你还是回去了! 妈把去青岛旅游的票都订好了! 你明天给我回来! 咱一块儿去度假!

不去! 我不去! 小朵噘起了嘴,冷冷地回复。

你这孩子！老家就那么好？你咋一天都不愿在城里待呢！妈对你那么好！你的良心哪里去了！

小朵突然对着话筒叫了起来，你对我好！我十二年都在农村主任大，这十二年你们哪里去了！你们去南方打工，还有了弟弟，这十二年你们看过我几眼？是奶奶一点一点把我拉扯大的！是奶奶！不是你们！我离不开奶奶！……

小朵泣不成声，泪水扑簌簌地落下。

第二天，爸爸妈妈开车来了，他们商量好了，这次不仅接小朵回去，还接奶奶一起回去，他们要永远住在一起。小朵和奶奶一个卧室，这是小朵建议的。

选自《天池》2014 年 10 期

杂 技

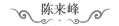

陈来峰

白天，七里乡演了一天的戏。就在露天广场上，黑压压填满了人。不仅唱戏，还有歌曲杂技等节目助兴，叫好声不绝于耳。起初，我手里牵着六岁的儿子，后来抱着，再后来就是驮着了。我歪着酸溜溜的脖子，偶尔左右摆动两下，算是给儿子屁股对我脖子欺压的一种缓释。

儿子当然不解，一个劲儿地叫好，还拍着小巴掌为精彩的演出喝彩，兴致浓时，更是左右摇摆，像夜店里吃了摇头丸的青年。

我刚斥责儿子安静一会儿，旁边的老农不乐意了，冲我叫：咦！是孩子亲爹吗？我都驮孙子老半天了！看看俺这坨儿，起码顶你们俩。

我翻翻白眼儿，刚想回一句，真被他脖子上的胖墩给吓住了，那肉墩墩的胳膊跟莲藕似的，一截一截的，跟我大腿一般粗。

我将涌到喉咙的话堵了回去。

不是我矫情，就怪这孩子肉墩墩的，几十斤往你脖子上一架，好像一个紧箍咒，算是取不下来了。走吧！更是不行，孩子喜欢这节目，我也喜爱这节目，走了心里惦记着，孩子闹腾着，还不如留下哩！就是这鬼天气死热死热，8月的天气像一个大蒸笼，又像是钻进了澡堂子，汗水是滋溜滋溜地往外冒。

节目有多精彩，这个当然不敢说，现在媒体那么发达，人们的欣赏口味刁钻得厉害，就连那么好看的春节晚会，大家还挑三拣四的，何况这乡间的演出哪！根本就差着好几个档次哩！要说明星都是谁？我也只能摆手，可以说连一个省级的演员都没有，更别说国家级别的著名艺术家了。这些节目都是来自俺七里乡各村选送的节目，当然眼熟的人也不少，也正是这样，我们看着这不入流的节目，反而觉得真实好看。

演节目嘛，就是为了表达一种意愿，欢迎或者送别，庆祝或者怀念。今儿是 8 月 6 号，在我们这里可是家喻户晓的好日子，当然了，在全国来说，也算得上是个了不起的日子，这个里程碑的日子就是 1958 年毛主席来俺们七里乡视察的日子，人民公社就起源于俺们新乡七里乡，你说，值得不值得纪念。我相信，你肯定也服了。

每年的 8 月 6 日，俺们这里就过年似的欢腾，人们心里喜洋洋的，个个脸上挂着笑，街上涌满了人，广场上都是大人驮着孩子，节目一个赛一个得精彩。打我记事起，我就跟着父亲来看戏，那时候我可是什么都不懂的小屁孩，只记得骑着父亲的脖子，嘴里叼着糖葫芦吃得有滋有味。日子疯了一样往前赶着，每年的今天，我都会跟父亲来看戏，当然我也是一年年长大。印象中，老高了还骑着父亲的脖子，后来父亲显然驮不动我，就靠着墙或者大树，那样也好省点力气；可是我算是粘上父亲了，我下来什么都看不见，人山人海，只记得到处都是黑压压的人。

那时候，我们孩子们最喜欢看的节目当然不是唱戏，那些黑白花脸咿咿呀呀地叫着，我们根本不懂。我们最爱看的是武术对打和杂技表演，尤其是杂技，看着那些小孩子一个驮一个往上架着，心跟着悬了起来。小孩子喜欢模仿，回去后，便缠着父亲演杂技，父亲或躺或趴在地上，任凭我在他身上踩来踩去。每次，父亲都笑着，看着我开心的样子，他乐得更是欢。那个时候的父亲真是好玩，跟个没长大的孩子似的，也更像一个我的杂技伙伴。

演出终于跟着夕阳落幕，我的脖子也得以解放，孩子从我脖子上滑下，好像刚从滑滑梯上落下。踏着人流回家,刚进家门,儿子突然拉住我不放,直接拉进卧室。

我一百个不解,儿子则小嘴一噘:爸爸,咱也来玩个杂技呗!

我的眼前顿然一片漆黑,我勉强卧下,松软的床似乎没有丁点儿用处,我浑身酸痛,一摊泥似的倒下。儿子一脸不快,叫,你咋这样啊!你不是小时候经常玩杂技的,咋到我就不行了呢?玩一次嘛!

我眼前又浮现出儿时跟父亲玩杂技的场景来,父亲卧在地上,似一只猫,蜷着身子,我则登山似的在上面踩来踩去……

我的眼前一片模糊,我只记得那个日子就是现在这个日子,那个杂技跟现在的杂技也绝无两样,那个天气也是死热死热的,只是父亲却走了几年了。

选自《百花园》2015 年 4 期

军 马

陈来峰

密集的枪声渐行渐远。

傍晚,肖连长一行跌跌撞撞终于甩开了敌人,歪斜在大青山脚下。

寂静,出奇地寂静。

空气中弥漫着硝烟的味道和浓稠的血腥气。

忽然,蔫巴的一圆脑袋动了一下,对着身边儿的人低声叫,连,连长,咱们安全了!安全了!

肖连长脖子挪了挪,四周扫了一眼,喉咙里发出咕隆咕隆的声响,沙哑地说,二虎啊,咱就剩下这么几十号人了!白马,还好白马还在。

一只瘦骨嶙峋的白马蔫头巴脑地伏在地上,无力地喘着气,对着这边望。

杀了它吧!咱们几天没吃东西了!熬不住了啊!二虎期盼的眼神射向连长。听到吃字,周围哗啦啦有了动静。

连长,连长,好饿啊!说话的力气都没了……

肖连长蜷着身子,缓缓坐起,深情地注视着白马,又回头看看这些断粮多日的士兵,眼圈酸涩,泪水模糊了眼睛。

肖连长深知大伙的艰辛,此次日寇围剿之疯狂,前所未有,弟兄们能饿着肚皮冲出来，确属不易。可是，杀白马，这……肖连长犹豫着，头深深地埋下。

一道寒光闪过，二虎踉跄着站起，举刀向白马走去。

住手！二虎！谁让你动手了！连长低吼道。

说话间，二虎的刀已架在白马的腋下。

白马似乎预感到什么，动都没动，鼻子里哼唧了两声，眼圈里泪花闪亮。

肖连长一把夺走尖刀，和二虎重重地倒下。人群中散发出沉闷的叹息声。

不就是一匹老马嘛！看都老成什么样了，打仗也用不上，还不如救救咱的肚子。二虎唠叨着，士兵们纷纷响应，连长连长地叫。

肖连长突然剧烈地咳嗽起来，身体跟着疯狂地抖动。大伙儿立刻安静了。

肖连长叹着气说，大家不知道啊，这白马可是匹好军马啊！年轻时候身强力壮，参加了无数场战役，立下了赫赫战功。

大家都不再出声，静静地听连长讲故事。

抗日初期，军区从内蒙古选军马，要组织一个骑兵团，为此组织了一场规模浩大的赛马。当时，这匹白马被挤倒在地，远远地落下，谁知，它一个鲤鱼翻身跃起，奋力猛追，并跃到了第一团队。后来这匹马经过训练，异常出色，不仅耐性好，还通识人性。在一次战役中，它迎着鬼子的枪林弹雨硬是驮着团长冲出了重围。那次战役很惨烈，团长身负重伤，几乎全军覆没，没有这匹宝马，哪里还有……

肖连长又剧烈咳嗽起来。

二虎说，连长，后来呢？后来这匹白马不是成了张营长的坐骑了？

是啊，在苏豫皖的那场反击战中，团长牺牲了，张营长要了白马，听说，这匹白马救了他三次命。再后来，这匹马就跟了我，这一晃马也衰老了。你们说，我们现在杀了它，是不是愧对于我们的良心啊！

一阵沉默,空气似乎凝固起来,偶尔有几声蛐蛐的叫声。

天空一轮明月,透过层层烟雾,洒下斑驳银辉。战士们没了动静,连长也进入了梦乡,偶有人发出低沉的梦呓。白马伏在地上,倦怠地闭着眼睛,一动不动。

好静的夜。

天微微亮时,突然一声沉闷的声响,轰然响起。"砰"的一声,好似一颗炸雷落地。

战士们从梦中忽地惊醒。

二虎叫,咋回事,鬼子来了?

肖连长顺着声响摸去,一步两步,渐渐地越来越清晰,只见突兀的山石上血光一片,下面躺着奄奄一息的白马,白马的毛色依然雪亮,额头上一个大口子裂开,汩汩向外冒着殷红的血。

肖连长呆呆地立着,取下帽子,规规矩矩地行了一个军礼。

选自《罗源湾》2015 年 2 期

爹的天堂

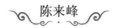

陈来峰

才入住城里几天，老栓就吵吵了两次要回乡下。

第一次老栓说，这城里人咋就那么牛哩！下楼碰面都冷着一张不阴不晴的脸，好像谁欠他二两黄豆似的。

春生笑着叫道，爹啊！这城里就是和咱农村不一样，你慢慢适应；你要真觉得闷得慌，就去咱小区公园里转转，那里唱戏的，唠嗑的都是老年人。

听了儿子的话，老栓又抖了精神。他备了一包好烟，装了一把糖块兴冲冲而去。

小公园坐落在小区中央，面积不大，但是足够大家娱乐。一排长椅围着一个喷泉池，周围绿莹莹地长满竹子。

初来乍到，老栓很谦卑地憨笑着给大家散烟，却被一只只大手挡了回去。

不准抽烟！这里不让抽烟。一个白胡子老头木着脸对他横眉冷对，好像在看一个外星人。

老栓脸"唰"地红了，赶紧扔掉嘴角的烟卷，用脚狠劲地抿着。

白胡子老头斜眼瞅见了，用手戳了戳垃圾箱，示意老栓，老栓讪笑着弯腰捡起，一只手挠着头，好像一个犯错的孩子。

几个老人在咿咿呀呀地唱戏,老栓"猫"在一角,静静地聆听。一个孩子颠颠地跑来,老栓突然想起什么,摸出口袋里的糖块递去,小孩伸出的小手立刻被一张大手给牵走了,留下一句:乖,别人的东西不能要! 记住了!

老栓伸出的手静止了,尴尬地缩回,愤愤地剥开糖塞进嘴里,苦苦的,又缩回手将糖纸拽进了口袋。

老栓实在憋得慌,再次跟儿子唠叨的时候,眼里竟噙着泪花。

让我回去吧! 爹过不惯这里的日子,我想回到咱村儿那老屋里去,一辈子了,住得舒适,那才是爹的天堂啊!

春生点点头,皱着眉说,爹,过了国庆节再走吧! 到时,我送你。

虽然这一推就是俩月,但老栓似乎看到了希望,他咧着嘴,露出了久违的笑脸。

晚上,春生媳妇发愁地跟春生唠叨,都是你! 上次回去非得悄悄把老屋给卖了,现在怎么办? 老爹嚷嚷着要回去,你让他回哪里去?!

春生弱弱地叫,你不懂! 我那是让爹来城里享福呢!

春生一头钻进被窝,像一尾心事重重的鱼。

日子水一样滑过。白天,春生和媳妇上班,老栓就一个人在阳台上发呆,手抓着护栏,好像一只被困的兽。偶尔,老栓也下楼溜达溜达,活动一下手脚,谁也不理,心里说,这城里人不值得搭理。

那天,一个遛弯的老头主动跟老栓唠,老栓喜出望外,激动得两眼泪汪汪的。后来,老栓没事就想找那老头,可惜那老头只是在儿子这里暂住几日,一下子又消失了。老栓知道人家回老家去住了,只是偶尔来小住几日。

老栓盼啊盼,终于国庆到了,这天,老栓悄悄地收拾行李,喜滋滋地要跟儿子告别。

春生脸涨得通红,再次劝说道,爹,你一个人住俺不放心,还是别走了! 明天我给你报个老年活动班,有人跟你玩就不想回去了!

老栓不答应,阴着脸死活不答应。最后说,你让我回去住几日,我再回来小住几日,两边跑,行不行?

春生没话说了,拗不过,只得挠着头交代了实情。

闻听老屋被卖,老栓顿觉得天旋地转,一头栽倒在地……

医院里,春生眼睛红红的,父亲正在抢救,医生下了几次病危通知书了。

媳妇给春生拭着泪嘟噜道,看你,卖屋的结果。

春生低声呜咽着说:你不知道啊! 其实,上次体检父亲已是癌症晚期,医生让回家养,咱们又不在身边,我只有瞒着父亲……

媳妇惊得张大了嘴巴。

十几个小时的抢救,老栓微微苏醒,但脑出血过多,生命仍危在旦夕。

春生拉住父亲的手,从父亲那鼻息间发出微弱的声音,回去,回,回去,老屋,让我,在老屋,待两天,再走……

春生满口答应着:好,老屋! 咱回老屋!

选自《陶山》2016 年 1 期

作者简介:

陈来峰,男,1973 年出生,河南省小小说学会会员,新乡市作家协会会员,新乡市小小说学会理事、副秘书长,新乡县作家协会理事、副秘书长。作品散见《天池》《羊城晚报》《河南日报》《思维与智慧》等数十家报刊,部分小小说被选入初高中生模拟试卷。

鼠 神

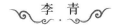

李 青

　　腊月十八，卫辉知府苏琦请当朝名家作的画终于从千里之外的苏州老家运来了。

　　苏琦从管家苏童手中接过画，进书房，毕恭毕敬将画放在案头连施大礼。为了这幅画，他花了足足千银，再三书信恳求，对方才勉强允诺。虽是答应，却有言在先，画上绝不留下自己的蛛丝马迹，自盘古辟天地来，从未有人把老鼠当作神品画，他不能为区区钱财而留下千古笑柄，贻笑子孙。碍于情面，苏琦也只好应允。

　　好一幅美轮美奂的硕鼠顾盼虎视图啊！真乃神品！

　　苏琦端着茶手捋黑髯，笑看着画中神鼠，连连点头慨叹。他毕恭毕敬地将画挂在书桌的正上方，书桌中央是只一尺有奇的精制朱红木雕神龛。燃上一炷清香，撩袍跪下，边叩首边念念有词：鼠神老爷啊！保佑我……

　　苏琦在洪武三年中进士，被委以最贫困的河北路河南布政司卫辉府知府，虽为朝廷命官，人却如布衣，七月赴任来从未饱餐一顿。河南赤地千里，遍地荒芜，穷哇。从山西洪洞迁移来的移民，个个衣衫褴褛蓬头垢面，到府中领取种子银两安家垦荒，然后和衙役们下去四处丈量登记土地，造黄册三份核实户籍，天天满身黄土，像头打滚的叫驴。那个要饭的和尚皇帝朱元璋谕令严酷,赈济移民的银两不得有丝毫差错,违者就剥你的人皮。

老子的皮一时半会儿是剥不下来的。自己比那些穷鬼们强不到哪里去,两袖清风,一颗忠心。衙门前的大鼓上洒满了鸟粪,娘的。

有同僚捎信给苏琦说,朝廷要派御史到河南河北山东明察暗访移民的赈济银两发放情况,有一点闪失不是杀头就是剥皮。

好恐怖哇,文绉绉的苏琦心寒起来,寝食不安。晚上他将厚厚的赈济银两发放册子从柜子中取出,一一审核起来。

屋内不时传来老鼠"嘎吱嘎吱"的磨牙声。

没有问题,自己向上对得起大明皇帝,向下对得起黎民百姓,中间对得起为政良心,没做亏心事不怕鬼叫门,没什么可怕的!子夜时分,苏琦红着眼打着哈欠,放心地将册子又放进木匣中。一股浓重的鼠尿臊味儿扑来,随着落锁声,木柜后又传来"扑通扑通"的鼠跃声。

难怪呀,老鼠也要活命。

几日后,御使陈大人到了。诚恐诚惶的苏琦不敢怠慢,招待备至。那天陈大人喝着酒嚼着肥肉冷笑着说了句话,让苏琦一头雾水。

苏大人怎么像头瘦驴?

苏琦一时语塞,无法应答,左右顾盼一下自己渐宽的衣带,苦笑说:尽忠为民,卑职无怨无悔。

陈大人微笑着点点头,苏大人在民间颇具口碑,赈济移民的银两是本官必看的。

苏琦忙起身进书房抱来木匣子,放在陈大人面前,刚打开盖子,忽地从匣中窜出一只瘦弱利索的小老鼠,跳到地上溜之大吉。惊得陈大人呼叫着后倒,苏琦眼疾手快跨上一步抓住了陈大人的衣角,陈大人才没有仰面朝天摔倒。

老鼠的惊鸿一现,吓得苏琦慌忙跪在地上叩头如捣蒜。惊魂初定后的御史大人看着一身穷酸的苏琦,又看看木匣内,哈哈大笑说:苏大人,快请起,这只老鼠也没什么可吃的才这样的,哈哈……

陈大人走后,浑身筛糠的苏琦看着狼藉一片尽是纸屑的匣子,瘫软在地哭道:完了完了! 死罪难逃。

就在苏琦整天等待判死讯时,却盼来了一道"卫辉知府苏琦安民有方,清廉为政,赏赐绢两匹白银百两封地百亩人千户"的嘉奖圣旨来。

喜从悲来,苏童搀扶着哭了半个月的苏夫人出来说:老爷,一定是那只鼠神爷救了咱。咱一定还愿!

半年后的春节前,鼠神像和鼠神牌位被供奉起来。

很快,苏琦一家度过了一个祥和吉庆的新年。唯一的变化就是在苏琦的书房后墙角的鼠洞口,从此每天都有新鲜的面点敬候鼠神光临,每逢初一和十五还有更丰盛的佳肴在袅袅青烟中弥漫幽香。

洪武九年八月,河南逢大雨九日,河决,积水深处丈余,民庐漂浮,舟行道中,溺水者甚众。好在屯田多年,卫辉府粮食储备充足,灾情过后,灾民很快领到了赈灾的粮。

苏琦为了赈灾抚民操劳过度,本来凸起的如同怀孕母猪的肚皮凹下去两圈,但仍掩饰不住他早已面堂饱满的富裕之气。他在上奏的卫辉府民亡书上郑重地盖上了府印后,坚毅地定了定神。

妖艳的苏夫人将手搭在苏琦的肩上直噘嘴:老爷,多报上万儿八千的死民嘛,这年景谁能说得清究竟死了多少人?

放心——夫人。苏琦阴笑几声。你一定要敬好咱的鼠神啊!

太讨厌了,这鼠神爷太难侍候了,养了这么多年,肥得像头小猪,懒都懒得动,还挑食呢?

我们这一次还指望鼠神爷向神灵汇报呢! 苏琦拍拍夫人的屁股,夫人扭着屁股娇滴滴地去了。

管家苏童跌跌撞撞跑进来说:老爷,府门前都是灾民们,他们吵闹着开仓放粮,要安家银两呢?

抓几个闹得最凶的刁民，下牢，下牢。苏琦咆哮着。

同僚又捎来话说，洪武帝又要派御史大人下来了，千万注意。这几年，洪武帝严令治吏，杀的人很多。

几日后，五年前的陈大人来了，只不过这一次，他多带了个英武副手随从。当晚，苏琦就来到陈大人下榻的客栈，送上了一张五千两的银票。陈大人笑吟吟地说：苏大人，赈灾的银两账簿，我还是要看的。

苏琦心知肚明，早几天他就让夫人和管家给鼠神减少餐量了，直至后两天给鼠神停食。养鼠千日，用鼠一时嘛，养尊处优的鼠神必须保持强烈的饥饿感，才能到时候吞噬这近千万两的账簿。

夫人晚上搂着苏琦说：老爷，真是个鼠神哪，那神仙爷爷已经钻进木匣里去了，里面什么食物也没有。

第二天，苏琦踌躇满志地将那只木匣子抱上来，放在陈大人端着酒杯的手傍。没等苏琦伸手，陈大人身边的英武副手随从麻利地将木匣子打开给陈大人看，陈大人探头过去，马上掩着鼻子目瞪口呆，手抖着问苏琦：怎……怎么有只死……老鼠，好臭哇！说着哇哇呕吐起来。

苏琦还沉浸在故伎重演水到渠成的喜悦中，刚想嗤笑陈大人不够默契，就看到随从从木匣中取出那本完好无损的账簿来，立刻眼前金星闪闪。

一个月后，出卫辉府向西一里远的土地庙前谷场上，新立了两个披着新鲜人皮的谷草人。

选自《牧野》2006 年 6 期

防伪签名

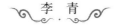

李 青

那天要不是张大壮骑着辆破自行车经过村学校门口,亲耳听见几个调皮学生在前边嘻嘻哈哈地说到了村上的四大丑,他还不知道自己的名字享有如此高的声誉:四丑之首。

那个胖儿说的四大丑是:张大壮的字,李小海的脸! 王水生的媳妇,罗成仁的喊!

难堪至极的张大壮还听见那胖儿眉飞色舞的解释:张大壮的字写得恶心,还不如屎壳郎爬得好看;李小海一天到晚都哭丧着脸,好像人家欠了他两斗黑豆;王水生的媳妇斜眼秃头丑八怪,没有哪个男人起坏心打她的主意;罗成仁说话就像公鸡打鸣,咯咯哏——说着还学起了公鸡叫,惟妙惟肖的。

自己当村主任刚上任才几个月,就落下如此名声。

张大壮回到家里就犯起了愁。自己的字确实不好看。五年的学龄,压根就没金刚钻,哪能揽这瓷器活儿? 平日里天不怕地不怕,偏偏拿起笔杆就心慌手哆嗦,斗大的字现在装不了一箩筐啦。又一想,代表形象的"张大壮"三个字一定要写好呀,看看歌星们,毛宁、蔡国庆、王菲、宋祖英……名字个个写得漂亮,咋看咋舒服,咋看咋好受。最起码不能让人感到恶心。

张大壮来到了学校。校长不敢怠慢,叫来字写得最好的一位老师,一连写了几个流利洒脱的"张大壮"字样供选用。张大壮竖起大拇指直叫好:高!高!实在是高!

回到家,张大壮突击练习起来。几天来练了几本,换了三支钢笔。可能是自己的资质浅陋,没有天分,仍没有改掉一握笔写字手就哆嗦的毛病。特别是女人偷偷看上几眼哧哧笑时,手更是抖动得厉害。张大壮就像个不开窍的学生,捂着本子红着脸冲着女人大叫:去!去!一边玩儿去。

平时在家中从不做作业、一考试就倒数的儿子,近几天也趴在桌子上陪着张大壮一本正经地乱写乱画。有一次还破天荒地请教问题:爸爸,这个词我不会造句,你教教我!

张大壮忙停下哆嗦的手,通过拼音辨识,他认出这个词是"东施效颦"。等他明白词的真正含义给儿子造句时,却莫名其妙发起火:滚一边去!滚一边去!那些练习本也被扔进了炉火里。

张大壮决定不练了,字丑就丑吧,居四丑之首又有什么不好?

一日他进城办完事,在繁华闹区溜达时,看到一个"签名策划"的招牌前围了不少人。一个眼镜学生正给路人演示签名,一块钱一个签名策划,生意特好。

观望了一阵,张大壮动心了。问,能策划一个别人看不懂的名字吗?眼镜学生未加思索地说:看你是个官样,给你策划个防伪名字吧,现在很流行的。张大庄说了自己的名字,眼镜学生就用笔在一小纸片上勾勒出一颗小杂草。张大壮怎么看也看不懂这是自己的防伪名字。眼镜学生将纸片反过来在太阳下给他一看。哇,原来是草书的反字。

张大壮很满意。怎么练呢?

眼镜学生说:很简单,一点,一个字母 Z、M、J、H……全是字母,十几遍就会了。

张大壮迷迷糊糊假装着明白丢下一块钱,拿上策划的名字走了。

可能都是字母的缘故,这个防伪的名字张大壮用一晌的时间就练得马里马虎。自己左看右看都满意。

当晚,张大壮就在村会计拿来的一摞单据上熟练地龙飞凤舞一番。村会计是欲言又止。

两天后,镇会计站站长驱车来到张大壮家,问,你的名字是哪国文字?看不懂。

张大壮神秘一笑说,中国的,防伪名字,没有人会模仿的。说着给会计站长在阳光下演示了一下。

哪知站长将票据"哗"地甩在桌子上,吼道:张大壮啊你,胡闹台!给我重新整票据!吼完,上车就走了。

张大壮一脸雾水,摸着脑壳,不知道自己错在哪里,竟招惹站长生这么大的气。

选自《短小说》2005 年 1 期

谁叫我是经理

李 青

    某建筑公司曹总经理不愧是经理，很精明。但曹总经理自认精明的那套，在单位其他人看来，叫狡猾。比如他和上级领导酒足饭饱后，明目张胆地去找人按摩，他解释说工作压力大，精神需要放松；他拿公款去请客送礼，说这叫联络感情，搞好外交关系；他安排他小姨子到经理办公室当秘书，说是举贤不避亲……总之，一句话，曹总经理不论做什么事，都有一个能自圆其说理所应当的解释，所以他做起什么事都理直气壮心安理得，甚至还表现出一副迫不得已而勉强为之状，连喝酒摔得头破血流也美其名曰为工作，说我曹某人宁愿抛头颅洒热血，在所不辞。曹总经理手大遮天，大伙儿表面上对他唯唯诺诺、千依百顺，背后却都骂他老奸巨猾城府很深的老"和珅"——一个在深山修炼了百年的狐仙。

    这天，曹总又在酒桌上出了新花样，上了一出"给鸡剪彩"的好戏。

    按照惯例，公司一周内各部门的主管领导都要到酒店里聚一聚，经理说是密切联系群众，共建和谐社会。酒桌上气氛融洽，容易沟通，同事之间有什么误会和别扭很容易被酒精化解。曹总不喜欢吃鱼嫌刺多怕卡住喉咙，却特别爱吃清炖乌鸡，自然少不了这道菜。大家就附和着说吃鸡肉和鸡汤营养价值高，对身体大补，男女皆宜。

酒过三巡后,服务员将热气腾腾香味扑鼻的草菇炖乌鸡端上桌。服务员也认得出坐在上座红光满面大腹便便的人就是经理,很老练很识相地将鸡头对准了他。曹总经理知道这既是一份礼遇也是一分尊重,就一脸佛笑,双手合十致谢。不等众人提议,他就知趣又豪爽地一气喝下三杯鸡头酒。众人一致鼓掌喝彩。曹总经理笑着放下杯子说:领导嘛,就应身先士卒,起带头作用。说完,他和往常一样,开始分配这道菜。

曹总经理用筷子非常熟练地把鸡眼剔出来,给他两边的副经理一人一个,说,这是叫高看一眼,希望二位今后一如既往地配合我的工作。两个副经理面带微笑,感动地说:"谢谢经理栽培,我们一定不会辜负你的殷切希望,强烈支持你的工作。"

曹总经理又费了一阵子劲儿,把鸡的脊梁骨剔出来,夹给对面的财务科长说,这叫中流砥柱,你是公司的财神爷,全仗着你给我们理财呢,这个非你莫属。财务科长受宠若惊,连忙说,谢谢曹总,我一定效犬马之劳。

曹总经理熟练地用手撕下两个鸡爪,给自己的贴身司机说,这叫走好路迈对步,有你给公司转方向盘,公司一定鹏程万里,前途似锦,我相信我放心。

司机眼里闪着泪光,万分感激,说,多谢曹老大厚爱。

曹经理又将鸡肚子的鸡心、鸡肝夹给了规划部主任,说,这叫推心置腹,公司全仗你发展壮大呢!

规划部主任感激涕零,说,一定不负曹头的重托。

曹总经理把鸡屁股给了生活部科长,生活上的事,全仗老弟了。生活科长说谢谢老一,谢谢老一。

曹总经理从鸡腿上将两只乌黑的鸡翅拧下来,夹给蠢蠢欲动的小姨子,说你是咱公司的金凤凰,鸡翅礼应给你啊,有你协助哥哥的工作,你姐姐放心我放心,公司定能飞黄腾达。

小姨子风情万种地抛给他一个撩人情怀的媚笑,说多谢曹哥,妹妹没齿难忘,愿效犬马之劳。

分到最后,碗中只剩下一堆鸡肉。曹总经理摇摇头苦笑了几下,叹了口气说,看看,这个烂摊子还得我来收。说着将满是鸡肉的海碗拽到自己面前。

大伙面面相觑,面露难色。小姨子不好意思地说,曹哥,看你,好处都让我们占完了。

他好像看出众人的心思,很坦然地说,没什么,没什么,谁让我是你们的经理呢?稀的稠的,我都咽得下,这下明白总经理也不是好当的吧!

说着,曹总抓起筷子吧唧吧唧吃起来。

看着他吃,众人也拿起筷子,推杯问盏,低下头来津津有味地吧唧吧唧吃开了。

选自《中国教师报》2006 年 3 月 15 日

作者简介:

李青,河南师范大学化学系毕业,中学高级教师,新乡县作家协会理事,新乡县古固寨中学校长,曾在新乡市高级作家进修班学习。小小说《鼠神》《掏鸡窝》《防伪签名》等先后发表于各报刊,另有多篇小说、诗歌、散文等作品发表于报刊,曾获得多种文学奖项。

七嫂是我的邻居

黄　文

七嫂是我的邻居。

打我记事起就没有七哥的印象,只听老人说七哥也是个巧人,可惜命短,早在我两岁时就丢下了如花似玉的七嫂狠心走了,别人可怜七嫂,就张罗着给她找人家,她却总是摇头:我不能负了那死鬼,好歹把他那俩孩儿养大。

那些年粮食紧缺,七嫂孩子小又不挣工分,日子就过得紧巴巴的,七嫂漂亮的脸上也没了血色,孩子则经常饿得哭。

于是便有人见七嫂从队里的庄稼地往家里偷玉米穗儿,紧接着便是三天的批斗会,又有好事者往七嫂脖子里挂了一串破鞋。三天过后七嫂在床上再也起不来了,俩孩子在床头使劲地哭。母亲熬了一碗稀粥端过去,好歹地劝,七嫂不言,两眼无神而麻木。母亲惊异于她的眼中竟没有泪,于是便又提到七哥,提到两个可怜的孩子,七嫂才幽幽地叹了一口气:婶,你回吧,我撑得住。

起床后的七嫂仍偷,无论青菜萝卜、小麦玉籽,半明半暗,看见的人心知肚明也懒得再说,毕竟一个寡妇娘儿们带俩孩子,真的不容易。

七嫂"手长"在华家屯成了公开的秘密,以至到后来无论于公于私,但凡能顺手塞进衣袋或揣进怀里的东西她都能带回家去。

几年前姐姐出嫁时请来自江苏的木匠小赵做家具，七嫂来串门，走时临出街门顺手掏走了我家鸡窝里的一个鸡蛋，恰被小赵看见，饭时说与母亲，母亲笑笑说，随她去吧，她就这毛病。

其实现在的日子好过了，七嫂的儿子小柱也已成家，日子蛮过得去，可她这毛病就是改不了，为这事小柱两口也从没少和他娘生气，可最终谁也没辙儿。好在七嫂并不小气，我打小在她家玩，她家的花生、点心之类没少让我吃，与街坊共事也挺大方，手又巧，缝缝补补穿针走线很在行，街坊有事相求也没让人失望过，所以人缘倒不错。

好日子才过没几天，七嫂就病了，病得很重，时而清醒时而昏迷。儿子小柱请来了范医生，范医生一番诊断之后开出了几样药让小柱上城里去买。买回来已是深夜，范医生连夜配药给七嫂挂吊针，可一瓶很重要的药却怎么也找不到了，小柱便发狠说，我明明买过亲手装包里的，咋就不见了呢？再次上城去买，回来时七嫂已咽下了最后一口气，小柱自责得直扇自己的脸，众人忙劝，小柱才流着泪去张罗七嫂的后事。

当二婶掀开被子给七嫂换寿衣时，才惊异地发现她手里牢牢地握着一个小瓶，众人忙看，却是丢了的那瓶药，母亲叹了口气说，还是这毛病害死了她自己呀！

选自《文艺生活》2006 年 2 期

人物传奇

黄　文

一

在华家屯附近数十里,老唐不吃葱和他的木匠手艺一样出名。

老唐出名始于何时无据可查,但华家屯一带稍稍有点头脸的人谁家没有几样柜脚椅腿上刻着"华家屯·唐"字招牌的家具? 这就难免使老唐有些飘飘然的感觉,名人嘛,总有名人的毛病。

老唐的毛病就是吃饭不吃葱,无论生熟,吃饭时瞥见葱花吃出葱味一概推碗了事,无论主家摆出山珍做出海味还是一再恳求,老唐千推万辞决不再在这家吃一口饭;但他不翻脸,依然笑眯眯地直到活计结束,在柜角椅腿刻下"华家屯·唐"的招牌,让主家在心里头把肠子都悔青了。想想看,想让老唐做家具的人家还有谁敢不知道他这点毛病?

不过岁数不饶人,老唐就觉得自己真的老了:干活时手发颤,干一天活回到家里连话也少了。再加上儿子媳妇一再劝,老唐便决定打最后一套家具留给自己,然后洗手不干。

选料、下料、锯、刨、凿、装,老唐一律亲自动手,直到这些精致的家具一件件摆放在自己面前。

老唐最后一次在柜角椅腿上刻上"华家屯·唐"字的招牌时手抖得更厉害了，一圈人注视下老唐竟把刻刀掉在了地上，徒弟慌忙拾起，瞥见老唐眼角竟有几滴浑浊的老泪挤出。

家具做齐后举行了一个简单的仪式，然后大家众星捧月般拥着老唐入席，刚坐下众人就大吃一惊——圆桌的正中间恰恰是一盘葱爆羊肉，仔细瞅桌上的菜，几乎每个都有葱花在闪，大家呆呆地坐着，没人敢开口劝菜。

老唐笑了，笑得有些勉强，他伸出筷子夹了一口葱爆羊肉放入口中，然后招呼其他人："吃，吃，大家咋不动筷呀？"

众人呆呆地看着，仿佛木雕泥塑，目光转向唐师母，只见唐师母眼中也有泪花在闪："他太委屈自己了，大半辈子呀！"

二

豫北乡下，小戚庄的烟叶子是有名的。从栽培到烘烤，一样的技术，一样的工艺，邻村却都做不出小戚庄的色香味。方圆百里的烟民，除了几个小字辈的出门应酬带盒卷烟以外，其他人只吸小戚庄的烟叶子，尤其是包装纸上印有隶书"四"字的，还要贵些，那便是戚四爷的手艺了。

戚四爷"烟王"的称号不单是因为他烤烟的技术，他吸烟同样一绝：小戚庄十几家烤烟户的产品，只吸一口他便能断定是谁家生产的，不由人不服。

他的儿子大奎却不抽烟，尽管戚四爷悉心教授，大奎烤烟却总做不出四爷的色香味来，气得四爷直骂大奎没用，大奎却笑笑：这生意不长远。

最要命的是，不抽烟的儿子又给他娶回来一个讨厌抽烟的儿媳妇，一过门便给他脸色看，又支儿子到邻村机械厂上了班，儿子有时也帮媳妇说话，劝他少抽烟，他便指着儿子的鼻子骂，临了放下一句话：你妈一辈子都没能管住我抽烟，你小子还挨不上，咱们父子关系可以断，烟我不能不抽，戚老四不死，"烟王"的牌子不能砸！

戚四爷便孤独地在烟坊烤磨捡装，烟瘾和咳嗽声一天比一天更大了。

转眼儿子结婚一年多了,媳妇给四爷生下一个大胖孙子,四爷便央老伴去抱,媳妇却总不让婆婆抱回,儿子也说小孩肺娇嫩,别让爸给呛出病来。

戚四爷便整天在儿子的屋前转来转去,尤其在孙子哭闹的时候。

孙子吃满月酒的前一天,四爷突然拆掉了烟坊。

从此豫北没有了包装纸上印着小篆"四"字的烟叶子,戚四爷也再没抽过一口烟。

选自《文艺生活》2006 年 4 期

范二指

黄　文

　　华家村村子不大,但村庄正好位于清水河盘弯的地方,据多年前路过此地的一个风水先生说,这地方金龙盘身,人杰地灵。特别是最近几十年,连接出了几个了不起的人物,木匠老唐和裁缝李在十里八村的名气不小,但比起范二指范医生两个人都自叹不如。

　　范二指大名范进唐,当初上学的时候不好好念书,学堂里从教多年的赵老师指着他的鼻子数落说这孩子不务正业,不会有大出息。不务正业指的是范进唐上学不好好读书,放学后偏好随当赤脚医生的父亲给人看病,特用心,跑前跑后像模像样,又好看些医书,渐渐也就懂些医道,父亲不在家时就给别人诊些常见病拿些常用药。高中毕业后没考上大学,就一心学医,慢慢地也就入了门道,又好钻研,所以前来看病的大多都找小范医生,老范医生也就乐得清闲,让小范支撑了门面,远远近近也小有些名气。

　　邻村有一位老妇人病重入院,数月后医院让家属拉回家准备后事,家属无奈拉到范医生诊所输液续命。小范试着开了几服中药调理,竟然让老妇人起死回生下了床,家属千恩万谢鸣炮送匾,自此小范医生声名渐起。

　　这小范医生渐渐也就入了佳境。小范诊病从不让病人到医院做这样那样的检查,自己也不购置那些烦琐的仪器,只用两根手指搭脉,学着父亲的样子两眼微闭,待睁开眼时唰唰唰写下一张方子递给药房;药房一会儿就递出几服中药,小范嘱咐家属如何服用,病人很少再跑第二趟。这样病人当面喊他范医生,背后就喊范二指,渐渐地大名就没人再喊了。

有医院高薪聘请,小范医生坚辞不去,只把父亲留下的诊所扩大了规模,聘了两个医学院毕业的高才生打下手,附近乡里乡亲来看病的当然不少,还有不少人是冲着范二指的名声专门从外地开着车来的。范医生常常忙得饭都顾不上吃。

这一日来了两辆黑色的轿车,从车上扶下一老者,众人前呼后拥进了诊所,待诊的病人忙让开一条路。范二指正用两根手指给病人把脉,头也没抬,眼也没睁,只摆摆手让众人出去,留下老者和一个照顾的家属。待到老者诊脉,范二指也不多言,让老者把手搭在桌子的布垫上,两指轻搭,双眼微闭,数分钟后睁开眼,拿起笔在处方纸上写道:心病还需心药治,心结百草也无力;名利都是身外物,延年续命是良知。

这次范二指没把处方交给药房,而是直接递到了老者手上,老者看后手微微抖了一下,一旁伺候的人慌忙扶住。范二指不管不顾,早有等在一旁的下一位坐上诊凳,范二指又把手指搭上。

未几日,老者出现在当地电视新闻上。原来是慑于当前的反腐形势,身处要职的老者惶惶不可终日,日不能食,夜不能寐,虽在医院多处诊治不能好转,听人传言小范医生的神奇才找来,小范的几句话恰好命中老者的要害,这才决定到纪委坦白。老者的坦白通过官方或非官方的渠道传到了千家万户,中间当然也有好事者添油加醋,这样一来,小范医生范二指的名声岂止在十里八村?

这话传到小范医生耳朵里时,小范正在给人把脉,手未抬,眼未睁,只微微一笑:治病救人是医生的本分,百病开百方也属自然。

旧　事

黄　文

认识刘先生是在一次文友的酒会上。刘先生的国学底子深厚，在这座不大的北方城市里声名显赫，诗词作品经常在大刊发表，据说还曾代表省里参加过全国性的学术研讨。更难能可贵的是刘先生为人和善，没有一点大家的架子，而且健谈，所以在这次聚会中无疑是众星捧月式的核心人物。

大家说着笑着，相谈甚欢，我也庆幸结识了这样的博学之人，所以就不免多说了几句。刘先生笑着问我的情况，旁边的朋友一一作答，难免也有溢美之词，我尴尬地正要辩解，刘先生笑着摆摆手：不必认真，大家都是朋友，慢慢就熟悉了。

此后又有几次见面，大多是在酒场上，也有幸得到了刘先生新出版的赠书，尽管对词风古韵一知半解，但还是怀着恭敬之心洗手拜读，为结识这样一位大家而自豪。

庚子年春节，因为一场特殊的疫情被封在家里两个多月没有出门，解封后我想约几个朋友聚一聚，就让朋友约刘先生，朋友沉默了好大会儿告诉我，还是不要打搅他了，最近他心情不太好。我不好意思再问太多，就和其他几个朋友聚了聚。

后来朋友告诉我，刘先生有些抑郁症倾向，已好久不出门了，问及原因，竟是因为一件陈年的旧事。

原来,刘先生的母亲因为一些琐事与自己的兄弟一向不和,刘先生考上大学后,因为家里穷就向舅舅张口借钱,舅舅一口回绝,刘先生年轻气盛,发誓和舅家老死不相往来。一家人忙着筹钱,但那个时候大家都穷,很难有余钱借给别人,所以一家人都是愁眉苦脸的。过了两天,刘先生的父亲忽然高兴地拿来一笔钱给刘先生,说是他舅舅送来的,让刘先生安心上学读书。刘先生心存感激,心想还是血浓于水。大学毕业后随着自己的打拼,刘先生在城里混得风生水起,其间也帮了舅舅家不少忙,两家关系也渐渐亲近起来。年前回老家看望生病的舅舅,谈起往事,舅舅心生愧疚,说当年也是一时糊涂,竟然把自己的亲外甥拒之门外,并无借钱给姐姐,对不起外甥一家人。

老家回来后,刘先生心中结了一个结儿,一直难以释怀:这么多年来自己心存感激,涌泉相报,原来只是父亲的一句谎言,只是自己父子的一厢情愿而已。家人陪他看了很多医生,也做了心理疏导,但刘先生始终不能释怀。

听了这些我就有些纳闷,像刘先生这样大智慧之人,难道还不如自己种了一辈子地的父亲?

我也郁郁不得其解。

选自《小小说大世界》2020 年 5 期

作者简介:

黄文,男,54 岁,新乡县人,新乡市小小说学会理事,新乡县作家协会理事。发表诗歌散文小说等各类文学作品数百篇(首),作品散见《河南日报》《新乡日报》《洛阳晚报》《文艺生活》《小说月刊》等报刊,多次获奖。

褪色的山（节选）

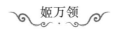

姬万领

踏上了山道，谷雨大叔打了两个很响的喷嚏，走在前面的那条灰狗转回头，又从山道上溜下，摇着尾，亲昵地围着他转，嗅着他的脚面，发出轻轻的鼻音。

他高声地叱责："上山了，这半吊子山路，净球石头。"他的声音流进了山里，余音在山谷里嗡嗡地回响着。

"今儿个咱赶大场，别作践丢人，回来有你半个烧鸡，老子也要灌个烂醉！"老灰狗不时打量一眼老汉，迈动着轻沙沙的脚步，老汉的话它全听得懂。

山道蜿蜒，山峦重叠。雾霭氤氲，树寥草稀。由于山深路远，很少有人去赶山那边的五龙镇大场。

大场逢九，谷雨和他的老灰狗几乎是逢九必去，难怪小新庄的人说他是个老场油。攀半天山，到那里热闹半日，窥窥标致女人的脸板，抑或打一顿牙祭？谁也说不清。反正都晓得，他去时兴致勃勃，回来时更亢奋，一日陡长几多精神。

谷雨是五十多岁的老光棍，父母早逝，撇下他在小新庄迎送日月。他欠着小新庄人一笔"债"，有点自卑，但并不"狗脸"，遇上窝火的事，便一口唾沫咽进肚子里。就这点而论，也算豫北山民一种朴实的美。

太阳不知不觉爬上了山脊，敷衍地洒下淡淡的光。谷雨反剪着双手，嘴叼一杆一拃长的竹烟袋，率着狗，神奇地朝着山顶攀去。从山脚仰望，在缕缕雾气中，人和狗活像两只小壁虎，冉冉向山顶游动，似仙非仙。

接近山顶处，有一株红果树。树干铁色，印证着它那久远的历史。冬天很少有人来打搅它疲倦的老梦，只有谷雨大叔逢九路过这里，坐在树下小憩，抽几袋烟，想一段往事。于是右脸有块月牙红疤的汉子便又浮现在眼前。这张红疤脸深深地刻在了谷雨的心上。谷雨蒙受过他的欺骗，恨透了他的狡诈。为了雪耻，谷雨和老灰在五龙镇悄悄地寻他。然而十几年过去了，仇人不再露面，复仇的心理便渐渐地淡化了。于是，赴五龙镇赶大场的主要目标就转移到一个女人身上。这事，除了他、她和老灰，小新庄再也无人知道。

老灰趴在他脚边，鼻端那块软质皮肉搁在他脚面上，闭目养神，彼此显得很默契、和谐，构成一幅人与狗的和谐图。狗在想着历史，想着悲欢，想着自己剽悍的壮年。然而狗王的英雄时代已经过去，岁月在悄悄地剥落着它那光滑的毛皮，爪子老化，动作机械。

它尾随谷雨赶过无数次五龙镇大场。那时代五龙镇的狗见了它，就夹起尾巴逃窜。它在主人的促使下做过许多富有神奇色彩的事。有一回，几个醉醺醺的恶汉企图侮辱五龙镇一个漂亮的小寡妇，被谷雨撞见。谷雨一声口令，老灰便像离弦的箭扑了上去，把恶汉们咬得仓皇而逃。女人惊呆了。谷雨从高粱地里钻出，用蒲扇般的手拨掉满头的高粱花，仰面大笑起来。女人惶恐地打量着这位半路杀出来的"程咬金"，并未说出多少感激的话，却把他让到了家里。从此，引出了半生风流……

叼上烟袋，又向山头攀去。"山有几道弯，人有几道坎。"连老灰都忘不了主人那次沉重的失败。在五龙镇的牲口市场，红疤脸把一匹看起来十分火色的高头大马三千块卖给了主人，其实那马已染上了二号病。谷雨兴冲冲地把马牵回了生产队,三个月后死去,三千块钱等于扔进了粪坑。全队社员含着泪、怀着恨分吃一顿"高价"肉。谷雨卧炕了,三天没进一口汤水,再也无颜见小新庄的父老乡亲。

这个热血汉子想到了死。老灰把地瓜一块块叼到主人的炕前,然后拱拱主人的胳膊,可主人狠狠地把它推开……就在小鬼叩响门环的夜里,老灰箭一般地射过山梁,到五龙镇领来相处已久的那个女人,女人偷偷给他说了三车的宽心话,才说得他下了炕,从牙缝里迸出一句:"妈那个丫子,小南蛮,咱后会有期!"

主仆终于登上了山顶,整个五龙镇尽收眼底。谷雨看见了东南角黄尘漾起的地方不时传来一两声马嘶驴鸣,那就是牲口大市,就是他失误得一辈子都抬不起头的地方。那个红疤脸把那马说得天花乱坠,说得他乱了方寸。那狗日的八成通行户,边鼓声声,齐心往死里坑他谷雨……

他突然大喝一声:"这帮鳖孙们! 我不会饶了他们!"

选自《月季》1988 年 1 期

作者简介:

姬万领,中共党员,曾任新乡县七里营镇小张庄村党支部副书记。爱读书,喜写作,在《月季》《牧野》等报刊发表过小说和散文。

牧羊曲

姬万宝

山很深。

就在这很深的山里,飘悠的白云给大山戴上一顶硕大漂亮的太阳帽。山太深了,就这样深的山里,穷得长不出几棵树;山坳里是稀稀拉拉的碎草;东一处,西一处也有三两点青苗;高一点,低一点也有三两户人家。

他有一把子年纪,脸皮像风化过的岩石表层。他牧羊。羊纯属山种:都长着绛红色的毛,上翘的两只角,一撮整齐的胡须,比老人的长;饱饱的眼能好奇地盯着陌生人追逐看着;浑圆的身子,皮肉很丰满。

那老人安排好羊儿啃草,就找一块向阳处,解开粗布衣的扣子,甚至松开了打了结的裤带,痛快地沐浴阳光。他躺在山褶里,仿佛和岩石融为一体,分不出彼此,很协调。是山是人? 白云分不清。

大山很深沉、凝重,岚雾氤氲,灰蒙蒙浓厚;老汉沉默寡言,心里只有羊和草。偶尔也想着那个山外人。

他不知道什么是公元年,只记得自己属龙,再则他能排出正过的是猪年或狗年或什么年……那个山外人比他年轻。头两年人闲,上边只准每户养五只羊,他很抱屈。那天那个山外人来这里找一种红色的石头,老汉就嘲笑他:"石头还用找,拉屎抹屁股顺手就能摸到。"

他们聊，说些淡话，很投机。山外人后来怂恿老汉多喂羊，能喂多少喂多少，将来一定发一笔财。老汉遇上知己话更多："人家是全国的典型，人家都不喂，光开山种地，多老实。你见过他没有？""谁？""你会不知道？听说又从北京回去了。这两年不听吭了，不知道那人还有没有。"

山外人迟疑了一下，说得很轻巧："早没了。他死的时候，都号召人们大力喂羊哩。"说毕，山外人哈哈大笑，笑声引动山的共鸣。

老汉果然大喂起羊来。山外人约人来买，价很高。

突然有一天，那山外朋友又来了，笑着告诉他，自己要上任做县太爷。话一出口把老汉吓了一跳，半张着的嘴说不上一句话。

朋友笑着说：他原在乡里干活，乳名叫小猴，猴能离开山吗？往后，来这里的时间就多了。

老汉面对着重叠的大山，很兴奋：他一生只交了一个朋友，但这个朋友是个贵人。他眯起眼，望着山顶的白云，嘿嘿地笑了。

选自《牧野》1987 年 2 期

作者简介：

姬万宝，1962 年 10 月生，中共党员，中学教师。热爱文学，在《新乡晚报》《牧野》等报刊发表过小说和散文。

牛 叔

曹殿伟

牛叔,一年四季总穿着深蓝色的上衣和深蓝色的裤子,春秋季是深蓝色夹袄,冬季就是深蓝色的棉袄了。鞋,总是趿拉着,没见他提上过。胳肢窝里总是夹着铁锨、锄之类的农具。两只小三角眼总是炯炯有神,脸上时刻保持着严肃的表情。用牛婶的话说:像是谁欠他两斗黑豆似的。

在"文革"时期,牛叔成了大队的班子成员,分管民事协调工作。谁家小孩不尊敬老人啦,分家啦之类的事,他总是郑重地出现在每一家的主座位上,主持着一件又一件事。不知道他成了多少事,又得罪了多少人。全村人也不评论,他也隐约知道自己可能哪点做得不对,但说不出来。

形势变了,牛叔也成老牛了,早从"领导"岗位上下来了,独生子大黑哥也长大了。他闲着没事,喂起了一群羊,也算给自己找点事做。

兴选村主任了,大黑哥选上了。他承诺给老少爷们办的第一件事便是修路。

可真修开了,岔事多得很。测平、冲直、垫土等,牵扯到谁家都少不了吵吵。这不,冲路的时候,一测量,大黑哥家的院墙得拆,牛叔死活不同意,说是祖宗留给他的家业,到他手里不能丢。为这事大黑哥着实挠头。

大黑思来想去,最后一咬牙、一跺脚,主意拿定了。私下里又找来学工

213

和学军弟兄俩,嘀咕了好半天。

一大早,大黑便领着推土机到自家的院墙前准备拆。这时,牛叔冲出来了,挡到院墙跟前又哭又闹,村里老少爷们围观的真不少。

"爹,不闹中不中?你要耍赖,我可谁也不依!"

"咋?你有种了。我不依,你会咋我?你还敢打恁爹?"

"打你咋了?你再闹闹试试!"

…………

其实,大黑哥哪里会打他爹,只是狠狠地挥了挥拳头,吓唬吓唬罢了。又马上给学工、学军弟兄俩使眼色,他俩冲上去,一边劝、一边架起牛叔躲到了屋里。

只听"呼隆"一声,牛叔的院墙倒了。

村里人纷纷议论:大黑是个愣头青,连他爹都敢打,都别跟他一样,他叫咋就咋吧!

真怪,这以后,路修得出奇地顺。

路修好了,老少爷们都很高兴。可有一件事,叫村里负责打扫卫生的富贵叔头疼。那就是牛叔放的那一群羊,每天都打村里过,那羊屎蛋拉得路上一溜一溜的。

放羊的不光是牛叔一个,庄里还有很多哩。富贵叔便抽个空,拐弯抹角地对大黑说了。大黑一听,马上广播开了:"老少爷们,从今儿个起,凡是养羊的户,都必须圈养,不能散养,谁要是不听,罚款一百块钱!"

其他户都听了,牛叔不听,心说:"我是你爹,你敢管我?"照旧赶着他的一群羊,到处啃青。

大黑又挠头了。因为他知道,老少爷们不定在背后咋戳他的脊梁骨哩!

凡事就怕琢磨,一来二去,大黑又有主意了。

一天傍黑儿,牛叔放羊回家。一点数,少了一只小羊羔,他很心疼:"丢了?不会吧!我先去大队,叫人在广播里给问问。"

214

到了大队部,牛叔一进屋,便看见会计天成在:"天成,给叔办个事。"

"啥事?"

"叔的小羊羔丢了,你给播播,谁看见了?"

"中是中,我总得说人家要是送回来咱咋感谢吧。光说个定重谢,人家不一定还你。"

"那……你说,该咋说!"

"依我说,就感谢人家一百块钱。"

"太多了吧?"

"多?小羊羔值多少钱?"

"中吧!只要送回来。"

于是,广播里传出了"谁拾到牛叔的小羊羔了,送回来酬谢一百块钱"的声音。

第二天一早,天成就找到牛叔。"叔,快去大队吧,小羊羔找着了。"

"真哩?我这就去。"

到了大队,只见小羊羔拴在院里头。屋里,大黑正跟一老一少在说话。

"这爷俩拾到小羊羔不假,可也不能要钱太多。"大黑说。

"要多少?"牛叔问。

"要五百哩!我说太贵,人家说照顾了一夜,得多给点。"

"杀人哩!就一百。"牛叔说。

一老一少也不搭腔,黑着脸。

"咱商量商量,能不能少点?"大黑说。

少的说:"这样吧,最少二百块。要不,俺还把羊羔领走。"

"你敢?我去派出所告恁!"牛叔急了。

"你告?我把羊羔杀了吃,叫你没证据。"少的说。

"爹,咱好好说说。我说兄弟,咱乡里乡亲的,一百就不少了,给个面子。"大黑打圆场。

"中吧！看在村主任面子上。"少的缓和了口气。

"爹，拿钱！"大黑对牛叔说。

牛叔交了一百块钱，牵着羊羔回家了。

过了几天，天成在喇叭里表扬牛叔，说主动缴一百块钱罚款。随后，牛叔听说那一老一少是天成的远房亲戚，老的耳朵聋，丢羊羔是大黑和天成画好的圈儿，叫牛叔跳。

牛叔又气又急，打掉牙咽肚里，就好像吃了个苍蝇喝口醋。细细一想错在自己，也就认了。

牛叔的羊也圈起来了，只见他早出晚归，割草喂羊，羊越长越肥。

过年的时候，我与牛婶闲聊。牛婶说："你牛叔那人，属牛的，有牛脾气。有时候，你得给他几鞭；有时候，你得牵住牛鼻子，他才听话！"

我觉得婶的话还怪有"哲理"哩！

选自《平原文学》2011 年 5 期

作者简介：

曹殿伟，新乡县作家协会理事，先后任新乡县物价局副局长、新乡县发改委副主任等职。业余时间读书写作，在《新乡日报》《平原文学》《牧野》发表散文、小说多篇。

唐三彩

牛新印

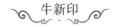

那年大概五月份,我和朋友老戴去三门峡办事,回来拐道洛阳见一个两年未曾谋面的朋友。到洛阳后传呼朋友,朋友说:"我在济源。两个小时即到。请务必等我!"

可两个小时说长不长,说短不短。

于是我便和老戴在附近大街上闲逛起来。无意间从橱窗里看到一些唐三彩,我便来了兴致,拉老戴走了进去。我一眼便看上了一尊三彩马。因为我才搬了新家,特别是客厅里,总感觉空落落的,没什么摆设。我开始和老板询问价钱。"走吧,工艺品,买个这干啥呀?"老戴扯我往外走。"管他呢,好看就行。"我说。当时老板要价好像是一尊马六百,为了压价,我说:"老板你给个最低价,我们两个每人要一个。"老戴说:"我不要。"最后老板说就四百吧。后来好像是三百块钱一个,我和老戴各买了一尊三彩的马。老板还用一个精美的盒子给包装起来。

从洛阳回家,我就搬出我感觉很漂亮的三彩马,还给老婆炫耀了一番,就摆在了客厅的架子上。不过半月十天,老婆就会小心翼翼地用鸡毛掸子或毛巾抹拭一遍。

后来也去过老戴家几次,也历经过他们搬家乔迁什么的重大家事,但从来没见过我们共同买过的那尊三彩马。

时间久了，我们把这件事也就彻底淡忘了，谁也没再提起过。

只是当年我们共同买的那件工艺品的三彩马，我至今还摆饰在客厅。它还是当初我一眼看上去桀骜不驯、神采飞扬的感觉，还总有一种让我去驾驭、抚摸的冲动。

二十多年啦，这件我心中的傲物，一直处于客厅显眼的位置，好像从来没有被来家里的客人褒奖或点评。

最近，家里来了两个蹭吃喝的朋友，离大远端详了我那件摆饰的马："你这件唐三彩是工艺品吧。我见戴总家可是有一件真正的唐三彩的马啊。听好多人说，值一千多万呢。"

听他说完，我原本热情招待他们喝酒的兴致，一下子荡然无存了。

他说的戴总就是那年和我一起去洛阳的老戴。这么多年他在生意场上一直很顺，算是富甲一方。不知道啥时候他喜欢上了古玩和收藏，现在是我们豫北收藏家协会会长。

朋友吃饱喝足走后，我再细看我的那件傲物，也感觉哪里不对，似乎有点俗，有点贱，有点不值钱。也许是在我们家客厅待久了，看到的俗人俗事太多了，受了感染吧。

"收起来吧。"我让老婆找了个纸箱用报纸包裹后，放置到一个杂物间。老婆在包裹、装箱放置的时候，用诧异的目光看了我好几次，还轻声说："这是发啥神经呢。"

我还真神经地唠叨一句："放置好吧！五百年后，我们这件唐三彩也许能值两千多万呢。"

选自《平原晚报》2021 年 1 月 28 日

还　债

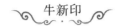

牛新印

舅舅躺在病床上，奄奄一息。他唯一的外甥文礼已在跟前照顾了两天一夜。

舅舅是吸大烟吸的。不仅吸坏了自己的身子，也吸空了自己原本殷实的家。后来把心疼自己的姐姐的家产也败得不轻。

天黑了。舅舅突然拉着文礼的手："外甥呀，舅舅是不行啦。借你们家的钱财也还不了啦，下辈子我只有托生成牛马来还你啦。"

说完，舅舅撒手闭眼。

三天后，文礼在左邻右舍帮助下办完舅舅的丧事，回到家中。就听家里长工过来道喜说："三天前亥时咱家老马下了一个小马驹。"

那不正好是舅舅咽气的时候嘛！文礼慌忙来到牲口圈，看到一个健壮又活蹦乱跳的小马驹，就扑过去抱在怀里，号啕大哭道："舅舅您这是何苦呢。"

自此，文礼就吩咐家里所有长短工，要好生照顾小马驹，不得打骂。并要好草好料伺候。

一晃一年过去了，小马驹已长成膘肥体壮的骏马。

文礼仍让家人好生伺候，不得用于驾辕、碾场、犁地、耙地。

养着膘肥体壮的大马不让使唤,总让一些瘸驴瘦牛干活拉套,长工们都有怨言了。不给那匹马吃好草精料,它就胡踢乱跳,每逢见到文礼还会头拱着文礼,眼泪汪汪的。

文礼就开始训诫下人。文礼是个读书人,这几年不顾家业苦读赶考。家庭经济状况也日渐衰败,去年大旱收成成倍减少。又到三月春季,青黄不接,一家老小生计难以为继。却每天还要给喊舅舅的大马喂饲金灿灿的玉米和炒得喷香的黄豆。

家人开始生气抱怨。

文礼心烦无奈。恰好附近村庄三月大会,索性牵着舅马去了集会。赶大会的人头攒动,各行各业的买卖汇集其中,热闹非凡。拥挤在熙熙攘攘的人群里,文礼手中的缰绳扯不动了。回头一看,牵着的马正咬着一个卖盆人的衣衫。文礼慌忙道歉并用力拉扯缰绳,可大马却死死咬住,没有放松的意思。拉扯了半天,卖盆人也恼羞成怒,拿起赶牛车的大鞭对着马的屁股猛抽两下。这下可不得了啦,向来温顺的马嘶叫着扬起一双健壮的后蹄,照着满车的琉璃瓦盆当当几下,把一车盆罐踢了个稀碎。

大会上买卖东西的人多,看热闹的人更多。呼呼啦啦文礼他们被围了个里三层外三层。突如其来惹这么大的麻烦,文礼始料不及,急得竟抱着安静下来的马,哭了起来,边哭边埋怨:"舅舅啊,这不是家里实在养不起您啦,才想给你找个人家?这还没卖您呢,你就给惹这么大的祸。人家这一车琉璃盆我可咋赔人家呀!"

抱着马喊舅舅,众人奇怪不已。是不是泼皮无赖要的什么伎俩?围观的人开始议论猜测……

再看文礼穿着打扮还牵着高头大马,也不像无赖之徒呀。有好事者便问:"你咋给这马叫舅呢?"文礼无奈便一五一十讲述了,多少年以前舅舅因吸大烟借了自己家很多银两,临死时舅说,托生做牛做马也要还报。舅舅断气后自己家中果然产下这一马驹,所以这几年一直把马驹当自己亲舅舅养活。

听文礼这么一说，正在气头上的卖盆人问："你舅舅叫什么名字？家是哪庄的？"

文礼说："我舅叫任守信，家是集会往东八里地任家庄的。"

"哎呀！大外甥别哭了。我是你舅舅的把兄弟呀。"买盆人忙拉着文礼的手说，"二十多年前。我和你舅舅是拜把子兄弟，那年为给老母亲看病，借了你舅舅二十两银子，因家里太穷到现在也没还上。大外甥你看，我这一车琉璃盆也正好是二十两银子的本钱，你舅舅这是来要账的啊。"卖盆人说着面露愧色又如释重负的样子。

众人听后都唏嘘不已，有这等奇事？

后来有一队官兵剿匪路过此地，为首将官闻听当地传说，也颇为惊奇。便打听来到文礼家。将官先是看了马匹，一见便连夸好马。舅马见到将官也是嘶鸣刨蹄，好像见到亲人故友。

将官于是找文礼商量，愿出重金买马。

文礼死活不肯，想为老舅养老送终。将官被文礼孝心感动，临走让随从丢下一大包银两，便带兵剿匪而去。

官兵走了大概半个时辰，有家人来报："咱家的舅马咬断缰绳，不知去向。"文礼慌忙带人寻找，找到村外，只见朝着官兵远去的方向，有一路扬尘，却再也看不到马的身影。

文礼扑通跪在路上，仰天大喊："舅舅，来生我还做你的外甥。"

然后向马飞奔而去的方向"咚咚咚"磕了三个响头。

选自《平原晚报》2021 年 5 月 28 日

葱事儿

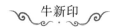

牛新印

柳树寨村是个大村,四千多口人。侯晓明在村子里,流转了将近二百亩土地,搞了一个家庭农场。每年一半土地种小麦和玉米,一半种蔬菜。蔬菜有白菜、萝卜、黄瓜、西红柿、辣椒等等。哦,今年还种了几亩地的大葱。

侯晓明今年四十多岁,人如其名,长得黝黑。中等偏上的个子却细胳膊细腿,看上去不堪重体力劳动。做起事来却麻溜得很,一双不大的眼珠转动得好像比常人快很多,透着机灵。

侯晓明高中毕业在家务农,后经县农业局多次培训,成长为新型职业农民,在种植业上很有一套。他种植的百十亩蔬菜,虽称不上有机,但也都是无公害的。他种植的蔬菜,每年无论价钱高低,市场行情咋样,几乎不愁销路,全部都由村民买走了。

侯晓明常说:产量高低,在天气在管理;品质好坏在良心。

今年是个好年景,无论种啥都高产,价格也都高,尤其是大葱。侯晓明也种了几亩地的大葱。今年大葱可是贵得要命,好多村民都蜂拥至侯家买大葱,去了好几次都空手而返。

侯晓明家七十多岁的老母亲,坐在家门口总说:俺孩不在家,我也不识数不认秤,等俺孩回来吧。

你家葱再贵,啥价就啥价,也不能捂着不卖呀,还是等更高的价格不是?

一年四季都买你家的菜,你看价格涨了,涨就涨可你不应该不卖呀? 都是街坊四邻的,乡里乡亲的。

唉,晓明这货精得很。以后再也不买他家菜了。

他家不卖咱还不吃葱啦,咱到镇上去买。

事情一传开,好多村民都满肚意见,对侯晓明也有了另外的看法。

"你就在这安心地住着吧,我回家找人把大葱卖了好给你治病。"老婆对躺在医院的晓明说,"今年幸亏老天爷长眼,大葱也贵。卖了大葱,咱也就不缺多少钱了。"

"不,大葱不能这么卖。你想想咱种这么多年菜了。哪年不是街坊邻居给买去的? 好多种菜的都因行情不好,不都扔到地里烂到地里赔得净光。我们之所以不赔钱还能赚到一些,不都是村民帮咱买走了吗?"晓明反对道,"再说咱又不是贩的葱。是咱自己地里种的,正好赶上了今年这葱贵得出奇。咱不能让大伙吃这么贵的葱啊! 今年的大葱我想好了,还是像往年一样八毛钱给大伙吧。"

"你说什么? 你傻呀! 超市都卖到七八块钱一斤了呀。这样十几万块钱没有了。"老婆跳起来,"再说你的手术费还差这么多。这可咋办呀?"

"借借吧,我病治好了。明年好好干,两年咱都还上了。"晓明宽慰说。

老婆无语。

正当村民准备结伴去镇上买葱的时候,村委会的大喇叭吆喝:各位村民注意啦! 咱村侯晓明因家里有事,现委托村委会帮助销售大葱,每斤八毛钱。请广大村民互相告知,来村委会购买。

晓明这孩是咋想的呀,八毛钱一斤? 不会吧?

今年大葱这么贵。听说超市都卖到七八块钱一斤呢。

这样卖给咱村民,晓明可得赔十几万块钱呀。

是呀! 够给孩子买辆轿车啦。

晓明家庭情况也一般呀,咋出手比咱村那几个大款富豪都大方?

侯晓明这人还真不赖。

大家都开始为侯晓明点赞。好多村民抱着买回的大葱,在大街上议论纷纷。

今天卖葱咋没看到晓明呢?不知谁这么一说。大家这才觉得,真的好久没有在村子里看到他啦。有几个买过大葱的村民就去找村委主任问情况。

村委主任无奈地告诉大家:侯晓明十月底收完地里的菜,把麦种上,感觉身体不舒服,去县医院检查,现在省里住院。前天托人捎信给我,让村里把他家的大葱按往年价格给大家分啦,别耽误大家过年吃葱。具体啥病捎信的人也没说清楚。只听说光手术费都要二十多万呢。

大家听完都黯然神伤。抱着大葱回家后,又都拥向了村委会。

不行!侯晓明这么重情重义,再说村里的贫困户哪个没有免费吃过人家的菜?谁家有个灾呀难呀侯晓明不都给予过帮助?

对。咱大伙也得帮晓明家渡过这个难关。

一呼百应。

处理完大葱的第二天,村委主任和两个村民代表去了省城,找到了侯晓明住的那家医院。在医院的病房里,村委主任和两名村代表将昨天晚上全体村民捐的二十万元治疗费和卖大葱的两万多元钱,交给了侯晓明的老婆。

面对着村里来人的安慰和鼓励,看到大伙给捐献的手术费,躺在病床上的侯晓明和一旁的老婆眼泪汪汪的。

选自《平原晚报》2021 年 7 月 21 日

作者简介:

牛新印,新乡县作家协会理事,知名小麦育种专家,农民企业家,业余喜爱文学,有小说、散文等作品散见于多家报刊。

散文随笔卷

汉朝的江山是谁的

刘吉同

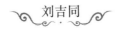

一看题目，读者大概会说这还用问吗，汉朝的江山不就是刘邦及其子孙的吗？这话对不对呢？且看下文慢慢"分解"。

可先用排除法，汉朝的江山不是谁的。

肯定不是老百姓的。从春秋到秦汉到隋唐再到明清，老百姓只是被统治、被奴役的角色。李世民称之为水，"水能载舟"之水，是用来专门承载封建帝王之"舟"的。鲁迅称之为奴隶，甚至是"想做奴隶而不得"的奴隶。张养浩称之为苦主，而且是"全天候"的苦主，一句"兴，百姓苦；亡，百姓苦"讲得真好。总之，在皇权时代，老百姓只是帝王的私产，只能牛马般地奉献和活着，毫无尊严和权利可言。

也不全是那些开国元勋的。按"血酬定律"论，元勋应该充分享受新江山的"福利"，论功行赏，拜将封侯，锦衣玉食。但也不一定，专制社会有个铁律，共打天下易，同坐江山难。韩信、彭越、英布和李善长、徐达、蓝玉等等，为汉、明立国建下不世之功，但最后都被诛杀了，乃至灭九族。最惨的是彭越，被刘邦剁成了肉泥。江山带给这些功臣的却是灭顶之灾。

乃至都不是帝王及其子孙的。建文帝可是由洪武帝"任命"的第二位皇帝，血统百分之百的纯正。然而，在龙位只坐了四年便被人夺了江山，儿子被圈禁至死,本人下落不明。秦始皇的儿女无疑最有资格"坐江山",然而,老爹驾崩后一年多一点,12个公子在咸阳被斩首,10个公主在杜县遭车裂。刘邦有8个儿子,至少有3个是被吕后害死的,淮阳王刘友在囚禁中被活活饿死。还有唐高宗的那些龙子龙孙,被武则天几乎杀光。690年,武后勒令许王李素节(李治与萧贵妃之子)从封地舒州(今安徽安庆)进京,出发时听见有人家因丧事痛哭,感叹曰:"病死何可得,乃更哭邪!"他进京刚到龙门驿便被缢杀,之后被"悉诛其诸子及支党"。此时此刻,真应验了后世崇祯皇帝怒喝乐安公主的那句话:谁让你生在帝王家!不要说拥有江山了,命都保不住。

那么,这江山究竟是谁的呢?准确地说是权力者的。谁掌权谁就有江山,权大的是大"股东",权小的是小"股东"。有了权就有了一切,金钱、高宅、香车、佳丽、珍馐、美酒应有尽有。

汉文帝元年,有个叫窦广国的年轻"农民工",此时正在深山做苦力替人烧炭。小窦是清河郡观津县(今河北武邑县)人,从小家贫且又是孤儿,先后被人拐卖了十多次。他听说当朝新皇后是来自观津的窦氏,暗想是不是自己失散多年的姐姐呢?于是上书求见,经过一关关验问后果然是真。于是,这位"农民工"一夜之间便从"昨怜破袄寒"跃入"今嫌紫蟒长",朝廷"乃厚赐田宅、金钱"。此时,西汉的江山就是窦广国的,至少他可以随意享受这江山的红利。

又想起了东汉的"五侯"单超、左悺、具瑗等人。他们原本只是宫中的低级宦官,但因助汉桓帝诛灭权臣梁冀有功,一下子都飞黄腾达了。且看他们的奢华和权势:在洛阳"皆竞起第宅,以华侈相尚",连仆从也乘坐牛车且有骑马卫士护随。兄弟姻亲均"鸡犬升天"当上了刺史和太守,于治地疯狂搜刮,一时都成了富豪。此时,东汉的江山就是这几个太监的,至少他们是"股东"之一。而像赵高、王莽、司马昭、武则天、魏忠贤这些人,那就是"大股东"了,甚至当上了"董事长"。其实,按律这叫"谋反",乃灭门之罪。然而,江山无言,它只听权力者的,来自皇家、权臣、草莽、外戚、嫔妃、太监、响马都没关系。

江山和权力能带来如此暴利和好处,这就诱发了无数野心家、阴谋家和政治流氓去夺取它,为此而不择手段。重金美色、阴谋诡计、弑父杀兄、宫廷政变、血流成河……无所不用其极。没有道德底线,没有规矩规则,没有公理伦理,即使把万千苍生推入血泊之中也在所不惜。这种政治最终导致的结果是:全社会充满了恐惧和危险,人人都生活在不确定中,不知厄运和不测哪一天会光顾自己,上至天子下至村夫概莫能外。曹雪芹为什么能写出那么经典的《好了歌》,乃是因为历史和现实给他提供的素材太丰厚了。

选自《羊城晚报》2016 年 10 月 27 日

一个人的坚持

刘吉同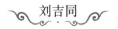

　　嘉庆末年,浙江湖州德清县有一大户,户主叫徐宝华。侄儿徐敦诚和妻蔡氏依他为生。徐宝华年过花甲,正妻已亡,家务全由小妾倪氏掌管。倪氏颇似王熙凤,年轻貌美而又能杀伐决断。时间一长她"俘虏"了徐敦诚,两人通奸长达七年,有数次被蔡氏撞见。为此蔡与倪之间不断发生"战事",倪氏为了除掉"情敌",借蔡氏生病前去看望之机,与婢女秋香一起将其勒死,对外则谎称自缢而亡。

　　这本是一起很普通的乱伦凶杀案,但接下来却上演成了惊天动地的官场"大戏"。

　　蔡氏的娘家是读书人家,叔叔蔡鸿乃本州生员,他发现侄女脖颈有勒痕,怀疑是被人害死的,于道光二年七月将状子递到了德清县衙。知县黄兆蕙和仵作朱伍均收了倪氏的洋银,故无视死者颈部等多处伤痕,一口咬定是自缢,而且将案子一拖再拖。报到湖州后,知府方士淦偏听黄知县一面之词,此案在湖州与德清之间折腾了几个回合后,又推到了杭州府。杭州府为显示公正,令德清官员回避,另选异地几位知县审案,但结论仍是自缢。

　　蔡家不服继续上告。幸运的是,通过关系将状纸直达天听,道光看出了端倪,诏令浙江巡抚黄鸣杰亲审。然而,结论仍是自缢。道光再出一招,急调湖北按察使王惟询任浙江按察使,仵作直接从福建调来。王惟询办事一向认真,未费多大工夫便弄清了真相。然而,此时的他"寡不敌众,孑然孤立",一股巨大的力量迫使他不敢说真话,无奈之下在官署自缢身亡。

黄鸣杰惶恐,道光帝震惊。旻宁果断出手将黄革职,调山东巡抚程含章任浙江巡抚,曾长期在刑部任职的河南粮盐道祁贡接任王惟询,谕旨他们"务令水落石出,不许稍有含混"。两人不敢怠慢,祁贡秘密调查,找到了已流落他乡的当年徐家幼婢桂香,桂香当时无意中窥见了倪氏被害的全过程。祁贡亲自审讯,桂香说出了真相,其他人也随之招供,蔡氏一案真相大白。就在程含章准备挖出蔡氏一案幕后黑手时,倪氏竟于狱中自缢而死。此事大为蹊跷,倪氏乃这件钦办大案的主犯和重犯,收监后披枷带锁,怎么会有机会自缢呢?道光雷霆震怒,"若非放松刑具,犯妇何能自解包头帕自缢?显有受贿故纵情弊"。主犯身死,关键证人缺失,很多应定罪和惩处的官员由此得以逃脱,可见蔡案背后的那张网是何等厉害。事后道光也不得不承认,"该省大小各员通同一气,牢不可破"。真可谓"道高一尺,魔高一丈"。

倪氏为了贿赂官府,致徐家几近破产,但仅查出贿银1021两。倪氏一死不知保护了多少官员。最后,朝廷只有拍死几只苍蝇了之。德清知县黄兆蕙发往黑龙江充当苦差,归安知县马伯乐发往新疆效力,湖州知府方士淦发往军台效力赎罪,巡检马汝霖充军,钱塘县典史杖八十,徒二年。杭州府知府张允垂交部议处,勒令黄鸣杰回家休息。

此案能办到这个程度,蔡家也算"三生有幸"了。这全赖于道光一个人的坚持,否则,即使有一百个蔡氏,也都得冤沉海底。不过,道光最后还是失败了。败在哪里呢?其一,对手太强大了,从浙江巡抚到知府到知县到仵作乃至不少京官,联合起来对付他一人。这些人垒砌了一道道看不见的墙,编织了一张张看不见的网,天子纵然是三头六臂,但也越不过那道墙,冲不破那张网。其二,对手与他是"两股道上跑的车",道光要的是河清海晏国无冤民,对手则是用权发财和"好官我自为之",正如皇帝事后总结:"凡此皆因官官相护,罔顾天良。罔尽心力,只知窃禄肥家,置民瘼于不问。"一句话,这个体制和道统已经彻底腐朽和失灵了。

道光在位堪称克勤克俭,不近嬉戏,夙兴夜寐,宽厚仁慈,还包括嘉庆。然而,大清恰恰在他爷儿俩手里由盛转衰。1840 年鸦片战争爆发,清朝更是无役不败,政治、外交、军事几乎都乏善可陈。之后咸丰、光绪更是一败再败,直至大厦倾覆。其实小小的蔡氏一案便预示了这种结局。

选自《清风》2016 年 11 期

许绍"抗旨"随想

刘吉同

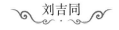

公元620年(唐武德三年),唐高祖李渊想吃掉占据荆州的萧铣政权,先派李靖率精骑长途跋涉前去"安抚"。将军一路且战且行艰难抵达硖州(治所夷陵,今湖北宜昌市),因萧铣控制长江险要,李靖"久不得进"。此时,"高祖怒其迟留,阴敕硖州都督许绍斩之"。许都督接令后想了想必须"抗旨",因为李靖乃当世大才,迟滞硖州也实为敌情所迫,遂为之请命,李靖才逃过一劫。

由许绍我想到了丙吉。汉武帝晚年昏庸无能,一手酿成了置数万军民死于非命的"巫蛊之祸",太子刘据被迫自杀,其三儿一女及诸妻妾满门抄斩。之后诏令廷尉丙吉审查此案,底线是参与"谋反"者诛杀全家。此时刘据唯一的孙子、出生才几个月的刘病已幸未暴露,混入众囚犯中也进了监狱。丙吉深知太子冤枉,便暗中保护婴儿,案件则一拖再拖。四年后,颠顸的汉武帝听方士说长安监狱中有一股天子之气,遂下令将狱中犯人不管罪重罪轻一律杀掉。其他监狱都"坚决执行",唯独丙吉拒绝执行,他管理的郡邸监中的犯人因之全都保住了性命,其中就有刘病已。十七年后,刘病已做了皇帝,就是那位中兴大汉的一代贤君汉宣帝。

许绍和丙吉,一个救了一位名将,一个救了一代贤君,从功利的角度讲,这样的"抗旨"意义太大了。然而,"账"却不能这样算,达官贵人也好,贩夫走卒也罢,无论谁遭"阴敕","许绍"都应"抗旨"。这倒让我想到了一位既是平民,又救了平民的现代"许绍"。1942年河南大旱,庄稼颗粒无收,中原饿殍遍野,政府不但不救灾,而且封锁灾情。美国记者白修德冲破层层阻力进入洛阳采访,但写好的稿件却发不出去。此时,洛阳商业无线电系统的一位译电员,在强烈的悲悯情怀驱使下,绕开重庆的检查,将白修德的稿件直接发到了美国《时代》周刊。刊发后震惊世界,令国民党政府颜面扫地。然而,国内外大批救济粮款却陆续抵达灾区,无数饥民得救了。但这位译电员却因"泄露机密"被杀害。——多说一句,中原人有愧呀!这位译电员姓甚名谁、是他是她,至今都无人知晓。

与许绍、丙吉相比,这位译电员"抗旨"救的只是蒿莱,但意义同样伟大,乃至可歌可泣。为"饥民""抗旨"的意义在哪里呢?除保护"饥民"本身外,客观上是在为"上等人""抗旨"开辟通路。毫无地位的"饥民"尚有人保护,那么,拥有众多资源的达官贵人也就可想而知了。反过来讲,不把"饥民"当人,最终也会导致不把"上等人"当人。"饥民"的人权是全社会人权的基础,"基础不牢,地动山摇",最终必然会导致所有人的人权崩溃,自然也包括"上等人"。数千年间"饥民"命如蝼蚁,但"帝王将相"又如何呢?一旦被打入"另册",其下场悲惨之至,想做蚁民都不可能。无数次的宫廷血变斩杀的几乎都是王公贵族。因此,要保护"上等人",必须先从保护老百姓开始。

话又说回来,作为体制内的都督许绍,"抗旨"是绝不允许的,成本与后果也非常可怕。但是,当"阴敕"违背良知、道义时,"许绍"应该怎么办呢?这可是个天大的难题。但无论多么难,承受多大的风险,窃以为都应该向良知靠拢。通常的办法是:我无法"抗旨",但我可在"自由"的尺度内发挥,尽量把"枪口抬高一寸",让心灵深处的人性尽可能发出一点光辉。1974年6月,彭德怀身患癌症已到晚期,剧烈的疼痛使他一阵阵昏厥过去。醒来后"他想和护士握握手,护士把手背在身后不理他;他想和战士握握手,战士冷眼旁观不伸手"。"专案组"的一个师职干部，对元帅更是一贯凶狠。我想，与这位"三反头子"接触那么长时间，对他的旷世奇冤和崇高人格，不可能不有所感悟，何况这是一位即将离世的老人。上面不让握手，总不能挡住我向老人投去一个同情的目光吧？可惜他们没有这样做，罪孽呀。

这些人为什么一点"许绍"的意识都没有呢？这就引出了一个话题，即怎样才能成为"许绍"。我想必须具备"四要素"：思考、良知、智慧和勇气。思考能使人明辨是非，良知能让人弃恶从善，智慧能降低风险，而勇气则促人付诸实施。但最重要、最核心的则是良知。我估计护士们于这"四要素"中，有缺项或缺多项，故才对彭总冷若冰霜，残酷无情。

毫无疑问，"许绍"是古往今来朝中最为稀缺的资源，要想打破这种"生态失衡"，目前仍很困难。或许有人会说，根子是要解决"李渊"及"阴敕"的权力任性，这话说得好。不过，这需要高人来回答了，收笔。

选自《2016 中国杂文年选》，花城出版社 2017 年版

北宋的末世挽歌

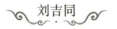

刘吉同

　　《水浒传》是北宋王朝的一首挽歌。它形象深刻地描绘了徽宗时代朝野全面溃败的"大坏局面"，呈现出一派末世景象。那是一个无官不贪的时代。京师高官蔡太师贪、高太尉贪，北京大名府"一把手"梁中书贪，高唐知府高廉贪，江州"市长"蔡九贪。大官大贪，小官猛捞。阳谷县是个"国家级贫困县"，但知县上任两年多一点，便"赚得了好些金银"。宋江只是郓城县一个押司，既非"官二代"又非"富二代"，但却挥金如土。哪来这么多银子，书中说他"吏道纯熟"，大概这就是门路。牢营中的狱卒，芥菜籽大小的官，也把权力寻租的功能玩弄到了极致。既然官职可以"点石成金"，故"鸡犬升天"便成了北宋末年的另一道风景。梁中书是蔡京的乘龙快婿，蔡九则是他的公子。高廉是高俅的侄子。慕容贵妃的兄弟、童贯的秘书（门馆先生）等等也都做了高官。庙堂之上城狐社鼠弹冠相庆，而无数布衣志士，却像压在五行山下的孙悟空一样，被"非亲不用"的大山重重地闷在了社会最底层。当然，官僚群中也有一些好官，但只是相对而言。林冲上梁山前的那个夜晚，独自在朱贵的酒店里喝着闷酒。此时朔风呼号，大雪漫天，面对今日落魄，胸中无限辛酸，他自言自语道："我先在京师做教头，每日六街三市游玩吃酒……"林冲所述，分明是"早上围着轮子转，中午围着盘子转，晚上围着裙子转"的大宋版本。林冲只是体制内的一位循吏,尚且如此,那些不三不四的官之无法无天便可想而知了。

与无官不贪相对应的,是无事不贿。殿司制使杨志从太湖押花石纲运京,途中因黄河风大翻船,他自知有罪不敢回京赴任,便凑了一担金银央人到枢密院打点。但最终只换得与高太尉见一面的待遇。然而,见面后却被高俅臭骂一顿赶出了殿帅府。金圣叹于此写道:"文臣升迁要钱使,犹可也;至于武臣出身,仍要钱使,古今一叹!"林冲刺配沧州入住牢营,差拨见未送钱,便变了面皮指着林冲骂道:"打不死、拷不杀的顽囚,你这把贱骨头,好歹落在我手里,教你粉身碎骨。"待林冲取了五两银子递去后,对方的嘴脸马上由阴转晴。他冲着林冲笑道:"林教头,我也闻你的好名字,端的是个好男子!"接下来牌头叫林冲:"你是新到犯人,须吃一百杀威棒。"林冲像背台词一样说:"小人于路感冒风寒,未曾痊可,告寄打。"牌头、管营都一起说,"果是这人症候在身",那一百棍也就免掉了。但这一切,都是使了银子的结果。就连落草也须贿赂。晁盖一伙黄泥岗劫得生辰纲后,官军追捕甚紧无处落脚,最后决定上梁山,但又怕人家不收留,吴用极有信心地说:"我等有的是金银,送献些与他,便入伙了。"金圣叹于此又叹:"做官须贿赂,做强盗亦须贿赂哉?""不给银子不办事,给了银子乱办事",已经成了那个社会的通则。

国家法度尽毁。法度是守住社会正义的最后一道防线,但这条防线也崩溃了。仍以上文的打杀威棒为例。这是太祖武德皇帝留下的旧制,已历一百五十多年了。它的初衷是要把坏人的威风打下去,也还较为人性化,罪犯生病经核实批准后,便可缓打和免打。然而,执行中完全走样了,其作用只剩下供狱卒捞钱一途。宋江在江州牢营,一天闲逛到点视厅,一个节级高声喝骂:"你这黑矮杀才,倚仗谁的势要,不送常例钱来与我?"宋江反驳,节级更怒,"你这贼配军,是我手里行货!轻咳嗽便是罪过","我要结果你也不难,只似打杀一个苍蝇"。大宋的法律,就这样变成了一坨面团,权力揉它个啥样便是个啥样。节级只是一个很普通的官职,但却如此"言出法随",而高太尉那样的大官如何行事，也不难推测了。而此节级不是别人，正是日后上了梁山的神行太保戴宗。戴宗在体制内也烂透了。

末世征兆处处可见。孙二娘两口子在十字坡公然卖人肉包子，李俊和张横在浔阳江上公开剪径既要钱又要命，草菅人命司空见惯；五毒俱全的西门庆能如鱼得水，循规蹈矩的林教头却走投无路，东京帮闲的泼皮高俅最后成了庙堂重器……这一首首"挽歌"，最终将北宋"唱"入了坟墓。呜呼哀哉！

选自《西安晚报》2011 年 12 月 13 日

质疑一句名言

刘吉同

名言曰"有其父必有其子"，其意一般倾向于褒义，即父亲优秀，儿子必定优秀。但是，不少却是"有其父未必有其子"，方方面面的例子太多了。

性格。《大宅门》里的老爷子白萌堂个性鲜明，敢作敢为，但儿子白颖轩却与世无争，是个典型的"好好先生"。然而，白二爷的儿子白景琦却又是个天不怕地不怕的"活土匪"。贾政端方正直，热衷功名，但宝玉却一反其父，是个叛逆的"混世魔王"；贾环则是个猥琐顽劣的"问题少年"。朱元璋刻薄寡恩，太子朱标却仁慈宽厚。武则天是个铁血女皇，但儿子李显、李旦却是一对窝囊废，软弱无能，优柔寡断，李显在皇位上竟还被老婆和女儿毒杀，当然这是"有其母未必有其子"之例。

才能。刘备也称得上一代英主，但他的儿子却是个扶不起的阿斗。李白与杜甫是大诗人，但他们的儿子似乎连小诗人也不是。司马炎也算聪明神武，但其儿子司马衷却又愚又蠢。赵奢乃一代名将屡打胜仗，但儿子赵括却只会纸上谈兵，赵孝成王迷信"有其父必有其子"而重用赵括，这下可把赵军和赵国害惨了。

品德。明末的魏允贞、魏广微父子都是朝中大臣，前者光明磊落，堂堂正正；后者阴险狡诈，助纣为虐。狄仁杰在魏州刺史任上，甚有惠政，"百姓为之立生祠"。其儿子狄景晖后来也到魏州做官任司功参军，但此人"贪暴为人患"，老百姓怒之但又无可奈何，于是把气撒在了他老爹身上，将狄仁杰的生祠和塑像都捣毁了。一世英名却被孽子株连，真是"坑爹"呀。唐相卢怀慎举贤荐能，为政清廉，其孙子卢杞后来也做了宰相，但却"忌能妒贤，迎吠阴害，小不附者，必致之于死"，很多忠良都被他害死，当然这又是"有其爷未必有其孙"之例。

诸如上之，不胜枚举。个中原因与遗传、家庭、教育、经历等都有关系。但从根本上讲，还是源于人之个性的多样和复杂。哲学上讲"世界上没有两片相同的树叶"，何况人乎？俗话说"同是一母生，十子九不同"，都是对这种复杂性的具体诠释。后天环境和条件对人的影响更不能低估，也是"有其父未必有其子"的重要原因。有出越剧叫《王老虎抢亲》，剧中的尚书之子王天豹，无法无天，胡作非为，公然在大街上强抢民女。没有理由说尚书大人就是个坏人，但他儿子确实是个坏人，是杭州城一害。原因不是别的，正乃他是尚书之子，有很多特权罩着，故才变坏了。假如他是农夫之子，十有八九会是个好人。

写到这肯定有人着急，说你这是选择性举例，历史上"有其父必有其子"的例子同样很多，比如周勃父子、王羲之父子、苏洵父子、范仲淹父子、曾国藩父子等等。是的，这些都是事实不能否定，而且它也有一定的概率和道理。但是，当一句名言出现许多漏洞时，质疑无疑应挺身而出，明确指出其"病灶"所在，以提醒社会，这是舆论的使命和责任，也是社会安全和进步的必然要求。否则，难免会出现"盲人骑瞎马，夜半临深池"的悲剧，像前之赵国那样。

其实，质疑是对"有其父必有其子"的一次全面体检，很有现实意义。其一，有利于否定"血统论"。当年那句"老子英雄儿好汉，老子反动儿混蛋"，不知伤害和摧残了多少人和家庭，今天强调其"未必"，有助于防止它死灰复燃。其二，有利于尊重常识。爹是爹，儿是儿；爹不能代表儿，儿也不能代表爹。这些都是常识,遵循常识会使人少犯和不犯错误。其三,有利于实事求是。在实践中会自觉警惕惯性思维,不为"虚光"所迷。冷静思考,求真求实,最后得出符合实际的结论。

选自《上海法治报》2020 年 12 月 28 日

长不大的传统戏

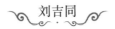

刘吉同

　　我看过不少传统戏，总觉得它"长不大"。原因就是剧情多围绕"忠孝节义、男女情爱、因果报应"之类展开。思想起点低，人文含量小，精神营养少，甚至还有毒素。现代文明所崇尚的民主、法治、平等、自由等理念，几乎没有。看戏越多，遗憾越大。

　　也许有人会说，你这是苛求古人；戏剧是现实的反映，哪个社会没有这样的现实，也就不可能有这样的戏剧。说得对但也不全对。封建社会虽然搞的是"君君、臣臣、父父、子子"那一套，没有民主法治等现代文明的生存空间。但是，"思想冲破牢笼"的火花还是不断闪现。孟子的"民为贵，社稷次之，君为轻"的思想，直通今天的"人民最大"理念。陈胜喊的"王侯将相，宁有种乎"，直捣世袭制的七寸，为底层百姓"出人头地"提供了理论支持。李贽鄙视儒学，痛斥道家，其名字就是叛逆的化身，乃"思想解放"的集大成者，他的很多主张，比如"至道无为，至治无声，至教无言"，于今仍很有意义。黄宗羲的"盖天下之治乱，不在一姓之兴亡，而在万民之忧乐"，就与后世的"主权在民""人民公仆"思想接轨了。近代如龚自珍、郭嵩焘、谭嗣同、梁启超等，更是著名的思想家和变法勇士，很多主张今天仍熠熠生辉。他们是"思想解放"的大家，而"思想解放"会一步步催生出更高级的文明。歌颂"思想解放"，其实也就是歌颂新的文明。然而，传统戏对这些太吝啬了，几乎没有这方面的内容。多少年了，一直翻唱着那些"古老的歌谣"。

也许有人会说，你说的这些很多只是些没有实践的政治理想，无法成为戏剧的素材，故舞台上无踪影也是很自然的事了。说的对但也不全对。且不论中国历史上有无这样的政治实践，只说上面这些思想大咖，还有像朱云、范滂、嵇康、刘禹锡、金圣叹那样一身傲骨、个性张扬的名士，本身就是一出可歌可泣的大戏，可惜历史上无人去写。原因可能是这样：他们的主张和实践，包括他们那桀骜不驯的性格，正是朝廷惧怕、忌讳和欲除之而后快的。苏轼一句"根到九泉无曲处，世间惟有蛰龙知"便差点丢了脑袋，那这些"解放思想"的人和事，还会有人敢写成戏进而搬上舞台吗？这便造成了一个严重后果：传统戏的主旨只能在忠孝、情爱、惩恶、劝善这些层面上徘徊，而不敢越雷池一步，去追求和反映那些更高级的文明，比如制度文明、个性解放等等，这便给传统戏注入了长不大的基因。

那么，长不大但何以还有观众呢？包括今天。我想有两个原因，一是迎合了人们的思维层次。包括戏剧在内的传统文化，把人们的思维基本"格式化"了，大众看问题的出发点和落脚点，多定在低层次的"历史共识"层面。比如：人间不公多认为没有青天，于是包公戏就非常红火；遭受欺侮便希冀侠客出现，那《野猪林》就必有观众；都谴责忘恩负义，于是《秦香莲》《情探》《杜十娘》《玉堂春》就长盛不衰；都知道忠君保社稷天经地义，于是穆桂英、花木兰的戏就很有市场；都懂得爱情要专一，那《梁山伯与祝英台》《女驸马》《白蛇传》就永远不缺掌声……二是优美旋律的魅力。以京剧、豫剧、越剧、评剧、黄梅戏这五大剧种为例，唱腔设计多很优美，而且旋律跨越地域。这就为剧本插上了翅膀。否则，这些戏能飞多远就很难说了。

说了这么多传统戏的"不是"，其实不是否定它，而是期盼它能长成一棵棵大树，为人类文明做出更大贡献。不过，"萝卜白菜，各有所爱"，有人喜欢传统戏，那不妨就继续吟唱，"左手拉住了李左车，右手再把栾布拉"，随便唱。但同时,还应有更高的起点,从思想和精神上,超越传统戏,超越薛湘灵、冯素珍、宋士杰这样的"世俗人物",比如让郭嵩焘式的人物粉墨登场。总之,让我们的"核心价值观"能在戏剧舞台全面绽放,让改革开放的内涵能在舞台上深度展现,让更高级的文明借助优美的翅膀,飞得更远更高。

选自《松原日报·读书周刊》2020 年 3 月 18 日

"牺牲品"黄文炳

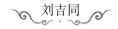

刘吉同

　　黄文炳是《水浒传》中的一个在闲通判,一直在江州无为军家中"待业"。他"虽读经书,却是阿谀谄佞之徒,心地匾窄,只要嫉贤妒能,胜如己者害之,不如己者弄之,专在乡里害人",可见人品极坏。但是,他却对宋王朝忠心耿耿,最后也因此成了人人唾骂的"牺牲品"。

　　黄文炳无官可做,心里很不是个滋味,但手中又无资源,只有巴结当朝蔡太师之子、江州知府蔡九,"每每来浸润他,指望他引荐出职"。这天他又来探访,恰巧府里进行公宴,黄自觉地位寒酸不敢进去,便独自一人到浔阳楼胡乱走走。真是"得来全不费功夫",这一走竟让他发现了一件重大"政治案件"。

　　宋江刺配江州,心里也不是个滋味,这天也是独自一人来到浔阳楼排遣,一番畅饮后,不觉"临风触目,感恨伤怀",胸中块垒借着沉醉瞬间迸发,一口气在白粉壁上连题诗两首。诗写尽了他一生的无奈、屈辱和以后想要达到的冲天志向,这便是:"他时若遂凌云志,敢笑黄巢不丈夫。"令人没有想到的是,宋江前脚刚走,第二天黄文炳便来了。他看完诗后,对着这两句伸着舌摇着头道:"这厮无礼! 他却要赛过黄巢,不谋反待怎地!"次日便向官府告发,蔡九遂唤两院押牢节级戴宗带数名公人,前往牢城营捉拿宋江。宋江知道大祸临头,装疯卖傻企图瞒过官府,但被黄文炳识破。狱卒把宋江捆翻,连打50大杖。他哪受得了这般棍棒,只好如实招来。于是大宋死牢里,又多了一名死囚犯,接下来就是问斩了。"若非通判高明远见,下官险些儿被这厮瞒过了",蔡知府对黄文炳的表现特别满意。

事情确实如此,若无黄文炳,此案十有八九就不会被发现,更不要说抓住宋江了。那么,何以黄文炳有双"慧眼"且又如此卖力呢?这固然与他"专在乡里害人"的品质有关,但更来自他的理念和理念支配下的忠心。在黄文炳看来,这天下就是赵家的,捍卫赵家江山天经地义,责无旁贷,任何"谋反"的言行都是大逆不道,都应严惩不贷。强烈的捍卫意识,使他对"反诗"之类的言行特别敏感和警觉,别人对这类东西大多"迟钝"和视而不见,唯独他能一眼"洞穿",而且下手特别狠,原因正在这里。当然,与他文化高也很有关系,不识字的人干不了这个"技术活"。这也说明坏人越有才危害越大。

但是,整个社会对黄文炳所为却是压倒性的反对和谴责。同是"公务员"的戴宗,不但不认为宋江是犯罪,且"身在曹营"暗中还拼命营救宋江。李逵说得更干脆:"吟了反诗,打甚么鸟紧!万千谋反的,倒做了大官。"二人的言行代表了朝野很多人的态度。就连黄文炳的嫡亲兄长,对他也极为愤慨:"又做这种短命促掐的事!于你无干,何故定要害他?倘或有天理之时,报应只在目前,却不是反招其祸。"兄长担心天理会惩罚他,可见黄文炳的"忠心"多么不得人心。原因就在于以宋徽宗为头子的朝廷已无任何合法性可言,官如虎吏如狼民心丧尽,老百姓都活不下去了怎么会拥护呢?更何况这还是典型的"文字狱",属"欲加之罪,何患无辞"的勾当。黄文炳如"老鼠过街,人人喊打",道理正在这里。黄的下场也很惨,遭李逵"凌迟",心肝被挖出做了梁山众头领的醒酒汤,一家老小四五十口全被杀掉——这真是一群杀人恶魔,假如宋江这伙人能"杀去东京,夺了鸟位",他们给万千子民带来的是什么,也就可想而知了。

黄文炳代表的是正宗、纯粹的"官意"。然而,"官意"竟与民意如此大相径庭,水火不容。而支撑"官意"的,却是黄文炳这样的"孤家寡人"和人渣。北宋何以灭亡,这也是个注脚。

选自《联谊报》2021 年 4 月 10 日

郭嵩焘的"为官之道"

刘吉同

郭嵩焘是晚清名臣和思想家,我国首位驻外使节,是中国走向世界的先行者。不过,这些人们大都知道,不说了,想说的是他的"为官之道"。

他的"官念"是:"君子之仕也,行其道也。"若道不行,在任上做不成事,则"不如回家卖红薯"。他一生就是这样做的。郭嵩焘进入朝廷后首先做的是翰林院编修。此职虽无多大实权,但很耀眼而且"实惠",因为常与皇帝及皇亲国戚接触,升迁概率极高。但是,在郭嵩焘眼中,翰林院却是一个"一无所事"的衙门,每天倒也很忙,但忙的都是些"可笑可叹"的种种应酬,令他极度厌恶。不过,他很快便离开了这个让他厌恶的地方,诏令任他为南书房行走,直接当皇帝的秘书和顾问,可谓前程似锦。但是,这里同样干不成事,最后他毅然选择离开中枢南归"下基层",到江苏巡抚李鸿章麾下任两淮盐运使。上任后他如鱼得水,大刀阔斧整顿盐政,很快"月销经数倍增,上下游厘饷顿旺",令李鸿章十分头痛的筹饷问题迎刃而解。郭嵩焘任广东巡抚后期,出使英国公使返国后,两次都因职上无法做事而辞官。他不做"敛手画诺,于补毫末"的无为之官。

但是,辞了官的郭嵩焘并非从此闲云野鹤,优哉游哉,而是仍然忧国忧民,尽力为国家和民众做些实事。1879年他从广东巡抚任上辞官返乡,定居省城长沙,以一己之力创建了思贤讲舍,亲自制定章程和学规,不顾眼疾为诸生检校功课。最为可贵的是,学堂还引进了英、法学馆的课程。他的开放思想受到了湘省遗老遗少的攻击,但却没有影响学堂的声誉,开馆招生后还有8名缺额,而要求补取者竟达五六十人。郭嵩焘晚年,国势日趋衰败,内忧外患愈演愈烈。然而,朝中众多官僚却拒绝改革。他写诗曰:"拿舟出海浪翻天,满载痴顽共一船。无计收帆风更急,那容一枕独安眠?"前三句是对形势的判断,后一句写他无法"出世"的内心。郭嵩焘具有世界眼光,深知铁路对国民经济发展的重要,逝世的前两年即光绪十五年(1889),致信李鸿章建议修建数百里的津通路,并痛斥朝野关于铁路有害风水的谬论,抱病写下《铁路议》和《铁路后议》两文。拳拳之心,可见日月。

郭嵩焘的"为官之道",在特定情况下,也不一定都妥当。但是,它所展现出的精神却很可贵,至今仍是一笔宝贵的思想和文化财富,很值得借鉴和学习。归纳起来无非就是一句话:不做尸位素餐之官。他能这样去做,源于其内心有两大精神资源:

一是看淡官位。自古以来,官贵民贱深入人心,但在郭大人看来,却是"得一官不荣,失一官不辱",而且做事远比做官重要,做官不做事而仍拿俸禄乃是一种耻辱。这其中就与孙中山"立志做大事不做大官"的思想有了相通之处。

二是没有私欲。在那个时代,辞官乃自断前程和财路,最现实的是没有了俸禄,更不要说"灰色收入"了。因此,一般人很难做到。郭嵩焘之所以能做到,与其没有私欲(或私欲很小)和公私分明有很大关系。他为官不化公为私,相反还化私为公。1859年,郭嵩焘奉诏到山东沿海整顿财税,为便于调查研究弄清真相,他这个堂堂的钦差大臣为不惊动官府,不住官府公馆,而是自己找普通旅店住下,每天六七金的差旅费自掏腰包。他不贪色,更鄙视虚名。正因为这样,在晚清那浑浊的官场才有了一位堂堂正正的士大夫,真是"沙漠中的一块绿洲"。令人惊叹,让人敬佩。

选自《检察风云》2020 年 11 期

作者简介:

刘吉同,"50 后",河南省杂文学会理事、新乡市作家协会顾问、新乡县作家协会常务副主席。1974 年至 1989 年服役,曾任中国人民解放军云南前线某部团参谋长,打过仗、立过功、负过伤,后转业至原籍新乡县。1992 年以来,在全国百余家报刊发表杂文 1400 篇,数十篇被选入"年度中国杂文选"并获奖,《许绍"抗旨"随想》获河南省杂文学会 2015 年"东华杯"全国杂文征文大奖赛一等奖。

学诗断想

王中华

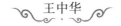

苦 恋

为诗难,讲诗不易。翻开祖国诗史,名家辈出,各有绝唱,然而,无一人拿出"写诗秘诀",使你写诗如探囊取物,唾手可得,写诗最多的陆放翁也只能说:"汝果欲学诗,工夫在诗外。"什么是诗,如何写诗,我都说不清楚。感慨之余,默吟唐诗《寻隐者不遇》:

> 松下问童子,言师采药去。
>
> 只在此山中,云深不知处。

贾岛笔下的隐者,"只在此山中",近在咫尺。高兴过早不好,"云深不知处",又远在天边。我看把诗神比作这位隐士,是恰当的。

访友不遇,求诗不得,难免沮丧。不少人知难却步;而更多人,迷途问津,终于走进诗歌殿堂,如饥似渴,博采群芳,而后,酿诗蜜,铸体式,自成一家。李白、杜甫毕生作诗,贫病清寒,以诗为乐。

"李杜文章在,光焰万丈长。"韩愈的话,不算过誉。当代诗人流沙河,颠沛流离,含冤二十年。有人问,诗人是怎么活过来的,他说:"诗歌救了我的命。"看来,心中有诗,精神就不会崩溃。追求吧,追求方有不竭的生命。学诗之道,贵在苦恋。

诗　美

文学多与歌攀亲结缘。散文诗、诗剧和诗化小说的产生就是证明。诗美在哪儿? 美在外,也美在内。

外美是诗的形式美。形式之中,音乐美是重要的。从"诗言志,歌咏言,声依咏,律和声"(《尚书·尧典》)到当代诗论,多从形式上把握诗的特征。毛主席说,新诗还没有形成,这在某种程度上是就新诗的韵律而言。诗歌的音乐性主要靠韵脚和节奏体现。韵脚是韵母相同的尾字,节奏是诗中的停顿,一首诗读出音高音低(力度)、音长音短(时间),就觉抑扬顿挫,自有旋律。古人吟诗,一唱三叹,妙趣就在这里。

先说韵。诗跳跃性大,往往用超时空的画面组成,靠语言的间接而达,不易读懂,因此,就借助于神韵造成气氛,把每节诗构成一个整体。结构严密,形象守整,增强抒情效果,读者踏歌声进入诗人的感情世界。鲁迅主张新诗"易记、易懂、易唱,动听,有韵"不无道理。韵是诗歌音乐性的重要组成部分,诗歌自古就是歌唱的艺术。

再说节奏。押韵不是绝对的,如陈子昂的《登幽州台歌》。新诗更是如此。但是节奏于诗是不可少的,相反诗对节奏的要求较其他文学样式更强烈。人有脉搏跳动,自然有运动规律,如果这些节奏被破坏,人病在即,自然将失去平衡。既无节调,就失去了音乐美,一旦诗把人与自然的节奏反映出来,便产生音乐的美感。何其芳的《我们最伟大的节日》,凭几个短句和韵脚,难以抒发出中国人民的特殊情感。因此,就不拘字数、行数和韵脚,用缓慢有起伏的节奏,把深埋已久的心声呼了出来。第一、二节诗,"中华人民共和国/在隆隆的——雷声里——诞生","是如此巨大的——国家的诞生,/是经过了——如此长期的——痛苦——而又欢乐的——诞生/就不能不像——暴风雨一样——打击着——敌人，/像雷一样发出——震动着——世界的——声音"，节奏似春雷翻滚，惊涛裂岸，祖国如旭日跃出东海。读着荡气回肠，泪洒胸怀。

公刘一九五五年的诗作——《五月一日的夜晚》，节奏尤见动力。第一节诗，用通感把天安门前的焰火和人民的狂欢，写得有声有色。第二节诗，笔锋一转，"整个世界站在阳台上观看，/中国在笑！——中国在舞！——中国在狂欢！/羡慕吧，生活多么好，——多么——令人爱恋，/为了享受——这一夜，——我们……"末句猝然失韵，感情猛收，令人抚今迫背，想象葱茏，喜不可遏。

因情赋声，以声传情，是讲诗的音乐美重要。不过，有韵有节奏不一定是诗，农村政策落实后，兰考县迅速改变了穷苦面貌，农民自然高兴："穿着的确良，住着新瓦房，骑着自行车，带着孩他娘。"

这不能说没有音乐美，然而它不是诗，充其量是个相声素材。它没有揭示出生活中本质的东西，只是个表面现象。今天，兰考人一觉醒来，甜来苦尽，该有多么深刻的思想待诗人挖掘。岂止住瓦房，穿新衣，彩电、摩托也不稀罕！他们高兴之后，并不满足，追悔，苦恼，向往。他们要科学，要信息，要爱情，买台彩电容易，看懂时装表演却难了。所以诗美，既要诗情真挚，又要揭示出真理，匡正人生。韩瀚的《重量》仅五行诗，颇有分量："她把带血的头颅/放在生命的天平上/让所有的有的苟活者/都失去了/——重量。"

把张志新和"苟活者"作比，揭示了人生的价值和意义，同时又撞击了每个人的心。读后，使人钦敬、顿悟……

流沙河的《不再怕》，显然得诗于去年10月1日，当邓小平向文化科技大军挥手致意时，有人突然举起"小平你好"的标语在空中挥动。这首诗，宁拙不巧，平实不华，道出了全国人民的心声。每节六行，共四节。每节诗后面，都以"小平，您好！"独立成节。起篇卒章，历数人和万物"不再怕大寨的钟敲/学生不再怕当'知青'/干部不再怕进干校/张姐不再怕坐黑牢/她的喉管不再怕刀""小平,您好!"读后无不暗自叹服,情真是诗歌的生命。

诗美,美在形式,也美在内容。内容尤为重要。诗中只要有中国人的灵魂,有中国人的气魄,有中国人的感情,穿上牛仔裤,仍是华夏子孙,炎黄后代。中国新诗歌,将开拓新宇,走向世界。

诗　禁

"春色满园关不住,一枝红杏出墙来。"叶绍翁这两句诗,写得朴素深刻;美好的事物,是关禁不住的。是花,要开放;是草,要抽芽;是歌,要出喉。姹紫嫣红,属永恒的春天。关于诗歌设置禁区,古来就有。春秋时的民歌多如繁星,待到编纂《诗经》,则删为"诗三百",这就是诗禁之始。到了"四人帮"横行之时,设禁更严,犯禁者,轻则点名批判,重则绳之以"法"。试想,瓜田谁纳履?李下谁整冠?有段时期,偌大中国,只能写"小靳庄",只能树"高大全"。园的荒芜诗的凋零,不言自喻。

生活是广阔的,感情是丰富的,各种诗歌题材、风格及其流派,都将应时而出,择地而生。诗有百种千样,花有千颜万色,牡丹家族,有姚黄、魏紫百多种,哪个好呢?我看都好。萝卜白菜,各有所爱,一朵指甲草,开在农家小院,并不丑气。打倒了"四人帮"后,党中央批判了极"左"思想,调整了文艺方向,文艺的春天来到了。诗禁一开赞歌与牧笛交响,花草同松柏孪生,深感春之迫近。

但在"乍暖还寒"的初春季节里,诗人们七嘴八舌凑了四句顺口溜:

"喇叭诗人不吹号,朦胧诗人睡大觉。羞羞答答爱情诗,小花小草眯眯笑。"

"小花小草眯眯笑",大花大草也不该哭。花为时代开,草为人民绿,都是英雄的花,革命的草。

"喇叭诗人不吹号",显然不对。看你怎样吹,吹什么?柯仲平自称为喇叭诗人，毛主席在延安喜欢听他"吹"。他的吼声伴着八路军的炮火，硬是把日本鬼子"吹"跑了。今天更需要"吹"，吹"四化"，吹"改革"，把那些千年丸散、力士膏丹，吹跑，吹垮。歪嘴吹邪气不行，人民积怨太深了，怨恨死你的。

"羞羞答答爱情诗"，大可不必。昨日羞答，有阿公阿婆拿捏你，今日还羞答，那你是丑媳妇了。如出于美好的心灵，高尚的情操，就不怕说长道短，舆论是道德，不是法律，用新道德反抗旧道德，怕什么，大摇大摆地去爱呗！

有些爱情诗，让人家读不懂，当个谜语诗人，没意思了。罗敷美，不是她待在秦氏楼的缘故，是她"采桑城南隅"，美被人发现了。

"朦胧诗人睡大觉"，实际上没有睡。她一骨碌爬起来，诗的橱窗里到处是朦胧货色。好不好呢？当然好。朦胧诗不是恶魔，戴望舒因写《雨巷》，便成为"雨巷诗人"。朦胧、象征和印象，是诗歌的固有手法；诗中露真容，有时代印记，有生活共感，也不失为好诗。雨雾迷蒙，西湖才美，云拂雾缠，庐山才好。如果黑云罩山，大雾掩水，就不成为西湖和庐山了。诗人不去熟悉生活，置身斗室，一味去表现自我的感觉，曲低和寡是必然的。

时代的更新，大浪千叠，诗坛光怪陆离，是正常的。大浪淘沙，人民选诗，诗家各占鳌头，是可信的。百花齐放之日，正是十亿人民欢笑之时。生活甘美，诗歌芬芳，都将是民族的。

选自《新乡日报》1985 年 6 月 18 日

作者简介：

王中华，新乡县七里营镇东王庄人，河南省作协会员，原平原大学中文系教授。二十世纪八九十年代在《莽原》《清明》等刊物发表大量诗歌、诗评。

《诗经·郑风》趣评一组

邹海霞

坏小子

听闻一个笑话,说老婆问老公要钱花,老公犹疑不给,老婆说:好吧,我找别人要。老公马上排出一沓:乖,花去,咱家有!倒回到2500年前,一个年轻女子也用了这方法。你听,她多么骄傲:

子惠思我,(你如果好意相亲。)

褰裳涉溱。(撩起衣便可渡溱!)

子不我思,(你如果并不诚心,)

岂无他人?(难道就再无他人?)

狂童之狂也且!(你这厮别太骄矜!)

子惠思我,(你如果好心相思,)

褰裳涉洧。(且撩衣便可渡洧!)

子不我思,(你如果并不诚意,)

岂无他士?(难道就再无他士?)

狂童之狂也且!(你这厮别太狂气!)

这是《诗经·郑风》中的《褰裳》，被宋代朱熹老师斥为"淫奔者之辞"中的一首。《诗经》中"风"有160首，其中至少90首写男女爱情或婚姻生活，朱老师视其中二十几首为淫辞，尤其痛恨郑风，也难怪，郑风21首，20首都关乎男女之情。孔老夫子当初删编时，不知何想，竟保存了这些。他说："诗三百，一言以蔽之，思无邪。"思无邪，有"思想纯正"说，有"使人读诗无邪念"说，笔者认为还是程伊川解释得好：思无邪，诚也。即表达真性情。

回到这首诗，仲春，少男少女齐聚溱洧河畔，传情择偶。有一女子颇为热辣主动，朝自己看上的一个小子挑逗笑骂：不说自己想对方，却说对方想自己；不说自己热烈，却骂对方太狂，爽朗中有狡黠和矜持。我们似乎可以想见她满面羞红、眼神斜睨的样子，能听到她泼辣大胆的叫声和笑声。这在诗经中，怕是唯一一个有独立自强意味的一个女子。最后一句"狂童"，从诗的戏谑意味来说，译作"坏小子"似乎更合适。李敖在考证"且"字时，顺便提到这首诗，说"且"在这里应是用最初的象形意，即男子的生殖器，并且句子应该断开：狂童之狂也，且！大意为：你小子狂个卵啦！真真是符合她语出惊人的风格，倒也合情理。还有人说"且"，通"跙"，意为去，即"滚蛋"！此与李氏翻译都有点粗俗，倒莫如将"且"译作"切"，你小子狂个啥啊，切！是否更有点意思？

只是这里的"坏小子"被吓跑了，还是像开头的老公一样乖乖就范了，那还真得发挥各位的想象，看看这"坏小子"够不够"坏"，爱她不爱，敢不敢爱。

还是郑风，有诗名曰《遵大路》，这里的女人和男人就和上文不一样了。

遵大路兮，（沿着大路追上去啊，）

掺执子之祛兮！（紧紧地拽住你的袖。）

无我恶兮，（你千万不要嫌恶我呀，）

不寁故也！（不要这么快背弃故旧。）

遵大路兮，（沿着大路追上去啊，）

掺执子之手兮！（紧紧地拉住你的手。）

无我魗兮，（你千万不要嫌我丑呀，）

不寁好也！（不要这么快速地背弃相好。）

《毛诗序》谓此诗曰"思君子也"，未免牵强。倒是朱熹的"弃妇说"合乎诗意，不过他将女子斥为"淫妇"，似也臆断。从诗中明确点明关系的"故"和"好"来看，足见女子和男子的关系十分密切，即使不是结发夫妻，也是相爱甚早、相处多年的一对情人。不幸的是，"女子重前夫，男儿爱后妇"，和诗经中数十首诗的弃妇一样，她在色褪貌衰之后，遭到了喜新厌旧的男子的嫌恶和遗弃。只是她没提过往的甜蜜，没说自己的辛苦，甚至也没怨男子的负心，只是踉踉跄跄追出去苦苦地哀求。这悲怆的哀求，分外真切，格外叫人痛惜。

这固然是被弃者的挣扎，可是挣扎的结果是什么？丧失自己的尊严，也未必能挽回这个坏小子的心，他甚至逃得更快更远。

不禁想要把这两首诗联系起来，那位泼辣大胆的主动追求者设若能如意得到郎君，若干年后，那个"狂童"是否成为后诗中出走的人？那个女子还敢不敢说：岂无他士？她会不会成为大路旁拽住坏小子袖口死死不松开的人？毕竟，在那个社会的婚姻制度下，男人更容易变成"坏小子"。自然，女子如何不断成长，保持自信和独立，也更是我们要学习的问题。

女人，不必要挟，不必哀求；你若盛开，蜂蝶自来。

小二哥，敢不敢下来！

大约老二都有犟犟的驴脾气，孔圣人老二奔走列国，知不可为而为，关二爷千里单骑寻兄，山东好汉武二郎徒手打虎，就连史湘云口中的"爱哥哥"贾宝玉同学也愚顽憨直，也许正如此，他们惹人敬叫人爱。这不，又有一个小二哥做出大胆举动，这可吓坏了他的情妹妹：

将仲子兮，无逾我里，无折我树杞。岂敢爱之？畏我父母。仲可怀也，父母之言亦可畏也。

将仲子兮，无逾我墙，无折我树桑。岂敢爱之？畏我诸兄。仲可怀也，诸兄之言亦可畏也。

将仲子兮，无逾我园，无折我树檀。岂敢爱之？畏人之多言。仲可怀也，人之多言亦可畏也。

没错，这是《诗经·郑风》中的《将仲子》，有人将诗中的"仲子"看作是男子的表字或名字，不如取大家都觉亲切的"二哥"，加上一个"小"字，是否有愣愣的可爱之感？

现在，应该至少是夜里10点之后，愣小伙一身短打扮，趁着夜深人静溜过胡同，顺着早已侦查好的地形，(周代的农村组织五家为邻，五邻为里，里外有墙，墙内有园，不熟悉地形可要吃亏啊)，踏将过来，一路眼观六路耳听八方，只不顾自己的上衣下裳蹭破挂烂，呵呵，小二哥啊，趋之何？

这壁厢窗内的小妹妹胸内小鹿直撞，卧不稳，站不直，心心念念的小二哥，就要爬过门楼、折进院墙、跳入园内，这可怎么了得！俺爹娘要骂死我，俺弟兄要羞辱我，邻居们的唾沫淹死我！小二哥，俺也想你，俺不怕你压断我家的树枝，俺太怕人们的言语！

恋人相约，何怕只有？思之有二。一曰二人之约不合时令。《周礼》称："中春之月，令会男女，于是时也，奔者不禁。"可知在周代，还为男女青年的恋爱、婚配，保留了特定季令的选择自由。但一过"中春"，再要私相交往，则要被斥为"淫奔"的。但恋人心意一旦相通，柔情蜜意又岂能按季节时令去收放？不能正大光明来往，只得爬墙头了！

一曰二人之事未得家长许可。孟夫子言："不待父母之命，媒妁之言，攒穴隙相窥，逾墙相从，则父母国人皆耻之。"未经父母允许、媒妁之言，又岂能交往！至于墙缝相窥，攀墙而拥，则是可耻之事，在此压力下，小女子如何不怕!

且慢,那小二哥就不知这个规矩吗?为何还要作如此之举?姑且揣测,如安意如所说,小二哥出身门第不如女子尊贵,即贫家男爱上富家女,女子平素家教严,举止有度,莫敢逾矩,而小伙子心野无拘,明知提亲无果,受情欲所支,索性越过礼数直奔主题了。再有,诗中的担忧也许只是女孩子的告诫,两人私下相会难舍,女子出来不易,男孩提出晚上跳入妹妹闺房去见她,惊得小妹赶忙制止,怕他真趁月色潜将过来,惊动父兄邻居,羞煞人也!

瞧瞧,这小妹妹心里这个矛盾:相见,怕人言;拒见,怕伤哥哥心,又抵不住想念。真真是扯着肺腑,煎着心肝。

不知从哪里见到另一种解释,也颇有趣。说这是妹妹给情哥哥的偷情路线图:小二哥你要来啊,可以顺着杞树跳到院子里,可以顺着桑树落到我家围墙里,可以攀着檀树潜到我的窗外,这样,就不易惊动我家人了,只要他们不知晓,那我又怎怕你折了树枝?这种解释,自然不符合语境,可是你问问妹妹的内心:是否真的这样想过?

让我们想象,小二哥攀过墙头,借着昏黄的月光向窗边帘后的女子招手,或来一声狗叫猫叫,就如莎翁笔下的罗密欧"借着爱的轻翼飞过园墙,因为砖石的墙垣不能把爱情阻挡",然后,勇敢地落下,成就了"韩寿偷香"的风流好事,也叫我等引颈之人因而满足欣慰。

咋样,小二哥,敢不敢下来?

想死个人的小冤家

给大家介绍郑风中我以为情节相连的两首短情诗,先上菜:

山有扶苏,隰有荷华。不见子都,乃见狂且。山有桥松,隰有游龙。不见子充,乃见狂童。

——《郑风·山有扶苏》

彼狡童兮,不与我言兮。维子之故,使我不能餐兮。彼狡童兮,不与我食兮。维子之故,使我不能息兮。

——《郑风·狡童》

山清水秀的幽静处,一个少女苦苦等着恋人。她一会儿抬头望望流云和高大的扶苏、青松,一会低头瞅瞅水里的小鱼和清秀的荷花、荭草;她不敢走远,怕那人来了看不见她,她又不敢站到最高处眺望,怕太显眼被人说闲话。不知过了多久,一个人从大树后闪将出来,一把抱住女子;女子正要失声呼喊,见正是心目中的那个"子都""子充",捶打着心上人的胸脯:你个狂小子,你个笨东西,你个小冤家!

《山有扶苏》本来是诗人用来讽刺郑国的公子忽,"所美非美"(《毛诗序》),如今我们大都赞成今人袁梅《诗经译注》"这是一位女子与爱人欢会时,向对方唱出的戏谑嘲笑的短歌"之类的说法(脱胎于朱熹的"淫女戏其所私者"之说),倒是易于理解而有趣味的。

"子都""子充"是当时的美男子,《孟子》说:"至于子都,天下莫不知其姣也。不知子都之姣者,无目者也。"大概如今日男明星,是女子心中的偶像,但其人可望而不可即,此处乃恋人的代名词:情人眼里出帅哥。至于"狂且""狂童",当然也是那个小伙子啦,正如今天我们把自己的爱人称呼为"死鬼""冤家"一样,其实在这些言辞的背后掩不住心中的骄傲与欢喜。

这欢欢喜喜的一对,也不知因了什么,又闹起别扭了。这不,在《狡童》中,小伙子赌气不与女子说话,也不再与她共餐。痴情的女子为此怄气焦虑不安,竟折磨得自己白天茶饭不思、夜晚辗转反侧,痛苦、伤心到了极点。

法国女作家斯达尔夫人说:爱情对于男子只是生活中的一段插曲,而对于女人则是生命的全部。确实,一个姑娘生活中最艰巨的任务就是反复证实小伙子的爱情是执着专一的。因而,恋爱中的姑娘永远没有精神的安宁。对方一个异常的表情,会激起她心中的波澜;对方一个失爱的举动,更会使她痛苦无比。

尽管如此，女子对恋人的指责非常有分寸，没有丝毫的决绝之词，骂中有爱，嗔中有喜，恨里有情，怨中有意，蕴含了彼此间原本的深挚之爱，并流露出了对重修旧好的期待。前两句第三人称的叙述，她似乎是在向母亲或女友倾吐自己的冤枉；后两句第二人称的呼告，又似乎是在当面向恋人诉说自己的委屈。

通常，被人冷落之后，人们大体可能采用三种方法对待之：可能火冒三丈，反目为仇；也可能悲悲戚戚，自怨自艾；也可能半是责怪半是期待，半是不满半是怜爱。火冒三丈者如是说："你这个没心没肺的，今天不说清楚就和你没完！"自艾自怨者这样说："啊呀，你为什么不来？老天爷呀，我的命运好苦哇！"半是不满半是怜爱者则是如此表达："你这个冤家，你这个小坏蛋！知不知道我为你茶饭不食、寝睡难眠？"诗中的主人公当然属于第三种，这自然是很聪明的一种表达方式。

当然，我们也还可以看作是女子当面求得男子谅解的卖萌，想象一下哈，一个古灵精怪的少女用萌翻人的声音逗男朋友说：你这个坏小子啊，还不和我说话啊？就为了你啊，人家饭都吃不下了；你这个坏小子啊，不和我一起吃饭了？就为了你啊，人家觉都睡不着了！

多萌啊！

郎君，起床啦！

原本想用更生活化的"懒虫，起床！"做标题，转念觉还是文雅点好，似乎更符合郑地女子纯真、活泼而又温柔之性情，何况看样子，这对床上对话的男女正处蜜月期呢！

女曰鸡鸣。士曰昧旦。子兴视夜，明星有烂。将翱将翔，弋凫与雁。弋言加之，与子宜之。宜言饮酒，与子偕老。琴瑟在御，莫不静好。

"知子之来之，杂佩以赠之。知子之顺之，杂佩以问之。知子之好之，杂佩以报之。"

——《郑风·女曰鸡鸣》

女子醒了，推推身边的郎君：鸡叫啦！男子抱紧女子，侧了侧身嘟哝道：天还没明！似乎觉得自己的态度生硬了些，又在女子耳边解释：不信乖你起床看看天，星星指定还挂在空中。女子并不上当，挣一下身：大雁水鸟也要飞离窝了，收拾弓箭好去射啦！好也感觉到自己有点性急，又哄道：你射了鸟雀来，我给你做成香喷喷的好菜，咋样？就着好菜，人家还要陪你喝两盅，跟你白头到老呢！还要弹琴鼓瑟音律和谐，多么和睦安好！男子是个好男子，立马表示领情：就知道你对我关心又体贴，把玉佩送给宝贝表我的心意！

我疑心二人并非夫妻，一大清早，人迷迷瞪瞪准备起床，因为女人几句好菜好饭伺候的话就立马解下玉佩表决心，实在不符合情理：若明媒正娶，聘金和玉佩当早已送过的，男子身边的杂佩说不定就是女子送的，因为被叫起床，又送回去？在女子这边，若已结婚，因为叫丈夫起床，还得表达和他白头到老琴瑟和鸣的祝愿，岂非太过小心也太没安全感？

"琴瑟在御，莫不静好"二句，张尔岐《蒿庵闲话》说："此诗人凝想点缀之词，若作女子口中语，觉少味，盖诗人一面叙述，一面点缀，大类后世弦索曲子。"意思是这两句是诗人忍不住发的赞叹和祝愿，可若是如此，这两句应该放在男子赠玉之后，男子还没反应，诗人就跟着赞叹，未免破坏了场景的连贯和过渡。

至于有解释说第三节是女子的话，表示对男子的同性恋对象的欢迎，有些吊诡，难以服人。若说是男子回忆以前赠给女子信物的场面：就知道你会对我好的，所以那时我才赠你玉佩呀！这男子简直欠打。

推究想来，越发觉得这对是情侣，试婚的(不排除私奔)，双方才会有既敦促又鼓励甚至盟誓的言语，以坚定以后永远在一起的信心。《诗经·齐风》中也有类似场景：

> 鸡既鸣矣，朝既盈矣。匪鸡则鸣，苍蝇之声。
>
> 东方明矣，朝既昌矣。匪东方则明，月出之光。
>
> 虫飞薨薨，甘与子同梦。会且归矣，无庶予子憎。
>
> ——《齐风·鸡鸣》

这里边的男子有点无赖耍萌，女人说：鸡叫了朝堂人都满了。他说：才不是鸡叫呢，是苍蝇嗡嗡。女人说：东边天亮了，朝堂正议事呢。他说：不是天明，那是月光；虫儿叫得人疲倦，我还想跟你多睡会儿。女人叹：朝会都要散啦，不要让人骂你懒！

大概是贵族夫妇，女人催促男人上朝，一遍遍很急，男人贪床，说话不着调，借以拖延时间，妻子嗔怪无奈。钱锺书《管锥编》赞赏此诗"作男女对答之词"而"饶情致"，说莎士比亚剧中写情人欢会，男曰云雀报曙，女曰此夜莺啼而非云雀鸣也；男曰东方云开透日矣，女曰此非晨光乃流星耳。真是相似。

不过此诗亦有另解，不妨一说。齐国国君齐厘公的女儿文姜和她同父异母的哥哥诸儿有不伦之情，此诗是齐国人记述的文姜从鲁国夫家回娘家与哥哥偷情一事。在郊外的桑树林几番浓情蜜意后，文姜既担心又不舍地说：鸡叫了，天亮了，朝会人满了，可是人家还想和你在一起。诸儿边调侃边安慰道：不是鸡叫，是虫子在飞；不是天明，是月光发亮；我们待一会儿再回去，妹妹你别害怕。

据说采诗者从齐地回去，禀告周天子，周天子哈哈大笑：齐女多情，我早有耳闻。

戏剧曲艺的语言魅力

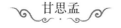

甘思孟

我特爱看戏，传统古装戏。譬如说曲剧《寇准背靴》，那里的一招一式，一歌一舞，都达到了出神入化的境地。再譬如《花打朝》，马金凤表演的七奶奶，真是"谁要跟我对脾气，割我的肉吃不心疼；要是顶茬得罪我，哟咳，我一脚踹他到沤麻坑，老天敢捣它个大窟窿！"多么有性格！还有《对花枪》，"头上一头白毛翼，脸上一脸枯蹙皮，老啦老啦找女婿……"全是乡下土话，土得掉渣，可我还想不出用什么文绉绉的语言能够抵得上这样的水平。在那年代，那场合，姜桂枝那样唱，恰好表达了她的委屈心理，文化素养也把握得十分准确。这样精美绝伦的戏，单靠文人编不上来，怕是行家里手的集体创作吧？

前不久又听到一位说书艺人唱坠子，唱大年初一头一天儿，小两口没事斗嘴玩儿。小伙子怨妻过门后，"败坏了俺的好家业"。妻据实争辩道："图你的啥？图你的地不成块儿，图你的房没上盖儿，图你的门没一扇儿，图你的水缸是两瓣儿，图你的碗烂豁沿儿，吃饭喝水挂嘴片儿，图你的筷子是秫秸箭儿，图你的布匹不一段儿，图你衣裳没一件儿，图你的桌子三条腿儿，一条腿支的砖头蛋儿……"唱得听众哈哈地笑，且过耳能详，甚至能编排着往下接唱。方言土语也能妙语连珠呢！

传统戏曲亦是祖国文化的瑰宝,可惜"文革"之后出现了"断层",唱者日渐减少,听众也大半只剩老年人了。而在我,昔日看到听到的诸多精粹的戏剧曲艺仍萦萦不绝于耳。可见其艺术魅力之强烈。

　　戏剧、曲艺之所以能达到那么高的艺术境界,产生那样好的艺术效果,除了运用具有生命力、表现力的精妙绝伦的群众语言外,其他艺术形式的配合也不可少。比如戏名《寇准背靴》,看到这名字就觉稀罕:背靴干什么?靴子是穿的,为什么背起来?使人产生要看的欲望。后来改电影变成了《背靴访帅》,点透了,一览无余,不好。《对花枪》也改成了《花枪缘》,好像只要有爱情在里边就非加"缘"字不足以引人,无聊。我看东西,总爱这样抠个理儿,我感到有益处。

选自《新乡日报》1995 年 10 月 13 日

久违的瓠

刘万勤

从城里回到乡下老家,伫立门口,忽然爬在高大围墙上的鲜绿叫我凝视不止。顺着绳子爬在墙头的,从叶片形状看,不知是丝瓜还是葫芦。可走近细瞧,却发现藏在叶片下的是直筒形白中泛青的瓜,有棒槌一样长,但比棒槌还要粗不少。我顿时明白了,这是瓠啊,是我久违的瓠,梦中的瓠啊!

新中国成立,我五六岁,一天跟着大伯去村南我家的砖瓦窑场边玩儿。临回家时转到窑的后面,那里砖头瓦块间长着没膝深的草。大伯深一脚浅一脚趔趔趄趄地走过去,弯下腰拨拉着草寻找什么。一会儿出手摘出一个像荀瓜(即西葫芦)又比荀瓜大几倍、像菜瓜又比菜瓜粗许多白许多的瓜。我问大伯:"这是啥瓜?"大伯说:"它不叫瓜,叫瓠,跟瓜一样好吃。"胖娃娃似的,我觉得好可爱,伸手就去摸。手一挨住,马上缩了回去,上面长着一层像冬瓜毛又比冬瓜毛扎人的东西,手被扎得疼疼的。从这回起,我脑子里种上了瓠的名字,也有了瓠的影像。

回到家,大娘把它洗了又洗,去皮切开,挖出瓤和籽,切成丝,跟马齿苋剁在一起,包成一半白面一半高粱面的包子。掀开蒸笼,热腾腾的冒白气,烫手,我用铲子铲了一个放碗里冷却。冷得差不多的时候,下去就是一口,觉得馅儿很新鲜,不仅软和,还有一种清香的味道。开饭了,这一顿是包子配米汤。我吃了一个就差不多饱了，可眼饥肚饱，出手又拿了一个。

我坐在大伯身边吃，大伯边吃边说："瓠，对咱家有情啊，啥时候都忘不了！"接着，他给我讲起我出生前一年的故事。那年大旱，庄稼苗一拃高时就干成直棍儿。颗粒不收，人们都饿，野菜挖光了，能吃的树叶都吃完了，眼看要饿死人。我奶奶三天没进一粒米，走路眼前冒金星，在上台阶时，身子一晃栽下去就不省人事。大伯慌了，不能眼睁睁看着奶奶饿死，就硬起头皮出去寻找能咽得下的东西。他专去偏僻处，半天过去了，仍两手空空。又转到砖瓦窑后面，满眼野草，踏进去像大海捞针似的寻找。直找得头昏脑胀，也没有找到一棵野菜。真是人不助天助，忽然，大伯高兴得叫出声来，眼前竟有一个比棒槌粗像棒槌一样长的瓠，躲在那没膝深的坑里。大伯摘下，像抱着一个金娃娃一样风似的往家里跑。到家后，全家人都兴奋不已，有洗瓠切瓠的，有烧锅拿柴火的，不出一个钟头，瓠就吃到全家人嘴里。奶奶吃到瓠，慢慢醒了过来，从死神那里拣回一条命。其实，对全家而言，何止是一条命呢？我听着这真实的故事，眼泪汪汪的，很想哭可又很想笑。从此我对瓠就有着极其特殊的感情。

吃完饭，我看见晾在窗台上的瓠籽，黄黄的，很饱满，问大伯："这籽儿，能种不能？"大伯看看籽儿，说："能。"我舍不得嗑一粒，等晾干后，找个小铁盒装进去，娇滴滴地放在我睡的床边。

第二年窑坑地的棉花长出来了，由两个叶片长成四个叶片。大伯见地边长出几棵瓠苗，他没有在意。可我很关心，是我把种子偷偷埋在地的边缘的。当我看到长出绿绿的两个叶片时，脑子里就想见那又粗又长的大瓠，还有那拖起的长长的秧子，很富诗情画意。

后来听到大伯叫苦的声音，说瓠的秧子发疯地长，惹得棉花长不成。瓠的秧子拖得很长很长，七股八岔地为所欲为，两亩地几乎全是它的领地，叫人咋也不会想到它竟有这么大的劲儿。那肥大的叶片覆盖在棉花的顶端，叫棉花头难抬，腰难伸，憋屈得很。大伯很着急，说把它铲了怪可惜，不铲吧,棉花就长不好。我当然是不铲为好的主意,但不敢自作主张。大伯左右为难,最后还是没有铲除。棉花需要管理,少不了整枝打杈,瓠也同样需要管理,"打头葫芦压头瓠"啊,瓠需要把一个个头压在土里,让它憋着结更多的瓠。放学后,我几次跟大伯拿个小铲到地里一个个挖坑儿,一个个压头。七月,棉花见白,瓠结满地,像一个个胖娃娃躺在绿叶底下酣睡。这美丽的风景画,没想到总是铺在我生命之后六十余年的心田里。

结的瓠越来越多,哪里吃得完?舅家送,姨家送,姑家送。我一放学,就是兜个瓠串亲戚。个把月,我把所有亲戚的门槛都快踢岔了。送也送不了多少,家里还是一堆一堆的。大娘出主意,叫大伯挑着去卖。大伯不善卖东西,几角几分的半天抠算不出来。我虽小,可算盘打得好,在家里经常练,加减乘除不隔手。我说:"大伯,我跟你去,你称我算,有啥难的?"大伯一听笑了:"中,就这样。"以后,他装两筐瓠,扁担一穿挑在肩上,就出门去赶集,后面跟着手拿算盘的我,大步流星地走。这样的生活记忆,在以后的日子里每每想起,总是很生动很有趣。年底大伯算总账,这两亩棉花地,不但没有减低收入,还略有增加。我暗自高兴,这里也有我的功劳呢,但我没有吭声。

此后,在漫长的日子里,瓠的影像离开了我的视线,若有,是在回忆里,是在梦里。六十余年弹指一挥间,不知它的去处。之所以种植少了,我想,主要原因是它拖秧长,占地,跟种植别的经济作物一比较,不划算。但瓠,我有感情的瓠,我记忆深处的瓠,可谓久违了。

今天意外地又见到了瓠,怎不叫我心情激动?这是儿子种植的,一为收获瓠,是好菜;二为不占地还能装饰成风景墙。我问儿子:"'压头'问题你咋解决的?"他说:"在墙上咋能'压'?举起小棍儿一敲,头就掉了,照样憋出很多杈。"

儿子问我吃啥饭,我不假思索地说:"吃包子,面是白面高粱面两掺,馅是瓠配马齿苋,再熬一锅小米汤,找回当年的滋味。"包子蒸好了,在一口包子一口小米汤时,穿越六十多年时空,当年那情景,意味无穷地又展现在眼前……

选自《中华文学》2017 年 11 期

酸酸的话梅糖

苗桂芹

　　小时候,我特别喜欢吃酸酸的话梅糖,但自从离开三姨家,就再也不想品尝了。

　　九岁那年,我被父母送到三姨家当了过继女儿。三姨家境贫寒,又刚刚盖了房子,口粮很紧张,父母经常送粮食接济他们。三姨个性刚强,但是从不溺爱孩子,就连她唯一的儿子也从不娇惯。我到三姨家后,三姨就和我"约法三章":第一,好好上学,考出好成绩;第二,放学后回家纺棉花、做饭;第三,不准到门前水坑边玩水。三姨父慈眉善目,对人和蔼,对我比亲表哥还亲。每逢上学,只要生产队不上工,三姨父总是把我驮在肩上,先到供销社买两颗酸酸的话梅糖装进我的口袋,然后再驮着我送到学校门口;放学后,只要三姨父收工早,总是要到学校门口等我,再把我驮到肩上背回家。我坐轿子似的上学、回家,心里充满了幸福。那酸酸的话梅糖像浸了蜜一样,甜透了我的心底。远在县城上学的表哥可从来没有享受过这样的待遇。

　　转眼间,我在三姨家度过了两年。两年中,三姨的严厉常常使我想念父母,每回家一次,我总是哭着不想走。父母就陪着我掉泪,苦苦地劝说,一直把我送到三姨家,然后在我的莹莹泪光中离去。后来,三姨就限制我回家看父母的次数,这更增加了我的思亲之情。善良的三姨父只要一看到我流泪,总是想方设法地逗我开心,因此,我的口袋里经常有三姨父给买的话梅糖。

有一次,我和同桌小香到门前的水坑里摘菱角,不小心陷到了水坑的"土井"里,幸亏被路过的大人救了上来。三姨收工回家后,把我狠狠地打了一顿,尽管三姨父一再劝慰,但是我的心里从此还是对三姨有了怨恨。终于有一天,我再也不想跨进三姨家的门槛儿。

三姨和三姨父多次到我家接我。三姨父搂着我,亲着我,流着泪,反复地诉说着他们对我的思念,最终也没有打动我的心。无奈,三姨和三姨父一步一回头,流着泪走了。我和父母把三姨和三姨父送到村外,望着他们远去的背影,我的心里突然涌起一阵难言的酸楚:三姨,三姨父,我真的舍不得离开你们!可我更舍不得离开我的亲生爹娘啊!

回到了父母身边,又享受到了父母的关爱,虽然没有了三姨的严厉管教,但是我怎么也高兴不起来,那酸酸的话梅糖时常勾起我对三姨和三姨父的思念——只要一看到那酸酸的话梅糖,三姨父送我上学,接我回家的情景就呈现在眼前,三姨和三姨父含泪离去的背影就浮现在脑海。想三姨和三姨父,却舍不得离开亲生的父母,这种酸楚的思念时常缠绕着小小年纪的我。从此,我再也不吃那酸酸的话梅糖了。随着年龄的增长,那份对三姨和三姨父的愧疚之情与日俱增,我多次想去看望三姨和三姨父,都因为无颜面对而搁下。

今年三月,三姨父突然身患重病住进了医院,我和爱人前去探望。一进病房,三姨就紧紧地拉着我的手说:"你可来了!你姨父一醒过来就念叨你,非要我买包话梅糖等着你,他说你一定会来看他的。"听了三姨的话,我的眼泪禁不住流了下来,急忙走到三姨父的病床前,轻轻地呼唤:"姨父,我是小芹,我看你来了!"听到我的声音,三姨父艰难地睁开了眼,那浑浊的目光中充满了惊喜:"……芹,吃糖。"三姨赶紧抓了一把糖,塞到我手里,还是那酸酸的话梅糖!

"姨,姨父,我……"望着鬓发斑白的三姨,看看重病的三姨父,我哽咽着说不出话来。

选自《平原晚报》2005 年 7 月 1 日

作者简介:

苗桂芹,女,别名苗青,笔名牧野青青,号雨墨。生于 1963 年,本科学历,中学高级教师。新乡县作家协会理事、副秘书长,中华诗词学会会员,知名书法家、画家。在《中国少年报》《少年文艺》《儿童文学》《平原晚报》《平原文学》等报刊发表小说、散文和诗词百余篇(首)。

四季抒怀

郝炳勋

春　风

春风,把泛黄的草坪吹绿,岸边的垂柳也趁机吐出嫩芽,摇曳着枝条来表达对春的敬意。春雨,滋润着干涸的土地;万物在春雨的沐浴下,争先恐后地顶破地皮,伸着懒腰,贪婪地呼吸着春的气息,解冻的小河,潺潺的流水,也不知在吟唱着哪首春的旋律。啊,春风春雨,春红春绿,牧野大地即刻显得勃勃生机。走进春天吧! 春天是美好的,用你的眼睛去看,用你的耳朵去听,用你的鼻子去闻,用你的心灵去感受这美好春天的真谛。

不体验寒冬,就不会懂得春暖的含义,这春天是在寒冬中孕育,而后升腾加入了转换的四季。我们期盼着春天的到来,脱下禁锢了一个严冬的棉衣,而后走进复苏的田野,走进大自然的怀抱,深深地感受春的慰藉。你看——小草青青,叙说着"春风吹又生"的坚强故事;东风缓缓,又享"吹面不寒杨柳风"的情趣;桃花点点,演绎着"山寺桃花始盛开"的优美画卷;蒙蒙细雨,续写着"天街小雨润如酥"的惬意。

人们呼唤春天,是因为春天为我们带着联想和希冀,且不说隐隐春雷似催征的战鼓,且不说烂漫山花使人丰富充实,她正演绎那春华秋实的哲理。

人们呼唤春天，是因为春天为我们带来安宁——当和煦春风吹来的时候，温暖与祥和化解了多少误解和疏离；当绵绵细雨飘下的时候，给多少生命以恋春的思绪；当满园春色万紫千红的时候，谁都会由衷感悟到团结、互助的强大凝聚力。

一夜春风，吹遍了太行山下，卫河两岸，吹绿了新乡大地。春天，我梦中的恋人，我无须在草中呼唤你，也无须在纸上书写你，更无须固执地把你寻觅，因为你就在我身边，展示着你的青春靓丽，给予我无限的信心和希望，让我去更加珍惜灿烂似火的晚霞，而不再追忆那早已失去的晨曦。

夏　雨

夏天，你在我心中是那样碧绿。它不会有冬天的冷冽，不会有秋天的萧瑟，更没有春的惬意。在这青草蔓延，绿色烧灼的夏季，伏雨三天一场，二天一遍，潮湿的空气中夹杂着新鲜水果的气息，也让爱美的姑娘们有一种所谓"水水"的感觉，于是在雨后清凉的大街上裙角飞扬，彩衣飘逸，这样的温度让女人们尽情地展示她们曼妙的身姿，婀娜的仪态，这实在是女人的季节，我爱这碧绿的夏季。

"接天莲叶无穷碧，映日荷花别样红。"夏日荷花艳彩色浓，红得娇艳，绿得水灵，红与绿相映成趣。南宋诗人杨万里在描写夏景中蕴含着对友情、对美好情感的满怀希冀。"黄梅时节家家雨，青草池塘处处蛙。"江南的夏日雨后，除了蛙鸣，还有阵阵清危的蝉鸣点缀其间，它们是天生的歌者。歌声如行云流水，让人了却忧虑；又如惊涛，又如骇浪，拍着你的心底；又如情歌，总是一句三叠，像是吐不尽的缠绵思绪。还有温柔的星星点点不知名的虫嘶，还有若有若无的轻风拂叶的沙沙声响，更丰富了这首生动与活泼的奏鸣曲。这一切的一切都是因为夏季的到来而变得激情四射，让男人多了几分强健，让女人更添些许妩媚与靓丽。

夏日的烈日，火辣辣地烤人，到了雨季还有些闷热。没有夏日的炎热，哪会有果木菜蔬的成长;没有炎热的夏季,哪会有庄稼的蕴浆吐穗。大自然仍旧忙着夏日的风,下着入伏的雨,续写着夏天的故事。当我还在回忆冬天那场大雪时,已到了夏季。当我甚至还没感觉春天从我身边溜走,转眼又是半年。我真不知道应该用成熟还是衰老来形容自己。

秋　思

当你在无意间感到一片落叶悄然掉在头上,再滑到脚尖,一叶而知秋,标志着秋天的到来。落叶,从春的萌动、发芽,到夏的繁茂、舒展,又到秋的枯萎、飘落,直到冬的蕴藏、浪漫,完成了四季轮回。"早秋惊落叶,飘零似客心。翻飞未肯下,犹言惜故林。"诚然,落叶凋零看似有点凄然,但"落叶不是无情物,化作尘泥更护根",自己的生命始终在续延。对此景情,大多诗人不免感慨岁月蹉跎、年华易逝、人生苦短,咏秋时自然会流露出叹老的无奈与哀怨。

"秋阴不散霜飞晚,留得枯荷听雨声。"那沥沥秋雨,点点滴滴打在枯荷上,那凄楚的雨声,寂寥的心绪,使人怅然。"多少绿荷相倚恨,一时回首背西风。"杜牧通过对绿荷的人格化描写,抒发了秋风摧荷,美人迟暮之恨,表露的是一种淡淡的愁绪,一种壮志难酬的伤感。四季不同,爱者各异。人们大都用自己的心情去呈现那无言的自然。春花灼灼,才有林黛玉的葬花之怨;秋鸿似水,亦合欧阳修的纳秋之凉。芳草萋萋,杨柳依依,春天固然给人的是勃发、是踊跃、是憧憬、是幻想;天高云淡,万山红遍,秋天给人是深沉,是思索,是胜利,是收获,是达到彼岸的欢乐。红叶飞舞,黄花烂漫,装点着秋的成熟。我们走进秋天,淡了的是色彩,浓了的是丰厚,感受的是情谊,收获的是心愿。"自古逢秋悲寂寥,我言秋日胜春朝。晴空一鹤排云上,便引诗情到碧霄。"诗人刘禹锡一扫文人骚客悲秋的哀怨,他笔下的秋,江天寥廓,秋高气爽,白鹤御风凌云,翱翔在万里蓝天。这景象多么雄浑壮美,这格调何等激越高昂,心态是那么积极向上。

我喜欢秋天，喜欢秋天那澄清而又缥缈的天空，喜欢那阵阵的秋雨送凉，喜欢那秋风染暮的黄昏，我更喜欢秋天的满地金黄，它凝聚着人们对丰收的欢喜。"莫嫌老圃秋容淡，且看黄花晚节香。"那怒放在秋霜中的朵朵菊花，相互间斗艳争芳，以君子般的翩翩风度傲然而立，若能斟上一杯美酒，写下一段菊花诗词，又何尝不是一种怡情而又雅致的时尚？

冬　韵

冬天是美丽的，冬日的风景也是一幅唯美的画卷，别样的一番美景。冬日的清冷，是为了明朝的热烈；冬日的木讷，是为了来年的灵动；冬日的沉寂，是为了春天的涓涓细流与澎湃的诗情。如果你细细地去品味冬天，用心去感受雪后的寒冷，你就会对冬天产生出和春、夏、秋一样的眷恋。冬天虽然寒冷，却也是一个充满幻想的季节，有洁白的雪，有五彩的冰，处处蕴藏着无限的禅机，隐藏在心底火样的热情。

"忽如一夜春风来，千树万树梨花开。"诗人岑参把满树白雪比作盛开的梨花，写塞外大雪美景格外诱人，不仅贴切形象，而且意境清新隽永。雪花啊，雪花！你积蓄着冬天的力量，滋润着春天的缤纷，蕴藏着夏日的繁华，预兆着秋日的收获，给我们带着丰收的希冀。雪花飘飘，你轻轻地落在树梢上，亲密地挽着它，是在安慰它不必为失去绿叶而难过？还是静静地告诉它春天的信息？她轻轻地落在黄色的土地上，用自己的身躯替它反抗北风的侵袭。雪啊，雪花！你是云朵的颗粒？还是天上的碎玉？望着她，我心醉了，灵魂受到一次次洗礼。闭上眼睛尽情享受这大自然的恩赐，渴望把那难忘的美好瞬间永远锁在心里，仔细聆听雪花的欢声笑语，感觉飘飘欲仙，更加心旷神怡。冬天的雪景，较之春天的百花盛开，较之夏日的万物生长，较之秋天的丰收在望，更具有其独特魅力。"六出飞花入户时，坐看青竹变琼枝。"几巷修竹，被雪压弯了腰，风儿一吹左右晃动，像合奏着春的乐章，歌颂着大自然的美丽。雪后的青松，绿白相间，似宝塔层层叠嶂，以一种展望的姿态,像浅弹一曲无弦的旋律。洁白的梅花,盛开每颗不甘寂寞的心灵,盛开每个不甘凋零的梦想,她傲然微笑在悬崖万丈冰中,把芬芳留在冬季。"岁寒三友"松、竹、梅,如缕缕轻风,曾在多少人的咏冬诗篇里流淌,曾给多少诗人以圣洁的遐想。

我经常回忆塞外的冬日,那"千里冰封,万里雪飘"的美景,那晶莹的雪花,纷纷扬扬,轻轻飘落,如琼如玉,雪过天晴,红日辉映,江山粉妆玉琢,显得格外壮丽。啊!我爱这美好的冬季。

选自《牧野》2013 年 6 期

作者简介:

郝炳勋,20 世纪 50 年代生,新乡县人。河南省作家协会会员,曾任新乡市作家协会副秘书长,新乡县作家协会秘书长,现任新乡县作家协会副主席;青年从军边关,任中国人民解放军空军某部副团长,转业后任新乡县商业局副局长等职。喜欢诗歌和散文,偶有"豆腐块"文章见诸报刊,喜欢把生活写成诗歌和散文,希冀用文学来追忆过往的生活。

苔

甘广朴

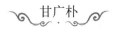

　　夏海连绵。房顶上,阶砌旁,院子里凹处,都蒙上了一层莹莹的绿色。我问奶奶,那发绿色的是什么呀?奶奶说,是苔。孩子的心是好奇的。我伸出手指甲,在苔层上小心地抠了一下,便有些苔沾在指甲里了。我把手擎上鼻尖,细细地观察。呦!这么小的苔芽儿,粗细不过麦芒,长短不到半个麦粒,针尖儿似的,这有些什么用啊?我又问奶奶,奶奶不是学者,回答不出,轻轻地拍了我一下说,去!

　　雨终于停了,我和小伙伴们爬上一道土墙头,向着从云缝里出来的金色斜阳欢呼,不料脚下一滑,一下子从墙上出溜下来,摔了个出色的屁股蹲儿。大家都拍手笑了起来,我很害臊。他们说,你踩在青苔上了。我看了看那土墙头儿,上面果然一片片地生着滑不溜秋的玩意儿。

　　我使劲啐了一口,骂道:“呸!坏蛋苔!就会让人跌屁股墩!”

　　以后上了中学,听老师说,苔也是植物的一类。我想,是植物,总要于人有些益处,或作栋梁,或为饲草,或开花饱人眼福,或充实人肠肚,即便是荆棘,砍倒亦能当柴烧,其灰犹可肥田。至于这个苔,有些什么用呢?只不过空挂个植物的牌牌罢了!

　　不久,我爱上了丹青。一次,画了一幅横长的手绢,画面上是围墙的兰花,倚着一带短短的泥墙,拿去就教于深谙此道的朋友。朋友拿起笔来,蘸了墨,于那泥墙上点了几下,画面顿时生色。朋友告诉我:是为"点苔法"。

啊呀,这些青苔,原来除了会让人跌屁股蹲儿的本事,还可以用作画画的点缀!我想。

我想青苔的作用莫过于此了吧。

中学毕业后回家务农,我成了以养猪为业的爷爷的下手。爷爷是很不引人注目的小人物,猪场以外,别的公众场合看不到他的影子。我呢,很不满意这工作的烦琐单调。更重要的是,这工作太默默无闻了。年轻人谁不想在人前有个出点风头的机会!但我刚回到家里,不好违拗谷爷,只得权且干下去。

时光荏苒,爷爷的变化不大,仍是整日佝偻着腰,脚步蹒跚地围着猪圈转圈儿,只是在我来了以后,他的话明显多了起来,絮絮叨叨没有个完:

"饲草里的柴棒要检净,不然的话,会卡猪的喉咙。"

"猪食里有丁点儿土,猪就不爱吃了。"

"猪食没煮以前要泡透,煮时不能煮得太热,若是热坏了猪的肠肚,猪就不好好长了。"

"猪圈里要勤打扫,不能手懒。"

我厌烦了,就悄悄地躲到一边去。他嘟囔了半晌,发觉我不在跟前,只好打住,但等我一靠近,他就又打开了话匣子,一边不停地干着活,一边不紧不慢地说下去。

夏雨又降了,而且伴着西风,一阵紧过一阵。我和爷爷正在猪圈里捡饲草,就听"轰隆"一声。爷爷说:"猪圈塌了!"我跟着他到外边一看,一道猪圈的围墙被淋塌了。但使我感到好奇的是,塌陷的部分,竟然全是不久前垛起来的,而那么多年的老墙,反倒一动不动地在风雨中立着。我嘟嘟囔囔地埋怨着,说前些时候垛这道墙的叔叔太马虎了,但爷爷却说:那新垛的墙上没生出苔来,因而经不得风雨。我看了看那老墙,果见上面蒙着一层厚厚的青苔。我浑身被浇得精湿，冻得直打哆嗦。爷爷嘱咐我："你在这儿守着，别让猪跑出来，不然的话，会淋病它们的。我去弄块荆笆来。"

他去了，披着被淋湿透了的衣服，蹚着地上的泥水，一步一个踉跄，渐渐地消失在雨幕里。他已经年近古稀了呀！这急风，这凉雨，他经得了吗？我有点遗憾起来：以前每逢过年过节，当我吃着香喷喷的猪肉的时候，怎么就没有想到过他呢？想到这里，我心里不禁一动，眼光不由得移向那老墙上的青苔。这些曾被我判为毫无用处的苔，曾被我认为只能用来点缀画面的苔，此时正默默地、虔诚地护卫着墙泥，承受着风和雨的袭击，最大限度地发挥着自己的能力，它们像这个世界的万事万物，顽强地显示着积极的生命价值啊！

选自《牧野》1980 年 3 期

作者简介：

甘广朴，曾任新乡县七里营镇代课教师，在省市报刊上发表过散文若干。

水电工保亚

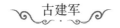

古建军

赋闲在家期间，我上街购物，一辆电动车载着水暖设备擦身而过。突然，那人扭过头，呼唤着我的官称，原来是我上班时单位的水电工刘保亚。我们好多年没见过面了，他赶紧把车停到路边，和我一起叙旧聊天。从他口里得知，由于单位清理临时工，后勤管理的工作都外包了，他也离开了"服役"十多年的单位，在家闲不住，靠着自己的手艺，现在一家水电安装门市部打工。

保亚依然叫着我当时的称谓，连说感谢我当年的照顾，一如当年般热情，脾气性格还是那样，城市生活没有过多地改变他，不过岁月还是在他沟壑纵横的脸上留下了印记。

如今，一别大院经年，我早已是铁打营盘里的路人甲，记忆的闸门忽然打开。那时保亚四十多岁，从驻马店农村来城里打工，对于忙着国家大事的机关人而言，这些一向不属于日常关注的焦点，其受人关切的程度，甚至还不如每日里食堂菜品的花色，又或领导突如其来的一个喷嚏。

保亚其实是无处不在的。他勤快、不惜力。记不清是从什么时候开始，保亚不仅承包了单位的水电，连卫生、花草的修剪都接过来了。每天清晨刚推开办公室的门，昨日的烟气还未散尽，案上的茶水还没沏上，报纸还没摊开,保亚就早已忙活半天了,门口、廊道、厕所早已被他打扫得干干净净。机关的同事们,除了保亚所属部门的管理者之外,跟他直接打过交道的并不多,在他们眼里,大抵是一个被呼来唤去的音容模糊的形象。

保亚总是那么谦卑。对于一个进城不久又想留下的人来说,即便是个临时工的身份,他也是极为看重的。不管是单位的大小头目,只要一声召唤,保亚总是赶紧跑过去修理,有时慢了,还会遭到批评和呵斥,毕竟端稳了铁饭碗的公务员在面对临时工时,难免会生出一份天然的优越感。但保亚从不争辩,满脸堆笑。作为这个大院的早来晚归者,远远就能听见他对我的问候,这种殷勤程度,以至于一向对礼仪漠视的我,也总要挤出笑脸回应,后来我对保亚说,咱们之间不用这么客气。但下次见面他依然如故。

为了方便保亚不来回奔波和减少开支,我协调了一间长久不用的房间供他居住。再去房间时,房间已被他打扫得干干净净,水电用具码放得整整齐齐,发黄的、脏兮兮的墙上,他糊了一层报纸,房间显得干净清爽了许多。有段时间,我发现保亚值夜班时,总是会有一个女人过来陪他。那个女人是他的老婆,从农村过来看保亚,干净、朴素,脸上挂着淡淡的微笑,见到有人来总是热情地打招呼。由于她的到来,保亚终于有了家的感觉。她总是换着花样给保亚做好吃的,有时是烙的几张煎饼,有时是刚上市的时令水果蔬菜,有时是一把炒过的花生,这些并不是什么特别的美食,但是令人真心感受到她对保亚的爱和心意。

有一次晚上值班,我去保亚屋里聊天,没见到他爱人,原来是又回老家了。保亚说,孩子妈带孩子来过一段时间,不适应,住的地方太窄,花销也大,就带着孩子又回去了。家里还有老人,没办法,只能顾一头,对家里有亏欠,多挣钱补贴给家里就行。对于现状,他很满足,说,领导们都对我蛮好啊,还要多谢您替我说话啊,今年说又给我涨了工资呢。我们边喝边聊,听听保亚的诉说,想想他这些年的经历,确实不易。保亚从农村出来,换了几个工作,有的拖欠工资,有的是短期活,干完就失业了。他说,我们这类人以前叫盲流,后来叫打工者,现在叫农民工,其实就是个讨饭的。听了这些话,我内心有说不出的一种酸楚,在这样的城市边缘里讨生活,或努力更体面一点得活着,生活在底层的保亚,一定自有其独到的生存法则吧!

再后来,我离开了那个单位,跟保亚再无交集,直到今天在街上遇到他。保亚现在过得怎么样? 老婆孩子都跟他来城市了吧,有机会一定和他喝上几杯。我眼前时常浮现出一幅画面:在忙完一天的工作之后,在那间小屋里,保亚喝着小酒,闭着眼睛,用苍凉的豫东音调哼唱着老戏,那声音顿挫起伏,咿呀呀地没有尽头,那无词的旋律仿佛在祈求、呼喊、诉说着什么……

选自《牧野》2017 年 3 期

小议见微知著

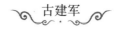

古建军

久在职场，我慢慢感悟到，无论是职场的领导精英，还是普通职员，他们的人格魅力也许并不全体现在主席台上做报告，大家都热烈鼓掌的时刻；也不是在酒桌上豪情万丈、舍我其谁的场面；也未必是在座谈会上侃侃而谈，说着"一个中心、两个围绕、三个加强、四个结合"的情景。相反，正是体现在他们把自己作为一个普通人的时候，还原成一个有血有肉的人的那一刻，不经意间传递出来的温暖、善良、光明、美好。

我和申大姐曾在一个办公室工作一年多，有件事至今难忘。那时候我孩子小，刚上小学，每天放学之后，孩子就到单位，等我下班后一起回家。那天，我临时接到任务外出办事，因为事情有些棘手，我也完全忘记了孩子的事。等我想起来的时候，天已经完全黑透，想到这个时候孩子还在办公室等我，我内心充满了愧疚和不安，急忙赶回办公室。办公室灯亮着，孩子正趴在我的办公桌上写作业，看到我，儿子高兴地说："申阿姨一直陪我呢，你看，还给我买了我最爱吃的麦当劳。"申大姐说道："看你，怎么把祖国的花朵都给忘了，现在完璧归赵了，再见！"那一刻，真的有说不出的温暖。

一次，因为基层的疏忽，一位孤儿没有赶上金秋助学的政策，我知道后赶紧向领导做了汇报，领导特事特办，先救济，再完善手续。说罢，我们又连忙赶到那个女孩的家中。终于，这个女孩在第二天就要去外地上大学前，收到了这笔雪中送炭的资金。这个女孩的爷爷奶奶感动地流下热泪。领导并没有用高大上的语言来诠释"群众再小的事也是大事"，而是用实际行动说明了这一切。

有一次，在公园散步，看见一个推着轮椅的中年人在前面走着，轮椅里坐着一个面无表情、口流涎水的老人。推着轮椅的中年人走一走，停一停，隔一会儿递上水喂一喂，并帮老人擦拭嘴巴，没有丝毫嫌弃，像是对待自己的孩子。待走近一看，原来是同在大院工作的马主任。马主任笑道："星期天没事，陪老父亲出来散散心。"尽管我们平时说话不多，工作上没有过多的交往，但是在那一刻，我顿时觉得他是值得信赖的、善良的人。

同事小高是个善良漂亮的姑娘，无论遇到谁，总是给人春风一般的微笑，干起活来更是不惜自己的体力，一点也没有城里姑娘娇气的样子。有次，我们几个同事约小高出来吃饭，她说什么也不肯，说有事。后来听她妈妈说，原来她在家里照顾哥哥。她的哥哥患有疾病，需要陪伴。只要有闲暇的时间，小高总是要照顾他。像她这个年纪的姑娘，即使不是花前月下，也该很好地享受生活，而小高却默默照顾她生病的哥哥，我不由得对她刮目相看。

有时候，当我把这些细节告诉同事的时候，他们都一脸茫然，全然无知。其实一个人就像一面墙，往往是由无数的小事砌起来的，小事真的不小，虽说反映的都是你的某个侧面，但是它们不停地叠加在一起，就会让一个人真正的形象立体丰满起来，这就是你展现在别人面前真实的样子，这就是你完整的一生。

选自《牧野》2018 年 5 期

作者简介：

古建军，男，"70后"，中共党员，新乡县作家协会理事、副秘书长，新乡县总工会常务副主席。曾在新乡县委组织部、老干部局、关心下一代委员会工作。作品散见《杂文报》《杂文月刊》《新乡日报》《牧野》《平原文学》等报刊。

铁面无私尤延之

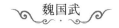

魏国武

尤袤,字延之,江苏无锡人。他是和杨万里、范成大、陆游等齐名的南宋著名诗人,也是著名的收藏家,但尤其为人称道的是,无论在泰兴当县令还是升迁任台州知府,到朝廷任大宗正丞、太常少卿,一直做到任礼部尚书,他始终是一位刚直不阿的清官,一位敢于惩恶扬善的治世能臣。

尤袤最初在泰兴任县令。当时的泰兴处在南宋与金国交界的边疆,金军经常入侵。尤袤上任之后,他经常到戍边一线慰问将士,努力在自己权限范围内为军民办实事。他的保家卫国理想建立在努力解决当地民生疾苦的基础上,为老百姓请命去除因招待金朝使者而设的专用宾馆,蠲免漕署循例叫泰兴百姓输送草秸的苛政。同时他率领军民修整城郭。他亲自设计,亲自规划。一道残破不堪的外城土墙变为坚固的砖石新城墙。金主完颜亮背弃盟约,带领数十万金军大举入侵,扬州、真州等城都被攻陷。敌兵进逼泰兴城下,统制王纲劝尤延之弃城逃避,但尤延之不为所动,抱定誓与泰兴城共存亡的决心,与全城居民依靠加固了的城墙奋力抵抗,与金兵展开生死搏斗,最后击退了金兵的进攻。

尤延之在担任台州知州时,他了解到有人口却没有田地的人家需要交纳两年的人丁税,他立即减免了一万三千多户无地贫民的税收。前任知州赵汝愚修筑台州城的工程只完成了十分之三。尤延之到任后，决心一任接着一任干，把此工程完工。他检查发现以前所修建的部分工程太粗糙，质量存在问题，于是他下令重新修筑，并对城墙进行了加高加厚。第二年台州发生水灾时，重新构筑的城墙抵挡住了洪水的冲击，"城赖以不没"，保证了全城人民的生命财产安全。

　　尤延之在朝中为官，一直以敢说话、直言上谏而著称。担任国史院编修期间，他首先上书反对皇亲国戚张说无功受禄担任枢密副使。他担任礼部侍郎期间，上书宋孝宗总结朝政弊病，如苛捐杂税繁重，地方酷吏催促厉急，使得百姓怨恨不已，关税苛刻繁细加上各级部门层层剥皮使商人和百姓不堪重负，下层官吏长时间得不到升迁，士兵经常被克扣军饷，冤假错案堆积如山，强横凶暴的人经常被特恩宽赦，特权部门随意乱摊派，等等。光宗即位后，大肆任用藩邸旧臣和左右亲信。尤延之引用唐太宗登基后不私秦王府旧人的故事，劝谏宋光宗毋滥赏滥封。他说："武官中诸司使的八阶是一般官职，横行官的十三阶就是重要官职了，遥领郡守官职是美差，正任官的六阶是高级官吏，这些官职都是祖宗用来授予在边疆立功的人的。但是陛下您却破坏了这一制度，近来那些披坚执锐的将士积累了很多功劳，才仅仅得到一阶的晋升，而陛下您身边的近臣和贵戚没有任何功绩却能悠然自得地做到显要的位置，这必将会使大量基层官吏和边关的将士寒心。"尤延之批评的目标直指皇帝本人。他上书宋光宗，指责他不孝敬父亲的恶行，批评他放任李皇后"推恩"大肆提拔李氏家族为官。当朝廷赋予尤延之一定权力时，他敢于坚持原则，甚至直面顶撞皇帝。他被召入朝任给事中兼侍讲时说自己老了，没有什么回报朝廷，但凡贵戚近臣投机专营要求内部授任官职的，只要有碍制度"虽有特旨令书请，必不奉诏"。也就是说即使有皇帝的特殊批准，他也不执行。尤延之言出必行，没过几天，有四名宦官希图恩赏，想要从正使官升迁为横行官，尤延之三次退还任命书，最终阻止了这个任命。近臣耶律适嘿由光宗用手诏授任承宣使，也一再被尤延之退还。最后光宗下旨说是特恩让尤延之执行,尤延之硬是不执行,他说:"天下是祖宗的天下,爵禄是祖宗的爵禄,怎能私自拿此赏赐给公众舆论通不过的人呢?"宋光宗大怒,把尤延之的奏章撕得粉碎,但最终仍没有任命成功。韩侂胄是北宋名臣韩琦的曾孙,母亲为宋高宗吴皇后妹妹,韩侂胄以恩荫入仕。光宗时韩侂胄以武功大夫、和州防御使直接升任为横行官。尤延之也坚决阻止了这项任命。这方面尤延之一点也不亚于明朝嘉靖时的海瑞,只是后世对他宣传不够罢了。

选自《海峡通讯》2015 年 11 期

作者简介:

魏国武,新乡县人,现任新乡县纪检委副书记,爱好文史知识,业余时间以读书和写作为乐,有历史类散文发表于报刊。

寻找我心中那一颗海贝

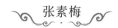

张素梅

我沿着沙滩走,走过漫长的海岸线,寻找我心中那一颗海贝。

烈日晒疼了我的皮肤,细嫩、白皙变为粗糙、黝黑。海风扑打我的脸,刀割般难忍。那苦涩的咸味蜇疼了我的嗓子,蜇疼了我的心。我想哭,可泪水只是往心中流;我想喊,那疼痛的嗓子发出强烈的抗议。狂呼乱叫的海浪向我扑来,它像张着血盆大口的虎豹,想把我一口吞掉。海上那暴起的乌云像大山般向我头上压来,仿佛要把我弱小的身躯压碎。我感到天旋地转,感到死一般地窒息。

我多么想到那鲜花盛开的花园中像儿童般地玩耍,捉几次迷藏,跳一曲舞,唱一首歌,重回朦朦胧胧的童年时代,享受摇篮曲的甜美。我真想掬一片绿叶,熄灭我心中久已燃烧的烈火,或到那幽幽的山中,享受大自然的幽静,以忘却尘世的烦扰。

然而,逝去的不会再来,现实的,想摆脱也摆脱不掉。我还是应该抖一抖精神继续寻找,寻找……

希望伴随着失望,失望又激起更强烈的希望。我不放过每一处沙滩,不放过任何一个可疑的迹象。有人说我痴,啊,那就任他说去吧!我仍痴呆呆地走啊,走啊……冷言从那沾满污垢的牙缝中挤出,恶语从那满是酸臭的口中喷出,冷嘲热讽,隐藏在那深不可测的笑中。

我走过一个个避风港,那些好心的人们劝我留下。我也确实曾为避风港的舒适安逸动心过,可它的诱惑怎能抵得过那颗海贝?我谢绝了人们的好意,一任海风的吹打,海浪的排击,昂首阔步于茫茫海滩上。一侧是无边的大海,一侧是广阔的陆地,上空是硕大无朋的天宇,在这偌大的背景中,我是多么渺小,好像融化在大自然中一样。然而,我坚信我的存在。大与小只是体积上的差别,究其本质都是世间一物。

我感到浑身的焦渴,感到身心的疲惫,不知何日才能寻到,不知何地才是尽头。然而,我坚信我心中的海贝必存于世,我坚信一定能找到!

我沿着海滩走,走过漫长的海岸线……

风和日丽的春天来了,春姑娘的美貌牵动了多少痴儿的情丝!无论海面、海滩还是岸边的礁石,都将自己特有的美献给大自然。在这美的盛会上我看到了她,她以奇异的美而夺冠,将我的一颗心揪去。我大喊一声,倒下了,闭上了甜美的双眼,陶醉在了幸福里!

选自《文艺百家报》1988 年 12 期

作者简介:

张素梅,女,新乡县七里营镇人。先后在新乡县七里营中学、新乡市十八中、新乡市红旗区教研室工作,中学高级教师,曾在多家报刊发表过散文。

饺子，家的味道

马海平

那天收到一则短信，勾起了我对饺子的欲望："自己动手做了二十又二个饺子，还好，怎么端详都比包子小。下锅后有一半不老实，馅儿自作主张跑到了皮儿外。很香的！"

这个常年在外漂泊的男人终于归航，能安安稳稳坐在家里，用执笔写字的手，有点笨拙却饶有兴致地包着饺子，自得其乐，真是一幅感人的画面。

记得小时候只在春节和冬至时吃饺子。特别是腊月二十八，剁肉馅儿的声音此起彼伏，较之鞭炮声更悦耳动听。这是重体力活儿，一般都是父亲做，后来被哥包揽。肉切成小块，加了葱一起剁碎。

从沙坑里刨出来的冬藏萝卜，先用废旧的刷锅笤帚扫掉长长的白色生脆须根，再泡到大铝盆中由我清洗。冰凉的水，浸得我一双小手通红。那时心想，冬天不冷该多好啊！如今暖气充足，室内热烘烘的，却找不回从前的单纯……

洗净的萝卜还要拿刀削掉粗糙的地方，然后用工具切成细条，放进开水里焯一下。捞出来沥水，然后用笼布包起来挤压掉水分，搁到案板上剁碎。

肉和萝卜都盛到一个大瓦盆里，加入食盐、姜末、花椒面，把手伸进去搅拌均匀，春节的饺子馅儿就盘好了。偶尔也用白菜大肉，或是韭菜鸡蛋做馅儿。

大年三十下午，和好面，再饧一会儿，一家人围坐在火炉旁，开始擀皮儿"捏扁食"，把饺子逐个摆放在用高粱秸秆做成的圆形"锅簰"上。年景好时，父亲会叫我去洗几枚硬币包到饺子里，看谁有福气吃出来。

通常是做到傍晚，边包边烧水，水开了就下饺子，饺子熟了就吃。汤盆里准备着切好的葱花、芫荽，拌了盐、味精和辣椒面，沥上香油浇了醋，再用热汤冲沏。就着醋蒜汁儿吃完饺子，喝半碗酸辣汤，浑身热乎乎地没了寒气。辞旧迎新之际，快乐幸福写在每个人脸上。

从初一到初十，逢单必吃饺子，过瘾得很！

到了小年，饺子要包很多花样，鱼形的、花边的、三角形的、圆圆的荷包状的、四角的小包袱形的、含苞待放的花蕾形的……趣味全在制作过程中。

在我上大学一年级冬至的时候，班上210宿舍的男生从食堂借来了刀、案板、小擀杖以及锅、炉子，买了面粉和饺子馅儿，邀请我们欢度节日。那是一次难忘的聚餐。

面是我和的，用的不知道是谁的洗脸盆。我打趣说硬了加水、软了添面，保证软硬适中。濮阳那位仁兄擀皮儿，一手滚动擀杖，另一只手快速转动面片儿，相当熟练。那架势，用啤酒瓶也能擀。包饺子的时候大家齐上阵，有熟练的，也有现学的，包出来的饺子站着、躺着，五花八门……

饭后还有文艺表演。有位男同学站在窗边红着脸唱了一首军歌，腼腆得像个大姑娘："想给边防军写封信，不拿纸笔我拿起针……"

毕业参加工作后结了婚，他和我生活在同一个屋檐下，每每学他唱，没几句就笑得我前仰后合。美好的青春，令人怀念。

婚后我总回豫南婆家过年，当地风俗习惯与江南相似，吃大米多，吃饺子少，我越发想念逝去的时光。

慢慢地，有了温室大棚，种植反季节蔬菜，过年的饺子馅儿更多了花样，芹菜的、豆角的、茴香的、芫荽的，甚至番茄鸡蛋都能做馅儿。而我，对萝卜馅儿情有独钟。

现在有绞肉机,有机制面皮儿,韭菜择洗干净细细切了拌了就能包饺子,可吃起来总觉得别扭,或许是有股铁腥和润滑油的气味,不如全手工制作的好。

有空儿了,我还是费点事自己做饺子,擀出中间略厚的薄皮儿,填上多多的馅儿,煮在热气腾腾的锅里……纯正得无与伦比,满满地都是家的味道!

选自《平原晚报》2020 年 4 月 17 日

我　哥

马海平

那天傍晚，突然接到电话说哥又犯病了。我和老公撂下饭碗，匆忙打车往医院赶。

哥在急诊室疼痛难忍，浑身发抖，汗水不断渗出来，流满额头，湿透衣裤。他紧紧拉住我老公的手，神色庄重："这回肯定不行了，我清楚。你可要照顾好几个孩子！"

闻听此言，姐姐流泪了，双腿发软，几欲瘫倒。在场的人无不恻然！

哥首次发病是前年冬天开会时，疼得在村委会地上打滚儿号叫。会议室成了紧急救助中心，人们忙作一团。村里的医生打过针，救护车及时赶来，把哥拉到镇卫生院。医生诊断为肠梗阻。此后多次复发，总是在吃了辛辣油腥或冷食之后。

去年逼他跟我们回市里，去中心医院做了全面检查，也没有查出大毛病。胃镜显示只是幽门与十二指肠连接处有点炎症。

这次已经发展成胃穿孔。发病前数小时，哥吃了自己煮的刀削面，还有两个草莓。我给哥的侄子涛打了电话，他第二天晚上从西安坐火车，凌晨赶到新乡。经过抢救，哥总算熬过来了，原定的手术也不再实施。

我哥，实际上是我的姐夫。我只有一个姐姐，他是上门女婿。算起来，哥到我家已经四十多年了。

哥五岁和八岁时父母相继离世，是他终生未娶的大哥把他拉扯大的，他连自己的生日是哪一天都不知道。十四岁就跟着部队打游击，后来辗转来到新乡。哥当过木工学徒，走街串巷做木匠活儿时，在我们村认下干爹，这才有缘被人介绍给我姐。

哥进门时我才上初中，是他支撑起了这个家，坚持供我读高中上大学。实行家庭联产承包责任制以后，由于我家缺乏劳力，哥辞掉了武装部看弹药仓库的临时工作，回乡务农。那时他若继续干下去，完全能够转为正式工，生活必将少些艰难。

农活儿虽然没啥技术含量，哥也得从头学起。就说使唤牲口吧，他几次被踢，眉骨受伤。为了追赶受惊的畜生，他赤脚在稻茬地里奔跑，扎伤脚底。哥是个性子很足的人，凡事不肯落后，又要收又要种的大忙季节，他早出晚归，饭都是送到田间匆匆扒拉几口。种有西瓜时，几个月都吃住在地里。

上高中时我住校，哥经常骑着自行车给我送吃的。街坊问他去干什么，他总是自豪地说："给俺妹妹送馍去！"夏天，哥在地里光着膀子干活儿，出门连件得体的衣服都没有。姐姐攒了五元钱塞到他手里，嘱咐去市里买件的确良衬衣。哥二话没说，披上那件穿了多年的烂褂子骑车出门。路过县一中，把钱递给我，转身折返。

为了凑足我上学的费用，哥当过铁路押运员。去哈尔滨送货归来，几个窃贼盯上了哥的工资。哥紧紧揣着藏在腋窝下棉袄里层口袋里的血汗钱，不吃不喝不睡觉，没给他们下手的机会。路过北京，别的押运员都去天安门看景，哥为了省钱，提前回家。去乌鲁木齐时，姐整整烙了一天饼。哥在火车上天天喝水吃饼，半个月返回时，饼都干得咬不动了……

我参加工作以后，日子渐渐好过了，但哥省吃俭用的习惯却一直未改。一份月薪三百元的扫马路工作，因为是我老公介绍的，不误家里的活计，他一直舍不得丢弃。但凡有些空闲，哥还会做临时工挣钱。长年累月的辛劳，加上肠胃不好,使原本和我个子差不多的哥,逐渐消瘦萎缩变老。哥也是六十多岁的人了呀!

这天上午去医院时,我买了一些牛肉和几个烧饼,给守护哥的亲人吃。谁知哥眼馋,一副孩子讨吃的样子,叫人心酸。不等我把烧饼上面的焦皮儿撕掉,他伸手便抢了过去!姐说,那天跟孩子要饼干吃,乞求着:"给姥爷吃点呗,给姥爷吃点中不中?"

办了出院手续,哥终于回家了。但愿哥戒烟忌嘴好好调养,直至完全康复,以后的日子里,想吃啥就吃啥。

选自《平原晚报》2020 年 10 月 30 日

作者简介:

马海平,女,新乡县作家协会理事,曾任新乡县政协委员。河南农业大学毕业,新乡县农业农村局干部,农业技术推广研究员(正教授级),多次荣获省市县先进称号。业余时间阅读和写作,在《平原晚报》《平原文学》《牧野》等报刊发表散文一万多字、诗歌四百余行。

梦好终有醒来时

梁忆雨

南宋时期，浙江天台有一个很知名的营妓叫严蕊，她不仅聪明美丽而且多才多艺，无论是弈棋歌舞还是丝竹书画，皆冠绝一时；偶尔吟诗填词，皆文句新颖，令许多文人雅士自愧弗如。这样一个绝色女子，又处在青春妙龄，对爱情怎能没有自己的幻想？尽管她只是一个营妓，没有人身自由，但枷锁能锁住她的身，但能锁住她的心吗？当爱情像一道亮丽的彩虹在她生活的天空闪现的时候，她无法抗拒并深深地沉醉其中。是什么样的男子令她如此忘情呢？这个男子就是新上任的台州太守唐仲友。

其实唐仲友早就闻得严蕊的才名，只是未得一见。这一年的春天，州府举办酒宴，严蕊应召献艺，此时正是桃花盛开的季节，面对着满园关不住的春色，唐仲友请严蕊即兴以红白桃花为题作一首词，想借此试一试她的才学。

谁知一杯酒还未下肚，严蕊便填好了一首《如梦令》。她缓缓吟道："道是梨花不是，道是杏花不是。白白与红红，别是东风情味。曾记，曾记，人在武陵微醉。"词中"武陵"这个地名，暗合了晋代大诗人陶渊明所写的《桃花源记》中的典故，尽管这首词一个桃花字样都没有，却用"武陵"二字点出红白桃花之题；结句"人在武陵微醉"，既写了花又写了宴饮者的风采，人花互醉，甚有意境。在座的文人雅士无不拍案叫绝,也令唐仲友心里暗暗折服,开始关注起这个身份低贱却又才思敏捷的女子,并用两匹双丝细绢相赠,表达了对严蕊的赏识之意;而这一次宴会,也让严蕊对这个风流儒雅的唐仲友产生了说不清道不明的情感。

阴历七月初七过七巧节的时候,台州府衙中又举行酒宴,唐仲友依然召严蕊献艺助兴。在座的客人中有一个叫谢元卿的豪爽之士,久闻严蕊的才名,他也想见识见识,于是便命严蕊以他的姓为韵即兴作词一首。大家刚开始行酒,严蕊已经填好了一首《鹊桥仙》:"碧梧初坠,桂香才吐,池上水花微谢。穿针人在合欢楼,正月露玉盘高泻。蛛忙鹊懒,耕慵织倦,空做古今佳话。人间刚到隔年期,在天上方才隔夜。"这一次,在座的文人雅士又是一番激赏,唯有唐仲友听出了严蕊心底的忧伤。面对这样一个才貌双绝的女子,联想到她的身份,唐仲友不由在心底发出一声深深的叹息。就这样,从陌生到熟悉,从同情到相惜,他们的梦里开始有了对方的影子。

以后府衙中每有酒宴,唐仲友必招严蕊而至,既为了欣赏才艺,又解了相思之苦,但也仅此而已,因为他们都清楚自己的身份,一个是卑微的营妓,一个是朝廷的官员,他们之间隔着一条看不见的"银河",任何逾越雷池的行为都会给对方造成伤害。按照宋时法度,官府有酒,虽然可以召歌妓承应,却只能站着歌唱送酒,不许私侍寝席,官员也不得私自迎娶营妓。若营妓要像正常女子一样婚嫁,必须先解除营妓的身份,违者律处。正因为有如此的清规戒律,虽然他们默默地相爱,却不敢向对方坦率地表白,只是偶尔目光交织与躲闪,流露出各自心底的秘密。不过严蕊已经很满足了,在这样的交往中至少可以做做爱情的美梦——低贱的身份使她从来不敢奢望拥有真正的幸福。可就是这样谨小慎微地坚守,一场厄运还是从天而降,令严蕊猝不及防。

问题出在唐仲友身上。原来唐仲友在台州打击豪强奸恶的时候,很有一番政绩,然而也得罪了一些人,其中包括朱熹和台州副通判高炳如,再加上他一向反对朱熹的儒学道学理论,于是便与朱熹结下了很深的积怨。如今朱熹东山再起,官拜浙东提举,台州正在他巡视之内。朱熹人马还未到,高炳如已在前路迎候并趁机煽风点火,夸大并捏造了许多事实,说严蕊仅身穿内衣服侍唐仲友洗澡擦身,甚至公然与之同居,等等。朱熹正苦于抓不到唐仲友的把柄,于是便不分青红皂白,捕风捉影,控告唐仲友,与严蕊有私情,为此他向皇上连上六道表章,同时命唐仲友交出州印。然而要想彻底扳倒唐仲友还必须拿到他与严蕊有私情的口供,于是严蕊便成了朱熹获取口供的突破口。在朱熹看来,妓女必定水性杨花,再稍微用点刑,获取口供应该不成问题。然而令他没有料到的是尽管严蕊身材纤弱,却有着钢铁一般的性格,不管怎样拷打,只承认:"循分供唱,吟诗侑酒是有的,曾无一毫他事。"就这样把严蕊监禁了月余,却一无所获,黔驴技穷的朱熹并没有就此罢手,接着又把严蕊转入绍兴府继续审讯,酷刑之下严蕊几乎惨死,却依然不肯屈招。

见硬的不行他们就来软的,派一个狱吏前去诱供,这在南宋周密的《齐东野语》中有所记载。狱吏说:"你干吗那么傻,受这个罪,早一些承认了也不过是杖罪"。严蕊回答:"我是被人家看不起的歌舞伎人,纵是与太守有私情,料亦不至死罪。只是是非黑白不能颠倒,为了减轻自己,而诬陷士大夫,我虽死不为!"被酷刑折磨得奄奄一息的严蕊,说出来的话依然是掷地有声!过去我一直认为严蕊之所以不肯招供是因为爱情,是因为她深爱着唐仲友,然而读了这一段话后,我对严蕊又有了一种全新的认识。她不肯招供,固然有爱情的成分在里面,却又不全是因为爱情,她其实是在用生命维护一种做人的原则——是非黑白不能颠倒,不能为了减轻自己的罪责而诬陷他人。这样的做人原则说说容易,做起来简直是太难了,想想"文革"时期多少人都在颠倒黑白、指鹿为马,多少人为了保全自己,不惜夫妻反目、朋友成仇,你就会进一步感悟到严蕊这个封建时代被压在社会最底层的妓女的高尚与伟大!也许正因为如此,严蕊虽遭监禁却声名鹊起,受到人们的追捧,而朝廷的高官、堂堂的理学大师朱熹却反遭到人们的唾骂,被弄得灰头土脸威信扫地,最后不得不夹着尾巴而逃。人心的向背由此可见!

按说严蕊的誓死捍卫,最大的受益者是唐仲友,最应该感激涕零的人也理所当然应该是唐仲友,唐仲友若还是一个男人,即使拼死也定要给严蕊一份承诺、一个交代。然而作为男人的唐仲友在应当担当的时候不仅没有担当,为了进一步撇清自己,他反而在给孝宗皇帝的奏章中凡牵涉到严蕊的地方一律用"娼流"抑或是"贱妇"来代替,仿佛一夜之间严蕊在他心里便成了一坨臭狗屎。说句良心话,纵然严蕊是妓女,所有的人都可以称之为"娼流"或"贱妇",然而唯有他唐仲友不能也没有这个资格!所幸严蕊不能看到这份奏章,若看到必定晕厥。严蕊所知道的是自遭监禁以来,她便与唐仲友失去了一切联系,她甚至很傻地还在暗暗为他捏着一把汗。

其实像唐仲友这样的男子在生活中大有人在,《雷雨》中的周朴园也绝不仅仅是曹禺所虚构的一个人物,而是这一类人的代表,他们自私虚伪甚至还有那么一点点残忍。记得中学时代当学到《雷雨》中周朴园与侍萍三十年后在周公馆的客厅相遇的那一段时,我们班就周朴园这个人物引发了一场不大也不小的争论。我首先从人性的角度剖析这个人物,得出的结论是周朴园对侍萍还是有感情的;而我的语文老师则不以为然,他认为周朴园不仅虚伪而且自私残忍。二十多年过去了,当我由一个青涩少女变成一个多少有了点儿人生阅历的中年女子之后,再来回顾当年的那场争论,我不得不佩服语文老师的深邃与老辣。在风平浪静的时候,一个男人会对他喜欢的女子说我爱你,然而一旦有了风吹草动,一旦这个女子对他的家庭、社会地位构成某种威胁的时候,他便会毫不犹豫地玩"失踪"抑或是"变脸"。唐仲友玩的是"失踪",周朴园玩的是"变脸",其实是同一种把戏。

有了唐仲友撇清自己的表白,而朱熹又拿不到严蕊的口供,孝宗皇帝便想和稀泥,以"秀才争闲气"之名将朱熹改任,唐仲友则官复原职,一场轰轰烈烈的闹剧就此收场。在这场闹剧中,朱熹未伤及任何皮毛,唐仲友也只是虚惊一场,而受伤害最深的却是毫无社会地位的营妓严蕊!朱熹与唐仲友打架,朱熹没有打着唐仲友,唐仲友也没有打着朱熹,而他们却都把板子打到了无辜的严蕊身上。天理何在,公平何在!

所幸接任朱熹之职的是岳飞的三儿子岳霖,岳霖秉承了父亲刚正不阿的个性,对严蕊无辜受屈很是同情,于是便借庆贺元旦之际,让严蕊作词自陈,严蕊应声朗诵了一首《卜算子》:"不是爱风尘,似被前缘误。花落花开自有时,总赖东君主。去也终须去,住也如何住。若得山花插满头,莫问奴归处。"词婉意切,表达了她误落风尘,向往自由的可贵志气。岳霖深受感动,当天便判她"落籍"从良。

从良的严蕊仍心存一丝希望,希望唐仲友能来到她的身边,哪怕只是作为一个友人来看看她也行啊,然而唐仲友却始终没有出现,直到听说他娶了一位大家闺秀为妻,严蕊的爱情梦才算彻彻底底地醒来——你最爱的人却伤你最深!不过从某种意义上讲,严蕊应该感谢朱熹的棒打鸳鸯,这一打便打出了她与唐仲之间的青红与皂白,打出了爱情的真与假。

爱情幻灭了,所幸严蕊的天空并没有完全坍塌,她没有像鱼玄机那样放纵自身的情怀,甘愿堕落,而是更加珍惜这来之不易的"山花插满头"的幸福。经历了人生的风风雨雨,她变得更加成熟,对自己以后的生活做出了更为理性的选择。

有一个宗室近亲,中年丧妻,想娶严蕊为妾,严蕊看出这个男子不仅是一个重情之人而且还能给予她现世的安稳,于是便答应了他的请求,最终成就了一段还算美满的姻缘,总算有了一个终身的归宿。

回望严蕊的一生,人们不得不由衷嗟叹:这朵绝世之奇葩,零落成泥碾作尘之后,却依然暗香如故。

选自《牧野》2014 年 3 期

作者简介：

梁忆雨,女,"70后",新乡县七里营镇人,新乡县作家协会理事。现供职于新乡县职业教育中心,作品散见当地报刊。

再念亲人

马　琳

昨晚又梦到了姥姥。

姥姥是个小脚女人，可就是这小脚女人撑起了家的天。

小时候，我家里真的很穷。往往是别人家吃白馍，我们连黑窝窝头都吃不上；人家捞面条都吃烦了，甜面汤喝得烧心，我们的糊涂稀饭却是越喝越能照出人影。父母生我们姊妹六个，这或许是穷的一个原因，但那时候每个家庭都是好几个孩子，有的还五男二女，甚至五朵金花再加上俩小子儿，更有厉害的还有弟兄七个呢。那个时代，大家都这样多子，都可着劲儿朝着多子多福努力，谁都唯恐落后。因此，我们家三男三女，也不至于是造成我们家境特穷的原因吧？难道是因为爷爷分家时分给我们的东西少家底不厚实？或者是因为我父亲不是亲生的本就人气底子薄？再或者就是因为我的父亲太老实，母亲又有点儿强势，都不会讨我爷爷的欢心？思来想去，闹不明白。

对于童年，记忆中让我现在引以为豪的就是因为我长得弱，家人怕养活不住我，就打算把我送人，但是，当人家来领我的时候，父亲哭着反悔了。再后来姥姥知道了，就把我领到她家养。长大了，姊妹们总是拿这件事打趣，说父母如何不喜欢我，甚至想把我送人的话，常常是气得我无言对答，因为这是事实,我对此唯有号啕大哭。再后来,比如说现在,每当回忆及这些事儿的时候,没有一丝难过,似乎这事儿反倒是我童年中的珍宝,是我与众不同的历史的军功章。

在姥姥家里的日子,似乎就像昨天的事儿。我是在某天上午到姥姥家的,刚吃过午饭,我就呆呆地坐在那儿。姥姥说我一下子离开家习不习惯,舅舅说才五六岁的小孩儿知道啥。我本内向,舅舅怕我孤单就喊来一群小朋友陪我玩。刚一见面,年龄最大的新玲就拉着我的手说:"走,咱去玩哩!"我站起身跟大家走了。不管做什么事儿,舅舅总是把我托付给年龄最大的新玲,并对她威胁说如果对我不好或者我怎么着不好了,小心舅舅找她算账。新玲是孩子头儿,总是很爽快地答应,并且真的很是照顾我,不管去哪里玩儿,还是她有什么好吃的,都记得我。后来才知道,舅舅是新玲奶奶的干儿子,新玲给舅舅叫叔叔。知道了这层关系,我们玩得更好了。

这些都是20世纪70年代初的事儿了,那时我大约五六岁,嘴忒刁,不管什么时候,只要东西不可口,饿死也不吃。姥姥家就姥姥跟舅舅两口人,那时候舅舅还没有娶亲,两个劳力挣工分,况且舅舅又是生产队小队长,所以,他们家的日子自然比我们好过多了。再加上姥姥跟舅舅都很喜欢我,于是便在这里滋生滋长起来。

那时节的孩子们,不像现如今的孩子这样唯恐补习班上得少,唯恐什么输在起跑线上,除了正常上课,把孩子的时间安排得满满的,恨不得让孩子有分身术。那时节功课不紧张,老师总是量力布置适量的作业,只要用心不费多大工夫就能写完,那剩余的时间就是一群人玩游戏了。白天,有时候是一群人去寨外浅水处摸鱼打水仗,用手挖泥比试比试看谁修的毛河好看,有时候则是一群人爬到山寨上摘野酸枣以及叫不出名字的乱七八糟的东西吃。晚上则是一群人分两大派可着村子捉迷藏、砍大刀,冬天则可以由大人在大路当中燃起一大堆火,反正到了晚上大人孩子都无所事事,大家便都围着火取暖,听有年纪的人讲故事说古。那时候我才知道姥姥的娘家原本是大户人家，嫁闺女的时候挑来捡去高不成低不就，结果就把姥姥她们姊妹仨给耽搁成老姑娘，大姨姥姥给人做了小，姥姥给姥爷做了小，三姨姥姥嫁给了一个穷门小户，仨人对各自的婚事都不满意，特别是姥姥，临死那一刻还念念不忘此生的不如意。就是在那样的夜晚，我才知道，姥爷家原本是获嘉县有名的首富，就因为姥爷在获嘉县城喝酒喝多说了大话："我的银圆多，一个一个摆，从俺丁村摆到获嘉县城都摆不完。"说者无心听者有意，姥爷被人绑票了，为了赎姥爷，姥姥赶紧交赎金，结果让中间人换成假银圆，人家把姥爷打个半死。绑匪又亲自到姥姥家用枪逼着姥姥交赎金，不交赎金尸首都见不到。姥姥只好领着人家墙壁上茅坑沿床底下，起出一罐罐明晃晃的银圆换回姥爷。回到家的姥爷满身是血，已经不行了。打那时候起姥姥家便败落了，以至于现在一蹶不振，成了穷户，唯留下偌大的院子。

红红的火光中听着大人们讲这些古，似懂非懂，但我踏踏实实充满乐趣的童年就是在这里滋长。

丁村，由于地理位置的缘故，历来就是三不管地带，历来就是穷的多富的少，可是这里民风淳朴，热情厚道。像我，一个外来人，却是大家公认的客，不管到了谁家，都是热情地拿东西给我吃。

姥姥为人爽直，干起活来赛男人。记忆中的姥姥穿着蓝布带襟衫，宽大的褐色裤子，打着绑腿，穿着小小的尖头鞋，头上系着洗得白生生的毛巾，背着锄头，迈着大步，甩着胳膊，下晌了。往往这个时候，该吃饭了，我总是坐在姥姥家门前的大石条儿板上，像犯了饥饿的小猫小狗一样东望着等待着，这会儿不管他们谁家招呼我去吃东西我都不去，也不说话，就那么呆坐着东望，有时甚至会睡着了。不过，我只要眼睛扫见姥姥，便会大喊着"姥姥——"跑过去，小猫一样伸开胳膊撒娇要姥姥抱抱。一边的人，看了总会说"还是人家亲姥姥亲"。姥姥这会儿总是一只手挂着锄头，另一只胳臂伸出来一把把我揽到怀里，头碰碰我的头或者亲亲我的脸，亲昵地问："饿了吧？"我总会用脏乎乎的手搂住姥姥的脖颈，用我脏乎乎的嘴脸在姥姥脖子里蹭来蹭去。一边有人说这孩子想家了想人家娘了,姥姥总是使劲儿给人挤眼,不让她们说这话,唯恐我听了想娘。

或许我有点儿缺心眼儿?在姥姥家,除了有一次我壮着胆儿自己回家找妈妈,后因不记得路没走成以外,从来都没闹过要回家。有一年的腊月二十七,爹来了,说是来姥姥家看看姥姥家需不需要帮忙,姥姥说不用。中午姥姥做捞面条,爹吃了饭以后,没有像往常那样吃了饭就要求回去,只是干坐着。姥姥喜欢串门,见爹坐着不着急走,就端着饭碗串门了。约莫姥姥刚走到人家家门口,爹背着我就跑了,一口气跑出姥姥庄好远才停下来,把我放地上,看看身后没有人撵来,伸胳膊抱住我,跟我说着一些我似懂非懂的话,后来就回家了。

姥姥每每提及这件事儿,对父亲的意见特大:"咋?我给你养活儿闺女,叫她在俺家过个年都咋了?不该啊?想叫孩子回家你明说啊!哪有趁我出门你偷偷背跑的?"

我小八岁该上学了,便离开了姥姥家,可每逢星期天,或者节假日,我都会自己跑到姥姥家,跟姥姥一起过。后来,舅舅因病不在人世,我又理所当然地来姥姥家陪姥姥过年。

我喜欢姥姥!喜欢小脚女人干练的行事,喜欢小脚女人一说笑起来就两眼泪哗哗,喜欢小脚女人抱着我的亲昵,喜欢小脚女人在我上学的时候总是偷偷塞钱给我,喜欢骑着自行车带着小脚女人走亲戚,喜欢小脚女人年老的时候总是跟我说的悄悄话。

小脚女人一直活到了九十二岁。

小脚女人去了另一个地方,跟清风为伍,与泥土为伴,自然而然地成了自然界的一分子,可是在我的心里,小脚女人仍活着,时不时地在我的梦里跟我见面跟我说话。就像昨晚,我梦到了自己又去上学了,住在寝室里面,冻醒的时候才发现自己没带被子,不知道怎么着我跑到哥哥家找到了小脚女人。不知道谁跟我说小脚女人睡着了,我看见睡着的小脚女人,身上的寒意立刻就不见了，正要钻进小脚女人的被窝枕边的闹钟响了，我的梦也就醒了。

是啊，一个从我记事就跟我很贴心的小脚女人，恐怕此生都要陪着我，我也总会把她装在心里吧。人生在世，有人总把你记在心里，夫复何求？

小脚女人安息吧！

日思夜想的小脚女人并不能算我最亲的人，我最亲的人应当是我的父亲吧。父亲比小脚女人去得还要早，可是我记忆中的父亲却没有记忆中的小脚女人深刻。父亲也很好，勤劳、耐苦、坚毅，与人为善，忠孝两全。可是，同样是亲人，同样是离去的人，我倒是对小脚女人记忆深刻得多，好像对父亲的怀念只是一种责任和义务；对小脚女人的怀念却是情不自禁，就好像是自己生命中的一部分。

思来想去，并不是我的不孝，因为他们为人处事的观念不同。小脚女人的一生是为了家人为了子女的一生，她照看我，并不是因为她精力有余，而是为了减轻她女儿的负担，她不想让自己的女儿因为养不起孩子而作难。你想啊，谁愿意平白无故地去照看一个别人家的孩子呢？照看人家的孩子可是得操老大心承担责任的。

父亲呢？他的一生就是操劳的一生，为生产队，为自己的耿直的性格，为了爷爷的认可，为了大家都说"这人就是好"。父亲当了一辈子生产队长，总是起早贪黑不着家，从来不像别的人当生产队长那样先鼓了自己的肚子、肥了自己的腰包。他不，他不仅不，而且，别人沾光可以，我们要是沾光了，他就会不分时间不分场合不分对大人还是孩子，总是劈头盖脸抢巴掌就扇，褪下鞋就砍打，有一次甚至不问青红皂白对母亲也动了手。后来知道冤枉了母亲才又赔了不是了事。我总在想，父亲是不是因为自己不是亲生的而是奶奶抱养的，便拼了自己也要让全村人说不出自己的不孝，拼了自己也要对得起爷爷的养育之恩呢？人生在世，能拼了自己报答养育之恩，其品德也非一般心胸的人能为啊！父亲也是了不起的人啊！

愿父亲在另一个世界安息，活得自在！

现如今再想想，他们的一生，就因为各自的立足点不同，生活观念便不同，有的人可以一生为自己，为亲人而活，比如说姥姥；有的人却不能，他的一生注定就是为了别人，为了恩情，为了一个大写的人字而活，譬如父亲。他们活着的方式目的不同，留给人的感觉也不同。每每想到小脚女人，心里总是很亲切，很愿意近上前贴在身边，一只手揽着小脚女人的胳臂，另一只手摸摸小脚女人的脸庞、拢拢小脚女人散在眉头鬓角的短发，捏着小脚女人手背上的表皮看看松弛的程度。小脚女人在我的百般揉捏下没有一点儿不乐意，满脸笑意很是享受。她自己也常常扭着自己手背上的表皮，看看是不是依然捏得老高。她说了，只要手皮提不动了，人就不行了，该死了。每当小脚女人埋怨着"也不知道我来的时候带来多少粮食再也吃不完再也不死了"的话，我便笑着扶她坐下，一边拉过她的手给她剪指甲一边说："看你，又这样说了！你好好的总是这样说不吉利话。你看你陪着我妈，俩人相互照应过得多好，俺只要一回来看见恁亲亲热热的多好！"

间或我也会梦到父亲，从我的记忆深处挖掘父亲的好。后来，等我能够真正看清世事的时候，我忽然明白，父亲的境界一般人是达不到的，他顾的是大家，小脚女人护的是小家。小脚女人的心在家里的亲人身上；父亲的心在家外，在社会上大多数别的人那里。

他们都是我的亲人，都是我记忆深处的人，都是世界上顶好的人。

唯愿他们同在地母的怀抱里安息吧！

选自《平原文学》2014 年 6 期

作者简介:

马琳,1966 年 12 月生,新乡县作家协会理事,中共党员,语文教师,中教高级职称。1988 年参加工作以来,连续二十多年担任班主任。关心学生,热爱教育事业,刻苦钻研,发表数篇教学论文,独立或参与完成教学科研立项数项。喜爱文学,文皆有感而发,多发表在《平原晚报》《平原文学》《牧野》等报刊。

表妹喜平儿

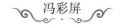

冯彩屏

那年春节刚过,住在城里的三姨,领着她的小女儿喜平儿来到我家。听母亲说,早年性格内向的三姨因不堪婆家的虐待,得了精神病,虽经过治疗,但仍时好时坏。前来送三姨的三姨父说,近来,三姨因大女儿的婚事不顺,受了刺激,有些轻微犯病,整天在家神神道道地说城里要大乱,非要来乡下避难,让母亲受累照顾一段时间。

喜平儿和我同岁,生月没我大。一双细长黑亮的眼睛,睫毛又密又长,眉心间嵌着颗美人痣,粉嘟嘟的嘴唇时常湿漉漉的,一笑两嘴角弯弯向上翘着,长得实在是乖巧伶俐,惹人喜爱。喜平儿的"儿"是姥姥给加的。姥姥的一个"儿"字,更是把表妹叫得百般乖巧,真是闻其名如见其人。四姨家大女儿春平,我,彩平,姥姥叫的时候从不带"儿"的。

表妹的到来,如一只百灵鸟飞进了我家,家里一下子热闹起来。大姨、大姨父、表姐、表哥,她不停地叫着,叫得那样甜,那么清脆好听,眉飞色舞地讲着城里大大小小的故事,那时不似现在,通讯落后,消息闭塞,娱乐文化更是少之又少,连个收音机都很难见到,住在农村的人,外界的东西知道得甚少,所以喜平儿所讲的或大或小或真或假的故事,大人小孩都愿听。时间过去得太久了,表妹所讲的趣事,大多都记不清了,什么公园里的长颈鹿比我家房子还高，什么斑马的毛比我们穿的衣服还花，还说去公园看孔雀，必须穿可花可花的衣服，孔雀才会开屏。那时我不懂开屏是什么意思，就悄悄地问表妹，屏，是瓶子吗？表妹笑得前仰后合，然后不屑地说，是尾巴，开屏，就是张开尾巴。后来我查了字典才知道，屏，是屏障，围屏、屏风、四扇屏画等。受此启发，我便把名字里的"平"改成孔雀开屏的"屏"。表妹喜平儿的到来，给我们家平添了许多乐趣，长年艰辛的母亲脸上也时常露出笑容，因身体不好，心情也时常不好的父亲也平和了许多，总之家里的气氛一下子变得轻松起来。连我们整个胡同也跟着热闹起来，全村大小孩子都会用不伦不类的普通话说着一段顺口溜："我是县长，派来的，给你们每人发一支枪，那是不可能的。"那便是表妹教的。三伯、四伯、六伯、三大大、四大大、大表嫂、二表嫂，表妹喜平儿叫得响亮叮当，比我叫得还多，见人不喊称呼不说话。三伯说这闺女真精！四伯说这闺女眼睫毛都是空的！六伯说这闺女长大了准成事！

和表妹比起来，我显得木讷，呆板。母亲说彩平扫扫地，表妹这时便急忙说大姨我倒垃圾；母亲说彩平摆桌盛饭，这时表妹便会说大姨我去喊表哥吃饭。总之表妹说话做事总是那样得体，以至于母亲常说我没眼色，没成色，不中用。我也想学表妹，可我知道表妹的聪慧我是学不来的。本就自卑的我，变得越发自卑起来。

转眼间秋天到了，树叶由青变黄，由黄变干枯。那天放了学，我刚把书包放下，母亲支使我把落满庭院的枯叶扫干净。叔叔、大姐已从田里下晌回来，忽见表妹气呼呼地从学校回来，手里拿着两本作文，先是给叔叔看，嘴里不停地说："老师偏向人，我和彩屏写得一模样，一字不差，可老师的评语却一好一坏。"叔叔笑着说："妞，叔不识字。"这时大哥恰好从学校回来，表妹急忙把作文又交给大哥，嘴里一个劲地重复着刚才那番话。情况是这样的，表妹来我们家不久，母亲看三姨一时半会也回不了城，就给大哥说让表妹插班和我一起上学。因三姨的病加上那时城里学校闹腾得厉害，表妹已在家辍学了两个月,学习起来有些吃力,争强好胜的表妹又不肯示弱,从不向我讨教。我呢,虽为人处事较木讷,但学习较认真,所以表妹的成绩一直赶不上我,特别是作文,我的作文每次不是在班里当范文读,就是老师下的评语较好。表妹和我同桌,上周四下午作文课的时候,我怎么也找不到作文本,表妹从她书包里把我的作文本拿了出来,说是不小心装错了。后来才知道表妹耍了个小心眼,把以前老师给我批的评语较好的一篇作文,一字不落地抄下来交给老师,为的就是要证明,不是我回回作文都写得好,而是老师偏心。为此,喜平儿一直哭着闹着要回家,母亲、父亲和大哥一家人怎么劝都不行,无奈母亲便让大哥给三姨父写了封信,一个多星期后,三姨父领着三姨和表妹喜平儿离开了我家。

因姥姥、姥爷的相继过世,我和表妹见面的机会越来越少。大约五六年前吧,来我家拜年的二姨家表哥说,喜平儿接了三姨父的班,在工厂里当包装工。喜平儿真有福!我在心里羡慕地说。

又过了几年,听大舅家的二表哥说,喜平儿下了岗,学了手简单的理发手艺,走街串巷,给人理发呢。我听了几乎不敢相信。

又过了几年,听二姨家的表哥又说,喜平儿在商场卖首饰,因卖丢了一条金项链,被老板罚了款,还停了职。我听了心想,那么聪慧的表妹,命运咋那么不济呢?

又是十多年过去了,一直没再听到表妹的消息,不知道表妹现在境况如何。愿聪明漂亮的表妹:命运如花,生命如松!

选自《平原文学》2010 年 4 期

作者简介:

冯彩屏,女,本科学历,新乡县应急管理局干部,新乡县作家协会理事。曾被评为新乡县优秀共产党员、河南省地震工作先进个人等。在《河南农民报》《新乡晚报》《牧野》《平原文学》等发表过散文、诗歌。

感恩老师

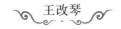

王改琴

1975年来了一场"教育革命",让全县的高中都下放到农村。我们村在初中的基础上办起了高中。我们第一届高中班的班主任是年轻的范老师,教语文课。他个子高高的,说话语速快,走路略微有点哈腰,步子很急,像敲鼓一样。当这鼓声敲到我们家院子里时,我心里便莫名其妙地紧张起来。

亲戚邻友都夸我是一个美丽善良的姑娘,我却有解不开的心结。听妈妈说,我生下来倒也健康活泼,但一岁多时患上了小儿麻痹症,从此落下了走路一条腿跛的毛病,走路一拐一拐地,我自己都嫌弃自己。上高中时,我已经是十四五岁的大姑娘了,跟活蹦乱跳的同学站到一起,觉得自己的形象丢人。开学那天,母亲催我过去,好说歹说,我就是坚决不去。

那是个湿漉漉的早晨,范老师过来了。后来听说,前一天范老师接过报名的花名册,逐个核对人数,当看到少了一名叫"王改琴"的学生,就打听我的情况,今天就趁早饭前过来了。

范老师跟我谈,跟我妈谈,聊了一个多小时。后来我才想起老师肯定把早饭都耽搁了。范老师问了我的病情,又让我说不想上学的原因。我说,丢丑呗,我干活都还干不好!

老师脸色有点严肃了。他说,是呀,你去地里锄草割麦,肯定不如别人,可是,社会在发展,需要的脑力劳动者会越来越多。你文化水平高了,选专业技术就有很多门路,不用再以简单体力劳动为生。大数学家华罗庚跟你一样,腿有残疾,走路不便,可是他搞科学研究,坐在沙发椅子上计算,残疾对他有妨碍吗? 有人说他形象不好吗?

老师随口说了许多残疾人的事迹。英国诗人拜伦,美国总统罗斯福,美国女作家海伦·凯勒,说他们的残疾重得多,可能也曾苦恼过,甚至绝望过,但他们战胜了懦弱,是人生的强者,做出了非凡的成绩!

我被感动了,心想,老师咋知道这么多呢? 他临走时交代我一定要克服困难去上学。我凝望着老师真诚的眼睛,不由自主就点头说,老师,我去上学。

第二天,我真的背起书包上学去了。从我家到学校,不过几百米的路,中途我休息了两次,还是汗水淋漓地到了学校。范老师在校门外看见我,露出了欣慰的笑容。我想他站在这里做什么,也许就是接我,他内心是在想他的学生"一个都不能少"吧!

在那个年头,语文课本薄薄的百十页,里边除了黑体字的革命语录,还有"农业学大寨""支援亚非拉"等等。范老师对这些肤浅的课文都是一带而过。他自己新开了课程,有"汉语语法""修辞""形式逻辑""中国诗歌史""中国小说史"等等,每项课程都是讲一两个月。他还自己设计了我们感兴趣的作业。他也常利用自习给我们读名著,如《项链》《最后一课》《阿Q正传》等。我敢说,这不仅在我们村是开天辟地,就是在全县也独此一家,甚至在全国也不会多。当时教育阵线正在批"白专道路",批"马振扶事件"。范老师可是逆流而上啊。如果不是我们村相对偏僻,而且学生和家长们都拥戴他,我想可能他还会有风险呢。范老师有时连书本教案都不拿,站在讲坛上滔滔不绝就是一节课。我们在课堂上静静聆听,心里充满了对他的敬佩和热爱。当时这一带,三里五村都知道范老师的声名。

因为老师的言传身教,班里的同学对我都很好,大家都不露声色很自然地照顾我。我能感觉得到。那天正要去学校，密密地下起了雨。我正在犹豫，范老师领着两个同学接到我家门口。一个同学给我打伞，一个同学搀扶我前行。老师把伞给了我们，自己脸上雨水纵横，但他还一边走一边跟我们说笑话。

我的病需要去外地就医，有时一去就是十天半月。范老师很理解，他说，看病第一，恢复健康第一。我回来后他总是满眼鼓励。他说，打起精神来，跟上去。他给我补课，也让其他科目的老师给我补课，费了不少心。因为范老师的鼓励，我刻苦学习，各门课考试成绩都名列前茅。

高中毕业后，我进修临床医学，成了一名救死扶伤的白衣战士。虽然几十年来再也没有见到过老师，但我心里总装着他的形象，还是那样年轻，还是那样亲切，还是那样才华横溢。在工作中，我一次次受到奖励和表彰，在病人中口碑也好。我想，从根子上是范子平老师指引了我正确的人生啊。

选自《新乡日报》2021 年 8 月 28 日 (本文获新乡日报"树人杯"师恩颂征文奖)

作者简介：

王政琴，女，新乡县某医院退休医师。从小热爱读书，有文章发表于《新乡日报》《平原晚报》等报刊，曾有散文获奖。

故居的容颜

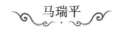

马瑞平

在豫北一个小村庄里，有我少年时的家。

院子依地形而建，上房五间在西面，明三暗五的格局，那是祖父祖母起居生活的地方。房子中间摆放着一张八仙桌和两把木椅子，由于年代久远，散发着暗沉的光。祖母在世时，常不停地上上下下边边角角地擦拭它们，那是她的陪嫁。她曾一遍遍地向我夸耀说，这可是上好的木料做的，结实着呢。发大水那年，好多东西都被水冲走了，可这张桌子因为木质沉，就没被冲走。一月之后，大水退去，她又把它从泥水里捞出来，照旧好好的。说这话时，奶奶嗫着她没牙的嘴，核桃样枯皱的脸上呈现出骄傲的神色。我却怀疑，木头浸在水里那么久，怎么会不腐烂？但终于无法考证，也不再细究了。

北厢房三间，一间是父母休息的地方，另外两间摆放着一个老式织布机，那是母亲的宝贝疙瘩，我觉得母亲待它比待我亲。母亲除了下地干活之外，大部分时间都在织布机上。有时，我想和她说话，可她头也不抬，只顾埋头织布，我也就沉默了，呆呆地看着织布梭子在她手中流星般地来来回回飞驰，听着织布机发出单调的"咔咔"声。我也曾偷偷地在纺线上做个记号，看母亲一夜能织多少布，待第二天早晨起来查看时，发现母亲早就织过了记号许多。

317

从记事起,母亲就很少陪我们玩耍,可她会在她住的房子窗户下面种上一排花,有鸡冠花、夜来香,更多的是指甲花。指甲花开出艳艳的花朵时,母亲就把花摘下捣碎,加点盐和白矾,再上地里摘几片豆叶,给我们包指甲。往往等不到天亮,我们就起床去向其他小伙伴炫耀,常令她们羡慕不已。包指甲时母亲从不让我们包食指,因为我们这里不知什么时候流传下的风俗,说包了食指会对舅母不利,我母亲可不希望她娘家的嫂子和兄弟媳妇有什么不好。上了学的我也曾告诉母亲这是迷信,但母亲仍固执地认为,宁可信其有,不可信其无。

南厢房只有一间,是厨房。每到开饭时,倘若饭没做好,我就会在厨房里急得团团转,进进出出跑上几个来回。祖母边飞快地挪动着她那缠裹过的小脚忙着准备饭菜,有些气急败坏地嘟囔道,马上好,马上好,真真饿死鬼托生的哟。等到八九岁的光景,我就会踩着凳子,趴到灶台上,帮祖母刷锅洗碗了。

和厨房一排,相隔八九米远有一个牛屋,里面养着一头老黄牛,由祖父喂养。祖父勤谨,夜里要几次起来给牛加料加草加水,对待牛像对待孩子。

院里东南角有一棵老槐树,到了春四月末,树上开满青白的花,清香阵阵。低处的花儿已被馋嘴的我们摘完了,高的树枝,我们女孩子胆小是上不去的。看到簇簇花朵在清风中摇摆,我就想,要是有个兄长,看他利索地爬上去,坐在高高的枝丫上,摘下那枝最好的,大声喊道:小妹,接着! 这个给你。那该多好啊! 可惜我只有一个幼弟,只会拉着我的衣角,仰着脸央求我:姐姐,我吃槐花,我吃槐花。

夏夜,月朗,风凉,夜气如水。月光照着院子里的槐树,树影布满半个庭院,光影斑驳,纵横交错。浓密的树枝,层层锁住月光,黑魆魆的。独有东南方向疏朗的一枝,挑起了半空中的一轮圆月。

夜半,在院里席子上纳凉的我醒来,听得见墙边丝瓜架子上叶子水滴滑落的声音,母亲和邻家的大娘还在低沉地说着什么事情。远处,有人在拉二

318

胡,呜咽低泣,婉转迂回。院子里月光一片,明净如水。

秋天的日子,是最忙碌的。连经常在村子里疯跑玩耍的孩子都得上地里帮忙,割豆子,打芝麻,掰玉米,活多着呢。运回家的玉米棒,要把外面枯干的叶子脱下,只留几片柔软坚韧的。父亲把金黄的玉米连起来结实地编成一个个大辫子,或挂在屋檐下,或放到槐树的树权上,怕被老鼠糟蹋了。而母亲也会把红红的辣椒用线串好挂在窗棂上,院子里顿时鲜活起来了,有了丰收的喜悦。

冬来了,雪一连下了几日。早晨起来,推门,门被雪封住了。

天空是灰色的,似结了层薄冰。寒风刀子一样,带着响音在土墙泥瓦的屋顶盘旋呼啸。老槐树的叶子尽脱,树干坚硬,枝条坚硬地刺向天空。

每年这个时候,祖父待在牛屋里,是很少出来的。开饭时,母亲先盛好一碗,由我端到牛屋给祖父吃。祖父用碎麦秸和玉米芯燃着一堆火,青烟浓浓地充盈着牛屋,屋里就有了暖意。土坯墙上挂着一盏煤油灯,向外倾斜着,沾满了烟尘。

牛在吃草,剁碎的玉米秸上撒一两把豆饼,祖父用木棍来回搅拌均匀了,牛伸出宽大的舌头,大口往嘴里送着草料。祖父吃过饭,咬着旱烟杆抽烟,变戏法似的从火堆下拨出几颗花生来,剥开黑乎乎的外壳,里面的花生仁酥焦脆香。祖父把烟袋内残余的烟灰在鞋底上磕了磕,又撮了一些烟丝,继续"嘶嘶"地抽着。吃过草料的牛,安静地卧在地面上,不紧不慢地反刍着。

家里的两只老母鸡在雪天觅不到食,就钻过牛屋门口厚厚的草苫子,到屋角的草料垛底刨着,寻找着被遗漏的草籽颗粒。或者大踏步地踱来踱去,像在视察。吃饱了的大母鸡,用爪子"唰唰"地在地上扒个坑,翅膀忽闪几下张开,慢慢蹲下,一动不动。

庭院只有五六十平方米,房子也不过八九间。地偏僻,屋简陋。可这里曾有我的家,我的亲人。月亮落了,太阳升起来了。风雨去了,霜雪来了。

我渐渐长大,祖父祖母相继离世,父亲母亲早就搬进新建的小区居住了。近日弟打来电话说,老屋要改造,很快就拆迁了。忽而想起那个家来了,很久没回去,不知道现在是什么样子了。

选自《当代小说》2013 年 18 期

作者简介:

马瑞平,女,新乡县职业教育中心教师,河南省作家协会会员,新乡县作家协会理事,有多篇散文、小说发表在《时代文学》《散文选刊》《当代小说》《中国青年报》等报刊上。

书柜是家庭的"光源"

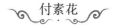

付素花

　　几年前有人倡导的"新读书主义"有这样的说法："自己再累，也要读书；工作再忙，也要读书；收入再少，也要买书；住处再挤，也要藏书；交情再浅，也要送书。"

　　书是我们必不可少的精神食粮。

　　如果有人 5 岁了还没有倾听过安徒生，那么他的童年少了一段温馨；如果有人 15 岁了还没有阅读过安徒生，那么他的少年少了一道光亮；如果有人 25 岁了还没有细品过安徒生，那么他的青年少了一片辉煌。为了避免产生这样的遗憾，从孩子出生起你就要给他讲述经典的故事，伴他入眠。再大些当你觉得他能读书的时候，你就要给他的房间准备一个书柜，把你认为的好书一本本地放在里面。不要逼迫你的孩子看书，只要把书放在柜子里。你该给他讲故事还照常讲，不过当你有事要去忙的时候，你可以告诉他你刚才讲的故事在哪一本书里，让他先看，等你做完事回来再接着给他讲。

　　很多时候，你都很忙，但是不要抱怨你的忙，你只需告诉孩子：对不起，我必须去干些事情，请你自己先看某本书就是了。等你回来的时候，你会发现你的孩子已经把你要讲的东西几乎看完了，而且再讲故事的时候，他会说：这个我已经看过了。那么你就要说："那你给我讲讲故事的内容。"他就会一五一十地给你讲了，或许你会发现他的讲述十分精彩，不仅绘声绘色，而且有时候他还会加上动作，发挥自己的想象添加内容。

星期天、节假日，你忙于购物，但是不要忘了到书店逛逛。给自己和孩子买几本喜欢的书，或者带孩子去挑选几本他喜欢的书。

孩子过生日，不要忘了给他买本书作为生日礼物，因为这是所有礼物当中最超值的东西了。

没事在家闲谈时，你不时地把自己从书本中得到的东西显露在孩子面前，他刚开始和你谈话时，总是一副崇拜的表情，因为他有很多听不懂的好奇的东西需要你的讲解。后来你会慢慢地发现，他不再用那种充满疑惑的表情看着你，而是能够和你对视，并且时不时地可以和你对答几句，因为他能够听懂你所说的人物是谁，并且知道他是怎样的一个人了。

慢慢地，你会惊讶地发现，不知道什么时候，你的孩子所说的话可能连你也听不懂了。因为你买了书由于事务繁忙还没来得及看，而他已经先睹为快了。

家里有了书柜，你的家人不由得就要在闲暇之时抽出一本随便翻翻。这样你们谈论的话题可能就越来越多了。

你的亲朋好友来了，看到你的书，他很羡慕，于是就要和你交换着看。你的书柜虽小，但是你的书却远远超出了它所能承受的数量。

给你的家庭备个书柜吧！受益的不光是你的孩子，还有你，你的家人以及所有来到你的家里的人。

选自《中国教育报》2007 年 6 月 7 日

时光啊，你慢些走

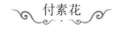

付素花

那年母亲节，我给妈妈买了束花，而在外地工作的儿子，则让他的同学给我送来了一束花。

妈妈内心的感觉我不知道，但是我看到妈妈笑从双脸生。我看到孩子的同学拿着花来的时候，感觉自己就是这世上最幸福的人了。

都说女人如花，女人爱花。

是的，女人如花，小时候含苞欲放，正当年妖娆枝头。之后，随着年龄的增长，花谢花飞花满天，化作片片飞红，化作春泥更护花了。

时光能否慢些走，让女人的一生都如花绽放呢？

孩童时期是金黄的迎春花，天真烂漫，带着神圣的色彩，给大地妈妈带来欣喜。

幼年时期是杏花的白，纯洁无瑕，不掺一丝杂质，用单纯的心思看待一切。

少年时光是三月的桃花，是稚嫩的粉，微微含笑，悄悄绽放，带来和煦的风，迎来稚嫩的绿。

青年时期是艳丽的牡丹，灿烂大方，国色天香，一切尽在掌握中。

老年时期如傲雪的红梅，历经风霜，却依然坚强独立。

如花的女人永远不老。爱花的女人永远年轻。

那些年带着母亲去游山玩水，母亲可以穿上泳衣稳稳地站在海浪中看父亲和孩子们嬉戏。

去爬山，母亲可以比年轻人爬得还快，并且腿不疼气不喘，羡煞多少年轻人。

在家搬东西，弟妹说我只拿得动粉笔，妈妈说我就拿得动书本，可是妈妈却能搬起两件啤酒还健步如飞，惭愧啊！

而今，看看母亲走路有些晃动的身躯，觉得母亲显老了，尽管自己也不再年轻，但是总希望母亲永远是年轻的。

母亲说自己总是丢东忘西的，但还是感觉以往母亲的记忆力出奇地好。那年暑假我的同学到我们家里来，母亲和人家谈了话，第二年再来母亲依然记得人家家是哪的。而我可是不记得的。

时光啊！你慢些走！我们都希望自己的母亲永远如花绽放，永远不老。

选自《平原晚报》2021 年 3 月 8 日

作者简介：

付素花，女，笔名潇潇夜雨，1968 年生。河南省杂文学会会员，河南省教育学会会员，新乡市作家协会会员，新乡市作代会代表，新乡县作家协会理事，新乡县小冀镇中街中学教师。启蒙文学社创始人，《文学启蒙报》创办人。爱好文学，以梦为马，与字结缘，时有小文见诸报端和各个网络平台，也曾有文章被广泛转载。

五彩缤纷的泡泡

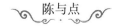

陈与点

　　小姨妈和我性格很相似，换句话说，我被爸爸妈妈和姥姥"口诛笔伐"的缺点——其实我并不认为一定是缺点，这些小姨妈也都有。譬如做事动作有些慢，譬如书桌和房间整理得差，显得有些乱，在某种程度上显出主人的"懒惰"和"不规矩"。所以小姨妈一来，长辈唠叨批判的主要目标就立即转向了她，别看她在国外读博度假刚回家，姥姥批判起她来毫不留情。

　　那年春节假期，我和小姨妈正跟姥姥辩论"不规矩"的界限，忽然来了一家老亲戚。老亲戚来访向来是预先不通知的，更令人疲于应付的是他们还带了两个熊孩子。孩子显然被惯得够呛，一来就不认生地乱翻起来。柜门拉开，抽屉打开，冰箱也打开了。我一会儿没注意，竟然从书包里掏出我新发的课本，不经意间就撕烂一页。尽管只是弄烂不到一寸的口子，可我还是怒火燃烧，恨不得扇他一巴掌。亲戚大声吵骂熊孩子，可是已经晚了。小姨妈立即将我的书包放到了高处，又将撕烂的地方粘好弄平展，然后说，别看我们点点才十岁，在学校就当上了班长，向来是宽容大度的。可是我哪有那么大度啊，一直到姥姥他们带老亲戚去街上吃饭，我还在委屈地流泪。小姨妈说，你们去吧，我和点点在家吃。

　　送亲戚回来的小姨妈到我跟前一晃，说，你猜我给你买了个什么？我懒洋洋地说猜不出来。小姨妈的手闪电似的伸到我面前，是一瓶吹泡泡的肥皂水，瓶盖是一个带把子的塑料环。我小时候小姨妈曾经带我玩过这个，可我现在已经十岁了。小姨妈不管我想什么，她站在我面前蘸一下肥皂水，鼓起腮帮用劲吹起来。一团团气泡簇拥着飞出来，一边飞散一边长大，被投进窗户的阳光射得五彩缤纷，在空中飘呀飘呀。我心情顿时好起来，向小姨妈要过塑料环，也用劲儿吹起来。还自负地说，你看我吹的比你吹的大！是的，我吹出了一大串泡泡，其中膨胀出了两个宝葫芦，是椭圆形的。开始是两个在一起，难舍难分，后来分开了，各自飘向一方，一会儿又相聚了，最后竟然落在了小姨妈黑油油的发丝上。小姨妈眯起眼睛看着我，嘴角尽是温柔和快意。看我蹦啊跳的累得不轻，她又要过来说，你看我的吧。她仰着脸吹出一串径直飞向天花板，有的站在吊灯上。我又要过来说，你看我的！我们跳着笑着追泡泡……一直玩了一个小时。烦恼就这样被放飞了，飞向了很远很远的地方。我的心情完全好转过来了，也能听进小姨妈的教导了。她的教导也很直白简练，说，有些事情是我们不能改变的，但能改变自己来适应。譬如，看到熊孩子乱翻，就要先放好自己的书；新书弄烂了，就要赶紧修补好。那天午饭是小姨妈做的汤面条。她的烹饪技术向来不为姥姥称道，但那天我吃得很香甜。

　　小姨妈现远在异国他乡，我很想念她，但能做到的也就是微信发一些家常的问候。更深的情意只在心中。我还在学业的奋斗和拼搏中，小姨妈也很关心我。她每一次的询问和鼓励都让我感到温暖。在这浓浓的暖意中，我仿佛又看到了五彩缤纷的泡泡在满屋子飘飞。在我心里，那是亲情的海洋啊。

选自《平原晚报》2020 年 1 月 13 日

作者简介：

　　陈与点，女，新乡县人，北京某大学在校学生。上中学时曾被评为全市优秀团员和优秀班干部，爱好阅读，兴趣广泛，偶有作品发表。

槐花飘香的季节

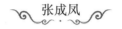

张成凤

看着弟媳送来的一篮槐花,闻着槐花淡淡的清香,哦!又到槐花飘香的季节了。

记得小时候,村子里到处都是槐树,我家就长了三棵又高又大的槐树。每当春天槐树长出了叶子,我们就开始仰起小脸观望:槐树长出了花骨朵,花骨朵一天天慢慢长大,终于绽放成一朵朵漂亮的小白花。白色的花裹在绿叶里,像一串串风铃,随风摇曳,美极了!这时候花香四溢,整个村子里都弥漫着槐花的香气,给人一种清新自然、爽心悦目的感觉,人们如同到了蓬莱仙境。花香还引来了成群结队的小蜜蜂,嗡嗡嗡地来回穿梭,忙碌着酿制槐花蜜呢!

我们高兴起来了,缠着妈妈上树摘槐花。妈妈笑着说:"小嘴又馋了吧?"妈妈随机找来一根竹竿,用钳子把一小段粗铁丝弯成钩绑在上面,又从邻居家借来木梯子。然后上树坐在树杈上,用自制的工具,把一小枝一小枝的槐花拧下来。我们姐妹也动起来了,找来竹篮子、大簸箕,坐在小凳子上,把槐花一把一把地捋下来放到篮子里。还不时地把槐花放在嘴里,津津有味地品尝着,那甜甜的、香香的味道,就是小时候的味道,至今难以忘怀的味道。我太沉醉了,一不小心槐刺把我的手扎破了,奶奶赶紧找了块布把我的手包扎起来,嘴里不停地抱怨着:"怎么这样不小心呢? 弄破了多疼呀!"奶奶让我歇会儿,可我不听还继续干,一刻也不休息。一会儿,大大小小的篮子、簸箕里都装满了槐花。我们看着这些劳动果实,开心地笑了。

槐花捋好了,现在该轮到奶奶忙活了。只见她戴上老花镜,坐在那仔细地把槐花里面夹杂的叶子、树棒儿挑出来。奶奶很快挑出了一篮、两篮,够蒸一大地锅的了。奶奶就把槐花拿到水缸旁,用清水淘了三遍,然后放到竹筐里沥水。水控干以后,奶奶把槐花放到一个大盆里,撒上好多棒子面,又撒了少许的盐、花椒面、碱面,把它们弄在一起搅拌均匀,又把事先发好的面团揉了进去。面弄好了,奶奶在地锅里加了半锅水,就开始生火了,我们姐妹忙着前后院找干树枝。干柴找来了,妹妹拉风箱,我把树枝折成段放进灶膛里。奶奶把竹篦子放到锅里,把洗好的笼布铺上去,准备团窝窝头了。团窝窝头可是奶奶的强项,现在该她大显身手了。只见奶奶麻利地把手在水里一沾,抓了一把揉好的面团,在手里拍了几下,手心里团了一会儿,啪一个窝窝头放篦子上了。"啪啪啪"奶奶像魔术师似的,一会工夫面团在她手里都变成了窝窝头,摆满了篦子。奶奶盖上锅盖,又用湿布条围了一圈,一切准备妥当了。炉火映红了我们的小脸,我们已是汗流满面了。奶奶心疼地说:"看把我们宝贝热的,一边凉快去吧!"

我们仍舍不得离开,在不远处看着,期待着香喷喷、热腾腾的窝窝头出锅。感觉过了好大会儿,窝窝头才出锅了。我们好高兴呀! 等不及了,冲上去就拿。奶奶笑着挡住了我们:"小馋猫,等凉会儿再吃!"香喷喷、软乎乎的窝窝头终于到口了,比过年吃肉还香呢! 我们蘸着酱吃,大人蘸着蒜汁就着小葱吃。我们吃得不亦乐乎,好开心哟! 就像过大年一样高兴。邻居家的小狗在一旁看着,馋得直流口水,趁我妹妹不注意,抢走了妹妹的窝窝头,把妹妹的手也弄破了,妹妹大哭起来,我们费了九牛二虎之力才把她哄住,继续吃窝窝头。

槐花飘香的季节,我们几乎顿顿吃槐花,真是百吃不厌。炒着吃、蒸菜吃、蒸窝窝头吃、晒干了包包子吃，最简单的就是热水焯一下凉拌着吃。奶奶换着法子变着花样给我们做，我们每次都吃得兴高采烈。这样一是可以改善经常吃不上菜的生活状况，二是可以节约一些口粮，免得粮食青黄不接。

槐花过后，妈妈每天吃过中午饭就会带上我们，趁歇晌时间去荒地里的槐树丛中捋槐叶。有一天，一个大槐刺扎到了我的小腿上，并且槐刺折到里面了，用针怎么挑也挑不出来，没办法就不管它了。几天后伤口化脓，又停了几天结疤了，疤抠下来以后大家惊呆了：疤和刺长在了一起，太神了！简直就是一颗钉鞋的黑钉子。看到这颗钉子，小姐妹你争我夺，都想看看这稀罕东西，那乐呵劲儿就甭提了。槐叶弄家后摊在太阳底下，晒干了装成大包，用板车拉到师寨收购站，几大包能卖两三元。要知道那时候两三元可以买布做件衣服；买一堆铅笔、本子等学习用品；买好多盐、火柴等生活用品。当我们姐妹拿到钱后，黝黑的小脸上绽开了花，高兴得手舞足蹈。然后花上一毛钱买几根冰棍，我们拉着板车边吃边走，悠然自在地回家了。

现在人们的生活越来越好了，大鱼大肉吃多了腻味了，才想起吃些野菜换换口味，所以槐花又成为人们餐桌上的一道美食。现在槐树少了，槐花也很难吃到。不过，我总觉得再也吃不出小时候的那种味道，那种甜甜的、香香的令人怀念的味道……

选自《平原文学》2011 年 5 期

作者简介：

张成凤，女，"60 后"。新乡县七里营镇人，新乡县作家协会理事，热爱文学，作品散见当地报刊和多个知名文学网站。

采 秋

陈荣宇

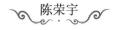

　　10月7日上午10时许,我驱车到小冀京华度假村参加一位朋友女儿的喜宴。在通往目的地的河堤上,心里一直有个念头,要采撷一些农作物的成熟果实,这是孩子的老师给家长布置的课外作业,要装扮一下教室,让孩子们体会秋天。当时老师给我说的时候,我也很欣喜。是啊,这个时候正是流金飘香收获果实的季节,去地头田边感受一下秋天的滋味也未尝不是一件陶冶性情的好事,只是当时不知有没有可能专门离开城市到野外去。

　　恰好赴喜宴,又经过农村地头,可以满足孩子的心愿,岂不是两全其美、一举两得的事?出了南环便有了农田,车子被我开得很慢,我抬眼望去,很多田地已整块整块成为空白。是啊,秋天的主要作物——玉米这时已经被勤劳的人们收走了,我的心情有点失望,不知这短短的采秋之旅能否如愿?天空阴沉沉的,不时还有雨滴落在挡风玻璃上,索性打开雨刮器,让视线更清楚些,再把门玻也摇下来,生怕错过秋的果实。我在脑子里构思着,找些什么作物呢?玉米是没了,还有水稻呢!往前继续走,看见了一片稻田,甚是激动,可以了,有点水稻也行。把车泊在路边,开门便下地。河堤离稻田其实有一段距离,是个下坡,还要顺着田埂,因为有浇地的水渠,绕过沟渠到达了地边,不用再往前走了,一切唾手可得,满地的稻子还可以选择较大的穗,一个、两个、三个……没多大工夫一手盈握了。这时天空飘着雨丝,我带着偷窃的心理四处张望,有点不好意思,稻田的主人会埋怨我吗?这是他们的收成啊!再就是我的穿着打扮在四下无人的田地里显得特别扎眼,你想一个西装革履的人在农田里能显得和谐吗?我住了手,心里默默说:在此谢过了,这片稻田的主人,你为孩子提供了可以学习的教材。

又上路了,虽然秋雨还在蒙蒙地下着,但一点都不会干扰我的热情,此时我的眼界好像也变宽了,到处可以找到秋的影子。看——路对面,几行高粱,顺手捋下两个;路这边的河堤旁,有人开荒的一溜小地,上面种植着棉花,有的开着花、有的结了棉桃、有的已经可以摘了……分别摘下一个,代表了棉花成熟的过程。再往前不远,有一棵毛豆,上面的豆荚已发黄,这棵毛豆显然是没人收获了,我把它连根拔起,回去后可以做成进入孩子精神家园的全株标本啦。

还差一样带苞衣的玉米穗,我在心里默默思忖着。一路走来已没有了玉米地的痕迹,地已平整,等待着冬小麦的播种。不能顺大路了,便打方向拐进了一条乡村公路,那里有很多晾晒玉米的。由于天气原因,很多玉米粒被塑料布遮挡着。在一堆玉米旁边,一位大婶正在冒雨掰着玉米,我走到她面前:"大嫂,我能要两个带皮的玉米吗?""要这干吗?""孩子学校老师要当样品呢。""哦,随便拿吧!""我只要两个,谢谢啊!"我弯下腰在一堆玉米里翻索起来,挑了两个黄澄澄的玉米穗。

至此,水稻、玉米、高粱、棉花、大豆的基本原生态都找到了,我愉快地驾车赶赴喜宴了。驾驶台前方挡风玻璃下放着的这些作物好像尊贵的客人,见到它们的人都说:真是好东西啊!

我听着朋友们的赞赏,有种说不出的感受。久违了,秋的果实。

选自《平原文学》2016 年 7 期

作者简介：

陈荣宇，新乡县七里营村人，新乡县作家协会理事、副秘书长，曾先后服役于北京某部和地对空导弹部队，历时四年；复员后在县广播电视局就职三年；2001年春至今，在新乡县委宣传部工作。参与《中国民间故事丛书·新乡县卷》《鄘风新韵》《平原文学》《晨风》等的编撰工作。

感悟政协

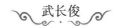

武长俊

20世纪90年代中期,人民武装部的体制发生变动。我乘坐了近30年的"绿色军旅列车"到站了。于是,我怀着复杂的心情,告别朝夕相处的战友,恋恋不舍地从"军列"上走下,转乘人民政协这班"和谐号"列车。

从军人到地方,是人生的又一次大的转折。在这个新的"家庭"里,我又有了新的兄弟姐妹,又有了新的工作天地。同时开始了我挥毫涂鸦学写字的"艺术人生",天命之年和书法结下了不解之缘。

弹指间又走了十个春秋,不经意间工作的"终点站"到了。我回到家里。稍事休息后,梳理自己在政协那3650个日日夜夜的记忆,感悟良多。

政协是宽容和谐的地方。到政协工作的同志,多数是年龄较大,从一线退下来的。他们在不同的工作岗位担任过领导,社会阅历比较丰富,政治素养比较高。到了政协,有的只是"泰而不骄"的平常心态和坦荡胸怀。

政协是广交朋友的地方。政协这棵大树下面,云集着方方面面的人才,为我们广交朋友提供了良好的机会。我在政协那些年月里,结交了不少新朋友。他们中有肝胆相照的民主党派人士;有才干卓著的企业家;有世人敬仰的"人类灵魂工程师"和"人类健康保护神";有视质量重于生命,建造广厦千万间的建筑行业的精英;有热爱公益事业,关注弱势群体的爱心之士;还有纯朴憨厚的农民兄弟,更有倾情于翰墨丹青的书画界的同道。这些朋友是一面镜子,能照出自身的不足;这些朋友是一本书,会使你常学常新,常思常进。常和他们接触交流,会使自己的人生更加充实,精神生活更加丰富多彩。

政协是委员心中的家。随着改革开放的深入发展,政协的作用越来越大,政协的形象越来越好,人们对政协的认识越来越高,政协这个家的魅力也日益凸显。进了这个家的,都不想离开这个家。不少人把这个家看成是"名门望族",视这个家是社会交往的身份象征,因此,他们非常在意这个家;有了成就喜事,首先想通报的是这个家,有了困惑烦恼,第一时间想倾诉的是这个家。

政协工作有益于认识自己,调整心态。我的体会是既要尊重党委的领导,又要在"不干扰、不添乱、不越位"的情况下,主动地、有针对性地安排些调研课题,适当地组织些视察活动。该说的话一定要说,不该说的话不能乱说;该干的工作尽职尽责,不该干的工作不要喧宾夺主。长期在这种氛围中工作,使本来就低调的我,头脑更加清醒,言行更加谨慎。

政协是读书学习的清静之地。"无职无权无人找,无忧无虑无烦恼——政协真好",这是近年社会上流传的一副对联。我感觉在政协有大量的时间资源可自行支配。本人不会"斗地主",不懂"楚汉对垒",也不知"胡了""一条龙"。因此利用这多余的时间,读书学习。我读书没什么计划,政治、历史、文学、传记等随心所欲。读书的过程,也是结交古今情操高尚、不慕荣利的先贤们的过程。读了《三国演义》和《前后赤壁赋》,你才会懂得"出师未捷身先死,长使英雄泪满襟"和"士为知己者死"的真正内涵;读唐诗宋词,你才会看到那些"安得摧眉折腰事权贵,使我不得开心颜"的诗人们的高大形象;读《大明宫词》,你才会了解到一代名相于谦"两袖清风朝天去,免得闾阎话短长"的刚直不阿;读《毛泽东的秘书》,你才会理解田家英"四面江山来眼底,万家忧乐到心头"的内心世界;读《走下圣坛的周恩来》,你才会感受到在那"黑云压城城欲摧"的年月里,人民"十里长街送总理"的无限悲壮和正义的力量。书中那些正义的、高尚的、忠诚的、廉洁的人和事,对自己的心灵是一种震撼,是一种净化,是一种触动。那些先贤们永远是自己向往的道德楷模,永远是照亮自己心灵的万丈灯塔。

牛年除夕,爆竹声声辞旧迎新。千家万户沉浸在春晚和团圆的欢乐之中。我这头"老牛"在收看朋友短信祝福的兴奋之余,打开了尘封的记忆之门。回忆几十年来自己走过的路,随写"牛年感悟"短信一则,发给远方的战友:"逝去的是岁月,留下的是真情;记忆的是缘分,珍惜的是友谊;淡泊的是名利,践行的是诚信;鄙视的是小人,崇尚的是君子;在乎的是健康,展望的是长寿;固守的是忠孝,对起的是良心。上善若水,笑傲人生,牛年感悟,朋友共勉。"这是我几十年心路历程的写照,也是我在政协十年工作的感悟。

选自《平原文学》2009 年 3 期

作者简介:

武长俊,知名书法家,新乡县作家协会副主席,历任新乡县武装部政委、新乡县政协副主席等职务。爱好文学,在《平原文学》《牧野》《新乡日报》等报刊发表散文若干。

回忆我亲爱的奶奶

刘兴旭

我们兄妹都不知道奶奶的名字，只知道老舅家姓白，奶奶在生产队的户口簿上是"刘白氏"，但那是"书面语言"，并没人这样喊过，爷爷一辈子喊奶奶都是以"嗨"来代替，街坊邻居则加上爷爷的名字称呼为"某某家的"。

记忆中的奶奶驼背、小脚，走起路来总是脚跟着地，迈步之前总要在原地先跺一下，满脸的皱纹聚在一起，一张没牙的嘴始终乐呵呵地笑着，屋里屋外忙着那永远也干不完的活儿。她的衣服是深色的，裤子也是深色的。衣裤前后都有补丁，补丁颜色不一，上面还总是沾着点土或者面。奶奶的手我印象最深，不管是端碗吃饭还是做针线活，都永远是颤抖着，手指肚上的裂纹里嵌着永远也洗不掉的黑泥。整个手里外都是硬的，特别是右手中指上的那个顶针，据说是当姑娘时就一直戴在手上，无论什么时间，无论干什么都戴着，后来完全和中间关节外的皮融为一体，整个顶针完全长在肉中，怎么也去不下，直到晚年卧床不起时，我四叔用钳子费了很大的劲才去下来。这枚小小的铁顶针，和奶奶手中的针线一起，缝补全家的衣裳，也缝补了那些沧桑的岁月，手指中间那段明显的环痕，记录着她一辈子生活的轨迹。

我十一岁那年，学校因动乱停课，父亲把我送回老家。老家在太行山余脉一带,村里没水源,吃水全靠在村周围挖的水窖里储存起来的雨水。遇到天旱时,县里要给每个生产队配几个空汽油桶,村民们用小推车载着汽油桶,到十几里外的一条小渠上推来水吃。早上洗脸,奶奶小心地从水缸里舀一碗水倒在脸盆里,然后放在屋门外的石条上,把盆的一边靠着墙,轻轻地用手把水捧到脸上,唯恐洒出一滴,然后用旁边的干毛巾擦一下就完了。因为缺水,种地全靠老天,地里收成十年九灾的,一直到20世纪60年代,我们村大部分人还过着"糠菜半年粮"的日子。为应付过冬,每户都要用秋天的红薯叶腌"黄菜",先从地里薅回红薯叶,再到水渠边洗干净拉回来腌制。谁家能用萝卜叶做"黄菜",会引来好多羡慕的眼光,村里人叫它好菜,比腌的红薯叶要好吃些。

最能代表家里生活水平的,是晚上睡觉能盖上被子。别人家里很少有两条被子的。爷爷、奶奶的炕上,是一条不知道几代人传下来的毡,上面铺着一条补满补丁的单子,爷爷说夏能隔潮,冬能防寒,是用山上的老山羊毛擀成的,爷爷还说,等我结婚时,一定请人给我擀一条新毡子。山区的冬天特别冷,到了晚上,奶奶就把平时烧火做饭时未燃尽的木炭放在炕洞里烧着,老两口共同扯着一条薄被子,再盖上爷爷上山穿的老山羊皮袄。

大概是一九六几年吧,我婶生下小弟弟,婴儿嫩胳膊嫩腿地躺在炕席上,身下只垫块尿布,身上盖件我婶的衣裳。妈妈带着我去看望,带去条旧棉被,真可谓雪中送炭,那年冬为我婶全家解决了大困难,至今这一幕还总浮现在眼前。我家的生活条件在村里还算可以,还是这个情景,想爷爷奶奶年轻时带六个孩子,日子是怎么过来的呢?

每年的春节,是全家人最高兴的日子。爷爷从生产队里领回一小块羊肉,奶奶切下一绺,剁碎了坐在炕上包饺子。我和爷爷忙着劈柴烧火。饺子煮好了,奶奶叫爷爷"嗨",提醒说"该放炮了",爷爷小心地拿出藏在里屋的一小挂鞭炮,挂在院中间的铁丝上,点燃后在旁边看着,当一群小孩蜂拥而上抢捡未响的小炮时,爷爷从胡子里面感叹一句"红火呀",露出平时少有的笑容。

奶奶年轻时就是有名的孝顺媳妇,一辈子恪守"三从四德",家里大事小事从没自己的意见,和爷爷一天也难说两句话,但她对子孙格外疼爱。孙子顽皮,她总是把手高高扬起,轻轻落下。我印象中的奶奶,从来都是那样慈祥地忙碌着,直到去世前也没为自己的事提出过什么要求。

我待在家的日子正值晚秋,生产队组织摘山楂,我觉得好玩,就嚷嚷着跟去。当时规定只准吃,不准拿,我和两个大人一棵树,边摘边吃,开始是酸的,后来吃成甜的了,晚上睡到后半夜,只觉得一阵阵胃酸,特别难受。正无奈之际,见奶奶拿着一个小碗,里面有半碗水,泡着去了皮的生黄豆,来到床前说,起来把这几颗豆吃了吧,会好的。我吃了几颗,很神奇地止住了胃酸,原来奶奶知道我下午去摘山楂,就早早准备好了生泡黄豆。

秋时农活多,我跟着爷爷去地里学干活,每天割草、拾牛粪,晒干烧火用。当然重体力活都是爷爷做。奶奶为让爷爷吃好,中午做饭时把玉米面用手捏成红枣大小的疙瘩,放到锅里煮熟,然后放点野菜。每次做成疙瘩饭之后,总是用她那一直颤抖的手,送给同院的几家邻居每户一碗,说是咱家吃好东西,别忘了别人。等我和爷爷吃完了,她自己只吃一些野菜汤。我实在忘不了她那颤抖的手,端着饭碗,坐在院子里的太阳底下,边吃边笑眯眯地看着我们的样子。

听到奶奶去世的消息,我很悲痛。我从部队回家探亲,才听爸爸说,奶奶是晚上咽气的,那天,村子里住了乡里的工作队,是来搞殡葬改革的,为节约木材,人死不准做棺材。父辈们又想尽孝心,就商量着在后半夜,趁着工作队员熟睡之际,偷偷把奶奶盛殓好,悄悄送到坟里,没通知亲戚,没送葬的人群,没有鞭炮声。

我结婚时,妈妈从箱子底下拿出一个被面,说是奶奶用积攒下来的钱,为孙媳妇买的祝福,嘱咐一定要体面排场地为我办好喜事。每当我和爱人用奶奶的被面做成的被子时,就想起了奶奶满脸皱纹里绽出的笑,想起了奶奶忙碌的身影。

奶奶一生想着他人,唯独没有她自己。她像一羽洁白的雪花,无声地飘下来,融入大地的怀抱。她一点一滴细腻的爱,给我们以呵护,也感化滋润着我们,塑造了我们在这个世界上为人着想的爱的心灵。

选自《新乡日报》2016 年 5 月 16 日

作者简介:

刘兴旭,著名企业家,河南心连心化工股份有限公司董事会主席,新乡市工商联副主席,"全国五一劳动奖章"获得者。重视文化,爱好读书。忙里偷闲搞创作,偶有散文发表。

麦收时节

杨业胜

正午的阳光狠辣地洒在每一寸土地上，没有一丝风。

麦场上一个精瘦的汉子，推着木锨赤脚走在滚烫的麦粒上。他想趁着午时的太阳把麦子晒干。他赤裸着上身，虽不强壮但肌肉紧实，黝黑透红的脸上，被流淌的汗水画出一道道黑白相间的条纹，短疏的头发被汗水浸泡，东一绺西一绺杂乱地贴在头皮上，困倦的眼中布满血丝，一看就是多日劳累并缺乏睡眠。

麦子终于翻完了。汉子拖着疲惫的身子走回家中，在水管下胡乱地洗了洗，又就着水龙头灌了一气儿凉水，这才走到正屋的小桌边坐下，从馍筐里拿了一个馒头，就着凉拌黄瓜和咸菜，慢慢地吃着。里屋妻子在轻声地哄着幼小的孩子。

吃完饭，汉子拿起旱烟袋抽起来。这个年代抽旱烟的已经很少见了，但他舍不得买纸烟，哪怕是两毛钱一包的"邙山"他也舍不得，艰难的日子使"节俭"二字渗入他的骨髓。

汉子靠在椅背上，很快睡着了，发出轻微的鼾声，烟袋滑落在脚边。不多一会儿，"当"的一声钟响，他脑袋猛地一垂，醒了。抬头看看条几上的座钟，指针指到了两点半。他叫醒午睡的女儿，让她一起去场里装麦子。女儿揉着惺忪的睡眼从屋里走出来。她只有十来岁，瘦长的身体上顶着大大的脑袋，头发蓬松着，泛黄的脸庞透着营养不良。

汉子手里拿着一叠编织袋和女儿默默地往晒场走去，没有人说话，毒日头禁锢着人的思维，仿佛话语也让太阳融化了。

女儿扶着刮板，汉子艰难地拉着，一下、两下……刮板在麦粒与土地之间滋啦滋啦地响着。终于，麦子都被拢到了场中间，堆成一个大大的、金黄的圆锥体。女儿把散落的麦粒扫到麦堆边。

汉子用木锨铲起麦子向空中撒去，试了试风向，然后调整角度开始扬麦。他不停地撩着，麦糠随风吹走。圆锥体渐渐瘦下来，一锨又一锨，麦子在不远处落成椭圆的麦堆。扬完，放下木锨，汉子又用大扫帚竭力把麦堆修得更圆，仿佛在做着一件工艺品。

汉子端详着他的作品，愣了好一会儿，然后才示意女儿拿编织袋装麦子。女儿撑着袋子，汉子拿铁簸箕一下一下地往里装，装好一袋系上口搬到边上。慢慢地，麦堆越来越小，装满麦子的袋子摆了一大片。

麦子装完，父女俩的身上、头上都蒙了厚厚的一层灰土。女儿的花布衫成了灰白色。他们脸上的灰土被汗水冲出了一道道壕沟，只有两双眼睛在有力地眨着。汉子布满血丝的双眼透着坚毅，女儿明亮的双眼透着兴奋。

这些麦子是准备作为种子卖到镇种子站的，每斤会比普通麦子高出一毛钱左右。对于种地为生的农民，为多卖几个钱，受点热、受点累，又算得了什么？

汉子到家门口套马车。担当运输重任的是一头毛驴，现在它正卧在树荫下，安然地做着青草梦，身下松软的沙土被它扑腾出一个舒适的窝。汉子拿鞭子轻轻地抽打它，有几下落在它身边的沙土上。"起来了，伙计，该干活了。"汉子在心里说着。毛驴极不情愿地爬起来，扭头看了看主人，抖了抖身子，黑缎子一般的皮毛像波纹一样上下左右滑动，瞬间又恢复了平静。毛驴的眼神精神了，定定地看着主人，仿佛在说：好的，出发吧！

汉子把装满麦子的袋子搬到马车上码好,最后已经累得直不起腰。女儿太小,这样的重活是帮不了忙的,只是牵着毛驴,不让它乱动而已。汉子用两条粗麻绳把麦袋子固定在车上,他用尽了吃奶的力气。绳子深深地嵌入麦袋,像是在马车上铺了两条窄窄的铁轨。

汉子仔细地数了两遍,三十七袋。他用手使劲在袋子上拍了几下,望着女儿开心地笑了。女儿也羞怯地笑了,她不知道父亲为啥如此开心,但她知道父亲开心,她也开心,全家人都开心。

女儿坐在马车上。汉子坐在车把的末端,斜靠在麦袋上,扬起鞭子打了一个响亮的鞭哨,朝着他的梦想出发了。

选自《平原晚报》2021 年 4 月 12 日

作者简介:

杨业胜,河南农业大学毕业,先后任新乡县大召营镇镇长、七里营镇镇长、新乡县编办主任等职,现任中国农科院新乡试验基地管委会副主任。在岗尽职尽责,多次荣获"先进个人"等称号,曾被河南省科技厅表彰为先进个人。业余时间爱好读书,系文学爱好者,在《平原晚报》等报刊有作品发表。

作家梦

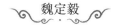

魏定毅

　　我的作家梦,小学一二年级就萌生了。当时看了部电影《红牡丹》——姜黎黎主演的,突然迸发出创作的火花。要写一部惊天动地的小说,起名为《白雪生》,主人公的名字,意思是"下雪天生的",计划写一个叫白雪生的孩子在艰难困苦中成长的故事。当时的构想很宏伟壮阔,要超过《红牡丹》,赶上《钢铁是怎样炼成的》。自己缝制了一个小本子,薄薄的,小小的;自己设计了封面,精心地;还信心十足地写下小说的开头,三行字,稀稀疏疏的,总共算起来,也就四五十字。写好后,我迫不及待地跑到好朋友曙光家,让他看我的"大作",让他听我的构想。他听得两眼放光,激动非常,那时我们的词典里是没有失败二字的。但不多久,我就将小本子抛到了一边,就像小孩子玩厌了小汽车,自然而然地丢弃到一旁。有意思的是,曙光也从来没有问过我小说的进展情况。

　　作家梦的复苏是在上初一时。当时觉得在写作上很有些感觉,在一篇作文里还用了"小坟包"一词,特文雅的。可惜当时的孙老师不是我的伯乐,于是乎我的作文热情一落千丈,期中考试语文只得了 44 分。当时的作文宠儿是申店的希富,孙老师对他的作文是大加褒扬,赞赏为极品,范读时也是一直咂嘴。课下,我认真请教希富写作秘诀。他显得很不以为然,轻描淡写地说,作文书上的东西就用呗,还有啥秘诀?他的回答更让我感到作文的玄奥与高深,也暗暗赌了一口气,你不告诉我,我自己搞!

我应该感谢初二教我的马老师。他讲课时有个特点,总爱说半句话,留半句话,而后让学生往后接。我总能接得很好,也总能得到老师肯定的目光。也就在这一次次的目光碰撞中,我对语文的学习兴趣浓厚了,整体成绩提升了。记得那次,我写了一篇《高石榴树和矮石榴树》,模仿作文书上的样式,这也是根据希富泄露出来的机密揣摩出来的。不过,我仅仅借鉴了那篇文章的结构,内容都是结合自家的情况写的,自认为很满意。与我很有心灵默契的马老师,给我的批语是:文贵立意新。用工整的正楷写的。太好了!我终于被肯定了。这五个字一直印在脑海里,在我懈怠的时候,散发出永恒的暖意。现在想想,这五个字其实是有歧义的:一是说我的作文有新意,可贵;二是说我的作文陈旧,要有新意。

一句歧义的批语,重塑了我的作文精神。我写老师布置的,写老师没布置的。看到一群小孩子在三干河游泳,就写了首旧体诗,苛刻的老爸看了,竟笑眯眯地表扬了我几句。学过莫泊桑的《我的叔叔于勒》,为它写起了续集,自觉与老莫没什么两样,放到一起,天衣无缝。高中时的成名作是《雨,落在心里》,穆老师用极具个人特色的普通话剖析着作文的诸多妙处,我心里那个美啊!

大学时喜欢上了三毛的文字,写了篇《八里沟之游》,语言诙谐,特三毛的;但大姐看了,竟说太油腻了,让人读了不舒服,给我实实在在泼了一盆冷水。写了篇《救人英雄》,以真人为原型,结果还是被否定。后来,在写作上,我是越来越没感觉了,陷入了一个漫长的低潮期。

工作以来,我开始给学生们写诗写歌,第一首诗是《探索者之歌》。我欣欣然地写出一首诗,并且以不同形式在学生面前展示出来,收获的当然是喝彩声一片。一首又一首,越积攒越多,最后竟整理出一本通俗易懂的新诗集子——《抛砖集》,旨在抛砖引玉。现在再看那些诗,也确乎是些砖头瓦片了。后来，又整理出一本档次更高的新诗集子——《仲秋的絮雨》。我先后加入了鄘南诗社、文联、作协，参加市作家培训班，常以"作家"的身份参加一些活动，受益匪浅。此后，我的创作视角由学校转向了家庭，写出本旧体诗集——《捧出一颗心》，感动了自己，也感动了他人。后来，又写起了散文、小说。

我成了作家了吗？其实，我心里有数，不过略知创作的皮毛而已。如果让我靠文字养家，那全家就要喝西北风了。不过，我会继续写下去，没有苛求，只有自在，恬淡而惬意地写下去。一位青年作家邀我一同出书，我笑了笑，不假思索地拒绝了。我已经走过了被虚荣心役使的年龄，我不想再活给别人看；同时，我也有自知之明，有自己的人生定位，我可能永远也成不了真正意义上的作家。能做个生活的叙述者，叙述一些陈年旧事，叙述一些生活点滴；能把这些说圆满道周全，就心满意足了。

选自《牧野》2015 年 4 期

作者简介：

魏定毅，"70 后"，新乡县作家协会理事，高中语文教师。作品散见《中州诗词》《牧野》《新乡日报》《平原晚报》等报刊。

腊　梅

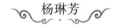

杨琳芳

　　结识腊梅是在十年前的一天下午。听说邻居志刚从山西回来,还带来一位很漂亮的媳妇。出于邻里友和,也出于好奇,我就急忙去志刚家串门问候。

　　迎我进门的是志刚媳妇,乍一见到她,简直把我惊呆了,疑是天上掉下来个林妹妹。她高挑身材,修眉俊眼,笑生两靥,顾盼神飞,气质高雅,让人见之忘俗。进到屋内发现她正在收拾带来的行囊。志刚媳妇很热情、很客气地请我坐下说:"志刚出去买炉子了。真不好意思,我正在整理带来的书籍,很乱。噢,我都忘了做自我介绍了,我叫腊梅,希望你以后多多关照。"我诚恳而高兴地握着她的手说:"你千万别客气,以后我们就是好邻居、好姐妹了。"相互介绍中间,我的眼光早被满桌子的书吸引去了,随手拿起来一本《李清照词选》,我好奇地问:"你也喜欢李清照的词吗?"提起李清照,气氛更加热烈,也打开了她的话匣子。她兴奋地说:"我非常喜欢李清照,是因为我十分欣赏她那从优裕走向苦难而酿就的一颗千回百折的词心。"性情脱俗,出语不凡,我惊喜遇到了知音。

　　以后交往中得知,志刚是在山西当志愿兵时结识了在当地教书的腊梅。对文学的共同爱好和对事业追求的相同志趣,使他们相识相恋。就在他们挽手走进婚礼的殿堂没多久,与腊梅相依为命的母亲骤然而逝,这让腊梅痛不欲生。而此时,志刚服役期满要回乡了,与志刚情深意笃的腊梅毅然挥泪辞别故乡,随志刚来到河南。

回乡后,凭着对山西地域的熟悉,志刚开起了大货拉运煤炭,而腊梅受聘到一中学担任代课教师,一年后他们又添了个聪明可爱的女儿。

然而,天有不测风云,去年冬季,一个天寒地滑的雪天,志刚去拉货走山路时不慎连人带车跌进山谷。腊梅得到这个消息后欲哭无泪,几乎三天没进食。我陪她伤、陪她痛。

志刚去世那年冬天的一个傍晚,窗外飘着雪花,我轻轻推开腊梅的家门,她却浑然不觉,只见她怀搂8岁的女儿正凄凄惨惨地吟着李清照的《清平乐》:"年年雪里,常插梅花醉。挼尽梅花无好意,赢得满衣清泪。今年海角天涯,萧萧两鬓生华。"此情此景,令我凄婉神伤,我哽咽着叫了一声:"腊梅!"就紧紧抱住了她们娘俩。我说:"你不能再沉浸在过去的回忆中了,你应该振作啊!"腊梅无不绝望地说:"母亲离开了我,志刚离开了我,我的生命还有什么意义?""不,这不是你的性格,你能从山西来到河南,把人生重新定位,本来就是一个有勇气的重大选择,有何不能把生活重新安排?"我为她细细筹划一番。腊梅眼里有了希望的火花和神韵。

冬去春来,腊梅自己办起了中小学生家庭作业辅导班。由于她的刻苦认真,加之原来就有的教学经验,她教出的学生各科成绩明显上升,家长们高兴,腊梅的笑容也常挂在脸上。

又到了冬季,外出学习几个月的我再次造访腊梅,屋里暖洋洋的,只见腊梅一个人在伏案疾书。我问:"不上课吗?"她说:"晚上上课,白天写点东西。"原来腊梅正在写一部中篇小说,我迫不及待地问她题目叫什么,她说:"就叫《有香如故》吧。"

几个月未见,腊梅自是非留我不可。一向饶有情趣的她,硬要温酒烹菜。我想也好,"绿蚁新醅酒,红泥小火炉",倒也是我早已向往的意境,何不效仿古人,金樽共赏呢?此时看到从客厅到厨房来回穿梭的腊梅,好似冰天雪地里的一树梅花,尽管霜欺雪压,但还是疏影横斜,暗香浮动。我的心有种微微的震颤,我不由地自言自语:"绮筵散日,谁人可继芳尘?"

选自《平原文学》2011年5期

作者简介:

杨琳芳,女,退休前为新乡县计生委干部,河南省作家协会会员,新乡市作家协会理事,新乡县作家协会理事。在各地报刊发表诗文数百篇,曾获《百花园》与郑州市纪检委联合举办的全国反腐倡廉小小说大奖赛优秀奖,出版散文集《藕花深处》。

血　脉

——一位老八路的战地回忆

 郑国昌

　　1947 年 4 月,解放战争从战略防御进入战略进攻的第二个年头,我所在的二野九纵 26 旅接到紧急任务,冒雨追歼南逃的国民党 49 旅快速纵队。途中,我突然得了伤寒病,发高烧昏迷不醒,部队领导让当地百姓——我记得是一位老大爷和一个妇女——用担架把我送到林县黄花营陆军医院。院长对医生说:"伤寒病传染,单独腾间房子。"医生说:"伤病员满满的,腾不出来。"院长说:"那先抬进去,我找村主任想想办法。"我在病房高烧一直不退,头痛得厉害,忍不住大喊大叫,搞得其他伤病员不能休息。一会儿院长回来对医生说:"快快快,把他抬到村口的那个小庙里,让护士送水送饭。"

　　这一天,一个老大妈从地里回来,听到小庙里有人叫喊,走进去一看大吃一惊,说:"这不是'羊毛丁'吗?"说罢,就跑回家拿来针和剪子,给我挑起来,她挑一个剪一个,前七后八一连挑了十五个,在挑到十个时,我浑身冒汗,感觉疼极了,老大妈也累得满头大汗气喘吁吁。当她把"羊毛丁"给我挑完后,随即给我盖好被子又跑到医院告诉医生:"小庙里那个病人出了汗,赶快把他抬回来,千万不要再受风。"医生叫人把我抬回来,我一睡就是两天两夜,醒来后,医生、护士和病人都为我高兴,我不解地问医生:"这是什么地

方？我啥时候到这里来的？"医生说："你从前方来，已经 20 多天，你的病快好了，好好休息吧。这个地方是林县黄花营二野陆军医院。"护士给我递上了新军衣，我问护士："你为啥给我军衣呢？"护士耐心地解释道："你是革命军人，不穿军衣穿什么？"

之后的几天，我的大脑一直浑浑噩噩，无意中，我从一件旧军衣口袋里摸出一个小本子，看到有我全班的战士名单，回想起了部队的情况，我这才渐渐清醒过来。一个病友对我说："你命真大，要不是那位烈属老大妈给你挑了'羊毛丁'，你早没命了。"听了同志们的叙述，我感动得掉泪啦，心想：一定要好好感谢这位救我性命的老大妈。可是，我光打仗，不挣工资，再说又是从前方送来医院的，身无钱物，我拿什么去感谢老大妈呀？我急得团团转，末了，我打定主意，空着两手去报答烈属老大妈。大妈慈祥地看着我说："孩子，别这样说，我什么东西都不要，只要你病好了，比什么都好。多少年来，孩子他爹给地主做长工，一年到头，全家人没吃过一顿饱饭，没穿过一件保暖的衣衫。自从八路军来到咱这小山村，斗地主分田地，咱穷人也当家做了主人，我送大儿子参加了解放军，孩儿他爹也加入了担架队，后来……"大妈的语音有些哽咽，听说过大妈的儿子在前线牺牲了，更坚定了我先前的主意，扑通一声，我双膝跪在了大妈的面前，喊了一声："娘，您认我做干儿子吧，从今往后您就是我的亲娘！"

每每忆起这段往事，我总情不自禁地想念烈属老大妈，并联想到老百姓对中国的解放事业所做出的牺牲和付出。我想着，等全国解放了，我一定要重返小山村，孝敬我的干娘。

选自《平原文学》2011 年 5 期

作者简介：

郑国昌，笔名任一，河南省小小说学会会员，新乡市作家协会会员，新乡县作家协会理事。作品散见于《牧野》《平原文学》《平原晚报》等报刊，出版长篇抗战历史小说《河原山》。

我的继父

——谨以此文敬献普天之下的父亲们

梁 云

　　下午上完课,回到母亲家。母亲和继父喜出望外,连忙给我去做饭。继父见我站在那里,急忙催文君(我的弟弟)给我搬凳子,使从未享受过父爱的我非常感动又非常惭愧。

　　我的母亲刚嫁到这个村子的时候,我也曾为此而气愤过。恨我的母亲怎么不和别的女人一样,嫁鸡随鸡,嫁狗随狗,平平常常过一辈子。那样也不至于丢人现眼。况且这个村的那个人又那么穷,那么没本事。但作为女儿的我怎敢出言伤她那已伤痕累累的心啊!那时,在学校里,每次她去看我,我总是避而不见。我快恨死她了。她不仅给我幼小的心灵带来难以磨灭的创伤,而且使我在同学面前总感低人三分。这个村的村边我根本不踩,至于我那未来的继父我更是不予理睬。

　　一晃四年过去了,高中阶段我在远离家乡的学校上学,母亲仍千里迢迢来探望我,每次都把身上仅有的钞票强塞到我的手里,当时我的泪水直流,我知道母亲家由于盖房欠人家许多钱。而她却又把借来的钱给了我,我怎能不感动呢?想想过去对母亲的冷淡,我真有些后悔。我的母亲并非像人们想的那么坏,她也是一位善良的母亲,是世路的坎坷,世人的鄙视,使她一步步跳进"火坑"的。我恨她是没有理由的,而应恨那个逼她跳进"火坑"的陈旧的世俗!

随着我思想的转化,在母亲的再三要求下,我终于和她来到了那个村。她给我讲了许多有关继父的事,使我对他的鄙视逐渐消除了。我的继父自幼生活贫困,家境困顿不堪。他有两个妹妹,一个哥哥。新中国成立前,他家靠要饭度日,生活艰难可想而知,由于孩子多,没饭吃,为了生计,他的母亲将他的两个妹妹卖给人家,一个女儿一斗玉米。只剩下他和他的哥哥。

新中国成立以来,他家也和所有贫苦人家一样,翻身得解放,生活有所改善。即便如此,在那个物资极度贫乏的年代里,却仍免不了从东家到西家去讨饭。继父的母亲年迈,只好让我的继父去讨吃食。常常,她孤零零地在那破旧不堪的小茅屋内,忍受着饥饿的煎熬,盼望着看到他的身影,望眼欲穿……却仍不见他回来,她忍不住唤起来:回来,回来……我的继父从小没个名字,时间一长,"回来"就成为他的名字了!他的命比我——一个寄人篱下的孩子还要苦!自幼就吃不饱,穿不暖,看尽别人的白眼和鄙视,受尽他人的欺负。在这种困境中,我的继父却仍不失其善良勤劳的本色。我每次到他家,看到他总是把好吃的饭菜、轻的活计留给别人,而他自己却总是吃剩下的,干更重的活儿。他对我非常好,简直比亲生的还要亲。他总是让我母亲给我钱,而他自己却连一分钱也舍不得花。他在城里干活时,为了省钱,就从家里带上几个硬馒头充饥,即便在寒冷的冬天也一如既往!

每逢母亲做点好吃的,他便想起了我,一直念叨着:"今天这顿饭真好吃!我去给小妞送点,我去给小妞送点。"

多么高尚的人格,多么崇高的灵魂!然而生活给予他的却是什么呢?地位的低贱,生活的困顿不堪,经历的坎坷。可有些心地残忍的人,却能够过上幸福美满的生活。这便是人与人之间的不平等!

动乱的年代,受尽屈辱的他,被拥为积极分子,今天斗这个,明天斗那个。在那是非混淆、善恶颠倒的十年中,他出入于各种会场,却依旧摆脱不了生活的困境。压抑的生活,给他留下了难以磨灭的岁月伤痕:干活总是慌慌张张,说话语无伦次,时不时地背诵几句毛主席语录;家中有点东西就往屋里放,唯恐被别人偷了去似的,连打气筒也要放进口袋,锁进箱子。他就像契诃夫笔下的套中人一样,令人感到不可思议!

回顾他的大半生,多是在痛苦中度过的。仓廪实而知礼节,确实如此。由于家境一贫如洗,为生活所迫,他不太懂礼节。在人前不像有些人一样能说会道,但他的心地是善良的,衣着虽寒酸却整洁。这在那种环境下,仍能保持这种性格已然是难能可贵的了。

过去,我目无下尘,清高自诩,总认为我要比他高贵得多,鄙视他,看不起他。其实,我们同是天涯沦落人啊!

选自《牧野》2012 年 1—2 期

作者简介:

梁云,原名梁艳丽,笔名桐花时节,女,"70 后",新乡县人。新乡县作家协会理事,做过教师、保管、会计,喜爱文学。在《平原晚报》《平原文学》《牧野》等报刊发表散文若干。

一路向西,去西藏

王丽雪

这是一个无数人心中的心灵家园。

这也是一个无数人描述过的最后的净土。

这是世界的第三极,它有蓝天白云高山净水。但它也被称作自然环境恶劣之地。

这也是个普通的地方,有小城,有美食,有姑娘,有转经的老人,有嬉戏的孩童,有最普通的人和最平淡的生活。

从决定去到真正去,用了很短很短的时间。这是一次说走就走的旅行。

从想去到真正去,却用了很长很长的时间。这也是一次梦想中的旅行。

旅行的意义是什么,于不同的人,有不同的答案。于我而言,旅行就是去看见,看见不同的风景,看见不同的人,看见不同的生活,看见这个世界。

没有多余的时间,顾不得高原反应,直接买了机票去拉萨。错过了青藏铁路,一路上也收获了不少美景,云层里,蓝天下,雪山冒出的小尖儿,世界之大,人类之小,是这趟西藏之行最深的体验。飞机上,有一本仓央嘉措的诗集,跟着他,去试着读一读西藏。

"住进布达拉宫,我是最大的王,走在拉萨的街头,我是最美的情郎。"

很幸运,刚到高海拔地区的我并没有出现高原反应,但仍然会觉得很

354

累,走几步都觉得喘,高原缺氧还是给了我一个下马威。它教我走路要慢一点,说话要慢一点,生活需要更慢一点。布达拉宫的广场上,到处是游客,在各自的生活里早就习惯了快节奏,在这里却也不得不陪着转经的老人一起慢下来,一步一步地爬上雪域,被布达拉宫无比精巧的物件所吸引,也对琳琅满目的珍宝叹为惊奇。站在最高处,能俯览拉萨,也能仰望星空,我们都要做自己心中的王。大昭寺的广场上,最多的却是转经人,有老人,有孩童,无视热闹的街景,无视游人好奇的目光,虔诚地念经,磕长头。游人与他们之间有种奇妙的约定,只远观,不打扰。更多人选择喝喝茶,晒晒太阳,与陌生人闲聊;在玛吉阿米里找一个靠窗户的位置坐一坐,点一杯酥油茶,吃几块糌粑。也许就在不经意间,街边转角处,就能看到了自己的情郎。

"这一世,转山转水转佛塔,不为修来世,只为在途中与你相见。"

藏地素有转山转湖转佛塔的习俗,而羊年转湖,被认为能比平时多修三倍,故羊年转湖对藏民来说是头等大事,更吸引了不少游客一同参与。纳木错、羊卓雍错、玛旁雍错,是西藏三大圣湖。羊年转羊湖,这一次的行程从羊湖开始。去往羊湖的路上,有蓝得沁人心的天空,有白得暖人心的云朵;有悠闲自得的藏羚羊,有慢悠悠横穿马路的牦牛。生活在平原,看惯了一望无际的麦田,再看这里,忽然明白了一个词——"山脉"。只有像这样连绵无绝巍峨壮阔的山连在一起,才能被称为山脉!八月里的山满眼是绿色,羊湖的水则是直射眼底的蓝。那种浓得化不开的蓝,像一块蓝色的丝绸飘落在山间。而纳木错却与它有着截然不同的蓝,它更像是一片蔚蓝的海。在去纳木错的路上,我终于看见了繁星闪烁,数不尽的星星,明又亮。像是回到了童年夏日躺着院子里数星星的时光,据说幸运的人儿甚至可以在这里看到银河。无论来得有多早,你都能看到湖边一边转经一边转湖的藏民,一步一步地走过去,脚步细碎却从不停留,一个长头接着一个长头地磕下去,周遭的环境再复杂也抵不过他们内心的纯净,他们是一群虔诚的修行者。站在纳木错边可远观到的山是唐古拉山,在藏族的传说里,它是纳木错的丈夫,它们彼此守望，又紧紧相依；屹立在这里，守护着它们的爱情。

我问佛：为何不给所有女子羞花闭月的容颜？佛曰：那只是昙花的一现，用来蒙蔽世俗的眼，没有什么美可以抵过一颗纯净仁爱的心。

第一次近距离接触藏族人，是在色拉寺里，对周遭一切的好奇，都被排在前面的藏族小姑娘一一解答；黝黑的皮肤配上明亮的眼睛，便是令人心动的笑颜。拉姆拉措山，很可能是我这辈子爬的最高点。海拔5000多米的雪山，充满的是陌生人互相加油鼓励的温暖，是藏族奶奶送的奶糖，也是藏族汉子提的一壶热腾腾的酥油茶。住久了在充满戾气的城市，这里的温暖就是一缕直射心底的阳光。

你说："第一最好不相见，如此便可不相恋。"

我说："那一年，我长途跋涉在山上，不为觐见，只为贴近你的温暖。"

这一次，我读懂了"一辈子一定要来一次西藏"这句话。在这里，可以看一看天有多蓝，水有多甜；在这里，沙柳、胡杨摆动出所有的情思；奔腾的雅鲁藏布江水能带走所有的怒气；这里有美丽的藏族姑娘嫣然一笑里的温暖，也有藏族汉子热情奔放给予的快乐；有高山给你壮阔的胸怀，有雪山给你净化心灵。

"但曾相见便相知，相见何如不见时，安得与君相决绝，免教生死作相思。"一路向西，遇见西藏。

选自《平原文学》2016年7期

作者简介：

王丽雪，女，河南师范大学毕业，新乡县编办干部，有文章发表于《平原晚报》《平原文学》等报刊。

我的母亲

王德峰

我的母亲是平凡的,也是伟大的。

母亲的童年充满艰辛。姥爷常年工作在外,姥姥常年卧病在床,姊妹五个,身为老大,她八岁能用老式木桶挑水,10岁会用辘轳提水浇地,12岁就能一个人到市里拉面买煤,13岁高小毕业已经是家里的顶梁柱了,上照顾姥姥,下教育姊妹,稚嫩的双肩早早地担起了家庭的重担。

母亲有一双灵巧的手。弹花、纺线、织布、裁剪,各种针线活儿,母亲样样都拿得起放得下。小时候,她总是想方设法把我打扮得规规矩矩。时至今日,我依然能清楚地记起每年春节的新衣服。在我幼年时,国家刚刚实行改革开放,经济虽然有了很大起色,但是农村依然很贫穷,粮食也比较紧缺。在那个时候,母亲就像一名技术高超的厨师,红薯干、小鏊馍、稀米饭、玉米疙瘩汤,总是能变着花样儿填饱我的肚子。

母亲有一颗仁爱的心。生活的磨炼,培育了她为人豁达、与人为善的性格,从未与人斤斤计较,更不谈论家长里短。是她最早在我幼小的心灵里,播撒下善良、正直、宽容的种子,教我做人,陪我长大。

多年以来,母亲为我付出了很多很多,可是从未想过索要一丝一毫,这是一种多么广博、多么无私的爱啊!

有人说母爱就像一首田园诗,幽远纯净,和雅清淡。

有人说母爱就是一幅山水画,洗去铅华雕饰,留下清新自然。

有人说母爱就像一首深情的歌,婉转悠扬,轻吟浅唱。

有人说母爱就是一阵和煦的风,吹去朔雪纷飞,带来春光无限。

莺归燕去,春去秋来。儿子在一天天长大,母亲却在一天天衰老,皱纹渐起,白发如雪。于是,在愧疚之余,心里总是想着为母亲做点什么。

曾经以为给母亲零用钱,给母亲买衣服,就是对母爱的报答。直到有一天,我也有了孩子,也为人父母了,才对母爱有了更深层次的理解。我深深明白,母爱如天无以为报,母爱如地无求所报。这么多年来,在儿子面前,母亲早已没有了自我,只是快乐着我的快乐、幸福着我的幸福,只要儿子快乐她就快乐,只要儿子幸福她就更幸福。

也许,我们只能从一些小事做起。不经意的一个电话,面对面的一次闲聊,生日里的一份蛋糕。一个电话,能使母亲感到温暖;一次闲聊,能使母亲化解疲劳;一份蛋糕,能使母亲露出笑脸。这些都太微不足道了,但如果持之以恒,这涓涓细流一定能够汇成爱的汪洋大海。

选自《平原文学》2010 年 4 期

作者简介:

王德峰,现任新乡县委宣传部副部长,业余时间写作,在报刊上发表过散文若干。

小院情思

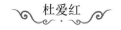
杜爱红

小院有菊

巴掌大的院子里,靠近卧室窗户的一小块空地上,去年春天移栽来一丛菊花。我心内很是欢喜,"吾生如寄,尚想三径菊花丛",想着从此,自己也成为一个院中有菊的人。

阴历九月开始,就可以数着日子待菊开了。看那花苞一点点努力鼓胀,看细细的茎把花苞们高高地举过头顶,也感受着心底的欣喜一点点地膨胀开来。等九月过半,西风起,木叶落,"一夜新霜着瓦轻",大朵大朵淡紫色的花便相继绽开,花下的枝便更加勉力地支撑着,浅浅的香气溢满院子,墙角的菊花成了小院一年中最美的风景。让这个家的主人也有了"西风门径含香在,除却陶家到我家"的小小骄傲。

浅紫的花,并不艳丽,但它淡淡的色彩,细细的繁复的花瓣,正应和它于冷风中的从容神情。有时空闲,坐得且近,和它相望端详,初开的紫色褪去了一些,转而发白发亮,细长的花瓣越发秀丽、素净。让你不由得想,那融融冶冶黄太过热烈了吧,还是这暗暗淡淡紫,与它的独立窗下院角、与它凌寒而开的不媚俗世,更相协吧。

立冬过后，入夜晨起，风更冷了，可看着菊，我心里倒越发安宁坦然。因为我知道，这寒，这冷，都不过是它的日常。你只需每日相对欣赏，一点不用为它担心。甚而它在寒冷中的粲然，使瑟缩地穿上棉衣的你我显得那么局促仓皇。去年，这紫菊不仅抵御了一次次风霜，还一直开到一场小雪中呢。

感谢这丛菊花，它每年深秋到来，它的素洁安然不知不觉浸润着也影响着我的心境。尘世中任谁也不尽是春花秋月的宜洽，或许更多的经历倒是暑热冬寒。工作的辛苦，生活的繁杂滞重，都需要你我练就一颗沉静而坚强的心。虽则有关菊花精神的词句韵致铿锵，可于我来说，年年与菊相望相惜，成了一件更真切而有仪式感的事情。及至冬深，看着枝头紫菊"堕地良不忍，抱枝宁自枯"，你的内心激起的就不仅仅是欣赏而是对生命的敬畏了。

院中有菊，不只在秋来赏菊，对我，还有春、夏、秋三季对菊的浇灌和等待。春天把根茎移栽到土地里，看它青青壮壮地长起来，枝叶蓬开，从春到夏，从夏到秋。看院子里月季花开了一茬又一茬，看头顶上的葡萄藤开了花，结了果，又被鸟吃人摘。要看菊花，得等，从冬到秋地等，淡然安然地等。只要是想着在某一个清冷的秋日，可以静静地赏菊东篱下，得领陶翁意，就有一种笃定在这等待里，有不能辨的真意在这等待里。

即使隆冬，枝枯叶落，看不到它了吧。很多时候，正清扫着院子或者读一本书的时候，常常就会情思忽然一跳，眼前出现一丛菊的影子。轻轻地和它会心一笑，似乎心里收藏着一个秘密。喜欢菊，并不只在它开的那一时，而在院中有菊，更在心中有菊。

二妹家的花鸟虫鱼

每到节假日，我们几家的大人孩子都喜欢往二妹家去聚会，因为她家好看、好玩的东西比我们都多。

在二妹家，小孩子总会找到心仪的玩具，有现成的恐龙模型、变形金刚，也有需要参与制作的小汽艇、升降小电梯，还有各样便捷的运动器材，楼上甚至还布置了一个像模像样的乒乓球室。而我,一到她家,总是被院里屋里喧嚷的生灵们所吸引。

比如春夏,光是她那院子里的各类花草,就足够你眼睛忙活的。初春时节,好多花草还没有搬出暖房的时候,影壁前一大盆披垂的迎春已傲娇地"一枝独秀",娇黄明艳,让人欢喜。院角,一大株绿梅正好绽放,淡绿雅致的花瓣投射出清幽洁雅的光,让人不忍伸手亵玩。鱼池里的小鱼们在喧嚷中似乎都已藏身于水草,狗狗小黑汪汪的招呼声因了节日的氛围显得更加热情。

屋子里,比外面更吸睛。茶几上小小的热带鱼缸最漂亮,里面假山绿植,好有生气;数了一下,里面我叫不上名字的水草就有五种。孔雀鱼、红绿灯鱼炫着彩,来往穿梭于石桥下草叶间,让你觉得这鱼比人自在太多。另一鱼缸里养着两只红身子的螃蟹,看他们吃食很有趣,两只大钳子迅捷灵巧地交替往嘴里不停送食。

听妹妹说,这两只螃蟹并不和睦,在一只螃蟹蜕壳时,另一只趁机把它钳子咬掉吃了。这不是典型的乘人之危吗?螃蟹到底是骄横惯了的动物。还是乌龟池里的六只乌龟更安静,冬眠着呢。只有一只从沙土里钻出来,像个梦游的小泥猴。妹妹说很担忧它,因为现在该是它冬眠的时候,还不能进食,这样在外面晃荡,怕是会耗光它储备的养分。

外甥女与小仓鼠最亲近,一次她竟趴卧在地上,用面包虫努力地想把小仓鼠从暄暖的窝里吸引出来,说是仓鼠磨牙时把嘴角磨破了,要抓它出来上药。我生平最怕老鼠,但看着这只白净清爽被称为金丝熊的小仓鼠怯怯的小样,一时竟也生出一点怜惜来。

球案下的三只鹦鹉似闲庭信步,一点也不怕人,只在谁的脚步猛地落到它们身旁时,才啾啾啾地大声抗议一阵。白色的那只白云斑最是好看,听妹妹说是一雄两雌,好家伙,不由想起齐人有一妻一妾的故事,不过以鹦鹉的智商怕是远做不出齐人乞食娇妻那么虚荣无耻的事情来吧。

她家的多肉品种好多。我只是爱看,总是记不住名字。可是妹妹和她家的两个孩子都能挨个说出各个多肉的名字和习性:魔法师、海豹、熊掌、绿玉……那自然的神情似在介绍自己的家庭成员。

二妹每天的工作比我辛苦,但她永远都比我开心。也许身边真正的幸福,除了工作带给人的成就感,除了亲情,还在与各类生命的"互动"里,在大自然的清风明月山水花草之间吧。父亲就不止一次地说过:还是二妞会生活,花鸟虫鱼,侍弄得开心。

选自《平原晚报》2021 年 6 月 11 日

作者简介:

杜爱红,女,新乡县一中教师,新乡县作家协会理事,中华诗词学会会员。工作之余,喜欢读书与写作,有诗歌、散文在报纸杂志上发表。

爱的缘分

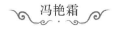

冯艳霜

经历过爱情的人,都会认为邂逅的那段时光既是冥冥之中的注定,又是偶然巧合。缘何在以前的若干年里没有发现彼此,又为何在这个特定的时间段能做到心灵的契合?既然命运如斯,良缘也好,孽缘也罢,都会让生出化学反应的两个人上演太多的悲喜剧。

记得以前听过一个故事,有个村庄的小康之家的女孩子,生得美,有许多人来做媒,但都没有说成。那年她也不过十五六岁,是春天的晚上,她立于后门口,手扶着桃树。对门住的年轻人同她见过面,可是从来没有打过招呼,他走了过来,离得不远,站定了,轻轻地说了一声:"噢,你也在这里吗?"她没有说什么,他也没有说什么,站了一会儿,各自走开了。后来,这女子被人拐走转卖,经过了无数的惊险风波,老了的时候还记得从前那一回事,常常说起,在那春天的晚上,在后门口的桃树下,那年轻人。于千万人之中遇见你所遇见的人,于千万年之中,在无涯的时间荒野里,没有早一步也没有晚一步,刚巧赶上了,唯有轻轻地问一声:"噢,你也在这里吗?"当然缘分总是远不止于此的……

从相识到相知、相恋,感受到的有温暖、心悸、期待、渴望、神伤、心痛、缠绵等多种情绪,这也是爱恋过程中都会经历的吧,能持续多久,只能看造化。

有许多的词句,因有了体会,显得更生动一些。"才下眉头,却上心头","两情若是久长时,又岂在朝朝暮暮""此去经年,便纵有千种风情,更与何人说"……

执手的感觉,最为温馨,从冰冷、温暖到汗津津,一系列的物理变化也催生了化学变化,让人想多握一会儿,想更长久一点,独自面对寒冷的时候也会每每想起指尖传来的温柔和温暖。有太多的话想对对方说,有太深的爱想继续感受,有无尽的希望想给予彼此。爱到极致便会归于平淡吧,再深的爱若不归于柴米油盐,便只会是空中楼阁。爱需要在生活中,一点一滴地积累,一丝一缕地感受,从激动人心到平实淡然,从辗转反侧到想起对方会安然入睡。当然,也是因为太爱,会太在乎,因而对方一句话、一个词在心里掀起波澜,暗自揣测,怕对方不爱了,怕自己爱岔了。爱成了敌我的均衡,成了博弈,成了你来我往的嗔怒癫狂。但这些都是爱的路上不可避免的,在这个过程中,永远是遇强则强遇弱则弱的还原氧化定律,说不清道不明的原因都会影响彼此的情绪,引起对爱的质疑。这些其实并不可怕,只要沟通在,不独自做了"单飞"的决定,比翼鸟还是会在的,还是会喜笑颜开地迎接每天的红太阳。

童话故事里的男女主人公总是会在历经千难万险后结合,最后也只是一笔带过:"从此他们过着幸福的生活!"对于幸福生活的具体描述却没有只言片语,我们就这样被糊弄着向往着爱情的归宿。没有悲伤哪知道快乐的可贵? 没有绿叶的衬托,红花永远显现不出来。生活就是这样,三分快乐由四分忧伤做伴。一直高兴着便没有了高兴着的激情,一直悲伤着也失去了悲伤的心态;长期笑着面孔肌肉会僵硬,长期哭着体内水分也会干涸。有如祥林嫂由最初惹人怜的伤情,变成大家都麻木的笑料,想一直保持一种情绪也是不可能的。"人生若只如初见"成了最美好的希冀和最沉重的哀悼。

爱情故事最后的结局可以有好多种,完全可以把它想象成开放式的:一种是分道扬镳老死不相往来,以前若干年都没偶遇过,以后也不会,可以很清静地忘记对方;一种是成为可以互相信任的朋友,偶尔联系,把笑言欢,这个比较纯情一些;还有一种是保持互侃精神,在人生的道路上相互依恋,成为彼此情感上的支柱,这个会需要耗费大量的人力物力。总之,没必要因为结局而忽略过程,掐断它的进程。惜缘、随缘,才是最好的抉择。

选自《牧野》2018 年 6 期

作者简介:

冯艳霜,女,"80 后",在新乡县直某机关工作。业余喜欢写作,在《新乡日报》《平原晚报》《牧野》《平原文学》《蒲园》等发表散文、随笔十余篇。

地锅情深深几许

郭俊良

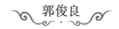

父母不在了，地锅竟成了一根绳子，把我和故乡紧紧联系在一起。

在困苦岁月长大的孩子，总是对地锅有很深的感情，我更是这样，因为那里有我抹不去的回忆。

那时候家里穷，人口多，母亲每顿要准备八口人的饭，由于物资匮乏，很长时间都难吃上一顿白面馒头，吃肉就更是奢望了。虽然"巧妇难为无米之炊"，但母亲也总是想着办法改善我们的生活，譬如说滤过粉芡的红薯渣，母亲用箅子蒸熟，配以辣椒或蒜泥，我们也会吃得津津有味，填饱肚子；有时候把玉米面和高粱面和在一起，做成杂面馍，有时候用榆钱、榆叶、野菜做成菜团子、菜窝窝，只要有红红的辣椒当佐料，一家人就会幸福地饱餐一顿。

我对地锅的感情更多地缘于我的参与。穷人的孩子早当家，因为家人多，哥姐要下地挣工分，弟弟妹妹年幼，我从十岁左右就在锅灶旁帮助母亲，胳膊能够得着面案的时候，就帮助母亲做馒头，洗菜，烧火，每次吃饭时，都会因为自己的参与自豪。

当然，对地锅的感情还有"功利性"。夏秋天烧锅的时候，就会从父亲打的柴草中，捡拾些可以吃的东西，比如花生秧中的几颗花生，红薯藤中的干红薯；有时趁母亲不在意，从房檐下晾晒的花生中偷拿几颗放到草木灰中，烧熟后放到嘴里,美美地享受它那特有的香味。

隆冬季节,灶台、地锅、火炕就成为我的三点一线。少时家贫,冬季衣服单薄,在冬雪中玩耍并不是我的爱好,我天生爱静,一安静就会冻得瑟瑟发抖,坐在地锅前取暖是我的日常。我静静地坐着,看母亲纺棉织布,缝衣纳鞋,听邻居婶子家长里短,鸡毛蒜皮地聊天,感到幸福而快乐。

烧地锅的柴也是有讲究的,潮湿的藤秧只生烟不出火焰,干燥的麦秸上火快,一不注意就会火烧眉毛,可见,烧地锅也是技术活。不会烧火的人,会被呛得泪流满面,难以体会烧火的乐趣,而我,通过烧火,逐渐琢磨出熬不同的粥、蒸不同的馒头的用柴技巧和火候,也悟出了一些道理,增长了知识,譬如:遇事要冷静,不能麦秸火脾气——一点就着,对坏的事情坏的苗头要做到釜底抽薪,不能任其发展;遇事外出要用水把灰浇灭,防止死灰复燃;让好的家风家教薪火相传;做人要不断提高自己本领,壮大自己,避免做事像小老鼠进风箱——两头受气;等等。

我家的地锅,鲜见大鱼大肉、细米白面,多是萝卜白菜,粗茶淡饭,但是父母在,亲情在,亲情总能把一家人和和美美地聚在一起,幸福快乐洋溢在生活中。

那时候,日子虽苦,母亲从没有流露出任何忧愁,总是充满希望。有时候,锅灶里温柔的火光映照在母亲的脸庞,母亲脸上洋溢着幸福的笑容,给了我无尽的力量,我感到安全和幸福。

沧海桑田,地锅已经离我们远去,但它却成为牵绕在游子与故乡之间的绳子,让你回味起来甘醇、绵长。

选自《菏泽日报》2020 年 12 月 1 日

作者简介：

郭俊良，新乡县人，高中教师，新乡市作家协会会员。作品散见于《中国青年作家报》《南方都市报》《塔里木日报》《消费日报》《河南日报农村版》《安徽日报农村版》《桂林日报》《梅州日报》《湛江日报》《黔东南日报》《菏泽日报》等报刊。

这间小屋

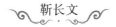

靳长文

　　我说的这间小屋是家酱菜店。这家酱菜店的生意蛮火红。

　　店主是个挺耐看的姑娘。姑娘脸上的小酒窝比喝了二锅头还醉人。

　　许多人把笑带进这间小屋又把笑带出来，嘻嘻哈哈挤破了这间小屋，飘到了大街上，于是人人都满脸的惬意。

　　姑娘卖的醋好酸好酸，尝一点便龇牙裂嘴。

　　人们都说在这里买的臭豆腐味道极美，美得使人陶醉。

　　我喝稀饭最喜欢就着姑娘卖的辣萝卜条，嚼起来津津有味。

　　这条街上的人都愿意买姑娘卖的东西。

　　这间小屋给这条街上的人送来了很多方便，很多欢乐，于是每个家庭都是满屋的微笑。

　　这条街上的人都爱谈论这间小屋，谈论这个姑娘，谈论姑娘脸上的两个小酒窝。

　　这间小屋，使得这条街上的人清早不必丈夫推妻子、妻子拧丈夫地起来炒菜。

　　这条街上的人因为这间小屋，傍晚不再在菜市上因为一分五厘和卖白菜卖茄子的菜贩讨价还价争个不休。

人们需要的菜盐酱醋,这间小屋总能满足。

忽一日,这间小屋的主人对姑娘说,这间屋子不再租赁给她了。

姑娘说,我每月再加三十元的房租费,你看行不行。

主人说,再加多少,我也不要,我要的是这间屋子。

再一日,我去买辣萝卜条,发现店主已经换了人,而录音机放到最疯狂的程度,听着迟志强的"眼泪止不住地往下流……"

那萝卜条我嚼着感到很糠,发现很多虫眼子,于是我倒进了垃圾箱。

我的一个哥们说,在这间小屋买的醋喝半瓶并不感觉酸,让妻子给数落了一顿。

这条街上的人都说,在这里买的臭豆腐太臭,臭得过了味已经没法再吃,还说这间小屋卖的东西太贵质量太差,于是都不再买。

清早五点钟我便推醒妻子,说,该起来做饭了,别误了吃早饭,别误了上班,否则要记上考勤,扣奖金的。

傍晚我蹲到菜市上,说,这茄子应该二角钱一市斤,而不应该是二角一分,和菜贩子争得面红耳赤。

这条街仍是原来的街人仍是原来的人街上仍川流不息。

这间小屋仍是原来的小屋,只是冷冷清清的,不再有人去里面买东西,不再有笑声。

不几日,这间小屋关了门,晚上住进几个拉平车的。

过了一段时间,人们都忘了这间小屋,似乎它就不存在。

选自《新乡晚报》1989 年 1 月 10 日

作者简介:

靳长文,1967 年出生,新乡县东杨村人。河南省作家协会会员,新乡市文艺评论家协会副主席,新乡市烛光文学社社长。1986 年和一帮惺惺相惜的文友组建了"新乡市烛光文学社",坚持活动,至今未辍;编印内刊《烛光》,刊发社员及文友习作。1986年开始发表文学作品,已有多篇小说、散文、诗歌等刊发于报纸杂志,有些获得文学奖项。

妈妈的爱何时能读懂

姜正萍

2 月 16 日,天阴沉沉的,下了一些小雨,使人感觉又湿又冷。下班后我便匆匆忙忙往家赶,我要为正在上初中的女儿做午饭。想到女儿,我心里暖暖的:孩子上初三,每天学习很辛苦,做妈妈的也帮不上什么,让孩子一回家就能吃上可口的饭菜也行,我一定要赶在孩子放学前做好饭……回到家还是晚了一会儿,她比我先到一步。我刚走到三楼,就听见砰的一声门响,接着是咚咚的脚步声,然后就和她碰面了。她满脸怒气,看到我没好气地说:"都这时候了你还回来做什么? 快饿死我了,我自己下去买吃的。"她头也不回地下楼去了。没想到竟然遇到了这一幕,我的心彻底凉了。

我无精打采地开门进屋,坐在沙发上一动也不想动。我感到悲哀,感到失望,感到愤怒! 这孩子怎么这样不懂事,我有满肚子的委屈! 我赶回来给你做饭,你竟然这样对待我? 我是你妈,对你无所求,我处处小心不惹你,不是我怕你,是因为我爱你,我只是想让你健康快乐地成长。孩子,你不该啊!

从十月怀胎到牙牙学语,从蹒跚学步到上幼儿园,你给我带来许多乐趣。你没有别的小孩那样娇气,很小就知道心疼爸妈,傍晚我带你去锻炼身体,在绿荫里,你像一只快乐的小鹿蹦蹦跳跳,欢声笑语撒满了回家的路,我觉得做妈妈真幸福。你还帮我干这干那,孝敬爷奶,五六岁时去叫爷爷吃饭,在路上把膝盖摔破了都不哭。小时候的你说话做事处处显露出聪明、善良、有爱心,亲戚朋友都很喜欢你。

为了你上学,我们搬到了城市,送你到重点小学读书。妈省吃俭用,想着城市各方面的好条件会对你的成长有利,却忽视了环境的负面影响,繁华的背后隐藏着虚荣和浮躁,精彩的外表会掩饰内心的空虚和无奈。环境变了,动力小了,压力大了,学校的教育方法没变,家长的管教方法没变,孩子是会被环境改变的。也许是到了青春叛逆期,我发现你变了,完全超出我的想象。你对学习不用心了,对妈妈不亲近了,一点小事都会惹得你大发脾气,丝毫不顾及别人的感受,但是妈妈还是原谅了你。

妈妈的爱,你何时能读懂?

选自《新乡日报》2010 年 2 月 27 日

作者简介:

姜正萍,女,新乡县人,现供职于新乡市卫滨区铁西实验小学。新乡市作家协会会员。文学爱好者,业余时间笔耕不辍,多次参加报刊征文并获得奖项,有散文诗歌散见于当地报刊。

有多爱你

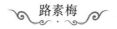

路素梅

　　去年夏天,爱人生病住院,我去陪护。同室的病友老常,50多岁,来自辉县山区。他是一位曾上过老挝战场的老兵,率真朴实,一脸的耿直和干练。手术后,老常恢复得不错。但他有个奇怪的动作:每当睡着的时候,双手总在胸前比画,像要抓住些什么似的。我们都以为那是手术的麻醉劲没完全消失或是药物的作用,也没太在意。后来有一天,当老常又开始比画的时候,一位胖胖的妇人——老常的妻子推门而入,她刚从老家风尘仆仆地赶来,随便抹了一下额头上的汗,径直来到老常身边,轻轻地握住他的手。没想到老常立刻安定下来,像个听话的孩子,睡得香甜而踏实。当时我就纳闷儿:她有一双怎样神奇的手,能让睡梦中的老常如此安心?日夜守护在身边的儿子不是也这样握过父亲的手吗?怎么就没有这样的效果?接下来的日子,他们让儿子回去忙自己的工作,只剩下老两口相依相伴。不输液的时候,她会轻声慢语地讲:小孙子快满月了,院子里的菜又长高了,地里的红薯都翻过秧了……他乐呵呵地听,心满意足地听,仿佛听这些是种莫大的享受似的。有时他还会心疼地替她抚一下有点散乱的头发;她呢,则轻轻拍拍他的手,一脸的笑意灿烂。两个人互相望望,再无声地笑一笑。那种深深依恋对方的神情常常让我羡慕又感动,这是一对多么恩爱的夫妻!我这才明白:

老常的比画,原是下意识地想握住那双与自己相握了大半辈子的手!他不放心她一个人在家。她来了,他才安心。

不由想起以前看过的一个故事:也是一对老夫妻,他们一辈子都在乐此不疲地做着同样的游戏——在他的枕边,在她的衣袋里,在他早餐的杯子下,甚至在她做饭的调料里……放一张亲手写的小纸条,上面写着"shily"。他(她)找到了,便特别开心地笑。每一次都像第一次找到时一样高兴。谁都不明白这个充满魔力的单词到底是什么意思。后来,老两口双双寿终正寝去世之前,老先生含笑将他们幸福了一生的秘密告诉了孙子:shily 就是 see how I love you——知道我多么爱你!

哦,原来如此!

原来爱应该是这个样子的:爱他,就一定让他知道,让他常常感受到你有多爱他。这样,你们的生活一定会更加美满幸福!

选自《平原文学》2010 年 4 期

作者简介:

路素梅,女,河南新谊医药集团公司职工,多篇文字见于《新乡日报》《牧野》《平原文学》等报刊。

老杜其人

曹培喜

　　春节前夕,我代表新乡县新华书店工会去看望、慰问退休老职工。在所有老职工中,身体康健,心态平和者,非老杜莫属。

　　老杜,大名杜长波,七里营镇康庄人,今年已经83岁,满脸络腮胡子,猛一看有点像"萨达姆"。此公最大的特点就是:生活中嗜酒如命,工作中与世无争,满足感非常"严重",又爱开玩笑,属于那种没大没小的"老顽童"。

　　老杜比我大35岁,属于父辈,但我俩关系非常铁,典型的"忘年交"。我刚参加工作时,由于离家远,晚上不回家,老杜也不回家。当时,单位有伙房,但我没见过老杜去吃过饭,非常纳闷,就悄悄问厨师,老杜咋不来吃饭?厨师笑着说,他是个"神仙",不食人间烟火。我就好奇地到他的房间去看,老杜正左手拿一块猪头肉,右手端一酒杯,大吃大喝,好不惬意!见我来了,他非让我喝酒,我一再解释我对酒精过敏不能喝。他说不喝酒不能算一个男人。

　　随着接触的增多,我知道了老杜的特性,就是每天都不正常吃饭,三顿饭由三顿酒代替,而且"下酒菜"也随便,有时是猪头肉,有时是白馍,更绝的是他有时喝一口酒,吃一口白糖,让我大开眼界。

　　老杜无大无小,爱开玩笑。我们年轻人给他起了个"老顽童"外号,他也给我们起外号。我当时年轻，还有点书生意气，说话一本正经，他就说我是"曹不正""假马列"，我就揪他的胡子，拉他的耳朵，然后我们爷儿俩就哈哈大笑。

过去我曾怀疑酒精会过早摧毁老杜的身体，损坏他的健康，没想到他越活越年轻，看来乐观的心态早已抵消了酒精的副作用。老杜的心态是我目前为止所接触的人当中最好的一个。他真正做到了安于现状、与世无争。我曾开玩笑问他："你经历了那么多次运动，为啥没把你打成右派或反革命?"他乐哈哈地告诉我，他的诀窍就是只说玩笑话，任何时候都不提意见，运动来到的时候一声不吭。看来老杜把"中庸之道"研究透了。

那两年，我单位也有暗流涌动，有人动员我一起去县委告状。因为我和老杜无话不谈。老杜就及时制止了我，不让我掺和进去，使我避免了一场纠纷。

其实老杜是个老资格干部，20 世纪 50 年代的中专生，毕业分配到南阳邓县，先在劳改队管理犯人，又在县棉麻公司工作，20 世纪 80 年代才转到新乡县新华书店工作，一直到退休。这样的资历，按说混个一官半职是有很大可能的。但他在仕途上从无半点起色，临到退休甚至连个门市部副主任都不是。功名利禄好像永远与他无关，而他好像从来不想这些，永远都满足于现状。每年去看望他，他都乐哈哈地说一句话："感谢党，感谢政府!"老杜就是这样一个甘于平凡的人。

选自《平原文学》2010 年 4 期

作者简介：

曹培喜，网名"阿里郎"，1970 年出生，中共党员，现任新乡县新华书店副经理兼工会主席。自幼喜欢文学，上学期间作文成绩优秀。参加工作后，大量阅读中外文学及各种文艺期刊，在《平原文学》等刊物上发表过散文。

人生拐点

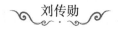

刘传勋

很难想象我人生的拐点竟和一条小鱼有关。一条不足半斤重的小鱼，竟成了我命运的起点，从那以后，我摆脱了窘境，开始了人生的攀登，并且渐入佳境。蓦然回首，心中常会闪现钓出那条小鱼的情景。

那是十几年的一个夏天，雷雨过后的中午格外清爽。我由于昨夜搓牌到深夜，昏昏沉沉地午睡着。朦胧中听见上初中的儿子正和伙伴商量到王庄河边钓鱼的事。我挣扎着起来，劝儿子不要去，因为这几年溺水事件频发。儿子他们执意要去，把鱼竿鱼包已经攥在手里了。我只好陪同他们一起去。

走出村庄，空气清新，好久感觉不到大自然了。我的心好像被锁上了，已经不会感受，不会欣赏了。那几年我正处于人生的低谷，加上丧母之痛，我竟有点抑郁了。对什么都提不起精神，看什么都没味道。都说哀莫大于心死，我的心死了。我好像断线的风筝、迷航的小船，每天浑浑噩噩地活着，靠酒精的麻醉才能入睡，靠无聊的游戏才能填补空虚的心灵。我如一具行尸走肉行走于天地间，感觉人间有点不值得了。

走到河边，看天空湛蓝，闻花香醉人。尘封的心似乎也被清洗一下。此时我从精神的桎梏中暂时解脱出来了。纷纷扰扰的俗事，悲观失望的心绪不再萦绕心头。我心中只有一个简单的目标，就是看护儿子他们钓鱼。尽管他们一直不叫我管。出于一种天然的责任感，使我来到这久违的小河边，静静地坐着。看着他们欢呼雀跃地甩杆提杆，我竟毫不心动。

静坐良久，儿子看我一眼，说不如也来钓鱼。一句话提醒了我，我向儿子要了一套丝钩，捡了一棵干枯的小树作杆，挂上半截蚯蚓，有模有样地钓起来了。

这条小河是引黄灌溉积成的水沟，里面有一些杂鱼。我想起了生活的沉重，加上抑郁心理，我心怀不平，背负了太多负面情绪。

我漫不经心地看着鱼浮发愣，突然一个黑漂。这个情景正好被儿子看见，"快拉！鱼咬钩了！"儿子急忙呼喊我。我猛地一提杆，顿觉右手一沉，一条鲜活的小鱼飞出水面。是条鲫鱼，不过三四两重，由于是黄河野生的，小鱼活蹦乱跳的，带着勃勃的生机。也不知为什么，刚刚手猛一沉的那个感觉，有点像电击一样，一下子传到了我的心灵深处，我顿时心花怒放。几年来的抑郁心情竟减轻许多。我猛然间感到人生原来这么美好，这钓鱼原来这么有趣！造化之工竟如此神奇，能使杆、丝、钩、漂、饵精妙组合，从而钓出各样的"精灵"。钓鱼人沐浴在花香草气中，望着一池碧水满怀希望，上鱼的手感令人心旌摇荡，激情澎湃……不知不觉，我的心田已种下一颗欢乐的种子，那就是垂钓。我突然想，与其说我钓出了小鱼，不如说小鱼钓出了我的活力，钓出了我的爱和做人的责任，钓出了一个全新的我。

从钓出这条小鱼开始，我整个人好像脱胎换骨，和过去判若两人，犹如老鹰重生一样，又振作起来了。以后的岁月里，我热爱生活，也热爱工作了。琐碎繁杂的教学工作不再厌烦，不再是重担，而是享受了。我迎难而上，尽职尽责，许多难题都迎刃而解了。真是人必先自助而后天助。一个不上进的人，就是别人想拉他一把，也找不到他的手。工作之余，我如饥似渴地提高自己，一天恨不得当成两天用。我积极参加了各种进修培训活动，全方位地打造一个全新的自我。我依次报了书法班、古筝班、写作班，还参加了诗社,学习古典诗词创作。我和时间在赛跑,我要把虚度的光阴追回来。我不断告诫自己,任何时候发奋都不晚。生活是光明的,人生是有价值和意义的,前提条件是你得是个有进取心的人。

心田常耕,杂草不生。一切不良的嗜好都从我身上脱落了。我积极上进,充满朝气。我觉得以往的自己像一只苍蝇,喜欢去不好的地方。整个人萎靡不振,活得人不人鬼不鬼的。而今我像一只蜜蜂,爱去花香鸟语的地方徜徉。"携春风以同游,与夏夜而闻笛,遇秋风以高吟,踏残雪而钓归"成了我现实生活的写照。于是,从这次钓鱼开始,我逐渐摆脱了抑郁的阴影,走向了多姿多彩的人生正道。

选自《平原文学》2008 年 2 期

作者简介:

刘传勋,笔名雨荷,1969 年生,新乡县小冀镇郝村学校教师,新乡市小小说学会会员,新乡县作家协会理事。创作有散文、杂文、诗歌等,在《平原文学》《新乡日报》等发表有诗文,现代诗《很想问问您》获市一等奖。

过生日

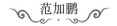

范加鹏

过生日，图的是一份欢乐，一份热闹，但是和我妈妈联系在一起的过生日的时光，还别有一份神圣，一份沉重。在那种困窘的环境下，和蔼可亲的妈妈对我的照料与关爱，永远放在我的心底，不管到什么时候，我都不会忘记。

又到了农历七月二十日，四十九年前的今天，我出生在河南省新乡县合河乡范岭村，过了今天应该往五十里数呢，也就是年过半百了吧。

小时候家里穷，盼着过生儿，过生儿可以吃好东西。盼呀盼呀，终于盼来了。妈妈大清早煮两个鸡蛋，说吃了鸡蛋心里长黄儿，大概就是办事有谱儿，知道学习吧。晌午饭一定是鸡蛋捞面条，妈妈说吃了可以长成人，当时并没有长寿之意。

我渐渐地长大了，到县城上一中了。星期天要骑车回家带干粮，带上妈妈做的烧饼和腌好的咸菜，再带上白面换饭票。可是我的生日，妈妈比我记得还准，还牢。每到我过生儿，妈妈总不忘塞到干粮里两个煮熟的鸡蛋，并一再叮嘱，过生儿那天早上一定要吃了，吃了可要好好学。这包含了妈妈多少热切的期盼啊！

大学毕业在市里工作了，星期天回家帮家里干农活，又该过生儿了。妈妈总是说,过生儿那天,早上到街上买两个熟鸡蛋吃,中午买一碗鸡蛋捞面条。妈妈盼我工作上有成绩,尽早讨到一个老婆,盼我过成一家人。

我三十二结婚了,妈妈也放心了,我回家的次数也少了。逢我过生儿,妈妈总不忘打电话告诉我媳妇儿,给我煮两个鸡蛋,中午要吃鸡蛋捞面条。

我三十四岁那年春天有了女儿。这年妈妈有病了。我在老家陪妈妈,这时妈妈身体已经很虚了,走不了多远就要歇一歇。七月二十日那天,妈妈早早起来给我煮鸡蛋,我醒来时,妈妈说,永儿,今儿七月二十,你生儿咧……妈妈九月份走了,这是妈妈给我过的最后一个生儿。

妈妈走了十五个年头了,我也长到了快五十了。有妈就有家。没有妈妈的日子,我也没有了家的感觉。妈在,家就在。妈妈在,老家叫家乡;妈妈不在了,老家叫故乡。我回家的次数也越来越少了。

今年的今天,七月二十日,我的生日。身在西安,我又想起了妈妈,我又想起了妈妈给我过生儿的日子。母爱是一座巍峨的高山啊,无论你有多大困难,她总是依靠的屏障。

"世上只有妈妈好,有妈的孩子像块宝,投进妈妈的怀抱,幸福享不了。

世上只有妈妈好,没妈的孩子像根草,离开妈妈的怀抱,幸福哪里找……"

这歌声是那么亲切,永远在我耳边荡漾,永远沁润着我的心田。

选自《新乡日报》2016 年 10 月 22 日

作者简介:

范加鹏,新乡县范岭村人,20 世纪 80 年代毕业的大学生。投身商界,搏风击浪,自有一番心得体会,业余爱好写作,多篇作品见于当地报刊。

旅途轶事

张语文

    我费尽九牛二虎之力,才挤上了列车。一进 6 号车厢,立刻就有一个空座位跳入眼帘。我无暇多想,放好行李,便急忙坐下了。不知从何处冒出一个满脸横肉、像一尊铁塔似的大汉,站在我眼前,他凶巴巴地问:"这是你的座位吗?"

    因为买的是无座票,我哪敢强词夺理!便不声不响地站起来让给他,自己规规矩矩地靠边站了。

    随着列车的颠簸,我渐渐睡意蒙胧了。车突然"咣当"摇晃一下,我的头猛地撞在车厢上,一下子醒了,瞅瞅四周,旅客们大都还是那么平静,就像刚才啥也没有发生一样。但只有那位"铁塔",用幸灾乐祸的眼神瞧着我。

    "查票啦!"乘警过来了。旅客都赶紧忙着找票。我意外地发现,我跟前的那铁塔不见了。一会儿他就被乘警带来,原来他是无票上车。

    列车在黄河南岸车站停下。我有了自己的座位。刚坐下,跟着进来一位老奶奶。列车员边扶她边说:"哪位旅客给老奶奶让个座?"我鼓起勇气说:"让老奶奶坐这儿吧!"这位老奶奶用慈祥的目光打量我一下,连声向我道谢:"到底还是好人多呀!"

    但我困了,干脆找一个地方蹲下,不知不觉酣然入梦。

"张老师,您到我这儿来坐吧!"我睁开眼,循声望去,离我不远的车窗边一个十六七岁的少年在向我打招呼呢。他举了举手中的一个小红本:"张老师,快来,坐我这儿吧!"

我诧异得简直要呆,一连串的问号在我脑海里闪过:他怎么知道我姓张? 又怎么知道我是个老师? 我的教师资格证又怎会在他的手中? 带着种种疑念,我急忙来到他身边,和他坐在一起。

他把资格证递给我说:"这是我从地上捡的,看照片是你吧? 可能是刚才掉下的。"

我恍然大悟,真应验了老奶奶的一句肺腑之言:还是好人多呀!

列车又长鸣一声,开始了它的旅行征程。我这才注意到这位少年。他正专心致志地看书呢。仔细一端详他,我的心忍不住隐隐作痛。他身材单薄,脸庞紫灰而且瘦得叫人心酸。最使人寒心的要算是他那双手了,干巴巴的没有一点润色。手掌上全部脱了一层皮,布满了松树皮似的皱纹。我拿出我捎带的熟鸡蛋、苹果、点心给他吃,他执意不肯吃,但我直观的感觉告诉我,他的确是饿了,便把鸡蛋剥了壳,苹果削了皮,硬塞到他手中。他这才勉强吃了下去。

"张老师,你真好!"他感激地说。

"你也不错嘛,还给我让座!"

"老师最辛苦。说实在的张老师,看见你我就想起了我初中的张老师。他长得可像你了,待我真比亲儿子还亲呀,要不是他,我连初中也上不到头呀。"

"你才这么大年纪,不在家上学读书,外出打工,你长大以后走上社会以后会后悔的。"

少年顿时热泪涌出来:"我家里穷,升入高中后,因交不起学费,就被迫辍学了。我上初中时,爸爸就患了直肠癌,为了给爸爸治病,我妈把家里能卖的东西都卖了,但也没能治好爸爸的病。爸爸走后,妈妈不想让我上学了，多亏了张老师，去我家好说歹说。张老师为我花费了多少心血呀，我穿的、用的、学费都是张老师出的呀。但到了高中，我家实在支持不下去了，只好去打工……现在我就不能看见别人上学，一看见别人上学，就气得掉泪……"

我拉起他的手，欲言又止。看着这少年泪水淌下来，我说什么呢。

"呜——"列车在一个小车站停下。少年站起来说："张老师，谢谢你，我要在这儿下车了。"

我把我提包里所有的东西全部给了他。少年推脱几下，还是收下了。

我突然像想起还有一件什么大事要告诉他，但他已经下车了，我把头伸出车窗外寻找他，只见他扛着行李卷正吃力地一步一步走着，突然，他放下行李，猛转回头，我们俩的视线不期而遇。他高喊着："张老师，请把你的地址留给我——"

此时，列车已经汽笛长鸣，缓缓启动，我急忙从我的行李中拿出一本书，飞快地写出"河南省新乡县翟坡镇小宋佛学校——张语文"，又从上衣袋中掏出50元钱夹到书里，从车窗里递给了他。

列车加快离开。我向后望去，那少年像一根木桩钉在地上，举着手向着渐渐远去的列车望着……

选自《平原文学》2009 年 3 期

作者简介：

张语文，新乡县作家协会理事，新乡县翟坡中学语文教师，爱好文学，在《平原文学》《新乡日报》等报刊上发表有散文、小说若干篇。

向秩序寻踪的精神启蒙和突围表达

——读冯杰散文集《九片之瓦》有感

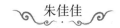

朱佳佳

碎银的美学

文集的开篇通常蕴含作者最想彰示的表达,"一把碎银",是银,非金。金象征绚烂,象征绝对权力。银则流于民间,俗世中的常物。是一把碎的,非一枚完整的银元宝。至此,诗意的美学呈现。我们仿佛看见碎银的莹亮,从不同角度折散。生活的必需,器物的修饰,障碍的打通,毒物的检测,等等,它用自身价值走进岁月,雕刻悠逸的木色时光。

然而,冯杰书写的事物从来都具有丰富性,它们一方面有朴质的原态美,在被异化的欲念染指后,它们又变得龌龊狼狈。

美,被侵蚀,犹如硫酸毁容。银亦不例外,在人们以狡诈之技伪造它,利用它,信奉不劳而获为谋生方式的同时,伪造者也伪造了自己。

虚假聚拢虚假,利用勾连利用,巨大的圈形成。这个圈是炫粲的,像太阳下的肥皂泡。有人却坚信,这是藤蔓,这是根系,直到那刺耳的碎裂声进入耳膜。《一把碎银》作为开篇之意也就逐一解开了,它囊括了坚守和瓦解,解构和重构,有序和混乱。这些能否和谐共处,构建新的美学,冯杰没有给出答案。

我在结尾处看到了他的悲凉，"有时，在世上就会银、淫、饮、隐，通感不分"。四个同音字的通感不分，是共存了，但不是严整的美学。

九和瓦

冯杰曾经居住的县城，有个地方叫"九鼎"。起这个名字的人定是怀揣一腔抱负的。冯杰却把九和瓦连在了一起。

大禹治水成功，制九鼎而御天下，从那时起，"九"的意义固定。它兼具可数的实和繁多的虚。

瓦呢？青墙黛瓦，瓦檐雨落，秦砖汉瓦，它除了是搭建屋舍的基本材料外，还是水墨画中空蒙的一笔，升腾生活向意境追寻的能隔离柴米酱茶的翩然心迹。

在冯杰的文字里，瓦是世代在乡村繁息的农人，他们淳朴的道德操守固如钢石。

"瓦的骨子里是集体主义者，它们总是紧紧地扣着，肩并肩，再冻再冷也不松手，在冬天它们能感到彼此的体温，像肌肤相亲的爱人，贴得密不透风，正团结在月亮缓缓上升的乡村里。"

这不是树倒猢狲散的趋利弃义，是以集体为大，互不抛弃的信义自觉。没有什么能蛊惑得了它们，本源为土的它们从不会忘记自己的颜色。这是朴素的。

朴素却又极易被忽略。"有一片瓦迷路了。被开往城市里的一辆大卡车用于铺垫上面的器物，最后被拉向城市，当它完成自己的使命时又被远远地抛弃在公路边。"瓦的陪衬，瓦的命运因为它是瓦而被定格。谁也无法否认和改写的是，繁华的促成是由千千万万的瓦铺就的。遗憾的是，闪耀的霓虹灯不属于它们。

我不知道冯杰在写这段话时该有多么地心痛。我能想象，他的泪在瓦上滴,无声,渗入大地。

他赋予它们以"九"这个至上的数字,以和鼎一样的地位来让它遥接未来。这是一位文学家的底层情怀和鲜明的历史存在意识。他希望我们的后人,在知道九州、九鼎时还知道有九片之瓦,它们曾经大规模地参与并相当有力地推进过共和国大厦的建立,并为此付出了巨大的艰辛。

盐的呐喊

在《盐是瞌睡的泪》里,开头引用的即为痖弦的"盐呀,盐呀,给我一把盐呀!/天使们嬉笑着把雪摇给她"。作为生命的必需品,它的请求成了天使们嘲弄的对象,天使,本应是圣洁与高尚的化身,而此刻,他们的行径走向反面,用卑劣来形容都显乏力。

盐是廉价的,亦是普遍的。上至雄才大略的高堂帝王,下至微若草芥的市井黎民,都离不开它。这就意味着谁掌控了盐,谁就把住了咽喉命脉。为此所引致的血腥曾充斥着美洲,在那里,我们看到的枪火上总洒有盐的颗粒,这些颗粒上泛着光,崇尚绝对权力的光。

"佛教主张素食,而素食并不是一个无盐世界,而是与盐的和谐相处。"冯杰的这句话给出了理想的构图。我也一直认为这才是冯杰写这篇文字的目的。他的呼唤,是弱肉强食的生态链条能绕过盐,手无权柄的街巷民众能够根据所需来自主选择盐的量。

"对于世界,盐是瞌睡的水,对于我,盐却是瞌睡的泪。"作为才华卓荦的文学家,冯杰对故乡的怀想是根植在他日常的呼吸里的。他的故乡曾经遭受的苦痛和在苦痛中始终溢漫出的良善,使他一次又一次地回望。在回望中,他的满腔激情转化为细致研磨出的文字。这些文字一排排站立,它们挺直的脊梁排列出的美蓄含繁茂开阔的意识。它勇敢而不生猛,豁达而不空无,灵变而不狡黠,高昂而不附炎。它踏着现实的驳杂泥土,穿越困顿的层层迷雾,走向文学的灵魂之光。照彻出的清朗。犹如盐的晶粒,使易碎的生命刚健、不朽。

这与《史记》的开篇《五帝本纪》有一致的追求，太史公是从国家体制的建构，冯杰是从民间秩序的维持，但都是系怀苍生。

承纳生存

在《器皿记》里，冯杰提到了罐、药锅、马瓢、煴壶、夜壶。这些器皿囊括了吃喝拉撒睡，人的生存在此盛放。与那些象征权力和威慑力的鼎不同，乡村的器皿多是易制的，易取的。用土烧制或取于某种植物。但器皿也有等级，比如夜壶，洪秀全的夜壶是纯金的；老黑的夜壶是陶质的，用来盛酒或饥饿难耐时用来煮饭。那时的夜壶已与它的实际功用无关，就像地震时，无暇顾及穿着，逃命才是根本。老黑不是雅士，不是贵胄，他的夜壶只管生存，不及其他。

这是乡人的哲学，生存哲学。它写在应对祸端的缝隙里，随境赋形。

与老黑的机敏相比，那位做煴壶的后生就要悲凉得多。时境变迁，老黑那种从青楼里拽个女子即可做妻的方式已成为印迹，不可再现。后生娶妻是要以钱财为底气的。当他用他父亲以此来谋生的锡了结生命时，他决绝的程度可以想象。但他要决绝的究竟是什么？仅仅是以物质为取向的选择吗？

最柔软的锡，最终成了最坚硬的利器。

冯杰深长的喟叹与古老技艺的没落和乡土文化新的生成不无关联。这些世代传承下来的沉淀着一个民族文化心理的技艺，真的就要在工业化的浪潮中彻底覆灭吗？

年轻后生的死是《器皿记》里的灰色，但《器皿记》的整体颜色是温暖的。比如在"器皿空盛草香：马瓢"这一节，被称为一棍打不出个响屁的饲养员银根，他憨实的心地终是没拗过那些被扣上的帽子。女人上吊死了。但马厩旁的草香压过荒唐的说辞，留存在银根的记忆里。铁质的马瓢盛纳了他一生的美好，他孤苦的生活因此有了驱赶涩暗的亮色。

女人的存在是短暂的,犹如骄阳下绚彩的泡泡,稍纵即逝,但亦是永恒的,因为它是在穷苦中不忘本真的美好。它并未被遗失在无序的混乱中。相反,它所散发的爱的气息永恒于银根,永恒于无数个思索前行的我们。

万物斑斓

集会,凝聚着土地上和草芥一样的生命。他们或是被遗忘的英雄,像双脚被齐齐打断的曾参与台儿庄战役的掌鞋匠,或是固执地怀揣信仰的"怪人",像被人们质疑的始终免费提供药物的赤脚医生,或是怙智力有障碍的流浪人,像会欷馍的每一根脏乱的头发上都布满味蕾的傻三孬。乡村里定期的集会,成了他们维系生存、搁置操守的地方。

时境变幻,但他们在乡村的土地上承受着,生活着,没有声张,没有呐喊。与在城市打拼的人不同,他们要构筑的仅仅是一方池田。这方池田无需奢华的围栏,无需精致的雕饰,能让他们的呼吸正常即可。其实不正常也无妨,他们有足够的隐忍力来面对横空飞来的碎片。

在《会大于集——记录一种景象里》,冯杰写了九个人。九,我相信这绝非是偶然的巧合,它是带着某种理想的寓意。乡村的集会,远不如城市的商场。但冯杰却把笔触指向这里,用极大的真诚去描摹。可能在其他作家眼里是破落凋敝愚昧的乡村,在冯杰眼里,却是深藏着人间的大美大爱大善。

像那位技艺精湛的刻字匠,他刻的假章为的是能帮人领取救济粮,像柳树下的赤脚医生,"为人民服务"是他不渝的追求。他们都被冯杰一一捡拾起来,闪射出让读者去审醒自我的光芒。

当然,集会也是舞台,生旦净末丑皆会出演。像那位税务站长,耀武扬威却最终砸了自己的脚,他以投井的方式结束被游街的遭绊。在他专横跋扈时,断然是不可能想到有这一天的,但,命运的翻转就是如此猛烈,昔日的不可一世者转瞬间变为阶下囚,历来有之,并且是绵延不绝。

像那位打铁皮的小银,他的远见之明不是他爹所能理解的,小时玩伴对他的揶揄让读者在捧腹大笑的同时也吸入几口凉气。他的生存哲学与《器皿记》里的老黑不同,老黑是随境赋形,他是随风摇摆的,婀娜多姿。

包括那位卖雁者,能单一地评判他是残忍的吗?还有那位用笆斗反抗劫路者的马十斤,笆斗的重量可想而知,在遇到危险时,手无寸铁的他能用的也就是这轻软的笆斗。

这些人游走在集会上,道德的标榜,财富的囤积是与他们疏离的,他们既无那样的雄心,也无那样的才智。他们更像一棵棵生长在边隅的屡见不鲜的植物,有着不同的颜色,不同的叶秆。他们是大观园的一部分,因为普通,很少有时光的垂爱和问津,但他们同样斑斓。

无序的数字

事物的发展是螺旋上升的。历史的灾难总以巨大的进步作为补偿。那生命呢?生命能补偿吗?灾难下覆灭的生命还会在未来重生吗?在《一张1975年的报表里》冯杰写了两个人的死,一个是为四个孩子的口粮而听从公社书记召唤的女人,一个是废品收购站的麻站长。女人是被她脖子上挂的八两"破鞋"压死的。麻站长是用他收购站里的麻绳上吊死的。起因不同,结果一致,死了。

在这篇文里,每个小标题都是数字。夸张的数字映含时境的无序,通过这些数据,我们在想到一些历史事件的同时,会惊叹冯杰对这一特殊时期的描摹。他摒弃了惯常的痛诉,而是用"废品收购站"和姓"麻"的站长这两个隐喻贯穿其中。

废品收购站建于1958年,这个年份,是一个年轻的国家体制为在初创之时的豪壮图景而勇于实践的起点。它有夸父逐日的壮志。但是,发展有规律,国家机器亦被固囿于这一哲学定律,犹如黑洞吸附一切。

在那个时期,很多东西是错乱的,放错了,也就成废品了。如冯杰所说:"我认为所谓'废品',都是放错地方的有价值的东西。"那这些东西总得有存放的地方,收购站就成了他们安身立命的地方,他们的身已不再是怀揣经世致用理念的谦恭君子,命也不再是可由自我把控的精神执着。废铜废铁废书,堆满整个收购站,说他们是躲避也好,说他们是接受也好,他们站在宏大的历史语境中,能选择什么? 在浩瀚的时间和空间里,一个"废"字看起来是多么地轻描淡写,可是对于个体而言,这又是多么难以承受。

难以承受的荒芜和重负会被如椽大笔记忆吗? 在多年后,这些早已成为灰烟的曾蜷曲于收购站的废品们会不会被人们提及? 还有收购站,这个巨大的容器,被新的变革消融后,会不会仅仅存在于以警戒后人为主要标识的过往中?

废品收购站的站长姓麻。这让我想起《山本》里的麻县长,虽此"麻"非彼"麻",但一致的是,《山本》写的是历史,纵向的历史;《一张1975年的报表》写的是历史,一个节点上的历史。麻县长是在炮火中将他写的书丢弃于县政府门前,自投于涡潭。麻站长是在批斗前,用一根麻绳结束了自己的生命。至此,终结。无须用一颗炮弹,一句言辞。

"风一吹,就融化了,簌簌落下的碎屑都是旧事。无法收拾。"作为结束语,和《红楼梦》中的虚幻和寂灭一样,上演过的和即将上演的都要归于真实的悲凉。但,人或事仍在延续。那些碎屑,不可避免地要消弭在高速运转的齿轮里,踪影全无。作为后人,我们只能从传播媒介里去感知他们。或许,这也成就了他们的意义。

冯杰是诗文书画皆通的奇才,他淡泊的处世经营中有强烈的士人情怀,这得益于古老村庄的浸润。井然的秩序和淳朴的民情勾勒出的与自然共美的画面已深烙于他的心中,他宥护它,怀想它,以文字的方式来记忆,从而力图唤醒被货币的熠熠金光暂且搁置的精神守望。人们在他的连珠妙语中仿佛看到了整装出发时的起点与誓言,那里流溢着最美的初衷和对仁善的赤诚遵守。他是唯一的,也将会在突围中与时间永恒。

作者简介：

朱佳佳,女,1986 年生,2008 年毕业于河南师范大学。河南省文艺评论家协会会员,新乡市作家协会会员、新乡市作代会代表,新乡县作家协会理事。现在新乡县委宣传部工作,业余时间爱好读书写作,有多篇散文、评论发表在《大观·东京文学》《新乡日报》《平原文学》《蒲园》《牧野》等。

志贺直哉《在城崎》中的生死观

李锦丽

志贺直哉是日本白桦派的代表作家之一，也是日本心境小说作家中成就最高的一位，享有"日本小说之神"的美誉。志贺直哉的文学创作活动经历了明治时代、大正时代、昭和时代三个时期，其间创作出大量优秀的短篇小说作品，很多私小说和心境小说都被视为日本近代小说的典范，受到过很多极高的评价。至今志贺的很多优秀作品仍是日本国语教科书的经典内容，是广大中小学生学习国语的范文，而志贺直哉之所以会受到这么高的评价和欢迎，不仅仅因为他的小说具有文字优美的特点，还因为他的小说善于捕捉人物的内心世界。很多中国的现代作家如郭沫若、郁达夫等人都受过他的影响。志贺直哉是日本赫赫有名的作家，曾雄踞文坛之首，同时也是白桦派的杰出代表人物，还是"心境小说"的集大成者，在日本近现代文学史上占有极其重要的地位，他所带来的影响深远而巨大。志贺直哉的作品具有丰富的思想内涵，充满着极其强烈的人道主义精神。语言优美简练，文体生动简洁，格调清新淡雅，在日本文坛独树一帜。志贺直哉的小说很多都与他个人的生活经历有关，同时他也是日本文坛上从自我经验中取材最多的作家之一。因此，研究志贺直哉对我们了解日本人、日本的文化有着更深的意义。《在城崎》发表于1917年5月《白桦》杂志上，后被收入日本教科书。志贺直哉的这篇短篇小说取材于他所遇到的一次车祸及之后的疗养生活,当然在小说中作者没有去表现车祸给他带来的痛苦,也没有去追记疗养生活中的趣事,而是在简洁准确的描写中着意去记述在疗养地见到的三个小动物的死,并在这些小动物的死上折射出作者自身的内部意识的变化,促使读者随着作者的意识流动去思考,体验那种未遇到但又不能不思考的生与死。《在城崎》是志贺直哉享誉日本文坛的心境小说的代表作,在他的创作中占有十分重要的地位,是他赢得"心境小说开拓者"称号的主要标志。本文拟通过解说《在城崎》分析志贺直哉的生死观,死的相对性、偶然性等问题,来阐释志贺直哉的生死观如何产生又是如何表现出来的。

一、寂静、无常的死

作者被电车碾伤,去城崎温泉疗养。背上的伤势如果发展成脊椎结核,就会有致命的危险,若两三年没有恶化便什么事情都没有了。这样无常的伤势就如同无常的生死,从而奠定了小说的基调。倘作者所患不过是个感冒,大概会难得有这样的清闲而心生愉悦,又或者身患绝症不久于世,怕也难有这"怪异的宁静",更不会"心中有了对于死亡的,一种微妙的亲近"。平静死去的蜜蜂,其余的蜂对它的死冷漠异常。来往的蜂,从死蜂的身边经过,全无一点介怀不安的姿态。看着忙忙碌碌工作的蜂群,感受到的是强烈的生的气息;而纹丝不动躺了三天的死蜂又让作者感受到安静与凄冷。而这生机与凄冷就偏偏重叠在一个画面里,诉说着生命还在继续但总要倒下和生命终要倒下但活着就要继续的声音。

"生与死,并不是截然两极。这二者之间,并没有那么悬殊的差异吧。"这大约是志贺直哉对生命无常的感慨吧。无常就是一切都是以"无"的形式存在,生死是无常的,生和死本来是自然界最常态的现象,作者被山阴线的电车碾伤,幸运的是没有死,有这种体验的作者却有着宁静而安适的好心情,常常思索自己的伤。只要有一点点差错,现在的自己应当已经托身与青山,仰面朝天安睡在土层之下。青色的面孔,冰冷而僵硬,脸上和背上带着彼时的伤口。祖父和母亲的尸身就在自己的身边,然而,彼此之间却没有任何交流——脑中浮想起这些,让作者觉得孤寂,却并不觉恐惧。作者因伤疗养的事情加上关于"死亡"的例子正是能渲染出死生无常的特殊情景。死后的蜜蜂在大雨中被冲到地面,回归到大自然中,这只蜂以后就不用再那么忙碌地工作了,一动不动地躺在那里,一切都安静了。作者对于这种安静很亲切,因为生死是天地间的常态,没有必要去强调和平常的区别,应像那些依然忙碌的蜜蜂一样平静地对待死亡。我们对待生死问题应保持一种超然的态度,死并不可怕,死是生的另一种存在或形式。当死来临时我们应该像迎接朋友一样,不需要任何的仪式,只需要一颗平常的心。

二、生的欲望

死亡仅仅是跃动之后的静止、停顿、寂静,对于寻求人生平和的作者来讲,这种静寂与他的心灵是相通的,生的平和和死的静寂,或许正因为如此才油然而生"亲近之情"。但是被鱼钎刺中的老鼠的垂死挣扎又使作者对死亡的认识发生了新的变化。死亡之后或许是静寂的,但是通向死亡的路上还是有着令人必然产生的恐惧与畏怯。老鼠面对着死亡,出于求生的本能,竭尽全力从死亡的包围中挣脱。然而,即使它从眼前的死亡威胁中挣脱出来,死神也不会轻易放过它,那时新的恐惧与挣扎又会出现。老鼠与死亡的抗争,相比于蜜蜂的平静的死亡则悲壮得多,中了鱼钎的老鼠在一并忍受着人们投掷的石头的情况下竭力挣扎以求逃命,最终还是溺水而亡。和老鼠一样,作者受伤时在意识明明已经丧失大半的时候,却还能自己决定去哪家医院,指定去医院的方法,等等。作者认为他不惧死亦求生。死亡来临之时,虽不会战战兢兢,但也不可能坦然待死。听其自然的内心企望与求生本能必然引起现实的垂死挣扎。

三、死的必然性与偶然性

蝼蛄偶然死亡。作者并非存心打击它,却很偶然地打死了它。飞来横祸,跟老鼠再做比较竟是连挣扎都来不及,也许它还在想事呢就毫不知情地辞世了。作者以自己的伤势和疗养做铺垫,以三种不同的死亡例证了无论挣扎与否,你都要接受"冥冥中已经注定的结局",也许你连挣扎都来不及因为你都不知道你需要挣扎。然后告诉你生与死其实就是手拉手。然而生与死的牵手只是要告诉大家应当听天由命,平和地接受死亡的宿命的话,即便是大难不死也没有必要抱什么感恩之心了。作者其实没有被电车直接碾死,远没有那只蝼蛄那么倒霉;而和老鼠的挣扎相比,老鼠难以上岸而作者在疗养温泉只待了三周,"到现在,已经过了三年。至今,我的脊椎结核没有发作"。我以为生命的无常并不能从观念上突破生死大限进而消除对死亡的恐惧,更谈不上历经俗世的纷扰之后的平静安宁,相反这种对于死亡的恐惧感的超越倒更像是对"人生苦短"的一种无奈以及无奈背后的自我安慰。当然,作者在以后的人生路上遇到什么坎坷恐怕都会不为所动地垂死抗争。他会害怕,因为"过分的寂寥令我心中颇有惴惴……我想回去了"。他会感恩,大难不死的自己现在信步走在这里。对此如果不抱有感恩之心,那简直是说不过去。我想作者丝毫没有欣喜的感觉,恰恰是因为他还会愧疚,因为他无缘无故地打死了一只蝼蛄。其实生命无不无常,生与死有多远并不重要,而在于生的过程,在于那些挣扎。也就算是没有白白来过。

在那个世界最深远的地方有着蝼蛄,被电车撞过的"我"再次穿过山阴线的隧道前的轨道时,好像事故会再次发生。为了让小说中的人通过而不是踩断,这轨道就是很有必要的了,从这穿过的道路变窄了,路变得难走了,河流也变得急了,还有小说中的"在仅有的平原上到处都是农田"这样的风景,让人感到人的浓厚气息,"我"也好像是被某些东西感染上浓厚的味道一样。一步一步地向前走,所以在这安静的环境中,因为好像一有什么异样的迹象"我"就紧张慌张起来,最终这种异象还是发生了,看到了"路边上很大的桑树",在回家的途中已经能看到"在田地边上有好几棵很大的桑树站在那里,如果刚开始的一棵不出现在眼前的话",接下来的"仅有的一片桑叶在动"的神秘的表现力将变弱,正因为这不可思议的可怕的现象,对于蝾螈的偶然的死,保证了它的必然性,所以小说中的叙述说明、"继续创作余谈"中的解说是"人体感觉不到的风在微弱地吹着",蝾螈死后,作者好像是幽灵世界中的人一样,"脚走路的感觉,还有视觉都没了",无论如何都不能确定是怎么回的家。

四、结语

"城崎"是哪里呢?恐怕不是现实中的兵库县的城崎郡城崎町,这是作家创作出来的地方,恐怕是心中"死"的世界而已。这个寂静的世界里具体的声音有蜜蜂的飞舞声音,投向老鼠的声音,还有由于蝾螈出现微弱得几乎听不到的石头的碰撞声音,仅此而已。强烈的雨声没有传到耳朵里,在老鼠的景象中,人们很大的笑声,附近的鸭子边叫边游走的这些拟声词都省去了,对这些只有视觉的描写。作品中即将到达死的世界时,又看到了一个新的"城崎",也可以说是"死的世界"。由于交通事故的后遗症,"非常健忘"的主人公,记忆里的时间得向过去看,也就是采用空间的远近来暗示时间,在这里空间和时间是变换的。

本文通过围绕蜜蜂、老鼠、蝾螈的死,初步理解了作者的创作意图与特色;通过对这些无言的小动物死的描写,得出人的生与死也是偶然的结论。生与死并不是事物的两极,两者之间几乎没有任何的距离,小说中三种小动物的死与作者的大难不死形成鲜明的对比,令人感到生命的无常。在这个世界上无论是人还是动物,都无法掌握自己的命运,生死是难以预料的,因此我们只能以一种平静达观的心态来对待死亡,超越对死亡的恐惧,进入平静安宁的心灵境地。

选自《新乡学院学报》2011 年 6 期

作者简介：

李锦利,女,新乡县发展和改革委员会干部。2013 年于河南师范大学硕士研究生毕业,2007 年 5 月在第一届中日俳句大赛获得特别优秀奖,同年 11 月到日本交流学习。参与省部级项目《日本资源战略演变的文化背景》,发表有散文、文学评论多篇。

诗歌卷

美人鱼(组诗)

王清让

美人鱼

我用粉笔

在地面上

画了一条美人鱼

下雨了

一眨眼

她就游走了

女 妖

白骨精

蝎子精

铁扇公主

玉面公主

万圣公主

杏仙

狐狸美后

蜘蛛精

老鼠精

玉兔精

还有,我们班的张小美

在济南

她在靠窗的 1 号卡座

我在靠窗的 3 号卡座

她要了一份玉兰虾仁

我要了一份青椒肉丝

她边吃边看窗外的天

我边吃边擦脸上的汗

她背着一个棕色的包

我背着一个黑色的包

她捋了捋额间的刘海

我扶了扶鼻梁的眼镜

窗玻璃映出她美丽的

脸庞,她冲我笑了笑

窗玻璃映出我英俊的

脸庞,我冲她笑了笑

她付了账,我买了单

她走向了济南火车站

我走向了济南火车站

我们进了候车大厅——

就融入人海,各自走散

读　你

有一个

俏美眉

伫在那里

像遇见的

一本好书

我不忍

仓促读

只待有了

充裕的

休闲时光

静下心来

再一页一页

慢慢翻阅

没见过这么刁头的

赵妹妹

被蚊子

叮一下

就开始

躺在床上

给男朋友

写遗嘱了

尺蠖

第二天

到大连

发现衣袖上

竟然爬着一条

家乡的尺蠖

这小东西

一声不响地

跟着我

坐了一天一夜的

绿皮火车

跋山涉水

从中原

奔袭到这

陌生之地

我从衣服上

轻捏它下来

放入草丛：

我来找我女朋友

你来干什么呀？

1960

王清让

父亲抓住了

两个玉米贼

一对年轻夫妻,跪倒在地:

"实在没办法啊!

孩子饿得成夜成夜哭

家里没有一粒粮食了……"

父亲摆摆手

放他们走了

突然,想到了什么

又把他们唤了回来

把掰掉的玉米棒子

捡几穗塞给了他们

选自《新世纪诗典》(第6季)

鱼（外二首）

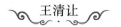

王清让

我不喜欢

池子里的

鼓着大大的眼睛

摇着长长的尾巴

笨里笨气

像一个纨绔子弟

或娇滴滴的

公主

我喜欢

野生的

一个纵身

就消失在

江湖

六　月

李小羊

趴在马圪当村西头

一棵大槐树底下

的石碾子上

做数学闯关冲刺试卷

卷子翻得哗哗响

也没有吵醒

旁边倚着门框

打盹的爷爷

蟾　蜍

记不记得

有个夏日

骄阳当空

一群小蝌蚪

在一片快要干涸的

巴掌大的泥坑里

挨挤着，挣扎着

不远处，它们的妈妈

一只丑陋又笨拙的蟾蜍

正把溪水引向这里

粗壮有力的后腿

在泥岸使劲地蹬

"妈——"（外一首）

王清让

从此以后

回到家

这个世界上最美丽的字

我再也没有资格喊了

从此以后

回到家

谁还能喊出这个字

就是我最羡慕的人

坟　树

每隔一段时间

那个老头

都会提着塑料桶

拎着根破草绳

去村东边的井里打水

然后,迈着蹒跚的步子

一摇三晃地提到一座新坟前

一桶一桶地

往坟树上倒

他想要浇活这棵树

好像,只要这棵树活了

老伴儿就没有死

就依然活在自己的身边

晚上睡觉的时候

那个老头

从不锁房间的门

有时,孩子们担心他着凉

会悄悄帮他带上

但他只要半夜醒来

都会呼哧呼哧地移下床

再把房门重新打开

他是怕哪天老伴儿想家了

没带钥匙

进不到屋可咋办呀

选自《人民文学》2013 年 12 期

天凉了（外一首）

王清让

天凉了，母亲的病情也日渐加重

饭量越来越接近婴儿，脸色越来越等同白纸

这几天，左腿因为淋巴瘤压迫神经

更是疼得厉害

依着桌椅才能跟跄行走

宛若秋风中瑟瑟的枯叶

"嗒嗒嗒——嗒嗒嗒——"

母亲咬紧牙关，又蹬起缝纫机

她要在上冻之前

赶制好外甥的小棉袄

母亲活着

在开封，清明上河园

看见，一位年轻女孩

带着满头银发的母亲看风景

这让我顿生无限羡慕

我的母亲呢?

公交站牌,一个老头儿领着老伴儿挤公交

那位老太太身材、相貌酷似我的母亲

让我顿感亲切

我搀扶着老头儿老太太上了公交

然后,又顾自跳下了车

因为这不是我要等的那路

回到家,我尽量把饭菜做得可口些

隔三岔五买二斤肉、提瓶酒

和父亲小酌

天热了,我记得给父亲买 T 恤

天冷了,我不忘给父亲买棉袄

母亲不在了,我得替她照顾好父亲

甚或说,我把原本该给母亲的那份爱

也一并给了父亲

从此,我要学会感恩,心生大爱

母亲走得太早啊

我要把欠母亲的爱都播撒出去

给山川大地,给万物生灵

我相信,母亲依然活在这个世上

你看,全天下每一个奔跑的小女孩

都有母亲的影子

从此,不管世态如何炎凉

想起母亲,我的脚步都会变得更加坚定

微风拂过,那是母亲深情的叮咛

阳光普照,那是母亲温暖的笑靥

满天繁星,那是母亲望我的眼睛

选自《诗刊》2017 年 10 期

惊心动魄的一幕（组诗）

王清让

渡

小鹿斑比

正渡河

在它的左侧

浊浪翻滚

一条巨鳄

汹涌而来

岸上的鹿妈妈

纵身入水

拼命游向

河的中央

它们距斑比

都越来越近

情急之下

鹿妈妈

一转身游向

左侧

斑比挣扎着

上了对岸

扭头凝望

河面已然

恢复了平静

只有沉默的水

流向远方

科尔沁草原

一匹马

误入沼泽

只露出

脊背和仰着的

马头

除了忽闪的

眼睛和紧张

翕动的鼻翼

一动不动

仵于泥潭

马群的首领

没有离开

而是,呼唤同伴

绕着它不停地

旋转,飞奔

蹄花舞动

长鬃飞扬

嘶鸣声

此起彼伏

它环顾左右

继而,开始奋力

晃动身体

腾起跳跃

一次接一次

不断

尝试,并仰天发出

咴——咴——

的啸叫

终于,前腿

跪到岸边

最后,披着

满身的泥浆

追随马群

奔驰而去

恋爱指南

王清让

就想看着你,就想守着你

就想和你在一起

哪怕什么都不做

不知性,更羞于谈性

最大的奢望,莫过轻轻地抱着你

我说的不是青涩少年,我说的是青蛙

华丽的外表,高雅的姿态

热烈的舞蹈,脉脉的温情

像绅士一样

把众异性朋友,迷得神魂颠倒

好事不过三天热,很快就会另觅新欢

我说的不是花花公子,我说的是鸳鸯

率领众弟兄,结成联盟

密谋战争计划

不为打家劫舍

不智取生辰纲

只为从敌人阵营抢一个压寨夫人

我说的不是梁山好汉,我说的是一群雄海豚

一旦,有了爱的冲动

就会寻着你的足迹

翻山越岭,一路追下去

"千万里我追寻着你

可是你却并不在意……"

我说的不是刘欢的《北京人在纽约》,我说的是美洲狮

建一座大房子,别墅式的

阳台要朝南开,采光好的

种上花草和小树,花园式的

装修不必过于奢华,但要精致

这一切,只为赢得你的芳心

我说的不是八零后九零后零零后,我说的是园丁鸟

一个山南,一个山北

这边唱来那边和

唱得哥哥手发软

唱得妹妹心花开

山歌嘹亮,对出一段好姻缘

我说的不是壮族彝族青年,我说的是口技大师琴鸟

手提一双镔铁大砍刀

遇妖斩妖,见魔除魔

于千军万马中,所向披靡

力拔山兮气盖世

甘为新娘竞折腰

我说的不是霸王项羽,我说的是螳螂

一起觅食,一起栖息

形影不离,相亲相爱

一个若不幸去世,另一个绝不重择伴侣

悲鸣九皋,声闻于天,直至孤独中逝去

我说的不是梁山伯与祝英台不是董永与织女不是罗密欧与朱丽叶

那些都只是神话。我说的是:丹顶鹤!

选自《教师月刊》2016 年 1 期

作者简介:

王清让,男,1976 年 8 月生。作品在《人民文学》《诗刊》《诗潮》《绿风》《汉诗》《读诗》等偶有发表;有诗歌收入《新世纪诗典》《当代传世诗歌三百首》《中国先锋诗歌年鉴》《中国口语诗年鉴》等多种选本;出版诗集《年轻的思绪》《给爱》《那年》。

访青藤书屋(外一首)

王中华
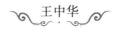

青藤书屋为明朝书画家徐渭的故居。

金碧辉煌的故宫,

比不上这柴门小院,

和一根青藤!

这间陋室啊,

住过江南才子,

一代画宗。

自题匾额,笔锋如刀,

自画肖像,瘦削凄清,

诉人间多少不平!

长街鬻画,深巷卖文,

不给权贵一寸丹青。

有谁说,

一杯绍酒下肚,

两袖清风?!

青藤架下话农桑，

石头墩上骂朝廷。

御笔题遍江南山水，

青藤书屋，

一尘不蒙！

我来到鲁迅故居，

一场大梦才醒：

狂人的模特儿

应该是文长先生！

寄语古轩亭口

古轩亭口为秋瑾遇害处。鲁迅先生在小说《药》中，曾以秋瑾为原型，塑造了夏瑜的形象。

纪念塔，秋瑾的英俊身姿，

含笑挺立古轩亭口。

地球绕太阳转啊转啊，

驱散的阴云又在塔上停留。

烈士鲜血染红的袖箍，

令人想起当年的人血馒头……

我绕纪念塔声声自问，

华老拴竟活得这样长久？

今天，告慰鲁迅先生的不是塔已修好，

是您亲植的小花已燃烧夏瑜坟头！

选自《清明》1986 年 1 期

绿　荫

郭鹏程

炎炎的夏日，

你是一片诱人的绿荫。

原不想在你的冠下歇凉，

却控制不住自己的步履。

这会儿多渴望一股徐徐的风，

像一把扇子把酷暑消除；

多渴望一阵毛毛细雨，

趁着你的花伞理一理思绪。

这会儿哪里都是一样燥热，

整个苍穹像是一座蒸笼；

我用灵魂的全力呐喊，

像蝉鸣，谁也不发生兴趣。

无声的，倒有一点点灵犀，

那是你干渴难耐的呻吟；

我掬一把苦涩眼泪，

浇往你地下的深根。

选自《新乡文学》1999 年 2 期

春之声

郭鹏程

天空撒下一把

鸟语

鸟儿仿佛在说

春天是这样美好

欢乐属于我们

柳丝在空中舞蹈

鹅黄色的嫩芽里

盛满笑意

柳丝仿佛在说

春天是这样美好

欢乐属于我们

卑微的小草

无语

在落满阳光的坡地

泛起绿色涟漪

晶莹闪亮的露珠

是它们欢乐的眼泪

看看并记取这些春天的事物

相信你会把欢乐攥在手里

选自《青苹果》2010 年 3 期

乡村里的秋天

郭鹏程

遥想乡村里的秋天

它被挂在向阳的墙面上

它被挂在——

院落里的树干上

它是一串甜透心肺的大枣

它是一串鲜红如火的辣椒

它是一吊红铜般敦厚的洋葱

它是一吊白银般古典的大蒜

它是一坨黄金般真纯的玉米穗儿

它是一朵农家人眼角绽放的礼花

选自《青苹果》2010 年 10 期

朝 露

郭鹏程

你炫耀在葱茏的绿叶上

说自己是珍珠，很得意

我却很鄙夷，偏不那样看你

瞧，太阳刚刚露出笑脸

才稍微有了些暖意

轻盈的风还没顾得上吻你

你便从叶片上跌落

仅仅润湿了一点点土地

选自《青苹果》2011 年 5 期

我们的生命之水(外一首)

郭鹏程

那天中午我看到你

看到你嗫嚅一下嘴唇

似乎很想说些什么

后来却什么也没有说

什么也没有说,很好

因为你无论说出些什么

都没有不说好

人的生命之水

在阳光下流逝

在月光下流逝

在没有光的黑暗里

流逝……

流逝吧,这世界流逝的太多

只有我们的生命之水

点点滴滴,都是那般净洁

我们怎么有了些陌生

童年是一棵冬天的大树

向天空伸着许许多多枝丫

那每一根枝丫都是与我

——同根相生的弟兄！

那时候的春天

我们几乎是在同时

睁开惺忪的眼睛

那时候的夏天

我们几乎是在同时

舒展天真无邪的叶片

那时候阳光雨露很公平

谁也不敢私欲膨胀占为己有

那时候的我们怎么就不同于现在呢？

现在的我们有时候只不过为了

一件不应该做的事情或

一句不应该说而说的话

便忘了同根同族手足同情

那时候的我们与现在的我们

怎么有了些陌生？

选自《牧野》2004 年 3 期

一个人的文章(组诗)

郭鹏程

一个人的文章

一个人如一篇文章

在其平凡生活的段落里

它离不开顿号逗号

及至一句话后面的句号

而这些好玩的标点符号

就像是河床里的波澜

它们在反复消逝

又在反复出现……

至于一个人的文章

它经常还蹦跶问号

那是不可避讳的疑难

需要用智慧了断

而当某时候境况急迫

它还似电话里的忙音

嘟嘟地闪烁——号

最可气最喜的是运道亦逆亦顺

它悠悠跳跃感叹号

关于两根木棍敲击

用一根木棍

向着另一根木棍

敲击

这样做是在

拷问灵魂

如果灵魂有血有肉

我想它会饱尝

疼痛的滋味

如果灵魂有脑有心

我想它会明白

世间尚有羞愧

选自《鄘南诗联》2006 年 2 期

作者简介：

　　郭鹏程,男,新乡县人,1958 年生。先后在《诗歌月刊》《诗潮》《青苹果》《中国校园文学》等发表诗歌百余首,出版诗集《收藏春天的阳光》。

捞月亮(组诗)

刘万勤

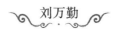

熊猫

像人一样为它起名字

像人一样为它安排衣食住行

下个崽　不管大喜小喜

报纸上　都要

登出大黑标题

熊猫只管吃自己的竹叶

不把人们瞟上一眼

尾巴

狐狸尾巴露出来了

抓住狐狸尾巴

便拽出了狐狸

要狼的尾巴露出来了呢?

要豹子的尾巴露出来了呢?

要老虎的尾巴露出来了呢？

要雄狮的尾巴露出来了呢？

要大象的尾巴露出来了呢？

守株待兔

树桩还扎在那里

灰兔命丧黄泉

守株待兔的故事

续篇还在上演

瞎了眼睛的兔子又撞上了

红着眼睛的兔子又撞上了

心存侥幸的兔子又撞上了

自称英雄的兔子又撞上了

捞月亮

晚上的水里

藏着一轮月亮

几只猴子要捞出它

尝尝月亮

下去一个篮子

月亮摇摇晃晃

这边躲躲

那边藏藏

月亮怎么也捞不出来

捞出一篮子笑嘻嘻的月光

飞机上

我坐在飞机上俯视

一切都变得很模糊 很小

一条大河却是一条白丝线

一座小山却是一道不显眼的坎

车辆却是蠕动的蚂蚁

人和其他动物不再进入视线

我站在大地上放眼

小山为什么那样大？

大河为什么那样宽？

梦

夜里做梦

梦见一个骑虎难下的人

很惊恐

我想上前搭救

老虎张着血盆大口

于是我弯起弓

躲在暗处

嗖的一箭

射中虎首

老虎倒下了

他得救了

我在等他吐出感激的言辞时

只听他说

你的用心

谁能说得透

在住院部

有的躺着

有的坐着

有的在吃药

有的在打吊针

有的很憔悴

有的很沮丧

有的很无奈

有的很焦躁

这时电视台记者

来采访他们什么是幸福

他们异口同声

无病就是福

可在他们无病时

他们对幸福的回答

却是五花八门

选自《牧野》2012 年 5 期

在南下的车厢里

张国民

一九五八年，在天津至济南的列车上，刘少奇同志和祖国各地的旅客们谈笑风生，开怀畅叙……

在一节，

南下列车的车厢里，

顷刻间

欢声笑语飞上了天际。

汽笛啊，

一声声遏止了行云；

巨轮啊，

轰隆隆震撼着大地。

莫不是喜临了一桩大事，

为什么大晴天响起了霹雳？

啊，又是我们的少奇同志，

旅途上和人民，

融化在一起。

他坐在普通的硬座席上，

高挽雪白的袖管，

挥动结实的手臂，

正和祖国各地的旅客啊——

谈笑风生，开怀畅叙，

兴冲冲得多么投机……

你若能赶上那幸福的时刻，

也一定被春风暖透心肺。

领袖和人民啊，

多么融洽，

这中间哪还有，

半点的距离。

坐在南下的车厢里，

可能是我啊，或者是你。

纵然猜一千遍，一万遍，

有谁能够想象到——

眼前的这位普通旅客，

竟会是我们的国家主席。

思量着昨天发生的事情，

不知有多少甜蜜的话语。

我默默地想啊，想啊……

不止一次地这样回忆——

历史上哪一个朝代，

曾有过帝王和庶民攀叙？

这简直是太空的神奇异端，

又好像太阳从西方升起。

啊,少奇同志呀,

你还能回来吗?

你的人民想念你啊,想念你

你睁开眼睛瞧一瞧——

又有多少中华儿女,

正急急切切地等候在,

南下列车的车厢里。

选自《牧野》2013 年 3 期

作者简介:

张国民,20 世纪 70 年代末大学毕业,先后任新乡县委办公室主任、新乡县委组织部长、新乡县人大常委会副主任等职。工作之余创作发表了百余首(篇)诗歌、散文等。

我的歌声

甘小二

沿着时光走向的索引

我

是行云之下

流水之上的歌者

我的歌声

在觅一朵蔷薇的晕影啊

风姿绰约

仿佛自远古的水湄

趟起细浪

在月光下的

那种模糊

我的歌声

是伴着吴市的箫音啊

缓缓爬行的远山

或是一只衔着归期的信鸽

栖于诗神的手指

表情慵倦

毛羽蓬乱

我的歌声

饱蘸着火的颜色啊

血液与火苗沸腾的律动

自青春少年的脉管

澎湃至今

我的歌声

是和射雕的弯弓一样啊

嵌入石头的那支利箭

箭尾瑟瑟发抖的颤音

正是我的名姓

沿着时光走向的索引

我

是行云之下

流水之上的歌者

大风起兮

带过那些神奇的传说

抽刀断水

声遏流云

选自《诗歌月刊》1999 年 3 期

倾向竹林

甘小二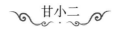

天下之大

有些朋友

要南来北往

大概

在望不到的地方

那里竹子茂盛

高过所有的树木

竹梢上挂着的星星

随风荡漾

朋友答应我

这些风景都将拍照入诗

黑白的

彩色的

夹在一本气质古典的诗集里

循着诗姗姗而来的香径

步履轻盈如诗神的女儿

照片上的竹子

一节一节

长得像诗句

一行一行

高过所有的树木

字里行间

生长着

可爱的细枝末节

肢体丰美

朋友相约我

等一场春雨初歇

到那个望眼莫及的地方

可以随着生命噼噼啪啪的节奏

倾听我们呱呱坠地的一刻

然后

草坡掬捧不住

春溪淌过足胫

同时

竹叶挽挂不住

雨滴坠落头顶

铮铮淙淙

叮叮咚咚

那是初恋的语言吧

朴素如春水冲刷的泥土

清新如雨滴折射的阳光

朋友告诉我

一些生命开花之后

就要败落

体干枯死的颜色

将感染那些线装的页码

当一些苦苦思考的日子来临

会有人

劈开竹管

削之为简

像炼钢那样

把竹片残存的眼泪烘干

接着

以炽热的铁笔

烙出文字的面孔

青烟过处

许多故事的脚坑

深深浅浅

若即若离

生长着长长的胳膊的名字与名字

舒展

伸展

互欲执手

苦不能及

朋友相送我

说明年的春天

青山不老

绿水长流

狂风不卷竹梢的星星

巨石不掩嫩笋的山歌

而今

他要在冰雪覆没的家园

冬眠一段时间

梦里依稀温读

古典气质的诗卷

循着诗姗姗而来的香径

因为倾向竹林的缘故

投入下一个春天的

寂寂纯真

选自《诗歌月刊》2001 年 4 期

读唐诗(外一首)

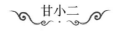

甘小二

尼古丁养育的肉体里

烟雾缭绕的心情

重重封锁的方向

床上书卷倾斜成

知识惯常呈现的姿势

年轻的我

在古老的问题前面倾倒

向往的草原

戈壁

沙漠

都是向往的向往

在唐朝

就有人作为朋友

临风脱去佩剑

赠予他心目中的英雄

而这昔日的英雄啊

今天还在末路上

疲于奔命

长发飘飘

指向唐朝

握剑的手

微微颤抖

在《全唐诗》中读到的悲怆的背影

不期在我灰烬般的诗歌中与他迎面相遇

五次梦的同一个地方

我相信那是边缘

山岗低矮

却无法逾越

背后收藏的

是最美的秘密

关于永生

关于死亡

景色无法复述

我在无边的滩岸

奔走

面带隐忧

因为我预见

那山坡的崩塌

和烟尘的腾起

我手中拉着的你

正朝那将崩塌的山坡走去

选自《诗歌月刊》2002 年 5 期

作者简介：

甘小二,1970 年生于新乡县七里营镇康庄村。1988 年入读河南财经学院,1995 年攻读北京电影学院文学系,获文学硕士学位。现为华南师范大学数字媒体艺术系主任,电影创作研究中心主任,广东省电影家协会副主席。编剧、导演剧情长片《山清水秀》(2002)、《举自尘土》(2007)、《在期待之中》(2012)、《榫卯》(2017),作品多次入选国内外电影节并获得奖项肯定。2020年,编剧的《沉默的极少数》获第 33 届金鸡电影节民族电影优秀剧本奖,目前筹拍中。

挖野菜

黄　文

现在，站在春天的门里

循着绿色触发的回忆

在阳光下，细心拨开棵棵庄稼设置的障碍

让金属的锋刃沿着更加锋利的目光

刀刀见血封喉

听不见植物们凄厉的惨叫

黑色或是其他颜色的袋子

空间狭小，植物们或站或坐

都显得拥挤

争着排列在砧板上

接受菜刀的检阅

沾着肉质余香的砧板

就有了阳光开花的味道

挖野菜

无关富贵或是贫穷

只愿避开农药和化肥的占领

让饱受污染的味蕾

享受一场最原始的盛宴

选自《平原晚报》2019 年 3 月 19 日

霜降之后(外一首)

黄 文

霜降之后,我的小村

虽然白天还是阳光明媚

但到了夜晚,黑暗中的房舍

周围全是冷冷的风

白色的霜花

开始挂在绿色的植物茎叶上

所有喜欢歌唱的小生命

全部悄无声息

我无法改变什么

苍茫的宇宙

我卑微得如同一粒尘埃

何况到处都是

冷冷的风

吹打着那些美好的事物

但我,一定会用我 36.5 摄氏度的体温

温暖自己,以及

周边那狭小的空间

不至于让绝望

占领所有心灵的高地

立 冬

一

亲爱的

请握住我的手,紧些,再紧些

你就不会感觉寒风的凛冽

走过春天的浪漫和夏季的火热

秋的丰硕中会有隐隐的萧瑟

我们既然同游于江湖的深远

一定会在冬季来临之际相濡以沫

亲爱的,如果有冷风掠过

请拉紧我的手

让我心中爱的火焰

给你以温暖

二

这个农历的节气

听起来就像有一股冷气从远方吹来

后面,紧紧跟着白色的雪花

铺天盖地,浩浩荡荡

薄冰还未把池水盖上透明的盖子

白霜就占领了所有的枝枝丫丫

门口那丛菊花还在怒放

仿佛是被季节丢失的孩子

左冲右突，找不到通向春天的路

而落叶

那些金黄的精灵，是无数只顽皮的小鸟

在冷风中左右腾挪，叽叽喳喳

闹腾一阵子之后，终于

被夜色聚拢，慢慢归于平静

选自《平原晚报》2018 年 11 月 30 日

过　年

黄　文

沿一条血脉中沉淀的盐分

沿一条亲情搭建的高速

沿二十四节气古老的单行道

所有华夏的子孙

所有龙的传人

汹涌回流

奔向一个叫家的地方

带上所有对老人的祝福

带上所有对孩童的期盼

带上一年来沉甸甸的收获

带上或许还有的一点点遗憾

回到家中

回到那个日思夜想的地方

晾晒被牵挂浸湿的行囊

让亲情的温暖

捂热这个冬天零度以下的严寒

把大大的福字贴在门口

同时贴上的还有

对生活的感恩

对未来的向往

把一年的辛苦

把一年的酸甜苦辣

当成佐料煎炒烹炸

团圆的餐桌

永远色香味俱全

中国年,红红火火中国年

让所有华夏子孙在这一天

走向阳光明媚的

春天

选自《平原晚报》2017 年 1 月 25 日

贝壳(外二首)

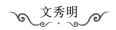 文秀明

自从你离我而去

我的心反反复复

被海水装满又掏空

无论是沉在深深的海底

还是在沙滩上被拾起

被宝贝一样地珍惜

已不再忧伤或快乐

一旦失去了生命的意义

那一切都只是别人的游戏

鸣蝉

在地下闭关修炼时

寂寞　孤单

一旦栖上枝头

才发现有太多的同伴

一个更比一个叫得欢

狂吠的狗

其实真正

血淋淋的

咬过人的狗

是不多的

就像我们人类

有时为了泄愤

只不过咬着牙

说了两句狠话

选自《鄘南诗联》2019 年 14 期

谁记得　谁知道

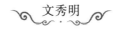

文秀明

谁记得，小时候

曾经钻过妈妈的怀

谁记得，小时候

曾经尿过妈妈的床

长大后，谁知道

问一问妈妈的冷和暖

长大后，谁知道

吻一吻妈妈的脸

谁记得，小时候

吃过妈妈嚼的馍

谁记得，小时候

妈妈唱的摇篮曲

都知道啊

需要时伸手去向妈妈要

都知道啊

累了要向妈妈的怀里靠

谁记得，小时候

曾经爬过妈妈的背

谁记得，小时候

曾经牵过妈妈的手

长大后，谁知道

妈妈头上添的第一根白发

长大后，谁知道

皱纹何时向妈妈的脸上爬

谁记得，小时候

生病发烧半夜闹

谁记得，小时候

妈妈眼里闪动的泪花

都知道啊

饿了要吃妈妈做的饭

都知道啊

冷了要穿妈妈缝的衣

妈妈啊，妈妈！

您是最无私的人

妈妈啊，妈妈！

您是最辛苦的人

妈妈啊，妈妈！

您是这世上最伟大的人

选自《鄜南诗联》2013 年 8 期

作者简介:

文秀明,男,1967 年生,新乡县大召营镇文营村人。18 岁开始诗歌创作,至今仍坚持着。诗观:诗是掠过脑际的一只飞鸟,而你正好抓拍到了它的英姿。

酒之歌（外一首）

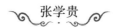

张学贵

从遥远处走来，

一路奔波。

于高处俯首，

阅尽世间曲折。

从五谷中走来，

一路踏歌。

洒向东西南北，

陶醉万里山河。

走过书画，

渲染出每笔重彩浓墨。

走过音乐，

流淌出几许失意与淡泊。

走过诗文，

宣泄出无数名篇佳作。

走过舞蹈，

飞扬出多少激情与欢乐。

走向生活，

绵绵清香莫贪多。

走向你我，

盛满情意细品酌。

人生如酒，

悠悠岁月勿蹉跎。

平川佳酿，

源出牧野亦如歌。

一树梨花

高高的围墙，

挡不住你悄然地绽放。

仅仅一株的力量，

就让小院换上了新妆。

孤单的你不必感伤，

那与你比肩的老屋，

斑驳的身影被拉得很长，

似乎向你投出艳羡的目光。

还有脚下碧绿的菜畦，

和刚刚破土而出的希望，

陪伴着你，

风雨过后仍留着淡淡的馨香。

我知道你春天里的梦想，

不只是来邀蜂蝶共舞，

伴鸟儿鸣唱，

藏在你心里的，

是送给主人花落后的希望。

选自《平原晚报》2016 年 4 月 23 日

作者简介：

张学贵,中共党员,现供职于新乡县联通公司,河南省诗词学会会员,新乡市诗词学会理事,新乡县作家协会理事,新乡县鄘南诗社副社长。业余时间笔耕不辍,作品散见于当地报刊,与他人合著有《闪烁的群星》《冀风和韵》。

一枚苦果(外一首)

任绍正

我播下一粒心爱的种子

在中原大地上

又有黄河的金色琼浆

用厚厚的论语作底肥

用锋利的史记来中耕

唐诗宋词的和风

轻轻爱抚着它

玄奘取回的真经

低声颂扬着它

秋高气爽

正是收获的季节

自以为满腹经纶

自以为品种优良

硕大的果实

却散发着苦涩的气味

令人迷茫

使我遐想

在破旧的庙宇里

菩萨拿着这枚苦果

没有多少香客

偶尔有几个游人

无心地打量几眼

只剩下尴尬

表示遗憾

只剩下孤独

象征着眼角的一滴浊泪

遥望山的那边

很无奈

我只好面对这座荒山

倾注厚爱

美好的房间

记忆开启一道门

告诉我俩相识在初春

美酒掠过你的脸庞

就像春风摇动着树梢

一个孤独在听

另一个孤独的叙述

有酒喝着

一个不知疲倦

一个毫无倦意

房间多么美好

像浓浓的酒一样美好

冷冷的灯光

月亮似的窥视着

你的身后是冰心

你的面前是三毛

我的影子晃动起来

苍老的苏东坡

还有悲凉的李清照

该休息了

让诗词伴我俩入眠

房间多么美好

就像诗词一样美好

在花开的季节

情感开始弥漫

你铺展温柔的目光

包裹我

我挺立飞扬的旗帜

燃烧你

有酒的醇香

有诗的韵律

我仿佛知道

你的晶莹泪花

是大雨滂沱般的狂喜

房间多么美好

就像生活一样美好

人生就是

从一个房间到另一个房间

我和你

用了十年的时间来丈量

到目前

还在租赁

选自《平原文学》2009 年 3 期

作者简介：

任绍正，新乡县合河乡人，毕业于新乡师专。先后任新乡县人民代表大会常务委员会办公室副主任，七里营镇党委副书记、朗公庙镇党委副书记，县科协副主席，县科技局副局长等职。为人豪爽，爱好文学，在省市报刊发表过诗歌散文等作品。

打工者

陈瑞文
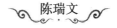

背着蛇皮袋离开了村

来到城市

我还是农村人

不再侍候庄稼

成了盖房的工人

工头把我吆喝来吆喝去

不把我当成人

十几个钟头劳作

工钱不多一分

爬上了脚手架

增加了我的高度

衬托了我的威仪

伸手摸到蓝天

撕下一片白云寄给家人

地基越挖越深

黄土就是我的根

一手抓四个馒头

一碗大白菜就是一顿

简易棚就是我们的窝

夏热冬冷

脚臭味真是难闻

说两句酸溜溜的话

哄得一笑

这就是我的福分

看到楼房拔地而起

我很满足

看见一户户搬进新房

我很温馨

夜灰灰　月蒙蒙

头枕着砖头

眼望着天空

只有天上的星星

才知道我的心酸和苦痛

选自《平原文学》2010 年 4 期

作者简介：

陈瑞文，新乡县七里营村人，本科学历。退休前为公务员，曾任新乡县总工会秘书，县广电局副局长等职务，喜爱诗歌创作，作品散见《牧野》《老人春秋》《新乡日报》《平原晚报》等报刊。

真爱颂（组诗）

瑞　鹤

七律·路灯

万杆托起两行星，光耀长街一片明。

守岗不辞寒与暑，照明何论富和穷。

当歌头上灯常亮，但恨身边路不平。

群起齐心除坎坷，康庄大道任民行。

浪淘沙·真爱颂

暴雨落新乡，

一片汪洋。

周甜今日拜花堂。

无客无车无大碍，

只要有郎。

涉水娶新娘，

雨裰婚装。

进门相抱泪盈眶。

真爱情潮淹物欲，

地久天长。

清江引·采野菜

曾记否酸泪洒南坡？

强忍腹中饿。

姑娘采野菜，

妈妈等下锅，

这苦楚如今谁个曾经过？

一家人谈笑上南坡，

采菜坐豪车。

蛋肉吃烦腻，

野菜成香饽，

同样事心情意义不同昨。

鹧鸪天·黄河古道访农家

碧野园林千里画，

黄河古道访农家。

门前紫燕频穿柳，

庄外清风不卷沙。

待宾客，上香茶，

午餐桌上有鱼虾。

村村争绘小康景，

户户明楼处处花。

选自《中州诗词》2017 年 2 期

作者简介：

瑞鹤，李述合、茹瑞芝夫妇的共同笔名，夫妇同龄，1936 年生，新乡县小冀镇人。中华诗词学会会员、河南诗词学会常务理事，曾任新乡县廊南诗社社长，现为荣誉社长，获省先进文化工作者荣誉称号。著有《诗词曲联格律浅识》《瑞鹤逸韵》等。

中华文明颂（外一首）

饶邦武

中华文明久，上下五千年。

盘古开天地，三皇五帝传，

殷夏到明清，多少闪光点！

大禹能理水，周公善征战。

伟哉孔夫子，万世为圣贤。

诸子百家兴，孙武十三篇。

秦皇大一统，唐宗天可汗。

拓疆康熙帝，民主孙中山。

卫青霍去病，徐达常遇春。

郑和下西洋，卫国有于谦。

戚继光驱倭，林则徐禁烟。

武将赫赫功，文星银河灿。

诗经风雅颂，离骚有屈原。

汉赋骈体文，史记司马迁。

李杜万代传，斗酒诗百篇。

宋词大江东，元曲窦娥冤。

唐宋八大家,兰亭序山巅。

老少说水浒,红楼开新篇。

造纸靠蔡伦,指南有罗盘。

当年辉煌在,创新更向前!

改革开放颂

改革开放就是好,祖国一派新面貌。

邓公巨手绘蓝图,东风浩荡涌春潮。

众志成城新时代,巨龙飞腾入云霄。

中华今朝逢盛世,国泰民安胜舜尧。

选自《平原文学》2009 年 3 期

作者简介:

饶邦武,新乡县人,农民工,有诗文发表于报刊。

敖包赛马（组诗）

郑浩成

敖包赛马

牛皮酒袋腰间悬，弯弓斜挎上雕鞍。
号炮一声马嘶鸣，飞驹扬尘不着鞭。

聆琴

夜驿荒原狼作伴，琴声苍凉韵悠远。
谁把孤苦寄弦上，致使骚客也怆然。

天骄陵

八陵相顾白如雪，六宫婵娟尽圣节。
一代天骄掷鞭处，千军万马弯弓月。

塞外画竹

塞外写生尘沙扬，心旷神怡醉草香。
成吉思汗牧马士，邀我画竹植北疆。

南沙行

破浪飞舟箭离弦，势如神六上云天。

卫国战士苦尽瘁，经年枕戈夜待旦。

南沙群岛

舰队匿影待令发，空望海天欠烟花。

岁岁涛声总依旧，青春无悔献中华。

选自《平原文学》2011 年 5 期

作者简介：

郑浩成，新乡县七里营镇人，新乡县作家协会理事，知名书画家，诗词作品散见当地报刊。

附　录

附录一　改革开放以来新乡县作家
国内出版文学类图书一览表

书名	作者	体裁	出版社	出版年月	中国版本图书馆CIP数据核字号	备注
《翠叶红花》	刘万勤	中篇儿童小说	河南人民出版社	1979年12月	统一书号10105.249	当时未实行CIP数据核字号
《大漠孤言》	刘吉同	杂文集	大众文艺出版社	2006年8月	(2006)第075346号	新乡市作协"牧野作家"丛书
《年轻的思绪》	王清让	诗歌集	中国文史出版社	2006年9月	(2006)第106994号	
《爱情鸦片》	田双伶	小小说集	河南文艺出版社	2007年6月	(2007)第019067号	
《藕花深处》	杨琳芳	散文集	大众文艺出版社	2009年2月	(2008)第203864号	新乡市作协"牧野作家"丛书
《收藏春天的阳光》	郭鹏程	诗歌作品集	大众文艺出版社	2009年2月	(2008)第203866号	新乡市作协"牧野作家"丛书

书名	作者	体裁	出版社	出版年月	中国版本图书馆 CIP 数据核字号	备注
《河原山》	郑国昌	长篇小说	大众文艺出版社	2009 年 2 月	（2008）203868 号	新乡市作协"牧野作家"丛书
《跋涉者》	范子平	散文报告文学集	大众文艺出版社	2009 年 2 月	（2008）第 203871 号	新乡市作协"牧野作家"丛书
《上大学去》	范子平	小小说集	中国戏剧出版社	2009 年 2 月	（2009）第 010519 号	郑州小小说学会第四届(2008—2010 年)优秀文集奖
《鹅老师粒粒》	范子平	小小说集	河南文艺出版社	2009 年 5 月	（2009）第 057764 号	新乡市第八届精神文明建设"五个一"工程奖
《机关这些事》	范子平	长篇小说	作家出版社	2010 年 5 月	（2010）第 0363916 号	被新华书店总店列入"5 月份热门图书"
《欧文的试验》	范子平	小小说集	光明日报出版社	2010 年 8 月	（2010）第 136666 号	"中国小小说名家档案"系列(100 人 100 本书)
《曲径通幽》	范子平	小小说集	河南文艺出版社	2011 年 10 月	（2011）第 199163 号	列入中国新闻出版总署《2012 年农家书屋重点出版物推荐目录》

书名	作者	体裁	出版社	出版年月	中国版本图书馆 CIP 数据核字号	备注
《远景》	王灿照	长篇小说	宁夏人民出版社	2012 年 2 月	（2012）第 000112 号	
《凤凰嘴 》	范子平	小小说集	河南文艺出版社	2013 年 12 月	（2013）第 284593 号	
《生命需要新高度 》	刘传辉	随笔集	民主与建设出版社	2014 年 11 月	（2014）第 256551 号	
《 故乡的沙路 》	范子平	小小说集	江西高校出版社	2018 年 1 月	（2018）第 224196 号	
《给人生一个惊艳的假设》	郑俊甫	小小说集	辽宁人民出版社	2018 年 8 月	(2018) 081215 号	
《学校那边》	李万科	长篇小说	中国财富出版社	2021 年 7 月	（2021）第 107981 号	
《长令人间添欢喜》	刘传辉	随笔集	中国工人出版社	2021 年 9 月	（2021）第 149843 号	

附录二　新乡县作协文学活动录

1. 从 20 世纪 80 年代初开始,新乡县县文联、县文化馆联办文学小报(内刊)《新乡县文艺》,张云鹏任执行主编和编辑,至 80 年代末共编发约 20 期;1989 年改名为《新韵》,吕书声任主编。

2. 1985 年 9 月,新乡县文艺创作工作者协会(新乡县作家协会前身)于小冀镇新乡县文化馆成立,县文化馆馆长罗志升被推选为会长。

3. 1985 年 12 月,范子平文学评论《新闻中的蕴藏》获河南农民报年度优秀文学作品奖(三等奖)。

4. 1986 年 2 月,甘思孟、刘万勤、范子平、张素梅联合在七里营中学发起成立"小荷文学社",并创办油印文学小报《小荷》,刘万勤主编,共油印发行 12 期。

5. 范子平《欧文的试验》发 1987 年 2 期《百花园》头题,随即被《工人日报》1987 年 6 月 28 日、《小小说选刊》1987 年 5 期、《微型小说选刊》(当时为双月刊)1987 年 3 期等转载,选入农村读物出版社 1988 年版《微型小说荟萃》(文后附主编乐牛写的评论《令人深思的试验》),多地用作高考模拟试卷阅读题,选入教科书《中学语文单项集约达标》(河南教育出版社 1989 年版)。后选入《新课程报语文导刊》2006 年(初二)8 期、华东师大出版社 2009 年 9 月版《最受中学生喜爱的 100 篇微型小说》《初中文学千字文》、济南出版社 2005 年 6 月版《大语文(中学卷)》、北方妇女儿童出版社 2010 年 8 月版《值得小学生珍藏的 100 篇微型小说》等。1987 年 10 期《小小说选刊》转载 7 期《百花园》所发赵曙光先生评论《哲理性微型小说》,对 3 篇哲理性小小说进行评析,《欧文的试验》放在第一篇。以上被视为"新乡市小小说开始引发关注的标志"。

6. 1988 年 5 月,新乡县召开文代会,县委、县政府下发文件,表彰优秀文艺工作者,其中文学阵线有甘思孟、刘万勤、范子平、黄河清等。

7.1988年9月7日,范子平、甘思孟《石缝里的棘拉草》获《河南农民报》"富民杯"报告文学征文一等奖,收入中原农民出版社1990年12月版报告文学选本《追逐太阳》。

8.1990年6月16日,范子平、甘思孟《马拉松初程》获《河南农民报》"农村人物百色"征文二等奖。收入中原农民出版社1990年12月版报告文学选本《追逐太阳》。

9.2001年7月1日,郭鹏程诗歌《神秘的小舟》(载《新乡文学》纪念中国共产党诞辰80周年特刊),获新乡市委组织部、宣传部联合举办的庆祝建党80周年征文二等奖。

10.2002年8月,范子平《鹅老师粒粒》发《三月三》8期,《微型小说选刊》2002年2期、《视野》2002年5期、《青年文摘》(绿版)2002年6期、《好同学》2004年1期等转载;选入山西人民出版社2005年1月版《大语文读本·初二上册》、九州出版社2006年版《感动中学生的100篇小小说》、花山文艺出版社2006年版《感恩故事全集》、花山文艺出版社2007年版《让中学生学会感恩老师的100个故事》、九州出版社2008年版《没有上锁的门——感动小学生微型小说全集》、华东师大出版社2009年版《最受小学生喜爱的100篇微型小说》、天津教育出版社2010年版《最受小学生喜爱的微型小说全集》、吉林大学出版社2010年版《蒲公英的假条》、地震出版社2013年1月版《十七岁的单车》等。2010年5月23日,南京市电化教育馆(南京市教育信息化中心)网站发表南京市鼓楼区琅琊路小学五年级七班学生徐舟阳的作文《最深沉的师爱——读<鹅老师粒粒>有感》,文后配家长感言。

11.2004年6月19日,范子平主持新乡县作协理事会,交流文学创作经验体会,重点由县作协常务副主席刘吉同讲解杂文的阅读与写作。

12.2004年9月9日,陕西知名作家喊雷造访新乡县作协,范子平、刘吉同、杨琳芳、马淑玲等参与座谈交流。

13. 2004 年 10 月,范子平《别墅的力量》发《新乡广播电视报》33 期,《小小说选刊》2004 年 20 期头题转载,《中学生阅读》2005 年 1 期转载,文后附唐汴先生撰写的评论,《南方农村报》2005 年 10 月 12 日副刊转载,《读写在线》2013 年 6 月号转载,文后附程东文先生撰写的评论。选入漓江出版社 2005 年版《2004 年度小小说》、漓江出版社 2006 年版《中学生阅读初中版 2005 年度佳作》、陕西师大出版社 2006 年版《小小说大词典》、漓江出版社 2008 年 4 月版《金奖小小说》、光明日报出版社 2009 年版《中国微型小说 300 篇》、长江文艺出版社 2009 年版《新中国 60 年文学大系》、河南文艺出版社 2009 年版《中国当代小小说大系》、华夏出版社 2012 年版《超人气现代名家小小说——看星星的人》、地震出版社 2013 年 2 月版《一个女人的天荒地老》等;搜狐、中国知网等数十家网站转载。

14. 2005 年 1 月 20 日,范子平《别墅的力量》获《小小说选刊》2003—2004 年度佳作奖(二等奖)。

15. 2005 年 10 月,新乡县文联刘吉同、陈荣宇、王清让主持编印《鄘风新韵》,收入 36 位作者 137 篇(首)小说、散文、诗歌、小报告文学、评论、儿歌、山东快书、民间故事等。

16. 2005 年 12 月 30 日,新乡市召开第五次文代会,新乡县代表团有刘吉同、范子平、吴玉海、任景松、王永峰、乔玉斌、王乃勇、许维 8 人,特邀代表有武长俊、王耀邦、常振中、吕书声 4 人。

17. 2006 年 2 月,范子平《谁怕谁》(原发《新乡广播电视报》33 期)被 2006 年 4 期《小小说选刊》头题转载,入选漓江出版社 2007 年 1 月版《2006 年度小小说》、漓江出版社 2008 年 4 月版《金奖小小说》、光明日报出版社 2009 年版《中国小小说 300 篇》、武汉出版社 2011 年版《中国当代最具影响力的 120 篇小小说》、华夏出版社 2012 年版《超人气现代名家小小说——看星星的人》、现代出版社 2019 年 1 月版《1978—2018 优秀小小说》等权威选本。

18.2006 年 6 月 4 日,范子平应邀到新乡日报社,为新乡市作家高级培训班 100 多名学员讲课:"红楼梦的政治与非政治"。

19.2006 年 4 月 27—28 日,黑龙江作家于德北、刘忠学,江西作家雪弟、何休,四川作家刘靖安,内蒙古作家姚玉萱,河北作家闫岩,山东作家聂兰锋等一行 12 人来新,专程造访新乡县作协座谈交流。

20.2006 年 6 月 28 日,范子平《上大学去》发《郑州日报》,后为《小小说选刊》《小说选刊》《读者》《语文教学与研究》《中外文摘》《东西南北大学生》《文学与人生》《写作》(武汉大学主办)等数十家报刊转载,获 2007 年 7 月《读者》最受读者喜爱的文章奖。收入 20 多家出版社的 20 多个选本。被多省市用作统考语文试卷阅读题,收入湖南教育出版社 2014 年出版、后一版再版的《现代文阅读技能训练 100 篇》,收入教育部、中央电视台合编的"开学第一课":《名家名篇经典阅读》(时代文艺出版社 2012 年版)。

21.范子平《杀手锏》发《芒种》2006 年 8 期,《小小说选刊》2006 年 19 期、《教师博览》2006 年 11 期、《少年文摘》2007 年 3 期、《意林(少年版)》2015 年 18 期、《小说选刊》2020 年 8 期、《微型小说选刊》2020 年 17 期等转载。选入四川文艺出版社 2012 年版《百年百部微型小说经典——身后的人》、华东师大出版社 2010 年版《最受中学生喜爱的 100 篇校园小说》、文心出版社 2016 年 5 月版《魔法鹅卵石》、百花洲文艺出版社 2021 年 1 月版《2020 年微型小说排行榜》、中国市场出版社 2021 年版《全国微小说精品集》等。

22.2007 年 5 月,范子平《谁怕谁》获《小小说选刊》2005—2006 年度佳作奖(二等奖)。

23.2007 年 5 月,刘吉同《<苹果>中的污辱问题》获《杂文报》5 月份"月度最佳作品"。

24.2007 年 6 月,刘吉同《接着部长的"荐书"》获《杂文报》6 月份"月度最佳作品"。

25. 2007 年 7 月,刘吉同《天下最"大方"的政府》获《杂文报》7 月份"月度最佳作品"。

26. 2007 年 7 月,王清让《爱情诗的三种境界》获人民文学出版社、文学报联办的第二届中华校园诗歌节诗论三等奖。

27. 2007 年 8 月,新乡县委宣传部、新乡县文联主办,新乡县作协承办的《平原文学》(内刊)创刊,至今共出版 8 期,发表了新乡县作家 50 多人 100 多万字的文学作品。第 1—2 期由刘吉同主编,陈荣宇、王清让编辑。从第 3 期起改变版式,增加内容,3—8 期由范子平执行主编。

28. 2007 年 9 月,郑俊甫《刀客》获中国微型小说学会第五届全国微型小说二等奖。

29. 2007 年 10 月 1 日,郑俊甫《假如没有读书》获《读者》杂志 2007 年 10 月最受读者喜爱作品奖。

30. 2008 年 3 月,范子平随笔《假如抗美援朝战争 1951 年结束》获《杂文月刊》桌达杯奖。

31. 2008 年 3 月 8 日,新乡县作协理事会会议在新乡县委组织部会议室召开,探讨生活与文学关系。

32. 2008 年 4 月,由新乡县作协常务副主席刘吉同牵头,协助新乡县委组织部电教室组织"新乡县远程教育故事"有奖征文。

33. 2008 年 9 月 5 日,范子平《我童年的卫河》获《平原晚报》"我爱母亲河"征文一等奖。

34. 2008 年 10 月,郑俊甫《是谁害了颜渊》被《杂文选刊》2008 年 10 期选载,入选《中国当代杂文二百家(1949—2009)》。

35. 2008 年 12 月 23 日,新乡县作协理事会会议在大召营镇政府会议室召开,总结全年创作成绩,探讨塑造鲜活丰满的人物形象问题。

36. 2008 年 12 月,《百花园》与郑州市纪检委联合举办全国反腐倡廉小小说大奖赛,范子平《凤凰嘴》获二等奖,杨琳芳《领导下乡来割麦》获优秀奖。

37.2009 年元月,范子平被小小说选刊和小小说作家网评为"新世纪小小说风云人物榜——新 36 星座"之一。

38.2009 年 3 月,5 期《小小说选刊》在"经典的诞生"栏目再次刊载范子平小小说《别墅的力量》,配发作者创作谈:《植一株困惑的庄稼》。

39.2009 年 3 月 12 日,新乡县作协召开作家座谈会,探讨如何培育文学精品意识。

40.2009 年 3 月 14 日《文艺报》第三版头题发表河南省作协副主席杨晓敏撰写的评论《生活发现与写作坚守——范子平小小说印象》。

41.2009 年 4 月 10 日,范子平应邀为新乡县老干部大学讲课:"漫谈革命斗争回忆录"。

42.2009 年 4 月 11 日,新乡县委宣传部、县文联召开文艺座谈会,县委、县人大有关领导和县作协十多名理事参加。

43.2009 年 4 月,范子平《薄姬》获《小小说选刊》2007—2008 年度优秀作品奖(一等奖)。

44. 2009 年 6 月 1 日,新乡县文联、县作协联合召开座谈会,专题讨论《平原文学》办刊事项。

45.2009 年 8 期《百花园》杂志"名家访谈"栏目发表《百花园》杂志副主编任晓燕的《范子平访谈录——再现真实人性》。

46.2009 年 9 月,焦作大学薛丽君申请了社科项目,专程来新乡调研并发表了两万多字的论文《新乡市小小说作家群研究》,对新乡市范子平、赵文辉、安庆、田双伶 4 位具代表性作家的小小说进行了重点剖析。

47.2009 年 11 月 11 日,范子平应邀到辉县百泉宾馆,为河南省税务系统(省税务局、地税局联合组织)干部培训班讲课:"文学作品的思想性——从红楼梦谈起"。

48.2009 年 12 月,范子平《为女性而写的诗歌——毛泽东六首诗词白话意译和赏析》、刘吉同《推开赫鲁晓夫面前的哈哈镜》发表于《平原文学》3期,这两篇持续为几十家网站转载。

49.2009年12月起,新乡市文联主办文学刊物《牧野》(双月刊、内刊),编委会成员中列有新乡县作协范子平、刘吉同;编辑名单列有王清让、邹海霞、杨琳芳、范子平、郝炳勋。责任编辑为王清让,校对为邹海霞。此编辑格局一直持续到2019年杂志停刊,编发了新乡县作家大量诗文。

50.2010年1月15日,新乡县作协于大召营政府会议室召开座谈会,总结2009年创作成绩,探讨文艺审美问题。

51.范子平《女儿的班主任》发《新课程报·语文导刊》2010年1月20日,《小小说选刊》2010年17期转载,选入地震出版社2013年2月版《女儿的班主任》、文心出版社2016年5月版《魔法鹅卵石》、上海文化出版社2020年12月版《过目不忘——50则进入中考高考的微型小说》等。

52.2010年4月,范子平以"踏雪看梅"笔名发表《王奎山小小说的细节美》,获山东小说网"王奎山小小说作品研讨会"一等奖。

53.2010年5月,范子平长篇《机关这些事》由作家出版社出版,首印1万册,全国新华书店发行,被新华网、中国青年网、中国经济网和新浪、搜狐、凤凰等网站重点推出连载和评论,被北京、西安、长春、武汉、南京、济南、烟台、合肥、桂林、海口等地数十家报刊推荐。新华书店总店将此书公布为七本"五月份热门图书"之一。此书后来出现多种盗版本。

54.2010年6月,泉州市四区八县中招统一试卷语文卷阅读题选用范子平《上大学去》。以后又有福州、武汉、忻州、双城、泰安、吉林、双鸭山、银川等地与河南省(八年级)2014—2015年第二学年期末语文考试模拟试题、2016年湖北省七市(州)联考统一试卷阅读题、2022年福建省中考模拟统一试卷等分别选用范子平《上大学去》《女儿的班主任》《坐大巴》《淡化喜悦》《老兵》《搬家轶事》等小小说。多年来,道客阅读、百度文库、原创力文档、学科网、豆丁网、华语网、中考网、在线组卷网、二一组卷平台网、海博网等网站都推出多篇范子平小小说作现代文阅读练习题,有的标为"范子平作品专练"。

55.2010年7月6日,北京《新课程语文导刊》七年级版、八年级版、九年级版同期在一版影印发表范子平为该报题词:"读好书,读活书,广读书,勤思考"。同时在"名家新作"栏配"导读"中推出范子平小小说新作(七年级版:《儿子长大了》;八年级版:《在小河那边》;九年级版:《陪儿子做作业》)。

56.2011年1月26日,新乡县作协座谈会,总结2010年创作成绩。探讨新时期文学创作如何被人民群众喜闻乐见等问题。县委宣传部、县文联领导参会并讲话。

57.2011年3月23日,范子平应邀为新乡县老干部大学讲授中共党史(1921—1945年)。

58.2011年4月22日到24日,郑州作家王嘉贵、苏州作家许国江联袂造访新乡县作协,与范子平、刘吉同、古建军等进行了座谈交流。

59.2011年6月12日,新乡县作协主席范子平带队,刘吉同、陈荣宇、郭鹏程、苗桂芹、郭华翔、王清让、邹海霞、郝炳勋、马琳、魏定毅、古建军、曹殿伟、马淑玲等应邀造访辉县市作协,与辉县市作协主席赵文辉、副主席王保银、杜毅文等18名作家座谈交流。两县(市)作家还携手穿越大峡谷,攀登老爷岭,面对雄伟的丛山峻岭抒发对人生与文学的感受。

60.2011年7月6日,范子平应邀到大召营镇政府为乡村干部讲课:"辩证看待德孝文化"。

61.2011年7月22日,范子平、刘吉同、武长俊、王清让、苗桂芹、陈荣宇、古建军等同南通大学教授、文学评论家李建东座谈。

62.2011年8期《杂文选刊》刊载刘吉同"杂文小辑",集中选发《奴才歌的'意境'》《光绪不像皇帝》《大清子民爱家不爱国》3篇,文后附刘吉同"作者告白"。

63.2011年9月10日,黄文诗歌《师恩难忘》获《中国教育报》"感念师恩"征文优秀奖。

64. 2011 年 9 月 28 日,黄文诗歌《美好生活》获邯郸市委宣传部"真情话儿献给党"征文二等奖。

65. 2012 年 3 月 29 日,范子平应邀到长垣县纪检委讲课:"中国的反腐倡廉文学",并与长垣县纪检委干部座谈。

66. 2012 年 5 月 11 日,范子平应邀到新乡县老干部大学讲课:"朝鲜战争始末及深远影响"。

67. 2012 年 5 月 17 日,新乡县作协理事会于东方宾馆二楼会议室举行会议,讨论文学的社会功效。

68. 2012 年 9 月 5 日,范子平应邀到关山,为新乡市妇联、市电视台、市作协联办的新乡市女作家高级培训班讲课:"红楼梦对现当代文学的影响"。

69. 2013 年 1 月 5 日,《新乡日报》副刊部主任刘德亮邀范子平、刘吉同与新乡市杂文名家周士君、李辉等就杂文和随笔创作座谈。

70. 2013 年 3 月 6 日,新乡县作协于新乡市九州宾馆召开理事会会议,讨论文学的创新性。

71. 2013 年 5 月,《杂文报》举办第三届全国鲁迅杂文大奖赛,范子平《盼体制改革时间表》、刘吉同《哀批判性思维》获三等奖。

72. 2013 年 5 月 19 日,范子平 2011 年 1 月至 2012 年 12 月发表的《刺杀未遂》《搬家轶事》《听窗》《赢酒时难输也难》《绝招》《夜奔》《领导要看我父亲》《爱在山腰》《我得罪了 K 区长》《与当官擦肩》10 篇小小说获第六届中国小小说金麻雀奖。

73. 2013 年 5 月 21 日,范子平、刘吉同应邀访问长垣县作协,与作家陈海文、刘平安、陈文圣、李庆云等于黄河渡船上座谈交流。

74. 2013 年 7 月 9 日,范子平应邀到新乡县总工会讲课:"文学与道德"。

75. 2013 年 8 月 13 日,新乡市作协主席王斯平带队,范子平、刘吉同、邹海霞与知名书法家刘森堂,知名诗人小葱、芭蕉雨声等到卫辉市山区采风。

76. 2013 年 8 月 23 日，范子平、刘吉同、郑俊甫、邹海霞、古建军、郝炳勋、魏定毅应邀与新乡市红楼梦学会会长曹启健、副会长高振达、秘书长张胜利座谈。

77. 2013 年 10 月 25 日，刘吉同《救不了的"火"》获《杂文报》"放言 119"全国征文三等奖。

78. 2013 年 12 月 21 日，新乡市作协召开第三届代表大会（第二届市作协理事会新乡县三人：黄河清、范子平、刘吉同，其中黄河清为副主席），黄河清改任顾问，新一届理事会有新乡县 5 人：王清让、刘吉同、杨琳芳、范子平、邹海霞；其中范子平当选为副主席；新产生的六位副秘书长中有新乡县三位：王清让、邹海霞、郝炳勋。

79. 2014 年 5 月：范子平《多来点实的好》获《杂文报》"全国反四风杂文征文"三等奖，收入宁夏人民教育出版社 2014 年版《得失寸心知——全国克服四风大赛杂文选》一书。

80. 2014 年 9 月 27 日，刘吉同应邀到银马大酒店，为新乡市红学会会员讲课："红楼梦与中国历史"。

81. 2014 年 12 月 21 日，新乡市作协理事会一致通过，增补刘吉同、郭国海为市作协副主席。

82. 2014 年 12 月，郭华翔 28 集电视文学剧本《太行红鹰》获天津市 2014 年最美"中国梦"影视剧优秀剧本三等奖，在北京市委宣传部、文联举办的"第二届北京剧本推介会"上推介展出。

83. 2015 年 1 月 24 日，新乡县作协于昆仑饭店召开理事会会议，交流写作信息，探讨文学作品的艺术表现方法。

84. 2015 年 1 月，新乡市红学会主编的 2014 版《中原红学》杂志出版，发表新乡县作协 3 篇（首）诗文：范子平《曹雪芹光辉的折射：漫话红学史》、刘吉同《兴儿的眼力》、郝炳勋诗歌《加入新乡红学会有感（古风）》。

85. 2015 年 2 月 7 日，新乡市红楼梦学会召开理事会，范子平、刘吉同、郝炳勋、古建军、魏定毅等参加并分别发言。

86.2015年2月17日,范子平、刘吉同、武长俊、陈荣宇等同知名文艺评论家、南通大学教授、博士生导师李建东座谈。

87.2015年3月,范子平《丁龙之梦》获《百花园》2013—2014年度优秀原创作品奖。

88.2015年5月8日,刘吉同应邀为河南工学院师生讲课:"我们为什么要读书"。

89.2015年10月22日,新乡县总工会、新乡县作协联合召开歌颂劳模文艺创作座谈会。

90.2015年11月22日,河南省作协、新乡市作协联合举办范子平小小说研讨会。河南省作协副主席杨晓敏主持,新乡市委宣传部副部长王景书到会讲话,中国作协肖惊鸿研究员与京冀鲁豫晋陕鄂粤等省市的作家评论家40余人与会并发言。新乡电视台11月22日新闻频道、《新乡日报》、《平原晚报》和2015年五六期合刊的《牧野》杂志做了报道。

91.2015年11月,北京出版社出版发行《社会主义核心价值观优秀文学读本》,选入范子平《女儿的班主任》。

92.2016年1月30日,刘吉同到市紫台一品小区,为新乡县作协会员讲课:"漫谈读书与创作"。

93.2016年4月,刘吉同《许绍"抗旨"随想》获河南省杂文学会、洛阳市文联"'东华杯'家风国风纵横谈"全国杂文有奖征文一等奖,获奖金一万元。

94.2016年10月,黄文微电影剧本《钓饵》获新乡市纪检委廉政文学作品征文三等奖。

95.2017年9月6日,范子平、刘吉同、邹海霞、黄文被新乡县纪检委聘请为新乡县廉政文化宣传顾问,县委常委、纪检委书记王洪伟向四位作家颁发了证书。

96.2017年9月,田双伶小小说《那年杭州》获梁斌文学奖小小说类二等奖。

97. 2017 年 9 月,刘万勤《井冈翠竹》获井冈山诗歌大赛优秀奖。

98. 2017 年 10 月,刘万勤《杀手》获《辽宁文学》"全国微小说大赛"优秀奖。

99. 2017 年 10 月 6 日,范子平主持新乡县作协理事会,由王清让传达参加鲁院河南学习班老师讲课精神。

100. 2017 年 11 月 4 日,范子平应邀到卫辉市师范学校(原汲县师范)讲课:"小说的情感"。

101. 2018 年 2 月,郑俊甫小小说《太史简》获 2017 年《百花园》优秀原创作品奖。

102. 2018 年 3 月,郑俊甫《太史简》获第 16 届中国微型小说年度奖二等奖。

103. 2018 年 10 月,新乡县作协副主席邹海霞在"开心读书会"群里主持网上读书活动,至今共主持 70 期。

104. 2018 年 11 月,河南省小小说学会公布"改革开放 40 年(1978—2018)河南省 40 篇小小说佳作",新乡县作家占 2 篇:范子平《谁怕谁》、田双伶《亲密油条》。

105. 2018 年 11 月,吉林省《天池》杂志评出改革开放 40 年 40 篇中国小小说优秀作品,田双伶《薄荷的邀请》与范子平《上大学去》入选,并在该杂志"华章回放"栏目再次推介。

106. 2018 年 11 月,中国作家网公布中国小小说学会联盟评出的"改革开放 40 年中国小小说百篇经典",范子平《上大学去》入选。

107. 2018 年 12 月,刘吉同被《清风》杂志评为年度优秀作者。

108. 2019 年 1 月,田双伶开始在吉林省《天池》杂志开设"双伶专栏",每期发小小说 2 篇,全年共发表 24 篇。

109. 2019 年 5 月 16 日,王清让策划并牵头组织"一棵想家的槐树——

王斯平诗歌专场朗诵会"在平原艺术中心举行。王斯平生前好友近 200 人参加了活动。

110.2019 年 10 月,刘万勤《麦收之歌》获《河南诗人》建国 70 周年大赛优秀奖。

111.2019 年 12 月,郑俊甫《歌声嘹亮》获《小小说月刊》2019 年度"礼赞新中国讴歌新时代"征文特等奖。

112.2020 年 1 月,新乡市作协第四次代表大会召开。范子平、刘吉同改任市作协顾问,新一届理事会新乡县四人:王清让、杨琳芳、郑俊甫、邹海霞。王清让、郑俊甫为副秘书长。

113.2020 年 1 月,刘吉同《潞王陵里那道辙》获 2019 年度湖北松滋第五届"克权杯"杂文二等奖。

114.2020 年 6 月,王清让策划并主编文学刊物《啸林》创刊。6 月出版第一期,头题推出范子平中篇《恶狗当除》;12 月出版第二期,头题推出张玉玲中篇《设色宣纸》;2021 年 4 月出版第三期,重点推出江宏斌短篇和郑俊甫小小说 10 篇。

115.2020 年 11 月 22 日,新乡市小小说学会成立,范子平、郑俊甫、邹海霞、陈来峰、黄文等被选为理事,范子平当选为会长,郑俊甫为秘书长,邹海霞、陈来峰为副秘书长。

116.2020 年 12 月 26 日,范子平到新乡市文联会议室为新乡市小小说学会会员讲课:"小小说创作的选材"。

117.2020 年 12 月 27 日,王清让牵头组织"中原诗歌节迎新诗会"在辉县市方山举行,全省七市 20 余名诗人参加。

118.2020 年 12 月,新乡市文联、新乡市作协联合举办纪念抗战胜利 75 周年征文活动,收到稿件 200 多篇,评出获奖作品 20 篇,其中新乡县占 5 篇:范子平小小说《赵老套》获一等奖;邹海霞诗词《七律·卢沟桥有思》获三等奖;陈来峰小小说《军马》、刘万勤小小说《喜鹊喳喳叫》、黄文诗词《如梦令

·抗战》分获优秀奖。

119.2020年1—12月,新乡县作家在网站发表大量小说、散文、诗歌佳作:黄文在"河南教育语文教学参考平台"发表16篇(首);张成凤在"作家地带"发表散文12篇;付素花"今日头条"发表散文58篇;张庆政在"百花洲诗刊"发表诗歌49首。

120.2020年12月,郑俊甫散文《皇帝是只什么鸟——读<万历十五年>》获辽宁鞍山"大千尔雅杯"读书征文大赛三等奖。

121.2020年12月,陈来峰小小说《风声》获"杨荣杯"勤廉主题全国征文优秀奖。

122.2021年1月8日,范子平应邀到县文旅局,同夏宏伟局长一起策划《新乡县当代文学作品选》征稿、编选、出版等事项。

123.2021年1月26日,新乡县文化馆公众号发出"《新乡县当代文学作品选》征稿启事"。

124.2021年1月,范子平《看戏的将军》获金麻雀网刊2020年度优秀小小说奖(一等奖)。

125.2021年2月,范子平《看戏的将军》获河南省小小说学会2019—2020年度优秀小小说奖(一等奖)。

126.2021年3月5日,新乡县文旅局组织文化系统有关负责人和县作协作家到合河采风,实地考察了朱氏祠堂、古戏楼和古运河石桥。县文旅局长夏宏伟、副局长谢静、文化馆馆员冯德仁,合河乡干部朱敬之、朱素芬,县作协范子平、刘吉同、郑俊甫、王清让、邹海霞、刘万勤、苗桂芹等参加。

127.2021年3月20日,新乡市诗歌学会成立,王清让当选为副会长兼秘书长。

128.2021年3月27日,原阳县知名作家吴斗勤、王春花、娄世珍等造访新乡县作协。新乡县作协范子平、刘吉同、邹海霞、古建军、付素花等参加座谈交流。

129.2021年4月28日,范子平、郑俊甫、陈来峰应邀参加中国小小说第九届金麻雀奖颁奖仪式和小小说创作座谈会。

130.2021年5月,新乡市小小说学会与魅力河南网、仰韶集团联合举办"彩陶杯"小小说征文,新乡县作协刘万勤、刘传勋、黄文分别获三等奖。

131.2021年7月,《微型小说选刊》编辑部编选、百花洲文艺出版社出版《100年,100篇:寻找证明——庆祝中国共产党成立100周年微型小说作品精选》,收入范子平《赵老套》。

132.2021年8月,郑俊甫《我是弓长张》获郑州市文联、《百花园》杂志社"用小小说讲好党史故事——庆祝建党百年"全国小小说大赛三等奖。

133.2021年11月16日,范子平、郑俊甫应邀到新乡县文旅局,同杨乾局长、谢静副局长策划《新乡县当代文学作品选》编审、出版等事项。

134.2021年12月11日,河南省杂文学会常务副会长兼秘书长岳建国、《新乡日报》总编室主任、新乡市评论家协会主席李辉、著名杂文作家周士君、河南省杂文学会副会长、新乡市杂文学会会长雷长风等造访新乡县作协,范子平、刘吉同、郑俊甫、王清让、邹海霞、古建军、牛新印等参与座谈交流。

135.2021年12月16日,郑俊甫《驻村干部》获《百花园》2020年度优秀作品奖。

136.2021年12月,由范子平主编,郑俊甫参与编辑的《新乡当代小小说选编》(33.5万字)由郑州大学出版社出版,面向社会发行。该书收入新乡市51位小小说作家(其中有新乡县作家11人)的115篇代表作,是有史以来第一部新乡地区集体小小说选本。

后 记

一晃已经是 2022 年之春,乍暖还寒的季节,抗疫的战斗还在进行,迎着湿润的凉飕飕的东风,田野里的蒲公英已经绽开了金黄色的花瓣。这时新乡县文旅局的谢静副局长发来微信,说县选本的事情可以继续进行了。那就是说可以看见胜利的曙光了,同道当然都是高兴的。

一位同道就打来电话,旁征博引、长篇大论,但主题只有一个:这个选本应该搞一个后记。其实我并不觉得是必需的,但同道这样主张,那就在这里再絮语几句吧。

将改革开放以来的新乡县文学作品出一个选集,对新乡县文学史和文化史的价值和意义不用细述,只说是大家许久以来的呼声就够了。县文旅局领导很重视此事,多次邀在一起商议。在多年酝酿的基础上,2020 年年底,新乡县作协理事会决议,成立了"《新乡县当代文学作品选》编选小组",有我和刘吉同、郑俊甫、王清让、邹海霞五位成员。俊甫负责小说的收集整理和前期编辑,散文和诗歌部分由清让负责,他们是知名作家和诗人,也是编选的行家里手,前期做了大量工作。海霞则负责全文的校对——别看她素手纤纤,为文字把关却有着钢铁般的力量。当然每一个成员都有权利也有义务对本书编选出版的每一个步骤提出批评和建议。我们先后开了若干个小会,讨论商定了一些问题的解决方案。在多次跟县文旅局领导交流意见之后,1 月 8 日,在"新乡县文化馆"公众号发出征稿启事,陆陆续续收集和选编到今天。

在原则上定哪些作品入围是颇费斟酌的。从作品的思想艺术水平及其产生的社会影响来看，我县创作的文学作品是有层次的，多选取那些名气较高的作家作品，会提升本书的阅读品位，也增加可读性。那样做作品是不缺但作者则寥寥，而新乡县文学创作是老中青三代作家广泛参与的，选取的作者范围小，就反映不了新乡县文学创作的完全面目，也不能起到承前启后、鼓励后进的作用，更何况总体来看，更多的作家作品反映的社会生活面可能更为广阔，提供的生命与生存的意义可能更为繁芜和多元，能给新乡县历史留下更多的社会变化记录，所以还是尽量扩大了选本的作者范围。

关于本书体裁范围，根据与出版社商定的意见，本书只是小说、散文随笔和诗歌的选集，评论也并在散文部分中。这些毕竟是新乡县文学的主流。即使是小说也只选收了小小说，中短篇小说新乡县作家发表的有，我也曾向黄河清、王洪志等同道征求他们发表过的中短篇，他们都是改革开放时期新乡县小说创作的前行者，但都回复说已不好找到了。我手边倒有一两篇发过的，但新乡县作家的中短篇创作，没有小小说影响力大，经商议也就不再收入了。散文随笔在省、市甚至全国有较大影响，诗歌也是新乡县拿得出手的长项，这些作品的繁茂生长，代表着新乡县文学的希望，都作为重点选收对象。在这些方面，新乡县有着广大的创作队伍，老中青三代甚至可以说是四代同堂。正因为他们顽强地生活在基层，这些小说、散文和诗歌带有新乡县的乡土气，就像一眼望不到边的青青庄稼地，是亲切的、真实的、可以触摸的，反映了新乡县域的文化传承和发展，反映了时代的变迁和社会的进步。当然新乡县还有其他体裁的作品，如童话、儿歌、寓言、戏剧等，这次不再选收在内；特别是在影视创作方面，前有黄占山先生，后有黄河清先生与甘小二先生，都出了优秀的成果，他们也都是我的朋友，这次选了河清的散文与小二的诗歌，他们的影视作品因为这个选本的体裁限制而未收入，这是应该说明的。以后若有机会，我们再选编一本新乡县报告文学与剧本、戏剧、曲艺、民间故事、儿童文学等方面作品的选集，以作为此书的延续或补充。

我们特别强调,本书收集文学作品的范围只是新乡县作家的优秀作品。所谓新乡县作家,或籍贯是新乡县,或为在新乡县工作和生活者。我们议定凡是"老新乡县"人的作品都可以入选——这里也有着"剪不断理还乱"的乡思。县志记载:"西晋太和五年(370年)在今新乡市建新乐城。""开皇六年(586年)析获嘉、汲县地于新乐城置新乡县。"新乡县正式设县,距今已有1400多年的历史了,有着鲜明的人文特色,有着丰厚的历史沉淀,甚至有独特的语言节奏,而区域也一直在变化。随着道清铁路与京汉铁路的开通,位于铁道十字口的新乡县城日渐繁荣,在县城的基础上逐渐形成了新乡市,而城市本身就是一个发展和扩张的过程,四面环绕市区的新乡县区域也只有不断融入新乡市。新中国成立后最早的记载是:"1949年11月,经平原省批准,新乡县的孟营等15个村庄划给新乡市。""1951年9月,经平原省批准,新乡县白小屯等26个村庄划给新乡市。"以后每过几年都要有一些这样的变迁,几乎成了常态。改革开放后,区域调整加快,县域日渐缩小,据说以后要撤县设区,新乡县的名称要取消,这也许是社会发展的大势所趋吧。"日暮乡关何处是,烟波江上使人愁。"区域和名称可以改变,但作为文化意义上的新乡县,在"老新乡县"人的心头永存。是新乡县滋养了我们的血脉,培育了我们的性情,是从新乡县的广袤大地上收获了这些难以忘怀的故事和诗章,没有新乡县就没有我们这本书。从另一个角度看,我们逝去的岁月,那些值得回味的生活热情,那些家长里短相濡以沫的琐碎,那些作为草木之人的善良朴实与自豪,以及若干后悔莫及的缺憾以及失败的疼痛与无奈,我们文学与语言的灵感,我们对未来的憧憬或麻木,我们心魂的坚守与思考的孤独和迷茫,我们的实在与虚无,都因为有了新乡县广袤深厚的大地才有了扎实的起点和安置的地方,而出版《新乡县当代文学作品选》,也正是对蕴入我们骨血的新乡县人文地理永恒的纪念。

　　本书选文后有两个附录。一个是改革开放以来新乡县作家国内出版的文学书籍,排列于此,作为改革开放以来新乡县文化发展的一个成绩,或可备县志记载时选用。根据国家新闻出版署 185 号[1999]通知精神,自 1999 年 4 月 1 日起(北京地区各出版社是 1993 年起),全国各出版社出版图书,含初版新书及修订再版图书,除了课本教材等之外,均须具有新闻出版署批准的中国版本图书馆 CIP 数据核字号。我们原则上也是以此为标准收集书目编排的。当然,尽管努力进行了查询和征求,也难免会有遗珠之恨。改革开放之前的新乡县有没有作家单独出文学书籍?这个没有调查出结论,根据当时的形势判断,如果有,想来也很寥寥。还有一个是新乡县作协有关事项记录,最初命名为"新乡县作协大事记"。一个县里的松散的民间性文学组织,会有什么大事可言?说"大事"似有一点自嘲的意味,但就县作协来说,确也有实在的、认真的几件事,暂名"新乡县作协文学活动录"吧,主要是县作协理事会活动与文学获奖。文学活动挑选一些列入,如全部列上可能有些雷同和乏味,还有一些事情大家都已记不得具体情况,也查询不出时日,只好舍弃。获奖也是这样。各种文学奖项林林总总,这次只选公开发行的报刊所组织的,或地市级以上协会、学会等颁发的。当然,从根本上说,获奖并不能真正说明问题,文学作品"唯一有价值的是拥有活力的灵魂"(爱默生语)。但这个主要靠时间筛选吧。沧海桑田,大浪淘沙,不敢奢望千年万年后的事情,就说再过百年,这个选集中如果还能有三两篇(首)被人们传诵,那咱编这个选本就更物有所值了。

2021 年初,县文旅局局长夏宏伟先生和我们议定了新乡县文学作品选本的编选和出版有关事宜,并开始有序向前进展;11 月份,新任文旅局长杨乾先生上任伊始,就积极推动此项工作;县文旅局主管副局长谢静女士也一直操着心,积极提出建议,对编选工作出现的情况及时上传下达,给予大力支持和帮助。县文旅局领导还请县委领导为本书写了序言,这些是一并应该感谢的。还要感谢此书出版以后的读者,希望能遇到新乡县文学选本的知音。也感谢参与此项工作的每一位同道,感谢收入本书的新乡县作家们。

记得有一句歌词"我们生而平凡",大家都是业余写作者,兴许只是文学丛中的小花小草,但我们共同营造了蓬勃向上的新乡县文学氛围,那就是持续发酵并一点点增厚了新乡县文学的沃土。有这沃土做底子,以后的新乡县文学园不仅繁花似锦,也可期望或会生长出参天大树。我们沉静的坚守可能是孤独的,但爬格子终究是一种生活的乐趣,也是孜孜不倦的精神追求。无论生活发生怎样的变化,无论我们书写的是怎样的光彩或怎样的庸常,但文学之光首先给我们以温暖,也会唤起我们人性深处的善良和思考,感染或多或少的读者去跟我们心灵交流。不管成绩大小,我们追求了,我们奋斗了,只要奋斗过就代表曾经拥有。我相信因为留下些文字在世上,我们人生的意义也会映上一些鲜亮的底色吧。

范子平于新乡市道清路金禧园

2022 年 3 月 29 日